BASTEI LÜBBE

ROBERT RANKIN
IM BASTEI LÜBBE TASCHENBUCH-PROGRAMM:

DER HUGO-RUNE-ZYKLUS

24 201 Das Buch der allerletzen Wahrheiten
24 210 Die größte Show jenseits der Welt
24 216 Der wundersamste Mann, der jemals lebte

ROBERT RANKIN

DER GARTEN UNIRDISCHER GELÜSTE

Science Fiction Roman

Ins Deutsche übertragen
von Axel Merz

BASTEI
LÜBBE

BASTEI-LÜBBE-TASCHENBUCH
Band 24225

Erste Auflage: Juni 1997

Deutsche Lizenzausgabe 1997 by
Bastei-Verlag Gustav H. Lübbe GmbH & Co.,
Bergisch Gladbach
Originaltitel: The Garden of Unearthly Delights
Lektorat: Stefan Bauer
Titelbild: Ian Murray, by arrangement with
Transworld Publishers Ltd.
Umschlaggestaltung: Quadro Grafik, Bensberg
Satz: Fotosatz Schell, Hagen a.T.W.
Druck und Verarbeitung:
Brodard & Taupin, La Flèche, Frankreich
Printed in France
ISBN 3-404-24225-4

Der Preis dieses Bandes versteht sich einschließlich der
gesetzlichen Mehrwertsteuer.

Für mein liebes kleines weißhaariges Mütterchen
(überschlag einfach die schlimmen Stellen)

Liebe und Lachen
und
Rock 'n' Roll
Oh, Yeah!

KAPITEL 1

»Rock 'n' Roll!« sagte Maxwell Karrien, nachdem er den amtlich aussehenden Briefumschlag geöffnet hatte. »Das nenne ich allerdings eine Überraschung!«

Er rief nach seinem langjährigen Eheweib. »Weib!« rief er. »Komm her und wirf einen Blick auf dies!«

»Was ist es denn, Liebster?« antwortete die Liebste.

Maxwell kratzte sich am Kopf. »Es scheint, als hätte man mir den königlichen Königin-Elisabeth-Preis für Fleiß verliehen.«

»Die Heiligen stehen uns bei!« sagte die üppige Gemahlin. Ihre mächtigen Brüste schoben sich wie zwei Zeppeline in einem toten Rennen durch die Tür ins Wohnzimmer. »Dabei hast du in deinem ganzen Leben noch keinen Tag gearbeitet.«

»Stimmt«, gab Maxwell zu und kratzte sich erneut am Kopf. Vielleicht brachte es Glück. »Mir scheint, ich habe Schuppen.«

»Alles an einem Tag!« Die Gattin glättete ihren Satinmorgenmantel und schlurfte in Pomponsandaletten herbei.

Maxwell sank in seinen Lieblingsohrensessel. »Vermutlich wird man mich jetzt bitten, bei offiziellen Anlässen mitzuwirken, Feierlichkeiten zu eröffnen, den Vorsitz bei Wohltätigkeitsveranstaltungen zu übernehmen, Babys zu küssen und vor der Frauenvereinigung zu sprechen.«

»Ich wußte gar nicht, daß Schuppen jemanden so wichtig machen«, sagte die Hauszierde, die durch ihren Sarkasmus bereits mehr als einmal in prekäre Situationen geraten war.

Maxwell trat seinem Gespons neckisch vors Schienbein. »Ich schlage vor, du bewegst deinen graziösen Körper in die unaufgeräumte Küche und bereitest mir ein Frühstück«, schlug er vor. »Ich muß ernsthaft nachdenken.«

»Dann gedenkst du also, deinen Hirneinzeller anzustrengen, Liebster?« flüsterte die Liebste zwischen zusammengebissenen Zähnen hindurch und bewegte ihren graziösen Körper zuckersüß lächelnd in Richtung einer unaufgeräumten Küche.

Es war keine Ehe, die der Himmel geschlossen hatte.

Wie auch, wo *sie* ihn haßte und *er* sie.

Und überhaupt.

Maxwell nahm seine Tabaksdose und die Süßholzpapierchen, rollte sich ein Zigarettchen und deformierte die edlen Gesichtszüge zu einem Antlitz ernsthaften Bedenkens. »Das muß ein Irrtum sein«, sagte er zu sich.

»Der Preis ist wahrscheinlich für Mister Kamp nebenan bestimmt«, fuhr er fort.

»Das muß es sein«, schloß er.

Doch eine erneute sorgfältige Überprüfung des Dokuments aus fälschungssicherem Papier zwang die frisch gewonnene Überzeugung, sich gleich wieder zu verflüchtigen. Da standen die Buchstaben, die seinen Namen formten. Dick und fett in Schönschreibschrift.

»Heilige Papyrophobie!« sagte ein besorgter Maxwell. »Das ist definitiv kein Rock 'n' Roll!«

Nach einem Frühstück aus Eiern, Schinken, Ketchup, gebackenen Bohnen und einer Scheibe Toast, auf der eine nicht ganz so geliebte Lebenskameradin ihre Zigarette ausgedrückt hatte, sowie zwei Tassen Earl Grey zum Hinunterspülen beschloß Maxwell, mit seinem Dokument bei Vater Moity in der St.-Joans-Gemeinde vorbeizuschauen. Er wollte eine unvoreingenommene Meinung einholen.

Er sagte sich nämlich: Wenn ich Duck-Barry oder sonst einen von den Burschen im *Geschrumpften Kopf* frage, dann sagen sie nur: »Gut gemacht, Maxwell. Wo bleibt unsere Runde?«

Und wenn ich mit dem Mann bei der Stellenvermittlung spreche, wird er sagen: »Der königliche Königin-Elisabeth-Preis für Fleiß, wie? Dann können wir ja Ihr Stempelgeld in Zukunft sparen, Freund.«

Und wenn ich zur Polizeiwache gehe und dort frage, dann werden die Polizisten verbittert sein, weil ich den Preis bekommen habe und nicht sie, und dann werden sie ihre Schlagstöcke nehmen und damit auf mich einschlagen ... Aber das tun sie sowieso jedesmal, wenn ich ihnen begegne.

Und indem er solcherart zu sich sprach, fand der zehnte Schlag der morgendlichen Stunde Maxwell in einem Beichtstuhl wieder, den königlichen Königin-Elisabeth-Preis auf dem Knie und das Kinn auf der Brust.

Auf der östlichen Seite des gestrengen kleinen Gitters nahm Vater Moity Platz, nuschelte heilige Worte und küßte sein Kruzifix.

»Spuck's aus, mein Sohn«, begann er.

»Vergib mir, Vater, denn ich habe gesündigt in den siebzehn Jahren seit meiner letzten Beichte.«

Vater Moity setzte sein professionellstes Gesicht auf (er verwahrte es in einem Marmeladenglas neben der Tür) und kratzte sich den alten, weißhaarigen Kopf. Das wird ein schwarzer Tag, dachte er, und: Ich scheine Schuppen zu haben, entdeckte er.

»Alles fing heute morgen an«, berichtete Maxwell in feierlichem Ton.

»Du warst seit siebzehn Jahren nicht mehr bei der Beichte, und dann besitzt du den Nerv zu behaupten, daß alles *heute morgen* angefangen hat?«

Der Priester hüstelte in seine Soutane und schlug ein Kreuz über der Brust.

»Man hat mir den königlichen Königin-Elisabeth-Preis verliehen«, berichtete Maxwell.

»Geheiligt sei dein Name!« sagte Vater Moity. »Und

dieser königliche Königin-Elisabeth-Preis – er wird für siebzehn sündenfreie Jahre verliehen?«

»Sündenfrei in bezug auf Fleiß«, sagte Maxwell. »Ich habe in meinem ganzen Leben noch keinen Tag ehrliche Arbeit geleistet«, fügte er erklärend hinzu.

»Ist das nicht die Beste aller Welten, in der wir heute leben?« fragte ein Vater Moity, der sich nicht vor der Sünde des Plagiats fürchtete.

»Ich hatte eigentlich auf Rat gehofft, Vater«, ertönte die Stimme Maxwells an seinem Ohr.

»Rat ist es, was du wünschst? Nun, hier kommt ein Rat, der dir weiterhelfen wird.« Der Priester hustete erneut.

»Ich soll *husten*?« fragte Maxwell ein wenig befremdet. »Ist das der Rat, den Sie mir anzubieten haben?«

»Kein Stück, mein Sohn. Ich hatte erst vor kurzem eine asthmatische Attacke.«

»Das tut mir leid, Vater.«

»Tatsächlich«, erwiderte der Priester. »Meine eigene Schuld. Ich hätte es ahnen müssen. Die drei Asthmatiker haben vor Budgen's Kneipe auf der Lauer gelegen.«

Maxwell kratzte sich erneut am Kopf. Wenigstens schienen seine Schuppen zu verschwinden. »Wegen des Rates, Vater«, hob er behutsam an.

»Geh mit gutem Beispiel voran, mein Sohn«, sagte der Priester. »Sorge dafür, daß deine Taten für dich sprechen. Diese königlichen Königin-Elisabeth-Preise werden nicht so mir nichts, dir nichts an jeden Hinz und Kunz verliehen. Dein Preis wurde wahrscheinlich mit der falschen Post versandt. Für einen Dienst, den du erst noch erweisen mußt.«

»Sie meinen, das könnte es sein?«

»Es erscheint mir offensichtlich, mein Sohn.«

»Na, dann bedanke ich mich auch recht herzlich, Vater.« Maxwell machte Anstalten, sich aus dem Beichtstuhl zu entfernen.

»Willst du denn nicht deine restlichen Sünden beichten?« fragte der Priester in einem irischen Singsang.

»Nein, Vater, ich denke nicht.«

»Dann geh mit Gott, du anglikanischer Bastard.«

»Danke, Vater.«

»Gott segne dich, mein Sohn.«

Maxwell schlurfte aus der Kirche und begab sich auf den Nachhauseweg. Das schwere Gewicht potentieller Verantwortung lastete auf seinen hängenden Schultern. Als er die Kanalbrücke überquerte, dachte er allen Ernstes darüber nach, seinen königlichen Königin-Elisabeth-Preis in die schlammigen Fluten zu werfen. Doch dann überlegte er sich's anders und setzte seinen Weg fort.

An der Ecke von Maxwells Straße stand das *Tengo Na Minchia Tanta Café*. Genau dort, wo es immer gestanden hatte. Maxwell trat ein, um etwas zu trinken und einmal mehr über die Angelegenheit nachzudenken.

Die neue Bedienung hinter der Theke kannte Maxwell vom Sehen. »Was darf es sein, mein Herr?« erkundigte sie sich, und in diesen wenigen gehauchten Worten lag mehr Sinnlichkeit, mehr schamlose Erotik, mehr unverhohlen vibrierende Sexualität, als man im richtigen Leben für möglich halten würde.

»Pardon?« fragte Maxwell, der mit seinem richtigen Leben vollauf genug zu schaffen hatte.

»Tee oder Kaffee, mein Herr?«

»Kaffee bitte. Schwarz, ohne Zucker.«

Die neue Bedienung mochte Typen, die ihren Kaffee schwarz und ohne Zucker nahmen. Sehr männlich, dachte sie. Sehr *machismo*.

Die Leute, die Maxwell nicht nur vom Sehen kannten, die hätten jetzt vielleicht die Nase gerümpft, weil sie wußten, daß Maxwell kein Hauptgewinn für die Ladies war.

Der Maxwell, den diese Leute kannten (die ihn nicht

nur vom Sehen kannten), war im Grunde genommen ein ganz anständiger Bursche – und doch. Die meisten betrachteten ihn insgeheim als ein wenig *begriffsstutzig*, wenn nicht gar *blöde*.

Aussehen jedenfalls tat er gar nicht schlecht. Nahe den magischen hundertachtzig Zentimetern Körpergröße und irgendwo mitten in den Zwanzigern, schlank in der Hüfte und breit in den Schultern. In der Abteilung Gesicht stand es noch besser: freundliche graue Augen, ein fröhlicher Mund und eine pfeilgerade Nase. Das Haar pechschwarz und sorgsam nach hinten gekämmt, die Stimmung im allgemeinen ausgesprochen gut.

Aber.

Maxwell hatte seine Eigenheiten.

Zum Beispiel die Art, wie er sich kleidete.

Maxwell liebte das Amerika der fünfziger Jahre. Das Amerika der Wurlitzers und Chevrolet Impalas und *Danny and the Juniors*. Und seine Liebe zu dem Amerika der fünfziger Jahre besaß eine unglückselige Tendenz, in Maxwells Alltagskleidung zum Vorschein zu kommen.

Maxwell bevorzugte schrille Anzüge aus dem Oxfam-Laden, schmale Jim-Krawatten und Bowlinghemden. Hemden, die keine großen, aufstehenden, kreppunterlegten Kragen besaßen. Wer jemals versucht hat, seine Individualität durch die Wahl der Kleidung hervorzuheben, wird nur zu gerne bestätigen, daß Exzentrizität der Kleidung in Gesellschaften, deren Standard Konformität ist, bei all jenen, die einen Menschen nach eben dieser Kleidung beurteilen, zu einer eher ungünstigen Einschätzung der Person führt. Oder einfacher ausgedrückt:

Wer nicht konform gekleidet ist, der wird bestenfalls verspottet oder lächerlich gemacht, schlimmstenfalls geächtet oder gar verprügelt.

Wer reich ist, der kann sich anziehen, wie er verdammt noch mal will. Aber wer das nicht ist, und Maxwell war ganz definitiv nicht reich, der hat andere Leute zufriedenzustellen. Punkt.

Die Reichen können sich herausputzen, um zu beeindrucken. Die Armen müssen sich herunterputzen, um zu überleben. Maxwell zog sich an, wie es ihm gefiel, und so wirkte er in der Welt, die er bewohnte, eben *dumm*.

Und – das muß an dieser Stelle gesagt werden – Maxwells Benehmen tat seiner Sache nicht eben gut (wenn er überhaupt eine Sache hatte, was genaugenommen nicht der Fall war). Wenn er nicht in Begleitung seiner wunderschönen Gemahlin unterwegs war – die er überhastet geehelicht hatte, nur um diesen Schritt schon bald darauf nach Belieben zu bereuen –, so konnte man Maxwell eher in der Stadtbücherei als sonstwo antreffen.

Hier verbrachte er einen großen Teil seines Lebens, tief versunken in den phantastischen Romanen P. P. Penroses*, gefesselt von den atemberaubenden Heldentaten Sir John Rimmers, Dr. Harneys und Danbury Collins' (des übernatürlich begabten jungen Burschen höchstpersönlich), die alle drei in einen geheimnisvollen Kampf mit dem bösen Count Waldeck verwickelt waren.

Maxwell ging in diesen Büchern auf. Er vergaß die Welt ringsum. Und obwohl er mit seiner Kleidung nicht wenige gegen sich aufbrachte und Unterhaltungen mit Maxwell bestenfalls uninspiriert zu nennen waren, so stand er doch in dieser inneren Welt der Phantasie gleichberechtigt neben den größten aller Helden und war ihnen manchmal beim Lösen unaussprechlich schwerer Rätsel sogar eine Seite voraus, bis Sir John und seine Getreuen schließlich die richtige Spur fanden.

Das also war der Maxwell, den die kannten, die ihn kannten. Sozusagen. Langweilig, meinten die einen. Blöde, meinten andere. Nur Maxwell allein kannte die Wahrheit.

* Besser bekannt als der Schöpfer von Lazlo Woodbine, Privatdetektiv.

Maxwell zahlte für seinen Kaffee, nahm die Tasse mit zu einem Fensterplatz und setzte sich unglücklich.

Die neue Bedienung hinter der Theke warf ihm ein Lächeln zu. Das ist ein Bursche, dachte sie, der eine Schulter gebrauchen könnte – oder eine Brust –, um den müden Kopf daran auszuruhen. Ein hübscher Bursche. Eine Schande, diese bescheuerten Klamotten.

An der Schulter der neuen Bedienung ruhte Sandy, der sandhaarige Geschäftsführer. Er hatte dem *Tengo Na Minchia Tanta* einen seiner eher seltenen Besuche abgestattet und bei Maxwells Eintreten die Kassenrolle mit den Einnahmen überprüft. Jetzt konfrontierte er die neue Bedienung mit seinen unglaublichen Entdeckungen. »Wie kommt es«, fragte Sandy, »daß ich hier eine unglaubliche Unregelmäßigkeit entdeckt habe?«

Die Augen der neuen Bedienung verließen Maxwell, schweiften durch das Café, genossen die Aussicht durch das Fenster und trafen schließlich mit den Blicken ihres Brötchengebers zusammen.

»Wie kommt was?« fragte sie.

»Das Geld in der Registrierkasse und die auf der Rolle verbuchten Einnahmen. Sie weichen um dreiundzwanzig Pfund, zwei Schilling und drei Pence voneinander ab«, sagte der sandhaarige Geschäftsführer namens Sandy.

»Wieviel ist das in neuen Pfund?«

»Fristlose Entlassung.«

»Dann steck dir deinen Job sonstwohin«, sagte die neue Bedienung, entledigte sich ihrer Gingham-Servierschürze, schlüpfte in ihren Knittersamtmantel und war nicht länger die neue Bedienung.

Sandy strich sich über das sandige Kinn und schielte der ehemaligen Bedienung hinterher, die aus der Tür stakste. »Ich arbeite Tag und Nacht daran, mir einen Bart wachsen zu lassen«, rief er verzweifelt, »und in der Zwischenzeit klaut mir diese halbe Portion von Göre dreiundzwanzig Pfund, zwei Schilling und drei Pence. Hätten wir doch nie auf Dezimalwährung umgestellt!«

Maxwell rührte mit dem falschen Ende des Löffels in seinem ungezuckerten schwarzen Kaffee und überlegte, ob der königliche Königin-Elisabeth-Preis vielleicht für seinen Vater gedacht sein könnte, der sich gegenwärtig fleißig und sicher zur Freude Ihrer Majestät – wenn auch nicht ganz freiwillig – mit dem Nähen von Postsäcken beschäftigte.

Höchstwahrscheinlich nicht, lautete Maxwells Schluß.

»Ich muß Sie bitten auszutrinken, mein Herr«, sagte Sandy und ließ die Theke im Stich, um sich seinem einzigen Gast zu nähern. »Diese unglaubliche Veruntreuung von Einnahmen hat sehr an meinen Nerven gerüttelt. Ich spüre förmlich, daß meine Migräne wieder im Anmarsch ist.«

Maxwell trank seinen Kaffee und ging.

Als er vor der ehelichen Heimstadt eintraf, fand er zu seiner nicht gelinden Überraschung einen Mann romanischer Herkunft damit beschäftigt, Maxwells Lieblingssessel zu einem Lieferwagen zu tragen. Der Mann romanischer Herkunft kehrte mit einem Goldfisch in einer Plastiktüte zu Maxwells Haustür zurück.

»Gottes Segen, Madam«, sagte der Zigeuner und hielt der Gattin die Fischtüte hin.

»Halt!« rief Maxwell und stürmte durch den Vorgarten. »Das ist mein Lieblingssessel!«

Der Zigeuner zuckte die Schultern, nuschelte irgend etwas von »Tauschgeschäft« in Maxwells Ohr und eilte flugs von dannen. Maxwell stemmte sich gegen die Tür, die seine Gefährtin zu schließen im Begriff stand, und trat in den Flur. »Was hat das zu bedeuten?« verlangte er zu erfahren.

Das Eheweib nuschelte irgend etwas von »Tauschhandel«, und alles sei ganz legal, und im übrigen könne man jetzt sowieso nichts mehr daran ändern.

Maxwell nahm die Plastiktüte aus den Händen der Gattin und untersuchte den karottenfarbenen Inhalt. »Dieser Fisch ist tot«, stellte er fest.

Die Liebste verdrehte die Augen und seufzte. »Natürlich ist er tot, Maxwell«, erklärte sie. »Es wäre schließlich Tierquälerei, einen lebendigen Goldfisch in einer Plastiktüte aufzubewahren, oder nicht?«

Maxwell hob die Hand, um sich einmal mehr am Kopf zu kratzen.

»Um Himmels willen, laß das!« riet die Angetraute. »Es wird sonst noch zur Gewohnheit, und wer weiß, wohin so was führt.«

Maxwell gab der Gattin die Fischtüte zurück und schob die Hände vorsichtshalber in die Hosentaschen. »Ich werde diesen Ohrensessel vermissen«, sagte er. »Es war mein Lieblingssessel.«

»Du wirst darüber hinwegkommen. Wie war es beim Priester?«

Maxwell schloß die Vordertür und lehnte sich von innen dagegen. »Vater Moity glaubt, daß der königliche Königin-Elisabeth-Preis versehentlich zu früh abgeschickt wurde. Für etwas, das ich erst noch tun muß.«

»Du mußt noch immer das Gästezimmer tapezieren.«

»Ich muß noch immer ein Haus mit einem Gästezimmer besitzen.«

»Stimmt auch wieder.« Maxwells Lebensgefährtin stellte die Plastiktüte mit dem toten Fisch und dem halben Liter Wasser darin ab. Sie nahm ihre Handtasche, öffnete sie, kramte eine ganze Reihe von Kosmetikutensilien hervor und machte sich damit in ihrem Gesicht zu schaffen. »Während du unterwegs warst, ist mir eine Idee gekommen«, sagte sie und verfolgte ihre Fortschritte im großen Spiegel an der Wand des Flurs. »Hättest du gerne, daß ich dir verrate, was für eine Idee mir gekommen ist?«

»Ich weiß es nicht«, gestand Maxwell. »Was meinst du?«

»Ich denke, du hättest es gerne.«

»Da bin ich aber erleichtert.«

»Du könntest den Preis verkaufen.« Die Allerliebste begutachtete ihr Spiegelbild. »Für Geld, meine ich. Damit könntest du mir dann Geschenke machen.«

»Verkaufen?« Maxwells Gesicht hellte sich auf wie das eines Schornsteinfegers unter der Dusche. »Verkaufen! Du bist ein Genie!« Beinahe hätte er sein Weib geküßt. Beinahe! »Du hast recht. Es ist mein Preis. Ich kann damit machen, was ich will. Ich werde ihn verkaufen! Rock 'n' Roll sei Dank!«

Die schlanken Beine Maxwells trugen diesen eiligen Schrittes zum *Geschrumpften Kopf*. Wie jeder Junge seinen Hund und jeder Hund sein Gassi braucht, so braucht jede Geschichte ihre Kneipe und jede Kneipe ihre Geschichte.

Der *Geschrumpfte Kopf* lauerte ganz unten am Ende der Pferdefährgasse. Die Fähre war selbstverständlich lang verschwunden. Die Straße war die gleiche geblieben. Genau wie die Kneipe.

Ein ehrwürdiges Fachwerkhaus, der Rahmen alte Eiche, die Fächer geflochten und mit Lehm verschmiert, Butzenscheiben. Eine Tür wie zu einem Verlies, der Boden voller Speichel. Ganz nah am Flußufer stand er, der *Geschrumpfte Kopf*, und seine Fäßchen hatten bereits den Durst so manchen Leichterschiffers, Flößers und anderen tätowierten Seebären zu löschen geholfen.

Sehr nah am Ufer stand er, der *Geschrumpfte Kopf*. So nah, daß jede Springflut Anlaß bot zu einem großen Alarm. Andererseits auch wieder weit genug oben auf dem Ufer, daß man vom Biergarten aus keinen einzigen Blick auf den Fluß erhaschen konnte.

So, so sagt man, ist das Leben eben.

Wer den *Kopf* kennt, kennt auch seine Jazznächte, und

von den Jazznächten sprechen alle, die sie kennen, in Tönen, die sehr an Ehrfurcht erinnern. Denn wenn der Mond im Siebten Haus ist und der Jupiter in Linie mit dem Mars, dann ziehen Papa Legba und seine Voodoo Jazz Cats eine ganz irrsinnige Schau ab.

Doch davon mehr – und später.

Alt wie Stein, mit niedrigen Deckenbalken und wohlfeilem Keller – das ist der *Geschrumpfte Kopf,* und sein Geschäftsführer heißt Sandy. Sandy hat überall in der Gemeinde seine geschäftlichen Interessen.

Maxwell schlenderte zur Tür der Kneipe, und die Eisen an seinen soliden Stiefeln verursachten einen dezenten Funkenschauer auf dem Kopfsteinpflaster. Von drinnen ertönte das sorglose Geschnatter fröhlicher Zungen. Die lebhaften Spötteleien guter Freunde, die sich hier trafen. Das Gedudel von Dudelsackmusik. Der Geruch von Nektarinen. Der Anflug von Montag mittag in einem Monat aus Sonntagen. Und so weiter.

Maxwell drückte die Tür auf und betrat den *Geschrumpften Kopf.*

»Guten Tag wünsche ich, mein Herr«, sagte Sandy und grinste ihn von hinter der Bar an.

»Auch Ihnen einen guten Tag, mein Herr«, erwiderte Maxwell. »Und einen Halben von Ihrem Allerbesten.«

Während Sandy seinem Geschäft nachging, blickte Maxwell sich auf der Suche nach einem Burschen im Schankraum um, der den königlichen Königin-Elisabeth-Preis eher verdient haben könnte als er selbst.

Die Stimme von Duck-Barry Ryan erreichte ihn aus der Ecke mit den Stehtischen, jenem Teil der Bar, wo die Drinks nicht nur einen Penny billiger waren und das Fluchen nicht nur gestattet, sondern sogar erwünscht war.

»Der Wurm ist der Freund des Gärtners«, erzählte Duck-Barry einer kleinen, unbeteiligten Zuhörerschar aus einem einzelnen Mann. »Der Wurm schlängelt sich durch den Boden und gräbt Tunnel, die beim Bewässern helfen, wenn es regnet. Der Wurm frißt außerdem Holzläuse und Zecken und lebt, wenn man ihn in Ruhe läßt, sicher an die hundert Jahre.«

»Scheiße.« Maxwell erkannte die Stimme als die von Jack »Der Hut« Cooper. »Dein blöder Wurm verwandelt sich am Ende in eine Schmeißfliege, und die verbreitet alle Übel auf der Welt. Erzähl mir bloß nix von deinem Wurm. Ich hab' mehr von den Dingern gezüchtet, als du Pickel am Hintern hast.«

Duck-Barry verwahrte sich gegen diese Bemerkung.

»Ich verwahre mich gegen diese Bemerkung«, bemerkte er.

Sandy präsentierte Maxwell einen wohlgezapften Halben. Maxwell zählte Kleingeld auf der Theke ab. »Was soll das Gerede von diesem Wurm?« fragte er.

»Bitte sprechen Sie in dieser Salonbar nicht über Würmer, mein Herr«, sagte Sandy. »Ich befürchte nämlich, daß der gemeine Gartenwurm, sein Habitat und sein Habitus dazu verdammt sind, in meiner Gaststätte Hauptgesprächsthema zu bleiben, bis die Regierung endlich eine Entscheidung fällt, sei es die eine oder die andere.«

»Sie sehen mich perplex, Herr Wirt«, sagte Maxwell. »Erklären Sie mir das bitte.«

»Die Regierung will eine Steuer auf Würmer erheben«, erklärte Sandy. »Auf diese Weise soll der Bewohner von Mietetagen profitieren und der reiche Landbaron zur Kasse gebeten werden.«

»Ich bin erstaunt über diese Neuigkeit«, sagte Maxwell und nippte an seinem Halben.

»Die gegenwärtige Diskussion«, Sandy gestikulierte in Richtung der Stehtische, »zwischen unseren beiden ortsansässigen Regenwurmexperten geht im Grunde genommen dahin, wie man den gewöhnlichen Wurm in seinem Garten dazu bringen kann, eben jenen Garten während des Zeitraums zu verlassen, in dem die Wurmsteuerinspektoren vorbeikommen, um ihre Wurmsteuer-Steuerschätzung vorzunehmen.«

»Mein Erstaunen vermischt sich mit Mißtrauen«, sagte Maxwell. »Das ist sicher ein Aprilscherz oder so etwas.«

»Spotten Sie nur, mein Herr, wenn Ihnen danach ist.« Sandy schnitt eine düstere Grimasse. »Aber wer von uns Augen im Kopf und Feuer im Bauch hat, der kann sehen, wie Neunzehnhundertvierundachtzig in hochhackigen Stulpenstiefeln näher kommt.«

In flachen Gummistiefeln betrat genau in diesem Augenblick ein Mann romanischer Herkunft die Salonbar. Auf ihm lastete die Bürde eines Ohrensessels.

»Ah, entschuldigen Sie bitte«, sagte Sandy zu Maxwell und wandte sich dem Zigeuner zu: »Stellen Sie ihn bitte neben den Kamin, ja?«

Der Zigeuner tat, wie ihm geheißen, und präsentierte Sandy die Rechnung.

Der Schankwirt hob seine sandfarbenen Augenbrauen, tippte einen Nullbon und entnahm der Registrierkasse die Summe von dreiundzwanzig Pfund, zwei Schilling und drei Pence in altem Geld. »Wie gewonnen, so zerronnen«, sagte er, als das Geld seine Hand verließ.

Der Zigeuner tippte an seine Stirnlocke, strich das Geld ein und eilte einmal mehr flugs von dannen.

»Wie machen die das nur mit dem flugs?« wandte sich Sandy an Maxwell, der seinen ehemaligen Lieblingssessel anstarrte. Aus Maxwells oberer Halsöffnung entwich ein leises, keuchendes Stöhnen.

»Geiles Möbel, was?« sagte Sandy. »Das ist ein echter Dalbatto. Selbstverständlich nicht zu verwechseln mit einem Dalberty. Ich habe einen Kunden aus dem Hochadel, der scharf ist auf den Sessel. So ein Dalbatto kostet heute ein richtiges Vermögen.«

Das keuchende Stöhnen aus Maxwells Kehle schwoll zu einem erstickten Krächzen an.

»Noch mal zwei Halbe, Herr Wirt. Hier drüben!«

ertönte die Stimme von Duck-Barry. »Und stecken Sie ein paar Würmer in den von Jack.«

»Gleich«, sagte Sandy.

Maxwell nahm seinen Halben vom Allerbesten und ging zum Sessel neben dem Kamin, der bis vor so kurzer Zeit sein Lieblingssessel gewesen war. Schwer ließ er sich in das Möbel sinken.

»He, setzen Sie sich gefälligst woanders hin!« rief Sandy von der Theke her. »Wohl verrückt geworden oder was?«

»Das frage ich mich allmählich auch.«

Maxwell subtrahierte sich vom Sessel und addierte sich zu einem Tisch nahe dem Fenster. Er nahm auf einem niedrigen Stuhl Platz und starrte brütend in sein Bier. Eine Hand berührte ihn sanft an der Schulter, und eine weiche Stimme sagte: »Hallo. Du bist es doch, oder nicht?«

Maxwell blickte auf und sah, wie die ehemalige neue Bedienung aus dem *Tengo Na Minchia Tanta* auf ihn herablächelte. »Ich bin es«, lächelte sie. »Erinnerst du dich?«

»O ja«, sagte Maxwell. »Im Café. Was machst du hier?«

»Ich arbeite hier. Sandy hat mich gerade vorhin als Kellnerin eingestellt.«

»Hä?« sagte Maxwell. »Aber ich dachte, er ...?«

»Pssst!« sagte die neue Kellnerin. »Es wird schon gehen, solange er nicht ein Zeugnis von meinem letzten Arbeitgeber verlangt.«

Maxwell schüttelte den verwirrten Kopf. »Du verdienst den königlichen Königin-Elisabeth-Preis«, sagte er.

Die neue Kellnerin setzte ein sehnsüchtiges Gesicht auf. »Was würde ich nicht alles für einen solchen Preis tun!« sagte sie.

»Ach, wirklich?«

»Bewegung, Sandra!« rief Sandy von der Theke aus. »Hier wartet Abwasch auf dich.«

»Sieh mal, ich kann den ganzen lieben langen Tag hier rumstehen und reden«, sagte Sandra, die neue Kellnerin. »Aber meinst du im Ernst, jemand würde mir dafür den königlichen Königin-Elisabeth-Preis verleihen?« Sprach's und ward verschwunden.

Maxwell trank schweigend sein Bier und warf verstohlene Blicke auf das Gedränge an der Bar. Als er vollkommen sicher war, daß niemand ihn beachtete, kratzte er sich ganz gehörig am Kopf.

Es half nicht.

Der Tag war verkehrt. Alles an diesem Tag war verkehrt. Alles, was sich zugetragen hatte. Die Art und Weise, wie die Leute sich benahmen. Einfach alles.

Vielleicht träumte er ja. Oder er wurde verrückt. Möglicherweise hatte ihm die Liebste irgend etwas unter das Frühstück geschoben, einfach so, aus Spaß.

Maxwell kramte in den Taschen seines schrillen Anzugs und zog den königlichen Königin-Elisabeth-Preis hervor. Der Preis war irgendwie schuld an allem. Mit dem Preis hatte das ganze Elend angefangen.

Maxwell breitete das Dokument vor sich aus und blickte darauf hinunter. Es sah gut aus. Maxwell hatte zwar noch niemals zuvor einen echten königlichen Königin-Elisabeth-Preis zu Gesicht bekommen, doch er war sicher, daß es ein echter königlicher Königin-Elisabeth-Preis war.

Ein plötzliches Verstummen der allgemeinen Unterhaltung ringsum veranlaßte Maxwell, von seinem Hinunterblicken aufzublicken. Strenge Gesichter blickten zu ihm hinüber. Feindselig hinüberblickende Blicke. Ganz definitiv feindselig.

»Ah.« Maxwell packte das Dokument, rollte es zusammen und schob es in seine Jackentasche zurück. Irgend jemand murmelte irgend etwas. Hier und dort wurde Flüstern laut. Spürbare Spannung lag in der Luft. Ellbogen stießen in Rippen. Fäuste wurden geballt.

»Entschuldigt mich bitte.« Maxwell schob sich zur Tür.

»Er hat ihn«, sagte jemand. »Er hat damit angefangen.«

»Was?« Maxwell schob sich durch die starrende, murmelnde, aufgebrachte Menge und kämpfte sich seinen Weg zur Tür frei.

Dann war er durch.

Und draußen.

Es war irgendwie dunkel.

Maxwell blinzelte und rieb sich die Augen. Es konnte nicht weit nach Mittag sein. Was war mit dem Licht geschehen? Er blinzelte und blinzelte. Die Straße war verschwommen. Undeutlich.

Wie in einem Traum.

Ganz und gar wie in einem Traum.

Maxwell machte sich auf den Nachhauseweg. Er beeilte sich sogar. Seine Stiefel, solide wie sie waren, schienen plötzlich klebrige Sohlen zu entwickeln. Sie hafteten auf dem Pflaster. Jeder Schritt wurde mühsam.

Vor Maxwell herrschte Chaos. Polizeiautos. Blaulichter. Schreie.

Menschentrauben.

Ein Polizeikonstabler trat vor. Versperrte Maxwell den Weg.

»Sie können hier nicht weiter«, sagte der Hüter des Gesetzes.

»Ich wohne aber hier«, entgegnete Maxwell. »Lassen Sie mich durch.«

»Nein, mein Herr. In dieser Straße gibt es einen Bruch in der Realität, und wir können niemanden passieren lassen.«

»Aber mein Haus ist dort!« Beinahe hätte Maxwell gesagt: »Meine Frau ist dort.« Aber das tat er nicht.

»Wir können nichts für Ihr Haus tun, mein Herr. Sie machen besser, daß Sie schnellstmöglich aus der Stadt kommen. Ziehen Sie aufs Land. Oder nach Patagonien.«

»Bitte, lassen Sie mich durch«, sagte Maxwell und hob eine Faust gegen den Konstabler.

»Ich kann Sie dafür erschießen, mein Herr. Wissen Sie, das ist nämlich neuerdings erlaubt.«

»Was geht denn überhaupt vor? Sie müssen mir sagen, was hier vorgeht!«

»Ein Bruch in der Realität, mein Herr. Die Wissenschaftler arbeiten bereits daran. Irgend jemand hat den Stuhl weggeschafft. Sie gehen jetzt besser, mein Herr, bevor Sie uns verdächtig erscheinen.«

»Ja. Hau ab! Verpiß dich!«

Maxwell wandte sich um. Eine Polizistin grinste ihn höhnisch an. Es war seine Frau. Die nicht ganz so Geliebte. Aber – es war auch die neue Kellnerin. Die Ex-Bedienung. Die gleiche Person. Maxwell verstand nicht, wieso er sie weder im *Tengo Na Minchia Tanta* noch im *Geschrumpften Kopf* erkannt hatte.

»Mach schon, Maxwell, schwing die Hufe. Verpiß dich. Sieh nicht nach hinten. Komm nicht zurück. Komm ja *niemals* zurück!«

Maxwell wandte sich um und rannte. Rannte blindlings davon. Stürzte. Fiel.

Und verschwand.

KAPITEL 2

Und erwachte.

In seinem Lieblingssessel.

Und gähnte ganz gewaltig.

»Oh, wie ich das hasse!« Maxwell hob die Hand zum Kopf, um sich daran zu kratzen, überlegte sich's anders und rieb sich statt dessen die Augen. »Im Sessel einzuschlafen, eine Menge Mist zu träumen und zu glauben, man sei noch immer wach. Entsetzlich.« Maxwell erschauerte. »Wenigstens hab' ich diesmal nicht geträumt, ich würd' im Schlafanzug durch die Stadt laufen.«

»O Mann«, sagte jemand mit müder, matter Stimme, »ich hatte so sehr gehofft, wir könnten diesen Teil einfach überspringen. Es ist *so was* von einem Klischee.«

»Das kann man nicht mir nichts, dir nichts überspringen.« Diese Stimme klang frisch und energisch. »Schließlich muß ein Prozeß der Anpassung und Erklärung stattfinden.«

»Und des Akzeptierens.« Die dritte Stimme besaß eine jugendliche Qualität. »Damit er aus freiem Willen funktioniert.«

»Was hat *das* jetzt schon wieder zu bedeuten?« murmelte Maxwell und riß die Augen auf. Dann machte er: »Aaaaaargh!«

»Warum nur heißt es immer ›Aaaaaargh‹?« fragte der mit der müden, matten Stimme.

»Das ist eben so«, erwiderte die frische, energische Stimme. »Er soll erst mal zu sich kommen. Jemand soll ihm einen Kaffee ausschenken.«

»Aaaaaargh!« machte Maxwell. Es war kein neues »Aaaaaargh!«, sondern eine Fortsetzung des ursprünglichen »Aaaaaargh!«. »Wer? Was? Wann? Wo? Wie? Womit? Warum?* Aaaaaargh!«

»Trinken Sie einen Schluck Kaffee, Mister Carrion. Er enthält ein mildes Soporifikum. Es wird Sie ein wenig beruhigen.«

»Mich beruhigen?« kreischte Maxwell. »Ich will mich nicht ...« Er sprang aus seinem Lieblingsohrensessel.

* Die sieben goldenen W's der Kriminalstatistik.

»Wer? Was? Wann? Wo? Wie? Womit? Warum?*« Er stierte und gaffte um sich und so. Das war nicht sein Wohnzimmer. Er war nicht zu Hause. Aber wo war er? War er überhaupt wach?

»Sie *sind* wach«, sagte Müdmattstimme.

Maxwell gaffte nun den Sprecher an. Einen langen, großgewachsenen Sprecher. Einen langen, großgewachsenen Sprecher, der hoch über Maxwell aufragte. Sicher sieben Fuß hoch (das sind zwei Meter zehn in Dezimalwährung). Ein knochiges Gestell in einem wie angeschrumpft sitzenden Anzug aus flaschengrünem Samt. Der Kopf war schmal, die Gesichtszüge verkniffen. Ein gewaltiger roter Bart hing in wunderbar geflochtenen, wenngleich ein wenig mitgenommen erscheinenden Zöpfen über seiner Brust. Eine dicke Hornbrille mit Froschlinsen thronte auf einer beilscharfen Nase. Der Mund darunter verzog sich nachdenklich, bevor er erneut zu sprechen ansetzte. »Nun versuchen Sie mal, sich zu beruhigen«, sagte er.

»Beruhigen? Ich?« Maxwells Augen jagten durch das Zimmer, das nicht sein Wohnzimmer war. Und »nicht sein Wohnzimmer« war es in einem höchst bemerkenswerten Ausmaß. Sozusagen.

Es war ein langer, breiter Raum mit niedriger Decke. Die Wände standen von oben bis unten voll mit altehrwürdigen Lederfolianten. Staubige Vitrinenschränke zeigten einen mannigfaltigen Reichtum an *objets d'art bizzares*. Glasglocken beherbergten ausgestopfte Tiere und Vögel und Insekten und Früchte und Blumen. Reliquien aus poliertem Gold thronten auf Satinkissen. Tief gepolsterte Sofas und *escritoires* aus Satinholz mit darauf ruhenden Astrolabien standen in den Ecken. Das wenige, was vom Boden zu sehen war, bedeckten reiche

* Die sieben goldenen W's der Kriminalstatistik. Sagte ich das schon?

Teppiche aus Soumak, Shirva, Susani, Senneh und Savonnerie.

»Genug«, krächzte Maxwell, während er in diese und jene Richtung starrte, aber insgeheim nichts weiter als eine Tür suchte. »Lassen Sie mich gehen. Falls ich nicht träume, heißt das.«

»Sie können jederzeit gehen«, sagte die hagere Gestalt in Flaschengrün. »Allerdings würde ich Ihnen nicht dazu raten. Noch nicht.«

»Es wäre nicht gut für Sie, wenn Sie es dennoch täten.«

Maxwell wirbelte zu dem Sprecher mit der energischen, frischen Stimme* herum. Ein Mann mittlerer Größe (das heißt, seine Größe wich genausoweit von den Größten ab wie von den Kleinsten. Im Betrag, mathematisch gesprochen), mit breitem, sommersprossigem Grinsen im Gesicht und mit einem Kranz aus weißem, dünnem Haar über einer enorm hohen Stirn. Dieser Bursche steckte ganz in grünem Tweed. Eine Uhrenkette prangte über der Weste, die einen ansehlichen Wanst bekleidete. Winzige Hände spielten nervös am Griffstück eines lackierten Spazierstocks. »Trinken Sie einen Kaffee, sammeln Sie Ihre Gedanken, entspannen Sie sich. Es ist am besten so.«

Ein dritter Bursche offerierte Maxwell eine winzige Copelandtasse auf einem zierlichen Unterteller in Imarifarben mit Goldauflage auf dem geschwungenen Rand.

»Und wer sind Sie?« fragte Maxwell, ohne den angebotenen Kaffee zu beachten.

Der dritte Bursche grinste nur. Er war ein junger, elfenhafter Geselle in Nietenjeans und schwarzer Lederjacke, mit einem schwarzen T-Shirt darunter. Auf der Oberlippe blühten wenig vorteilhaft wirkende Herpesbläschen. »Nehmen Sie vielleicht Zucker?« erkundigte sich Herpes.

* Oder war es eine frische, energische Stimme?

»Ich bin weg.« Maxwell schob den Sessel beiseite, machte einen halben Schritt und fiel platt auf die Nase.

»Ich habe mir die Freiheit genommen, Ihre Schnürsenkel miteinander zu verknoten«, gestand Rotbart von Flaschengrün.

Maxwell starrte ihn verbittert vom soumak-, shirva-, susani-, senneh- und savonnerieteppichübersäten Boden aus an. »Ich danke auch recht schön«, sagte er. »Augenblick mal!« Er starrte von einer Gestalt zur anderen und wieder zurück. »Ich kenne Sie, oder?«

»Er kommt zu sich«, sagte Frischstimme.

»Ich wußte, daß er zu sich kommen würde«, sagte Herpes.

»Sie kennen uns«, sagte Rotbart von Flaschengrün. »Sie kennen uns. Fahren Sie fort.«

Maxwell fummelte an seinen Schnürsenkeln. Passend zu den Stiefeln waren auch die Schnürsenkel äußerst solide. Der Knoten würde sich nicht ohne Anstrengung lösen lassen.

»Helfen Sie Mister Carrion zurück in seinen Sessel«, sagte Rotbart von Flaschengrün, und die anderen beeilten sich zu gehorchen.

»Mein Name ist *Karrien*«, sagte Maxwell und setzte sich einmal mehr. »Maxwell Karrien. Aber ... Sie sind es. Ja, Sie sind es!«

»Wir sind es«, nickte der große Mann und verbeugte sich höflich. »Ja, wir sind es.«

»Dann träume ich. Ich muß träumen. Sie sind nicht real.«

Der große Mann schüttelte den Kopf. »So kommen wir nicht weiter. Wer sind wir? Fahren Sie fort. Sagen Sie es. Erzählen Sie's uns.«

»Sie sind ... *sie*«, sagte Maxwell. »Die Charaktere aus den Büchern, die ich gelesen habe. Sie sind Sir John Rimmer, fünfter Earl von Boleskine.« Der große Mann zwinkerte ihm hinter seiner Froschaugenhornbrille zu. »Und

Sie sind Dr. Harney.« Das frischstimmige Sommersprossengesicht fuchtelte aufgeregt mit den winzigen Fingern. »Und Sie sind das junge Medium höchstpersönlich. Danbury Collins.«

»Der bin ich«, sagte das junge Medium höchstpersönlich.

»Die paranormalen Detektive aus den P. P. Penrose-Romanen!«

»Das sind wir«, sagten die, die es waren.

»Und Sie sehen sehr gut aus!« Maxwell schnitt ein höchst anerkennendes Gesicht. »Genau so, wie ich Sie mir vorgestellt habe, in den Büchern. Bis auf ...« Er schielte zu Danbury Collins. » ... die Herpesbläschen. In den Romanen hatten Sie nie welche.«

»Hätten *Sie* denn gerne welche?« fragte das junge Medium höchstpersönlich.

»Wahrscheinlich nicht, Sie haben recht. Großartig. Brillant. Ich bin sehr beeindruckt ...«

»Gut«, sagte Sir John. »Wir hatten gehofft, daß Sie das wären.«

» ... beeindruckt von meiner eigenen Phantasie«, fuhr Maxwell fort. »Der letzte Traum war Mist. Aber der hier ist geil!«

»Das ist kein Traum«, widersprach Danbury Collins.

»Ach ja, sicher.«

»Was sich gestern zugetragen hat«, erklärte Sir John, »das war höchst real. Aus diesem Grund sind wir nämlich hier, mein Freund.«

Maxwell starrte von einem Gesicht zum anderen, dann schweifte sein Blick durchs Zimmer. Es sah alles *wirklich real* aus. Und es *fühlte* sich auch real an. Es *roch* sogar real. Staubig. Nach Moschus. Eine Spur Achselschweiß aus Danbury Collins' Richtung. Die Bartlotion von Sir John. Das Bienenwachs auf den Schuhen von Dr. Harney.

Wirklich, sehr real das alles.

»Es *ist* real«, sagte Maxwell. »Aber das kann gar nicht sein.«

»Die Dinge haben sich geändert, junger Freund«, sagte Sir John. »Vielleicht lassen Sie mich erklären, um Ihnen spätere Qualen zu ersparen. Ich will Ihnen das Geheimnis erläutern.«

»Damit der Prozeß der Anpassung stattfinden kann«, sagte Dr. Harney.

»Und des Akzeptierens«, ergänzte Danbury Collins und bot Maxwell einmal mehr die Copelandkaffeetasse an.

Maxwell nahm das zierliche Ding und führte es an die Lippen. »Fahren Sie fort«, sagte er mißtrauisch. »Erklären Sie. Erläutern Sie.«

»Gut.« Sir John senkte seine Hagerkeit auf eines der Chesterfieldsofas und streckte behaglich die langen Beine aus. »Haben Sie sich jemals gefragt, warum das Alte Testament am Ende einfach im Sande zu verlaufen scheint?« erkundigte er sich.

»Nein«, antwortete Maxwell und nippte an seinem Kaffee. »Kann ich nicht behaupten.«

»Oder warum der Zyklus griechischer Mythen urplötzlich mir nichts, dir nichts aufgehört hat?«

»Nein.«

»Oder warum Kolumbus auf seiner Suche nach der Neuen Welt niemals über den Rand der Welt hinausgesegelt ist?«

»Ich würde sagen, weil die Erde eine Kugel ist, meinen Sie nicht?«

»Ist sie das?«

»Nun, bis gestern jedenfalls war sie es.«

»Ah«, sagte Sir John. »*Gestern*.«

»Sie meinen, *heute* nicht mehr?«

»Höchstwahrscheinlich nicht. Ich muß das erst noch untersuchen.«

»Moment mal«, sagte Maxwell.

»Ich fasse mich so kurz wie möglich.« Sir John zwirbelte an seinem Bart. »Und so einfach wie möglich. Die

Geschichte dieses Planeten, die Geschichte der gesamten Menschheit besteht aus ›Zeitaltern‹. Vom Zeitalter des Chaos zum Zeitalter der Dinosaurier bis zum Zeitalter der Entstehung des Menschen. Die Steinzeit. Die Bronzezeit. Die Eisenzeit. Das Zeitalter der Mythen und Legenden. Das goldene Zeitalter. Das dunkle Zeitalter. Das Mittelalter. Das Zeitalter der Vernunft. Das Zeitalter der Dampfmaschinen. Das Technologiezeitalter. Das Zeitalter des Aquarius. Die Neuzeit. Zeitalter, Zyklen, Zeiten, Zeitspannen. Maßeinheiten, die ineinander übergehen, aber stets in die gleiche Richtung fließen. Nach vorn. Warum hört das Alte Testament mitten drin auf? Weil das Biblische Zeitalter an seinem Ende angelangt war. Das Zeitalter der Propheten und derer, die mit Gott über die Erde spazierten, war vorüber.«

»Und wohin soll das alles führen?« fragte Maxwell, der nicht wußte, wohin das alles führen sollte.

»Ganz einfach. Max, das Zeitalter, das Sie bis gestern kannten, hat aufgehört zu existieren. Der Planet Erde ist in ein anderes Zeitalter eingetreten.«

»Und was soll das für ein Zeitalter sein? Das Zeitalter der Romancharaktere?«

Maxwells Gastgeber warfen sich vielsagende Blicke zu.

»Vergessen Sie's«, sagte Maxwell.

»Bisher hatte noch niemand Gelegenheit, dem neuen Zeitalter einen Namen zu geben«, erklärte Sir John. »Aber wenn ich einen Vorschlag machen dürfte, würde ich es ›Das Zeitalter der beinahe unbegrenzten Möglichkeiten‹ nennen.«

»Wirklich?« sagte Maxwell höchst unbeeindruckt. »Sicher hat *jedes* Zeitalter seine beinahe unbegrenzten Möglichkeiten.«

»Ich nehme an, Sie wissen, wovon Sie reden, Max. Schließlich sind *Sie* der Held.«

»Der *Held*?« Maxwell verschluckte sich am Kaffeesatz in seiner Tasse. »Ich bin kein Held. Ich bin einfach Mister Ich. Und ich heiße Maxwell, nicht Max.«

»Sie *hießen* Maxwell. Es wird Ihnen bald einleuchten. Erkennen Sie vielleicht, worauf das alles hinausläuft?«

»Sie könnten vielleicht ein wenig deutlicher werden. Was ist das für ein neues ›Zeitalter‹, in das die Erde eingetreten ist? Wie kommt sie überhaupt dazu, in ein neues Zeitalter einzutreten? Und warum?«

»Es gab Hinweise. Die Ereignisse warfen ihren Schatten voraus. Prophezeiungen. Vorhersagen.«

»Sie meinen die Apokalypse? Oder Armageddon?«

»Ich sage lediglich, daß das Technologiezeitalter nicht mehr existiert. Wenn Sie so wollen, dann ist die Erde in eine Periode der Nichtkausalität eingetreten. Die Realität scheint einen Riß erlitten zu haben. Ein neues Zeitalter der Mythologie und Magie dämmert herauf.«

»Magie! Das funktioniert nicht«, sagte Maxwell. »Ich hab's selbst ausprobiert.«

»Magie hat im Zeitalter der Technologie nicht funktioniert. Wie sollte sie auch? Jetzt funktioniert sie wieder. Bestimmt.«

»Sie binden mir einen Bären auf, wie?«

»Pardon?«

»Verzeihung. Scheint sich um ein Überbleibsel aus dem Zeitalter des Kolloquialismus zu handeln.«

»Vielleicht sollten Sie Max einen Blick nach draußen werfen lassen«, schlug Dr. Harney vor.

»Maxwell«, sagte Maxwell. »Ich heiße *Maxwell*. Wie *Maxwell*-Kaffee. Da war dieser neue Nachbar, der in die Wohnung über uns gezogen ist. Eines Abends kam er zu Mama und wollte sich ein wenig Kaffee ausborgen. Und ... und ... Sie wissen schon ...«

»Sie können wirklich dankbar sein«, sagte Sir John.

»Tatsächlich?«

»Stellen Sie sich vor, er hätte sich *Domestos* ausgeborgt.«

»Oder *Ovomaltine*«, sagte Dr. Harney.

»Oder eine Packung *Durex*«, kicherte Danbury Collins.

Die drei musterten den Jungen mit bösen Blicken. »Sorry«, sagte der Bursche. »Ist mir so rausgerutscht. Äh, das mit dem *Durex* meine ich. War keine böse Absicht. Äh ...«

»Genau wie in den Büchern«, sagte Maxwell. »Da ist er auch immer ein wenig vertrottelt.«

»*Comic-relief*«, sagte Sir John.

»Hören Sie auf«, sagte Maxwell. »Hören Sie bloß auf. Bevor das zu weit führt. Sagen wir, ich akzeptiere, daß etwas Merkwürdiges geschehen und die Erde *tatsächlich* in ein neues Zeitalter oder etwas in der Art eingetreten ist. Wie erklärt das Ihre Anwesenheit? Wie erklärt das dieses Zimmer? Das ist doch *Ihr* Zimmer, oder nicht? Ihre Bibliothek im Versteckten Turm? ›Der Turm, von dessen Existenz allein Sie wissen.‹ Erklären Sie mir, wieso ich hier bin und mit Ihnen rede? Wie kommt es, daß eine Gruppe von Romanhelden plötzlich Wirklichkeit ist?«

»Mit allem Respekt«, sagte Sir John, »aber *Sie* sind es, der hier die Erklärungen abliefern sollte. Wie Sie ganz richtig festgestellt haben, befinden Sie sich hier in *meiner* Bibliothek und unterhalten sich mit *mir* und *meinen* getreuen Begleitern. Wie erklären Sie das?«

»Keine Ahnung«, erklärte Maxwell das. »Andererseits ist mir das ehrlich gesagt auch ziemlich egal.«

Sir Johns Zunge machte »Tssstssstsss«.

Dr. Harney zog eine Taschenuhr aus der Uhrentasche und warf einen besorgten Blick darauf.

Danbury Collins trat nervös von einem Fuß auf den andern.

»Der letzte Leser ist bereits zur Hälfte durch das letzte Kapitel«, sagte Dr. Harney schließlich. »Uns bleibt kaum noch Zeit. Max muß erfahren, was er zu tun hat, bevor sich das Buch für immer schließt.«

Maxwell blickte von einem besorgten Gesicht zum anderen. »Was geht hier vor?« fragte er.

»Also schön!« Sir John sprang auf. »Max, Sie müssen

es erfahren. Meine Begleiter und ich sind in der Tat Romanfiguren. Wir besitzen keine objektive Realität. Wir leben lediglich in der Vorstellung unserer Leser. Doch wir leben. Wir existieren. Wir erleben unsere Abenteuer. Wir unterhalten unsere Leser. Wir werden real. Genau in diesem Augenblick liest irgend jemand diese Zeilen und verleiht uns damit Realität. Bald jedoch werden die Menschen merken, daß eine große Veränderung auf dem Planeten eingetreten ist. Sie werden das Buch beiseite legen und es niemals wieder öffnen. Und dann werden wir für immer aufhören zu existieren.«

»Das ist in der Tat tragisch«, sagte Maxwell.

»Ich bin ganz Ihrer Meinung. Aber so ist das eben. Deswegen ist es auch von allergrößter Bedeutung, daß wir Ihnen unser Wissen vermitteln. Daß wir Ihnen die magischen Bücher geben, die, obwohl sie bis dato nur in der Phantasie des Lesers Macht besaßen, in dieser neuen Welt den Raum verbiegen und Änderungen bewirken. Daß wir Ihnen die Fähigkeiten und Techniken verleihen, die Sie benötigen, um in dieser neuen Welt zu überleben und erfolgreich zu bestehen.«

»Ich bin gerührt«, sagte Maxwell. »Aber warum ausgerechnet ich? Ich bin lediglich ein arbeitsscheuer Taugenichts. Ich habe keinerlei besonderes Talent. Ganz ehrlich, ich bin wirklich ziemlich langweilig.«

»Ganz ehrlich, Sie sind nicht nur langweilig, sondern *blöde*. Sehen Sie sich doch an!«

»Oh? Danke schön.«

»Leider bleibt uns keine andere Wahl. Der blöde Maxwell Karrien wird schon bald zu existieren aufhören.«

»Wird er das?«

»Das wird er. Ersetzt durch Max Carrion, den Imagineur.«

»Max Carrion«, sagte Maxwell Karrien. »Der Klang gefällt mir. Aber was, um Gottes willen, ist ein Imagineur?«

»Eine Mischung aus Bladerunner, Terminator, Darkman und Doc Savage.«

»Klingt ein wenig abgedroschen.«

»Sie werden der Figur eine neue Facette verleihen.«

»Ich bin sicher, daß ich das nicht werde.«

»Ich bin sicher, daß Sie das doch werden, Max. Hören Sie, wir müssen schnell sein. Wir können nur deswegen mit Ihnen reden, weil unser Leser im Augenblick ein wenig vor sich hindöst. In einer Minute schon wird er mit Lesen fortfahren, und dann müssen wir unseren Rollen gemäß handeln. Wir sind an die Handlung des Romans gebunden. Da kann man nichts machen. Deswegen müssen wir Sie *jetzt* mit unseren Fähigkeiten vertraut machen.«

Maxwell schüttelte den Kopf. »Sie haben mir immer noch nicht verraten, warum Sie ausgerechnet mich für diese Sache auserwählt haben.«

Sir John Rimmer seufzte tief. »Weil Sie, mein lieber Max, derjenige sind, der das Buch liest. *Sie* sind der letzte Leser.«

»*Ich?*«

»Sie.«

»Oh.«

»Verstehen Sie«, sagte Dr. Harney, »Romangestalten können sich ihre Leser nicht aussuchen. Ich wünschte, es wäre anders. Aber da Sie nun einmal unser letzter Leser sind, geben wir unser Wissen an Sie weiter. Und ...« Dr. Harney hielt inne. Sein Mund stand offen, und er rührte sich nicht mehr.

»Reden Sie weiter«, sagte Maxwell. »Was?«

»Er ...« Sir John wandte sich halb zu Maxwell um und erstarrte zu einer Salzsäule.

»Was ist los? Danbury?«

»Das Buch wird anscheinend wieder gelesen. Jetzt kommt *er* ins Spiel.«

»*Er?* Wer?«

Ein heftiges Klopfen erklang an der Zimmertür, die Maxwell zu einem früheren Zeitpunkt zum Zwecke der Flucht vergeblich gesucht hatte.

Dr. Harney erwachte plötzlich wieder zum Leben. Er drehte den Griff seines lackierten Stocks und zog eine schimmernde Klinge aus dem Schaft.

Sir John löste sich ebenfalls aus seiner Starre und trat zur Tür.

»Was geht hier vor?« verlangte Maxwell zu wissen. Er wußte nämlich, daß etwas vorging, und fummelte deswegen hektisch an seinen Schnürsenkeln.

»Seid vorsichtig«, rief Sir John. »Er ist sicher nicht allein.«

»Wer ist *er*?« wiederholte Maxwell seine Frage von zuvor. Er rutschte aus dem Sessel und fiel der Länge nach auf die Nase.

Die Zimmertür – Ulmenholz mit Intarsien aus Espe, teilvergoldeten Griffen und Riegeln – löste sich aus ihren Angeln und krachte in den Raum.

Zwei monströse Kreaturen – deformierte Köpfe mit Glupschaugen und vereinzelten Haarbüscheln, zuschnappenden Kiefern und spitzen Zungen, gewaltigen faßförmigen Oberkörpern in Lederwämsen und Armen bis zu den Knien – stürmten vorwärts und warfen unersetzliche Antiquitäten zu Boden oder stießen Globen und Statuen über den Haufen. Sie brüllten. Schrien. Kreischten. Entsetzlich.

Maxwell ging unter einem Satinholzsekretär in Deckung und spähte ängstlich auf die alarmierende Szene, die sich vor seinen Augen entfaltete.

»Zurück, faulende Brut aus Satans Nachttopf!« Sir John hob die Hände, stieß geheimnisvolle Silben hervor und malte rätselhafte Figuren in die Luft. Maxwells Ohren knackten, als plötzlich Druckwellen durch das Zimmer rasten. Funken sprühten aus Sir Johns Händen. Strahlende Energie floß von seinen Fingern und versengte die Monster fürchterlich und so.

Die Kreaturen schrien angstvoll auf, wichen zurück und warfen sich zu Boden. Dann fingen sie an zu schrumpfen, tropften wie zwei abgebrannte Kerzen und waren schließlich verschwunden.

»Rock 'n' Roll«, flüsterte Maxwell. »Was war das? Was das war?* Oder was?«

»Dr. Harney, die Spruchrolle!« schrie Sir John. »Sie darf ihm unter keinen Umständen in die Hände fallen!«

Was für eine Spruchrolle? dachte Maxwell. Und wer ist *ihm*?

Der Doktor klopfte gegen seine Tasche. »Ich habe keine Spruchrolle. Sie ist nicht mehr dort, wo ich sie hingetan habe.«

»Was?« flüsterte Maxwell. Er blieb mit dem Kopf in Deckung und kämpfte noch immer mit seinen soliden Schnürsenkeln.

Sir John machte ein ernstes Gesicht. »Die Spruchrolle ist der Schlüssel zu aller Macht«, sagte er. »Wer sie entziffern kann, der besitzt die ultimative Kontrolle. Sie darf dem Count unter gar keinen Umständen in die Hände fallen. Wenn er sie kriegt, dann ist alles verloren.«

»Nicht für mich, meine Herren. Nicht für mich.«

Maxwell wandte den Kopf zu dem Sprecher und war ziemlich beeindruckt von dem, was sich seinen Blicken bot. Im Türrahmen stand das Böse an sich. Jedenfalls hatte sich Maxwell das Böse an sich immer so vorgestellt. Groß und glatzköpfig und schlecht bis auf die Knochen. Knochenweiße Haut, Kleider aus Friedhofsschwarz. Das Gesicht eine Maske des Hasses und der Verachtung. Ein rechtes Schurkengesicht. Einfach *alles* an dieser Gestalt war böse. Unheilverkündend. Grausam.

»Count Waldeck!« rief Sir John. »Endlich stehen wir uns gegenüber.«

»Es ist der Count«, flüsterte Maxwell zu seinen Stie-

* Wie der Franzose sagt.

feln. »Sir Johns Erzfeind. Das böse Gegenstück zu Sherlock Holmes. Das scheint die große Abschlußszene im letzten Kapitel des Buches zu sein. Des Buches, das ich allem Anschein nach gerade in diesem Augenblick lese. Und irgendwie komme ich selbst darin vor. Weil ich mich so in die Bücher vertiefe, schätze ich. Ich vermute, es macht irgendeinen Sinn, wenn man dem Sinn eine Chance gibt. Und das tue ich.«

Maxwells Stiefel schwiegen.

»Ihr wißt, weswegen ich gekommen bin«, sagte der Count. »Wenn ich eure Leben verschonen soll, dann gebt es heraus.«

»Niemals!« Sir John krümmte die Finger und flüsterte erneut merkwürdige Beschwörungen. Macht blitzte auf. Licht auch. Und erlosch wieder. Erlosch zu einem Fünkchen und ward verschwunden.

»Scheiße«, sagte Sir John.

Der Count wischte winzige weiße Flecken von seinen Schultern. »Mir scheint, das war ein Schuppenzauber«, sagte er. »Aber egal.« Er warf die Arme hoch. Goldene Seile schlängelten über den Boden und züngelten an Sir John empor. Bald schon war er gebunden.

Sir John kämpfte und wehrte sich – vergeblich.

»Meine Magie ist mächtiger als deine, ätsch!« rief der Count. »Heute ist mein Tag, schätze ich.«

»Wie, um alles in der Welt, hast du diesen Platz gefunden?« Sir John straffte sich unter den goldenen Fesseln. »Der Ort ist ein Geheimnis, und nur ich und meine getreuen Gefährten wissen davon.«

»Getreu?« Der Count hob eine böse Augenbraue und lachte ein böses Lachen.

»Nein.« Sir John sah zu seinen getreuen Gefährten. Dr. Harney war ebenfalls gebunden. Danbury Collins hingegen war es nicht.

»Sie haben es ihm verraten?«

Danbury kicherte teuflisch. »Ja, das ist richtig.«

»Aber warum?«

»Sehen Sie, ich habe nicht darum gebeten, in diesem Buch vorzukommen. Ich habe überhaupt nicht darum gebeten, daß mich jemand schreibt. Und wenn überhaupt, dann macht die Rolle des bösen Jungen mehr Spaß. Das weiß doch jedes Kind!«

»Die Spruchrolle«, sagte der Count. »Wo ist die Rolle?«

»Max hat sie«, sagte Danbury.

»Max? Welcher Max?«

Maxwell, der sich endlich von seiner Stiefelverschnürung befreit hatte, stand im Begriff, unbemerkt zur Tür zu kriechen.

»Der Max«, sagte Danbury und deutete auf den fraglichen Max.

»O Mann«, stöhnte Max und erhob sich.

»Gib mir die Rolle.«

Maxwell grinste ein unglückliches Grinsen. »Ich habe keine Rolle. Und überhaupt, ich sollte eigentlich gar nicht hier sein. Würde es jemanden stören, wenn ich einfach verschwinde?«

»Würde es. Gib mir die Rolle.«

»Ich hab' keine Rolle.«

»Hat er doch«, sagte Danbury. »Ich hab' sie ihm gestern persönlich mit der Post geschickt, nachdem ich sie Dr. Harney gestohlen hatte.«

»Mit der Post?« Maxwell kramte in seiner Innentasche und zog eine Rolle hervor. Den königlichen Königin-Elisabeth-Preis. »Sie meinen doch wohl nicht diese da?«

»Doch. Genau diese da. Gib sie her.« Der Count trat einen Schritt auf Maxwell zu.

Maxwell wich einen Schritt vor dem Count zurück. »Keine Chance«, sagte er.

»Geben Sie sie ihm«, drängte Danbury Collins. »Er läßt Sie bei seiner Bande mitmachen.«

»Ich will nicht bei seiner Bande mitmachen. Er ist ein fieser Bastard.«

»Bastarde haben mehr Spaß«, sagte der Bastard.

»Sie meinen sicher Blondinen.«

»Sie könnten Ihr Haar färben«, schlug Danbury Collins vor.

»Sie sind ein richtiger kleiner Scheißkerl sind Sie.« Maxwell drückte den königlichen Königin-Elisabeth-Preis an seine Brust. »Ich geb' das nicht her. Eher reiße ich das verdammte Ding in Stücke.«

»Werden Sie nicht.«

»Werd' ich doch.«

»Werden Sie nicht.«

»Und warum nicht?«

Danbury Collins grinste. »Weil Sie nicht stark genug sind.«

»Bin ich doch.«

»Sind Sie nicht.«

»Bin ich doch.« Maxwell packte die Rolle mit beiden Händen und bemühte sich erfolglos, seinen königlichen Königin-Elisabeth-Preis zu zerreißen. »Bin ich nicht«, schlußfolgerte er schließlich ein wenig kurzatmig. »Ich frage mich ernsthaft, woran das nun wieder liegt.«

»An dem Gift in Ihrem Kaffee. Sie haben nur noch wenige Augenblicke zu leben.«

»Sie sind ein ekelhaftes Schwein.«

»Das ekelhafte Schwein nimmt jetzt die Rolle«, sagte das ekelhafte Schwein und nahm die Rolle aus Maxwells kraftlosen Fingern. »Sie können die Handlung nicht ändern. Diesmal gewinnt der Count.«

»Nein!« Maxwells Finger wurden taub. Sein Mund war ganz trocken.

»Doch.« Danbury kniete vor dem Count nieder und reichte ihm die Rolle.

»Guter Junge. Mein loyaler Diener. Jetzt nimm das …« Der Count drückte ihm eine silberne Pistole in die ausgestreckte Hand. »… und töte sie alle.«

»Jawohl, Mylord.« Danbury erhob sich, drehte sich um und zielte auf Sir John.

»Nein!« kreischte Maxwell. »Das können Sie nicht tun! Die Serie darf nicht so enden! Sie darf einfach nicht!«

»Das kann ich wohl.« Danbury Collins spannte den Hahn und krümmte den Finger um den Abzug. Maxwell wandte das Gesicht ab. Ein zweiter Schuß, und Dr. Harney fiel ebenfalls tot zu Boden.

»Nein, nein, nein, nein, nein, nein, nein!« würgte Maxwell. Seine Knie gaben nach, und er sank in seinen Lieblingssessel. »Die ganze Welt ist verkehrt! Die Bösen dürfen nicht gewinnen. Mein Gott, ist mir schlecht!«

»Das geht vorbei«, sagte Danbury Collins. »Und dann sind Sie tot.«

»Danbury«, sagte der Count.

»Ja, Meister?«

»Schieß dich selbst in den Kopf, bitte.«

»Selbstverständlich, Meister. Alles, was Sie wünschen, Meister.«

Danbury setzte die Pistole an seine Schläfe und schoß sich das Gehirn heraus. »Ich glaube, jetzt habe ich die Loyalität ein wenig zu weit getrieben«, murmelte er, als er leblos zu Boden sank.

»Guter Junge.« Der Count grinste einmal mehr ein teuflisches Grinsen und entrollte Maxwells Rolle. Und dann erschien ein nicht eben wenig besorgter Ausdruck auf seinem bösen Gesicht. »Was ist denn das?« brummte er, und dann, ein wenig lauter: »WAS IST DENN DAS?!«

»Das ist ein königlicher Königin-Elisabeth-Preis«, sagte Max. »*Mein* königlicher Königin-Elisabeth-Preis. Für Fleiß.«

Der Count wirbelte herum.

Maxwell hob den Kopf.

Dort in der Tür stand er, Max (selbst), und er sah um einiges besser aus als jemals zuvor. Sein Haar war zu einer glänzenden Tolle gekämmt. Das Gesicht war gebräunt. Harte Muskeln preßten den strengen Mund zusammen. Graue Augen blitzten unter gerunzelten Brauen hervor.

Er (selbst) hatte die Hände tief in den Taschen eines einfach wunderbaren schwarzen Ledermantels vergraben, der beinahe bis zum Saum einer ähnlich wunderbaren ledernen Hose reichte. Der Mantel stand vorne offen und entblößte eine dunkle Krawatte, gehalten von silbernen Nadeln, eine edle purpurne Brokatweste und eine Reihe Gürtel mit einer Anzahl gehalfterter Pistolen, Dolche und einem Samuraischwert in einer glänzenden Scheide. Die Hosentaschen waren ausgebeult bis zu den Knien und beherbergten ganz ohne Zweifel weitere furchterregende Bewaffnung.

Dieser Max wirkte ganz so, als meinte er es ernst.

»So«, sagte der Count. »Ich denke nicht, daß wir uns vorgestellt wurden?«

»Carrion«, sagte Carrion. »Max Carrion. Imagineur.«

»Sie wirken nicht besonders imaginativ, Mister Carrion. Eher wie eine Mischung aus Bladerunner, Terminator, Darkman und Doc Savage.«

»Ich finde, er sieht verdammt gut aus!« krächzte Maxwell mit einem unerfreulichen Röcheln. »Andererseits bin ich ziemlich blöde.«

»Und außerdem bald tot«, sagte der Count.

»Erst nach Ihnen«, sagte Max Carrion.

»Oh, bitte. Verschwenden Sie nicht meine Zeit, Bursche.« Count Waldeck riß die Hände hoch und murmelte geheimnisvolle Worte. Ein Strom purpurner Energie raste auf den Burschen in dem einfach wunderbaren Outfit zu.

Der Bursche bewegte sich kein Jota.

Energie umhüllte den Burschen, knisternd, knackend. Verzehrend.

Max Carrion stand völlig ungerührt da.

Der Count verzerrte das Gesicht. Er biß die Zähne zusammen, schaukelte auf den Absätzen, beschwor ständig neue Feuerstrahlen.

Max zog eine Packung Woodbines aus der Tasche, entnahm eine Zigarette, hielt sie in den umhüllenden Energiestrom und paffte ein, zweimal daran.

»Was?« Das Gesicht des Count war inzwischen puterrot. Er zitterte und bebte am ganzen Körper. Weitere Blitze schossen auf Max zu, doch sie waren schwächer. Schließlich kamen gar keine mehr.

»Fertig?« fragte Max Carrion.

»Was?« Der Count musterte seine Fingerspitzen. Sie schienen ein wenig angekokelt. Er sah fix und fertig aus.

»Ich schätze, er ist fix und fertig«, sagte Max.

»Ich schätze, er ist fix und fertig«, sagte Maxwell.

»Was?« fragte der Count erneut und wandte sich zu dem vergifteten Burschen um.

»Ihnen ist der Dampf ausgegangen«, sagte dieser Mann, erhob sich aus seinem Lieblingssessel und bückte sich, um die Pistole aus Danbury Collins' toter Hand zu winden.

»*WAS?*«

»Aus. Verbraucht. Fertig. Und jetzt auch noch tot.« Maxwell richtete die Pistole auf den Count und drückte ab.

»Guter Schuß«, sagte Max.

»Danke«, sagte Maxwell und blies in den Lauf.

»Herzlichen Glückwunsch«, sagte Sir John und schüttelte Bruchstücke seiner goldenen Fesseln ab.

»Ein erstklassiger Job«, stimmte Dr. Harney zu, sprang auf und half dem langen Mann in die Vertikale. »Äußerst geschickt ausgeführt.«

»Danke«, sagte Maxwell.

Stöhn und *keuch*, machte der Graf. »Du hast mich erschossen!«

Maxwell grinste auf ihn herab. »Nun, ich konnte Sie schließlich nicht gewinnen lassen, oder?«

»Aber wie hast du das gemacht? Wie hast du den Schluß verändert? Diesmal sollte ich gewinnen. So steht's im Buch.«

Maxwells Grinsen richtete sich auf Sir John. »Soll ich's ihm erzählen?« fragte er.

»Ich denke schon«, erwiderte der hagere Mann. »Der Schurke kriegt am Ende stets eine Erklärung von seinem Bezwinger. Es ist eine Sitte, eine Tradition, ein alter Brauch oder so was.«

»In Ordnung.« Maxwell sah wieder den Count an. »Wie fühlen Sie sich?«

»Ich halte noch eine Minute oder so durch. Beeilung also, wenn ich bitten darf.«

»Ja. Okay. Es war wirklich ganz einfach. Sehen Sie, unter normalen Umständen kann ein Leser den Ausgang eines Buches nicht beeinflussen. Selbst wenn er könnte, es würde keinen Unterschied machen. Weil es nämlich Tausende andere Exemplare dieses Buches gibt und Tausende anderer Leser.

Aber das hier ist etwas anderes. Wie Sir John mir vorhin erklärt hat, bin ich der *letzte* Leser. Also kann ich tun und lassen, was immer ich will. Ich habe das Buch bis zum Ende gelesen, und das Ende gefiel mir nicht. Ich wollte nicht, daß Sie gewinnen und alles. Also besorgte ich mir eine Flasche *Tippex*, blätterte ein paar Seiten zurück und fügte einige Änderungen ein. Ich habe mich selbst hineingeschrieben. Deswegen bin ich hier, verstehen Sie? Ich habe mich selbst als Sir Johns neuen Zauberlehrling in das Buch geschrieben. Ich wußte bereits von Danburys Verrat, also ergriff ich einige Vorkehrungen. Zum Beispiel habe ich Sir John und Dr. Harney mit kugelsicheren Westen ausgerüstet und das Gift, das Danbury Collins in meinen Kaffee geschüttet hat, gegen harmlosen Zucker ausgetauscht.«

»Aber wer, zum Teufel, ist der Bastard in dem einfach wunderbaren Lederoutfit?« Der Count deutete mit schwacher Hand auf Max Carrion.

Maxwells Grinsen wurde noch breiter. »Ein Produkt meiner Imagination. Ihre Kraft war größer als die von Sir

John, also mußte ich Sie dazu bringen, sich völlig zu verausgaben. Anschließend konnte ich Sie einfach erschießen. Was ich dann ja auch tat.«

»Oh«, sagte der Count. »Nun, das klingt einleuchtend. Ich vermute, auf lange Sicht ist es eh gleichgültig, welche Seite gewinnt. Wenn du das Buch zuklappst, hören wir auf zu existieren.«

»Sicher. Aber als der letzte Leser fand ich es nur passend, daß die Geschichte so ausging, wie ich das wollte.«

»Dann bin ich jetzt vermutlich tot.«

»Ich vermute, Sie haben recht.«

Und Maxwell hatte recht.

»Bravo«, sagte Sir John und zupfte seinen Bart in Form. »Sie haben sich ganz ohne Zweifel als Imagineur der allerersten Güte erwiesen, Maxwell. Was planen Sie als nächstes?«

Maxwell kratzte sich ganz ohne Scham am Kopf. »Ich klappe das Buch zu und erforsche die neue Welt da draußen, schätze ich.«

»Klingt nach einer guten Idee. Unsere Gedanken sind bei Ihnen.«

»Ich vertraue darauf, daß das gleiche für all die magischen Zauberbücher gilt, die Sie besitzen. Zusammen mit all Ihren mächtigen Talismanen und Schutzamuletten. Wenn die Magie in diesem neuen Zeitalter wieder funktioniert, dann will *ich* derjenige sein, der damit arbeitet.«

Sir John schürzte die Lippen und schüttelte den Bart. »Ich bedaure, wenn ich Sie in dieser Hinsicht enttäuschen muß, mein Sohn«, sagte er. »Derartige Dinge sind unbezahlbar und dürfen niemals dazu mißbraucht werden, um den Dank oder das Wohlwollen einer vollkommen fremden Person zu erkaufen, die noch dazu allein aufgrund glücklicher Umstände hinzugekommen ist.«

»Das nennen Sie Dankbarkeit?« empörte sich Maxwell. »Ihre Worte entsetzen mich!«

»Ich verspreche Ihnen Wissen, Maxwell«, sagte Sir John. »Und Wissen ist es, das ich vermittle. Das Wissen nämlich, daß Ihre kreative Imagination ausreicht, um bemerkenswerte Taten zu vollbringen. Das Wissen, daß Sie, solange Sie für die gerechte Sache kämpfen, am Ende über alle triumphieren werden, die sich gegen Sie erheben.«

»Dieses Wissen ist ganz ohne Zweifel profund«, sagte Maxwell unglücklich. »Allerdings finde ich Ihre Vorstellungen ein wenig quichottisch*. Um nicht zu sagen lebensfremd. Vielleicht können Sie mir ja den einen oder anderen kleineren Spruch aus dem einen oder anderen Ihrer dicken Wälzer verraten, der mir auf meinem Weg hilft. Zum Beispiel einen, der einen potentiellen Feind auf der Stelle bewegungsunfähig macht. Oder einen, mit dem ich Gold vermehren oder das Altern auf unbestimmte Zeit hinauszögern kann. Ich wäre sicher nicht undankbar.«

»Verscheuchen Sie derart frivole Gedanken nur schnell aus Ihrem Kopf«, erwiderte Sir John. »Sie sind jetzt Max Carrion, der Imagineur. Denken Sie gefälligst an edle Taten und hohe moralische Standards. Dr. Harney wird Ihnen den Weg zur Tür weisen.«

»Ich will aber nicht!« kreischte Maxwell. »Ich werde das alles umschreiben. Wo ist mein *Tippex*? Wo ist mein Kuli?«

»Viele, viele Meilen von hier entfernt.«

»Ich wurde auf schäbigste Weise mißbraucht!« kreischte Maxwell. »Glauben Sie nur nicht, Sie könnten mich so mir nichts, dir nichts aus Ihrem Turm hinauswerfen. Schließlich bin ich Max Carrion, der Imagineur, oder nicht?«

»Das sind Sie sicherlich«, sagte Sir John. »Und jetzt, Dr. Harney, bringen Sie Max bitte zur Tür.«

* Von Don Quichotte, nicht von Schottland.

KAPITEL 3

Obwohl Max beträchtlichen Widerstand leistete, war er kein Gegner für Sir John und Dr. Harney, die ihn schließlich – unter Zuhilfenahme von Schwert und Kricketschläger – aus dem Gebäude trieben.

Draußen, vor der mächtigen Turmtür, die mit einem mächtigen Knall vor seiner Nase zugeknallt worden war, schäumte Max vor Wut. Er verfluchte seine einstigen Gastgeber und reservierte besonders heftige Tiraden der Verdammnis für sein imaginäres Double. Den Kerl mit dem einfach wunderbaren Outfit, der, trotz des ungleichen Kampfes, unbeteiligt dabeigestanden, eine Wild Woodbine geraucht und nicht die geringste Sorge für das Wohlergehen seines Schöpfers gezeigt hatte.

Als Maxwell schließlich die Schmähungen ausgegangen waren und er vom vielen vergeblichen Gegen-die-Tür-treten blaue Flecken an den Zehen hatte, ordnete er seine Gedanken. Es war Zeit, nach Hause zu gehen.

Nun lautete der erste von Maxwells geordneten Gedanken, daß er (da er sich ganz offensichtlich nicht mehr in dem Buch aufhielt, das er gerade las) sich aus diesem Grund in seinem Wohnzimmer wiederfinden müßte, in seinem Lieblingssessel sitzend, eben jenes Buch im Schoß und *Bic* und *Tippex* bei der Hand. Ein flüchtiger Blick auf die fremde Umgebung jedoch brachte ihn zu der Überzeugung, daß dies nicht der Fall war.

Maxwell stand auf einem niedrigen Hügel. Ein wunderschöner Rasen wuchs aus malerischen Niederungen bis zu ihm hinauf. Wo er auch hinsah, überall Wiesen wie aus dem Märchenbuch. Die kultivierte Landschaft erstreckte sich bis zum Horizont.

Ein Stück weiter oben erhob sich die gotische Pracht von Sir Johns Versteckten Turm, einer Märchenburg aus pinkfarbenem behauenem Stein, gekrönt von Zinnen und Kuppeln, die im goldenen Sonnenlicht glänzten. Alles ganz wunderschön und gut, wenn man auf so etwas steht. Maxwell stand überhaupt nicht auf so etwas.

»Ich muß mir vorstellen, daß ich zu Hause bin«, sagte Maxwell sich. »Und dann werde ich zu Hause sein. Ich stelle mir vor, ich hätte das Buch zugeklappt und wäre zu Hause. Dann werde ich aus diesem Tagtraum oder Alptraum oder was auch immer erwachen.«

Maxwell schloß die Augen, verkniff das Gesicht zu einem Abbild tiefer Konzentration und dachte sich zurück nach Hause.

»So«, sagte Maxwell und öffnete die Augen. Und: »Ach du heiliger Bimbam!« fuhr er fort.

Er stand noch immer am gleichen Fleck wie ein paar Augenblicke zuvor. Allerdings hatte sich das Panorama gewaltig verändert. Das Gras ringsum wucherte brusthoch, die Wiesen aus dem Märchenbuch und das kultivierte Land waren zu einer stechginsterüberwachsenen Moorlandschaft verkommen, und der Versteckte Turm war eingefallen und nur noch ein wirrer Haufen Steine.

Maxwell setzte ein reumütiges Gesicht auf und schlang die Arme um den Leib. Es war kühl, und der Grund dafür war offensichtlich. Oberhalb der öden Landschaft, in einem klaren, wolkenlosen Himmel, stand die Sonne im Zenit. Aber es war eine merkwürdige Sonne: angeschwollen, aufgebläht, rubinrot, als würde sie im nächsten Augenblick hinter dem Horizont versinken. Quer über die Sonnenscheibe zog sich klar erkennbar ein dünner schwarzer Strich.

Ein verdrießliches Stöhnen entwich Maxwells reumütigem Gesicht. »Das ist nicht meine Schuld«, murmelte er. »Das war ich nicht.«

Er starrte auf die freudlose Umgebung. Wo war er? War er noch in England? Wahrscheinlich eher nicht. Wo, um alles in der Welt, sah die Sonne so aus, wie die Sonne aussah? Grönland? Island? Feuerland? Patagonien?

Maxwell schnüffelte. Roch es nach England? Und wenn – wie roch England überhaupt? Ein Amerikaner hatte ihm einmal gesagt, daß Frankreich nach Knoblauch und *Gauloises* roch und England nach schalem Bier und gekochtem Kohl. Maxwell erinnerte sich, daß der Amerikaner nach Käse gerochen hatte, doch er konnte sich nicht mehr an den Grund dafür erinnern, obwohl es ihm damals erklärt worden war.

»Wo auch immer ich bin, ich will nicht hier sein.« Maxwell trat einen halben Schritt vor und fiel auf die Nase. Schon wieder die Schnürsenkel verknotet? Das war überhaupt nicht lustig. Maxwell kämpfte mit seinen Füßen. Sie waren buchstäblich angewachsen. Überwuchert von Unkraut und Wurzeln und allerlei Zeug. Maxwell trat und strampelte und kam schließlich frei. Zwei dunkle Flecken nackter Erde markierten die Stelle, wo er eben noch gestanden hatte. »Ich bin weg«, sagte Maxwell.

Er trottete den Hang hinunter, die Hände tief in den Hosentaschen, den Jackenkragen gegen die Kälte hochgeschlagen. Hinaus in die öde Umgebung. Aber welche Richtung sollte er einschlagen? »Süden«, beschloß er voller Vertrauen auf den eingebauten Orientierungssinn, den alle Männer zu besitzen glauben, und wandte sich nach Westen.

Er kam nicht leicht voran. Es machte nicht den geringsten Spaß. Kleine Mistviecher der stechenden Sorte schwärmten herbei, um an Maxwells ungeschützten Hautpartien zu völlern. Irgend etwas heulte geheimnisvoll in der Ferne, und die Trostlosigkeit der Stechginstereinöde wurde nur hin und wieder von morastigen Sümpfen durchbrochen, in die Maxwell jedesmal ohne Vorwarnung hineinstolperte.

Die Sonne bewegte sich vor ihm über den Himmel, was Maxwell einigermaßen verwirrte. Er überlegte angestrengt, in welcher Gegend des Planeten die Sonne wohl im Süden unterging.

Deswegen verspürte Maxwell auch nicht geringe Erleichterung, als er schließlich durch eine verwilderte Hecke brach und auf eine Straße stolperte.

Obwohl man es eigentlich nicht Straße nennen konnte.

Schon eher Feldweg.

Nach der Breite zu urteilen, schien es einst eine Straße gewesen zu sein, und noch dazu eine nicht wenig befahrene. Aber jetzt lag sie in Trümmern. Überall waren Spitzwegeriche und Pfeilkräuter durch den Asphalt gedrungen. Maxwell blickte die Straße hinauf und hinunter und tröstete sich schließlich mit der alten Wandererweisheit, daß jede Straße irgendwohin führt.

»Hm«, überlegte Maxwell. »Westen oder Osten? Westen, schätze ich.« Und indem er das sagte, stapfte er nach Norden davon.

Er stapfte seit mehr als einer Stunde und empfand bei jedem Schritt Dankbarkeit für die solide Natur seiner Stiefel, als er sie sah:

In der Ferne.

Aber strahlend wie ein Schilling im Hinterhof einer Spelunke und schön wie Bexhill für Betjeman.

Eine Bushaltestelle.

Eine überdachte Bushaltestelle.

Und, Gott sei Dank!

Menschen warteten unter dem Dach.

Maxwells schleppender Gang wurde zu einem Gehen, das Gehen zu einem Marschieren, das Marschieren zu einem Springen, das Springen zu einem fröhlichen Hüpfen.

Er kam näher und stellte fest, daß es nicht einfach eine von diesen alten überdachten Bushaltestellen war, wie man sie überall antreffen konnte. Das hier war ohne Zweifel die Mutter aller alten überdachten Bushaltestellen. Sie war in hellen, freundlichen Orangetönen gestrichen, mit Grün und Gold, und ringsum geschmückt mit Girlanden von Gazaneen und Olivenzweigen und anderen Zwiebeln.

Drei Menschen standen unter dieser prächtigen Laube von einer alten überdachten Bushaltestelle. Neben dem Halteschild selbst, das mit gelben Bändern geschmückt war, wartete ein liebes altes Mütterchen, das zwei sperrige Budgen's-Tragetaschen umklammerte. Neben dem Mütterchen wartete ein grimmig dreinblickender junger Bursche mit vereinzelten Barthaaren in einem pubertierenden Pickelgesicht, und neben Pickelgesicht schließlich wartete eine Lady mittleren Alters (das heißt, ihr Alter wich genausoweit von den Ältesten ab wie von den Jüngsten. Im Betrag, mathematisch gesprochen). Die Lady mittleren Alters umklammerte die Überreste von etwas, das einst sicher einer dieser unmöglich zusammenklappbaren zusammenklappbaren (!) Einkaufswagen gewesen sein mochte. Alle drei machten einen ziemlich heruntergekommenen Eindruck und musterten Maxwell mit bestenfalls als zweifelhaft zu beschreibenden Blicken.

Maxwell setzte ein fröhliches Gesicht auf und näherte sich mit winkender Hand. Die drei Wartenden quittierten sein Winken mit besorgtem Schulterzucken und senkten die Blicke.

Maxwell blickte ebenfalls nach unten und bemerkte zu seiner nicht gelinden Überraschung, daß der Bereich der Straße vor der überdachten Bushaltestelle sorgfältig von Unkraut befreit, repariert, sauber gefegt und mit glänzender schwarzer Farbe lackiert war.

Er zuckte die Schultern. Offensichtlich hofften die Leutchen, den ersten Preis beim Wettbewerb für die bestgepflegte überdachte Bushaltestelle des Jahres zu gewinnen. Der Gedanke an Wettbewerbe und Preise schreckte Maxwell plötzlich auf. Er hatte seinen königlichen Königin-Elisabeth-Preis (für Fleiß) vollkommen vergessen! Er hatte ihn in Sir Johns nicht mehr existierendem Versteckten Turm zurückgelassen! Maxwell kräuselte die Lippen. Wenn er erst wieder zu Hause war, würde er die Dinge in Ordnung bringen. Ganz sicher. Sätze wie: »Seine drükkenden Schuldgefühle machten jede wache Minute zu einer Hölle auf Erden« würden sich in den Absätzen wiederfinden, die von diesem undankbaren Sir John Rimmer handelten. O ja, das würden sie!

Die drei Wartenden hatten ihre Blicke inzwischen wieder auf Maxwell gerichtet, der hastig die Lippen entkräuselte, zu seinem fröhlichen Grinsen zurückkehrte und, indem er noch näher trat, sagte: »Ich kann Ihnen gar nicht sagen, wie glücklich ich bin, diese überdachte Bushaltestelle vorzufinden.«

Zwei der drei Gesichter erhellten sich wie die Göttin des Herdfeuers persönlich. Der Junge jedoch starrte weiterhin düster drein.

»Dann sind Sie von der Schlangestehschlange?« fragte das liebe alte Mütterchen.

Eine englische überdachte Bushaltestelle, englische Worte – ich bin in England! dachte Maxwell erleichtert. »Lobet den Herrn!« sagte er laut.

»In der Tat, Lob dem Herrn«, sagte das liebe alte Mütterchen. »Willkommen, Bruder.«

»Danke.« Maxwell trat unter das Dach und nahm seinen Platz neben der Lady mittleren Alters ein, die noch immer den unmöglich zusammenklappbaren Zusammenklappbaren umklammerte.

Sie musterte ihn von oben bis unten. »Machen Sie das Zeichen«, forderte sie Maxwell auf.

»Pardon?« erkundigte sich Maxwell.

Die Mittelalte streckte den Arm aus, als wollte sie ein Taxi herbeiwinken.

»Oh. Ich verstehe. Das Zeichen.« Maxwell streckte den Arm in gleicher Manier aus, dann schob er die Hände in die Hosentaschen.

»Lob dem Herrn«, wiederholte das liebe alte Mütterchen.

Maxwell entbot ein Lächeln. »Warten Sie schon lange?« fragte er.

»Wir haben uns für das Nachmittagswarten eingefunden, ja.«

Maxwell nickte verstehend. »Ich gestehe, daß ich fremd in dieser Gegend bin. Wohin fahren wir von hier?«

Die drei bedachten Maxwell mit befremdlichen Blikken. »Zur Endstation natürlich. Wohin denn sonst?« spuckte der junge Bursche.

»Natürlich. Wohin denn sonst. Und in welcher Stadt liegt diese Endstation?«

»Stadt?« Der Bursche musterte Maxwell mit einem langen, harten Blick. »Sind Sie sicher, daß Sie von der Schlangestehschlange sind?«

»Hier stehe ich«, sagte Maxwell. »Wie deine Augen sicherlich bezeugen werden.«

»Wo ist dann Ihr Zeichen der Buße*?«

»Ich bin perplex«, sagte Maxwell. »Kann mir das vielleicht mal jemand erklären?«

Der junge Bursche funkelte Maxwell an. Schließlich, als würde er sich resignierend damit abfinden, daß er sich mit jemand Beschränktem unterhielt, erklärte er: »Niemand darf zur Endstation ohne ein Bußzeichen. Sehen Sie, mein liebes altes Mütterchen dort trägt die *Stellen-Sie-die-verdammten-Tüten-aus-dem-Weg*-Einkaufstüten. Diese Dame hier hat einen *Ich-kann-Sie-damit-nicht-einsteigen-lassen*-Wagen bei sich, und ich ...« Der Bursche zog ein zerknittertes Papier aus der Tasche und fuchtelte damit vor Maxwells Augen herum. »... ich habe ein *So-einen-großen-Schein-kann-ich-unmöglich-wechseln-Sie-müssen-wieder-aussteigen*-Papier.«

Maxwell beäugte die Note, die vor seiner Nase we-

* Kein Busfahrschein. Auch keine Monatskarte.

delte. Es war *keine* Banknote. Er blickte von einem seiner Mitwartenden zum anderen, dann einmal mehr die Straße hinauf und hinunter. Und dann kam ihm ein Gedanke in den Kopf, der ihm wirklich schon viel früher in den Kopf hätte kommen können.

Es war vollkommen unmöglich, daß irgendein Bus* auf dieser ruinierten Straße verkehrte! Irgend etwas stimmte ganz und gar nicht mit diesen Leutchen.

»Ahem.« Maxwell räusperte sich und suchte nach Fragen, die klare und unzweideutige Antworten heraufbeschwören mochten, ohne beleidigend zu wirken. Die erste davon stellte er dem lieben alten Mütterchen.

»Gute Frau«, begann er, »mir ist aufgefallen, daß Sie die erste in der Schlange sind. Dürfte ich fragen, wie lange Sie im großen und ganzen schon hier warten?«

Das alte Mütterchen lächelte stolz. »Ich habe dem Morgenwarten beigewohnt, dem Nachmittagswarten und dem Der-letzte-wurde-gestrichen-Warten, und das dreimal in der Woche in den letzten vierzig Jahren. Ich war nicht ein einziges Mal krank! Wenn ich eines Tages in die Endstation komme, dann übernimmt mein Sohn Kevin hier meinen Platz.«

Aus Maxwells Hals entwich ein ersticktes Geräusch. »*Vierzig Jahre?*« fragte er mit rauher Kehle. »*Vierzig Jahre?*«

»Genau wie meine Mutter vor mir und ihre Mutter vor ihr, bis in die Zeit des Übergangs zurück.«

»Die *Zeit des Übergangs*?«

»Als das alte Zeitalter endete und das neue anfing.«

»Aber … aber …« Maxwell überkam ein ernsthaftes Zittern. »Aber das war doch erst gestern, oder vielleicht nicht?«

»Gestern?« Der junge Mann brach in brüllendes Gelächter aus. »Sie sind vielleicht ein Kasper, Mann! Das alte Zeitalter ist vor hundert Jahren zu Ende gegangen.«

* Im Gegensatz zur Buße.

»Nein!« kreischte Maxwell. »Nein, nein, nein!«

Die Mittelalte streckte eine neugierige Hand aus und betastete den Stoff von Maxwells Jacke. »Dieses antike Kostüm, das der Kasper anhat – es ist aus königlichem Stoff. So eine Jacke würde dir hervorragend stehen, Kevin.«

»Stimmt«, stimmte Kevin ihr zu. Ein begehrliches Funkeln leuchtete in seinen Augen.

»Halt!« Maxwell befreite sich aus dem zupackenden Griff der Mittelalten. Er war verwirrt und alarmiert. Ein Jahrhundert, seit die Erde das Zeitalter der Technologie und der Vernunft verlassen hatte und in *Was-weiß-der-Himmel-für-ein-Zeitalter* hinübergewechselt war? Ein Jahrhundert? Ein ganzes Jahrhundert? Dann war ja jeder, den er gekannt hatte ... den er geliebt hatte ... seine geliebte Frau ... na schön, er hatte sie nicht geliebt. Er war immer froh gewesen, sie von hinten zu sehen. Aber er hatte sich niemals ihren Tod gewünscht. Das war ja schrecklich ...!

»Anscheinend hat das bißchen Verstand ihn jetzt auch noch verlassen«, sagte die Mittelalte. »Hört zu, ich nehme seine Stiefel.«

»Zurück!« Maxwell streckte die Hände aus und packte den Jungen am zerschlissenen Kragen seines zerlumpten Mantels. Er hob ihn beinahe in die Luft. »Ich habe da ein paar Fragen«, sagte Maxwell, »auf die ich Antworten erwarte.«

Der Kopf des Jungen hüpfte heftig auf und ab. »Jawohl, mein Herr«, beeilte er sich zu sagen.

»Erstens, welches Jahr haben wir?«

Der Junge blickte hilfesuchend zu seiner Mutter. Maxwell schüttelte ihn, daß die Zähne klapperten. »Das achtundneunzigste Jahr, mein Herr«, stammelte er.

»Und seit achtundneunzig Jahren ist kein Bus hier entlang gekommen?« Maxwells Stimme klang sehr verzweifelt, was dem Jungen nicht entging.

»Er wird kommen!« kreischte das alte Mütterchen.

»Varney wird kommen und die Gläubigen zur Endstation bringen. Wir hüten seinen Schrein. Wir werden einen Platz ganz oben bekommen.«

»Das ist ein verdammter Buskult*!« erklärte Maxwell. »Und Varney? Wer ist Varney?«

»Varney ist der Steuermann«, sagte das alte Weib, das inzwischen nicht mehr ganz so mütterlich und schon gar nicht mehr lieb aussah. »Er ist unser Erster Diener.«

»Sie meinen doch wohl nicht Reginald Varney**? Den verdammten *Reg Varney*?« Maxwell ließ den Jungen fallen. »Diese Bushaltestelle, diese überdachte Bushaltestelle ist ein Schrein für den verdammten *Reginald Varney*?«

»Blasphemist!« Die alte Frau riß die Hände hoch und ließ die sperrigen Einkaufstüten achtlos fallen. Steine und Erdklumpen purzelten heraus. »Ich erkläre das Nachmittagswarten hiermit für beendet. Erschlagt den Häretiker!«

»Ihr seid alle verrückt!« Maxwell gab dem Jungen einen Schubs, der ihn auf das schwarz lackierte Stück Straße stolpern ließ, wo er hinfiel. »Total verrückt!«

»Unerhört!« Die alte Frau schlug die Hände vor das Gesicht. »Sakrileg! Die Straße zum Himmel ist entweiht!«

»Jetzt werdet mal wieder vernünftig!« Maxwell schüttelte die Fäuste in der Luft. »Es gibt keinen Bus! Es gibt keinen Varney. Ihr verschwendet nur eure Zeit. Achtundneunzig Jahre auf einen Bus zu warten, der niemals kommen wird, um damit zu einer Endstation im Himmel zu fahren! Wie lange braucht ihr denn noch, um zu begreifen, wie verrückt das ist?«

Die alte Frau zeigte mit einem krummen Finger auf Maxwell. »Ungläubiger! Ikonoklast! Sohn einer ungläubigen Metze!«

* Nicht Bußkult.
** Engl. Verkehrsminister aus dem letzten Zeitalter.

»Wie können Sie es wagen?« empörte sich Maxwell. »Meine Mutter war keine Ungläubige!« Ein kalter Schauer durchfuhr ihn einmal mehr bei dem Gedanken an eine Mutter, die er niemals wiedersehen würde. »Meine Mutter war eine Christin!« rief er.

»Ach ja?« Die Alte lachte spöttisch. »Meine Großmutter hat mir von dieser Sekte erzählt. Und *Sie* machen sich lustig über bloße achtundneunzig Jahre des Wartens? Verraten Sie mir doch, wie lange Ihre Mutter und deren Mütter vergeblich darauf gewartet haben, daß ihr Gott ein zweites Mal erscheint?«

Gutes Argument, dachte Maxwell. »Er ist genausowenig gekommen wie Ihrer«, sagte er.

Der Junge war inzwischen wieder aufgestanden und hatte sich von der bemalten Sektion der Straße zurückgezogen. Er hatte einen der großen Steine aus den Einkaufstüten seiner Mutter aufgehoben und schwang ihn bedrohlich. »Ich muß eine große Buße tragen, weil ich den heiligen Teer beschmutzt habe. Den *Kofferschrank-der-auf-dem-Oberdeck-nicht-erlaubt-ist*. Ihre gebrochenen Knochen werden diesen Koffer füllen.«

Maxwell trat einen klugen Schritt zurück. »Wir führen hier eine theologische Diskussion«, sagte er. »Es gibt keinen Grund für Gewalt.«

»Mit der Gewalt haben Sie selbst angefangen. Sie sind schuld.«

Noch ein gutes Argument, dachte Maxwell. »Jetzt warten Sie mal ...«, sagte er, als die beiden Frauen sich ebenfalls nach passenden Steinen bückten. »Warten Sie ...«

»Steinigt den Häretiker!« keifte die Alte.

Maxwell wog seine Chancen ab. Es stand nicht gut. Er konnte den verdrießlichen jungen Burschen zu Boden schlagen, aber doch nicht die beiden Frauen! Und falls er einfach Fersengeld gab, dann bestand die nicht geringe Wahrscheinlichkeit, daß ihn ein wohlgezielter Stein an den Kopf zur Strecke brachte.

Also schön, dachte Maxwell. Wenn du schon mit Pauken und Trompeten untergehst, dann versuch wenigstens, vorher einen Treffer zu landen. »Hören Sie augenblicklich damit auf«, sagte er im besten Befehlston. »Wissen Sie eigentlich nicht, wen Sie vor sich haben?«

»Nein!« antworteten die drei unisono und hoben ihre Steine.

»Ich bin der ... *Kontrolleur.*« Maxwell sprach die Worte mit derartiger Autorität, daß es ihn selbst überraschte.

»Sie sind *wer*?« Die Alte hielt mitten im Schwung inne.

»Der Kontrolleur«, wiederholte Maxwell. »Sicherlich haben Sie schon vom Kontrolleur gehört?«

Köpfe nickten. Sie hatten *in der Tat* schon vom Kontrolleur gehört.

Der Kopf des Jungen hörte als erster zu nicken auf. »Ha«, sagte er (der Junge). »Wenn Sie der Kontrolleur sind, wo ist dann Ihre Uniform?«

»Das ist meine Uniform.« Maxwell straffte die Revers seines schrillen Oxfam-Anzugs.

»Er lügt.« Kevin schwang erneut seinen Stein.

»Hast du jemals eine Kontrolleursuniform gesehen, Bursche?« erkundigte sich Maxwell. »Und wenn ja, wie unterscheidet sie sich von meiner?«

»Ich ...« Kevin hatte keine Antwort auf diese Frage parat.

»Und ich will dich noch etwas fragen: Kennst du die Aufgabe des Kontrolleurs?«

»Aber selbstverständlich. Er richtet über alle, die zur Endstation wollen.«

»Genau das und so«, sagte Maxwell, der auf so eine Antwort gehofft hatte. »Und jetzt richte ich über *euch*.«

»Über uns?« Beinahe hätte der junge Kevin seinen Stein erneut erhoben.

Beinahe, aber dann doch nicht.

»Über euch«, sagte Maxwell. »Und ich finde euch frei von Versuchung. Ich, der Kontrolleur, bin gekommen, um euren Glauben zu prüfen. Fragt euch selbst, würde ein gewöhnlicher Mann wagen, was ich gewagt habe?«

»Nun, äh … nein«, sagte Kevin. »Ich vermute …«

»Nein. Genau.« Maxwell streckte die Brust heraus. »Ich habe mich über euren Glauben lustig gemacht. Ich habe über den Namen des heiligen Varney gelästert. Ich habe dich auf den geheiligten Teer gestoßen. Und warum habe ich das alles wohl getan?«

»Um unseren Glauben zu prüfen?« fragte die Alte.

»Korrekt«, sagte Maxwell. »Und ich bin sehr zufrieden. Zufrieden damit, wie ihr diesen Schrein gepflegt habt. Zufrieden mit der Unerschütterlichkeit, mit der ihr eure Buße tragt. Zufrieden, daß ihr euch nicht von eurem Glauben abbringen laßt. Und deshalb belohne ich euch jetzt.«

»Wir werden direkt zur Endstation mitgenommen?« Die Alte streckte die Arme zur Straße aus. Ihr Sohn und die Mittelalte mit dem nicht zusammenklappbaren Zusammenklappbaren (Einkaufswagen) streckten ebenfalls die Hände aus.

»Bitte gut festhalten«, riefen alle drei. »Ding ding.«

Maxwell hob die Hand zum Segen. »Ihr alle werdet in der Endstation belohnt werden«, sagte er freundlich. »Varney wird jeden von euch zu sich rufen, wenn die Zeit gekommen ist. Ihr müßt nicht mehr länger hier warten. Geht nach Hause zurück. Lebt ein nützliches, sinnvolles Leben. Erzählt allen anderen unseres Glaubens, daß der Kontrolleur zu euch gekommen ist und daß niemand mehr an den Schreinen warten muß.«

»Was? Kein Warten mehr?« Ein Ausdruck transzendentaler Erleichterung erschien auf dem Gesicht der Alten. »Wir müssen nicht mehr bei Wind und Regen, Schnee und Eis am Schrein stehen?«

»Nie mehr. Ich befreie euch hiermit von allen derartigen Verpflichtungen, genau wie alle anderen, die rechten Glaubens sind. Niemand soll mehr beim Schrein stehen und warten. Niemals mehr.«

»Wir können einfach nach Hause gehen und ein gutes Leben führen? Das ist genug?«

»Mehr als genug. Ihr habt dem Glauben wohl gedient. Dies ist eure Belohnung.«

»Gute Güte«, sagte die Mittelalte mit dem nicht zusammenklappbaren Zusammenklappbaren (Einkaufswagen).

»So lautet Varneys Wille.« Maxwell imitierte eine Lenkbewegung. »Und nun geht von dannen.«

Die Schlangesteher blickten Maxwell an, blickten sich gegenseitig an, öffneten die Münder zum Reden, schlossen sie wieder und sanken auf die Knie.

»Kein Niederknien«, befahl Maxwell. »Keine Gottesdienste mehr. Varney hat Anbetung genug gehabt. Das ist seine Botschaft, die ich an euch weitergebe.«

»Danke! Danke, großer Varney.« Erleichterung und Dankbarkeit ringsum.

»Was ist mit Ihnen, Herr Kontrolleur?« erkundigte sich Kevin. »Kommen Sie nicht mit uns? Wollen Sie nicht persönlich die frohe Botschaft verbreiten?«

Maxwell dachte einen Augenblick darüber nach. Als ein Gott auf Besuch durfte er auf vorzügliche Gastfreundschaft an den Tischen seiner Gläubigen hoffen. Warme, weiche Betten würden wahrscheinlich angeboten und Jungfrauen, mit denen er die Betten teilen durfte. Maxwell stand haarscharf davor, »Ja, gerne« zu sagen – doch dann verkniff er sich die Antwort.

Ihm dämmerte nämlich, daß man von einem Gott auf Besuch höchstwahrscheinlich erwarten würde, daß er einen Beweis seiner Göttlichkeit antrat. Zum Beispiel Wasser in Wein verwandelte oder auf glühenden Kohlen kaute*. Ein Gott, der bereits bei derartigen Kleinigkeiten versagte, mochte sich sehr wohl vor die Aufgabe gestellt sehen, seine Unverwundbarkeit gegenüber Schrotladungen unter Beweis zu stellen.

* Drüberlaufen kann schließlich jeder.

»Nein«, sagte Maxwell entschieden. »Ich muß weiter. Zu anderen Schreinen.«

»Schade«, sagte Kevin. »Ich hätte zu gerne gesehen, wie Sie auf glühenden Kohlen kauen.«

»Ein andermal vielleicht.« Maxwell seufzte innerlich erleichtert auf. »So lebt denn wohl. Lebt wohl. Und vergeßt nicht, was ich euch gesagt habe.«

Die Mittelalte bot Maxwell ihren Einkaufswagen an (den nicht zusammenklappbaren zusammenklappbaren). Maxwell nahm ihn. »Gehet hin in Frieden«, sagte er.

Und so stapften die drei durch die von Stechginster überwucherte Moorlandschaft davon. Maxwell blickte ihnen hinterher, winkte zurück, wenn sie sich umdrehten und ihm zuwinkten, und als sie außer Sicht waren, schleuderte er das Wrack von Einkaufswagen in die Büsche und setzte seine Wanderung nach Westen (Norden) fort.

Die seltsame Sonne stand im Begriff zu sinken, während Maxwell über die zerstörte Straße nach Westen (Norden) wanderte. Doch die merkwürdige Sonne war nicht merkwürdig genug, um Maxwell von dem Wohlgefühl abzulenken, das Besitz von ihm ergriffen hatte.

Zugegeben, er war ganz allein in dieser fremdartigen neuen Welt, und das Wissen, daß seine Lieben nichts weiter als Erinnerung waren, lastete schwer auf ihm. Und die Wut auf Sir John war auch noch längst nicht verklungen.

Es war ganz sicher Sir John gewesen, der Maxwell irgendwie hundert Jahre in die Zukunft geschleudert hatte – eine ziemlich drastische Maßnahme, um zu verhindern, daß Maxwell nach Hause zurückkehren und den Ausgang des Buches verändern könnte. Eine ziemlich effiziente Maßnahme überdies.

Andererseits lag das jetzt alles in der Vergangenheit. In beträchtlich weiter Vergangenheit sogar. Sir John war sicher lange tot, und Maxwell war hier, in der Gegenwart. Und wenn er ehrlich mit sich selbst war, gefiel es ihm ausgesprochen gut, daß er die Vergangenheit hinter sich gelassen hatte. Insbesondere die Ehefrau. Er war hier, jetzt, in dieser neuen Welt, wo es so viel gab, auf das er sich freuen konnte, und so wenig, dem er nachtrauerte. Maxwell fühlte sich mit einemmal sehr lebendig. Max Carrion, der Imagineur. Er hatte seine erste edle Tat vollbracht und eine Gruppe von Menschen vom Joch des Aberglaubens befreit. Er hatte sich gut geschlagen, und es war gerade sein erster Tag im neuen Beruf.

Maxwell nahm die Schultern hoch, streckte die Brust heraus, und neuer Elan beflügelte seine Schritte.

Er hatte eben zu pfeifen angefangen, als er das Geräusch vernahm. Ein leises Rumpeln. Kein Donner? dachte Max. Das ist kein Donner.

Das Rumpeln schwoll rasch zu einem Brummen an.

Vielleicht ein wildes Tier?

Max wandte sich um und starrte die ruinierte Straße entlang. Etwas Großes kam in seine Richtung. Etwas Großes, Rotes. Es wurde größer und größer, während es näher kam.

Maxwells Augen weiteten sich.

Es war ein Bus!

Es war ein großer, roter, zweistöckiger Londoner Bus!

Maxwells Augen wurden immer weiter. Der Bus kam auf ihn zu. Er schien zu beschleunigen. Maxwell schwankte. In welche Richtung sollte er fliehen? Sicher nicht vorwärts. Besser zur Seite. In den Straßengraben also. Maxwell setzte zum Hechtsprung an, stolperte über einen losen Schnürsenkel und fiel wieder einmal auf die Nase.

Der Bus raste heran, näher und näher. Während seines Sturzes erhaschte Maxwell einen Blick auf das Gesicht des Fahrers. Für den Bruchteil einer Sekunde sahen sich beide Männer in die Augen, von Angesicht zu Angesicht und so. Der Fahrer grinste. Es bestand überhaupt kein Zweifel, wem dieses Gesicht gehörte.

»Reg ...!« schrie Maxwell und versuchte, sich zu einer Kugel zusammenzurollen. Da war der große rote Bus auch schon heran. Maxwell hielt den Atem an, schloß die Augen und wartete auf den grauenhaften, lebensbeendenden Aufprall.

Doch der grauenhafte, lebensbeendende Aufprall blieb aus.

Maxwell öffnete die Augen wieder und blickte auf.

Und hinauf.

Der Bus hatte von der Straße abgehoben und fuhr durch den Himmel.

Und es war nicht nur ein Bus.

Es waren drei. Einer hinter dem anderen.

Und sie waren alle leer!

Maxwell starrte mit offenem Mund nach oben und sah zu, wie die Busse weiter und weiter in den Himmel stiegen, ganz ohne Zweifel in Richtung Endstation.

»Da brat mir doch einer ...« Maxwell verstummte, als Schreie und wütende Rufe an seine Ohren drangen. Einmal mehr blickte er die Straße zurück, über die er gekommen war, und erspähte drei Gestalten, die auf ihn zurannten. Eine Alte, eine Junge und eine Mittelalte. Im Laufen bückten sie sich nach Steinen.

»Bastard«, schrien sie und noch viel schlimmere Namen. »Wegen dir haben wir ihn verpaßt! Du bist schuld, daß wir ihn verpaßt haben!«

In dem sicheren Gefühl, daß weitere theologische Debatten zu diesem ungünstigen Zeitpunkt kein positives Ergebnis zeitigen würden, schwang Maxwell die soliden Stiefel und floh in Richtung Norden (Westen).

KAPITEL

4

Das transportable TV war eine tolle, theatralische Sache. Eine konzentrierte Konstruktion, beeindruckend beschrieben in decoupierenden *découpagen*. Diverse grinsende Grimassen schmückten die schmucken Seiten. Schockierte Staatsmänner und mondäne Models. Sensationelle Supersportler, abnormale Amokläufer und mürrische Serienmörder ('tschuldigung). Gelehrte Geisteswissenschaftler und rauhe Rezitatoren rüder Reime.

Ein ziemlich ausgefallener Anblick.

Das ganze Ding war auf vier robusten Rädern montiert und mit einer Deichsel und einem Ochsenjoch ausgerüstet. Ein komischer Gehilfe, zurechtgemacht im schrillbunten Kostüm seines Berufstandes – Narrenkappe in rötlichem Braun, grüne Filzjacke mit geschlitzten Ärmeln und blauseidenem Kummerbund, pinkfarbene enge Hosen und blaue wildlederne Bordelltreter –, tänzelte unter den Zuschauern, die sich auf dem städtischen Platz versammelt hatten, umher und sammelte.

Nachdem er zu der Meinung gelangt war, daß er alles aus den Versammelten herausgesammelt hatte, was aller Wahrscheinlichkeit nach aus ihnen herauszusammeln war, tänzelte er hinauf zu seinem tragbaren TV und wischte umständlich den Bildschirm und drehte vorsichtig an den Knöpfen.

Dann brachte er die Menge mit einem Finger an den Lippen zum Verstummen, zählte auf einer Taschenuhr Marke Goliath die Sekunden, drückte den »Ein«-Knopf und wich unter Verbeugungen in den Hintergrund zurück.

Der Schirm wurde hell und zeigte das Gesicht von Tex T. Marker, dem Nachrichtenerzähler. Tex T. Marker, das Gesicht mit blassem Make-up geschminkt, dunkle Lidschatten und schwarzglänzende Lippen, aufgemalte Locken, die sich von einem kahlen Schädel über die Wangen zogen, sah aus wie eine unheilige Mischung aus Bela Lugosi* und Mickey Mouse.

Beim Anblick Tex T. Markers fingen mehrere Kinder unter den Zuschauern an zu weinen und vergruben die Gesichter in den Rockschößen ihrer Mütter.

Marker öffnete den Mund und fing an zu sprechen, doch kein Laut war zu hören. Der Gehilfe hastete herbei und drehte an den Knöpfen.

»... in einer hitzigen Debatte während der heutigen Fragestunde an den Premierminister beschrieb der Oppositionsführer Pascha Ali Ben Jumada die Devolutionspolitik der Regierung als schlecht durchdacht und unvertretbar. Die Garantie der Selbstbestimmung nicht nur für Schottland und Wales, sondern auch für die Isle of Wight, jede einzelne Grafschaft, jede Gemeinde, jede Stadt, jedes Dorf, jede Straße, jedes Geschäft und jedes individuelle Zuhause sei, so sagte er, ein Schachzug, mit dem die breite Öffentlichkeit in Verwirrung gestürzt und von der Feststellung abgelenkt werden solle, daß der Regierung sämtliche Kontrolle aus den Händen geglitten und sie nicht länger imstande sei, über irgend jemanden oder irgend etwas zu regieren.

Der Premierminister antwortete auf die Behauptungen mit der Bemerkung, daß er selbst fest von der Politik der Selbstbestimmung überzeugt sei. Selbstbestimmung sollte in jedem Haus herrschen, ganz besonders in seinem eigenen, und der Führer der Opposition, Pascha Ali Ben Juppheidiheida sei ein skrupelloser Stimmungsmacher mit der Libido eines Märzhasen.

Der Oppositionsführer Pascha Ali Beim Jumbo reagierte, indem er den Premierminister als einen Parvenü bezeichnete, der eine längst überfällige Tracht Prügel ver-

* Plan Neun aus dem Weltall.

dient hätte, und zog den Schluß, daß Pack sich eben zu Pack geselle, genau wie Wasser immer zum Wasser flösse, was die Stimmung zum Überkochen brachte.

An diesem Punkt wurden auf beiden Seiten des Abgeordnetenhauses Schwerter gezogen, und der Älteste gemahnte beide Lager lauthals zur Tagesorder. Der Vertreter von Brentford Nord* erntete allgemeines Gelächter, als er daraufhin aufgeschreckt ein großes Lager orderte. Der Älteste forderte unter Lachtränen den Oppositionsführer Passato Ali Ben Jugulum auf, sich augenblicklich beim Premierminister zu entschuldigen. Paral Ali Ben Jukebox weigerte sich, der Aufforderung Folge zu leisten, und sagte wortwörtlich: Wenn nicht das Vakuum im Kopf des Premierministers wäre, dann würden ihm die Eingeweide glatt aus dem Hintern fallen. Und wenn der Premierminister auch nur ein Viertel des Mannes wäre, mit dem die Frau des Premierministers sich im Bett des Oppositionsführers vergnüge, dann würde er mit vor die Tür kommen und die Angelegenheit mit aufgekrempelten Ärmeln regeln.

Selbstverständlich werden wir während der Abendnachrichten über die Höhepunkte des Kampfes berichten.

Und nun zu den Nachrichten aus der Wissenschaft. Das Greenwicher Observatorium hat die Entdeckung des königlichen Astronomen Sir Patrick Moore bestätigt, daß die Erde sich nicht länger um die Sonne und auch nicht mehr um die eigene Achse dreht. Sir Patrick hat festgestellt, daß der Planet »unverrückbar« im All schwebt und die Sonne ihn einmal in vierundzwanzig Stunden umkreist. Außerdem pflichtete er dem Erzbischof von Canterbury bei, daß die Sonne nicht, wie bisher angenommen, eine gewaltige Feuerkugel sei. Denn wenn sie es sei, wo bliebe dann all der Rauch? Die Erklä-

* Ah, Brentford!

rung des Erzbischofs, daß die Sonne genaugenommen eine riesige Linse sei, die das Strahlen des Himmels auf die Erde fokussiere, sei, so Sir Patrick, wahrscheinlich nicht weit von der Wahrheit entfernt.

Zum Wetter.« Eine kleine Klappe öffnete sich an der Seite des transportablen TV, und Tex T. Marker streckte die Hand heraus. »Trocken«, sagte er. »Und damit sind die Nachrichten beendet.«

Die Menschenmenge auf dem städtischen Platz klatschte enthusiastisch, löste sich in ihre Bestandteile auf und zerstreute sich rasch.

Tex T. Marker kletterte aus einer Tür in der Rückseite des TV-Kastens, streckte sich, fluchte und nahm den Inhalt des Spendensacks in Augenschein.

»Wieder nur Pastinak, fürchte ich«, sagte sein Gehilfe.

»Pastinak! Verdammter Pastinak!« Der Nachrichtensprecher ballte die Fäuste und schüttelte dieselben. »Früher, beim Sender, hätte es ein Geschäftsessen im Sohoer Soho gegeben. Italienische Designerteller. Eine Vorspeise aus sonnengereiften Tomaten mit Mozzarella und frischen Basilikumblättern und nativem Olivenöl. Anschließend ...«

»Verschonen Sie mich«, sagte der Geselle. »Heute gibt es Pastinak, und das ist alles, was es gibt. Hätten Sie nicht entschieden, daß wir unseren Ochsen essen, säßen wir nicht in diesem gottverlassenen Loch fest und müßten von nichts als Pastinak leben.«

»Ich kann nicht allein von Gemüse leben!« jammerte der Nachrichtenerzähler. »Es beeinflußt meinen Metabolismus. Ich neige mich bereits nach der Sonne.«

»Bringen Sie ein Feuer in Gang«, sagte der Gehilfe. »Es sei denn, Sie bevorzugen Ihren Pastinak roh.«

»Unerhört!«

Ein bleicher Schatten, hervorgerufen von einer bleichen Sonne, fiel über den Gehilfen. Er blickte vom Sortieren der Pastinake auf und entbot ein barsches: »Was wollen Sie?«

Der Besitzer des Schattens verneigte den Kopf und grinste fröhlich. »Entschuldigen Sie«, sagte er, »ich habe unabsichtlich Ihre Konversation mitgehört.«

»Ich entschuldige«, sagte der Gehilfe. »Und jetzt machen Sie, daß Sie weiterkommen.«

»Mein Name ist Carrion«, sagte Carrion. »Max Carrion. Imagineur.«

Der Gehilfe musterte Max von oben bis unten. »Für mich sehen Sie eher aus wie ein Bettler, und stinken tun Sie wie der Hintern einer Kuh.«

Maxwell untersuchte die Sohlen seiner soliden Stiefel. »Entschuldigen Sie einmal mehr«, sagte er dann und kratzte etwas Stinkendes von der linken.

Maxwells unglückliche Begegnung mit den Anhängern Reg Varleys lag einen Monat zurück. Einen lehrreichen Monat, und einen Monat, in dem Maxwell einen Plan gefaßt hatte.

Maxwell war nach Westen (Norden) gewandert und hatte unterwegs Zuflucht in den Weilern gefunden. Er hatte sich seinen Proviant und seine Unterkunft verdient, indem er seine Gastgeber mit antiken Doo-Wop-Songs und Geschichten aus den alten Tagen unterhielt. Seine Geschichten waren hoch willkommen, und mit einem praktisch grenzenlosen Fundus an Filmen und dem gesamten Walt-Disney-Repertoire, auf das er zurückgreifen konnte, hatte Maxwell so manche Farm mit einem vollen Rucksack auf dem Rücken verlassen und einem unmelodischen »Muß i denn, muß i denn«, das seinen Ohren arg zusetzte.

Er hatte gelernt, Worte zu vermeiden, die bei seinen Mitmenschen verdutzte oder verwirrte Blicke hervorriefen, darunter Ausdrücke wie »Elektrizität«, »Telekommunikation« und jeden Hinweis auf Verbrennungsmaschinen und die sich daraus ergebenden, inzwischen höchst unwahrscheinlich erscheinenden Anwendungsmöglichkeiten.

Während seiner Reise von Ort zu Ort hatte Maxwell versucht, von seinen Gastgebern in Erfahrung zu bringen, welche Geschichten aus der Zeit der großen Veränderung an sie weitergegeben worden waren. Die wenigen, die bereit waren zu reden, murmelten undeutlich von großen Schrecken und Kummer und Dingen, an die man sich besser nicht zurückerinnerte. Nur um einen Atemzug später zu fordern, daß Maxwell erneut die Geschichte von Winnie Pooh vortrug.

Maxwells Wanderungen waren ziellos, obwohl immer nach Norden (Westen), und er ärgerte sich nicht wenig über den Mangel eines Sinns in seinem Tun. In seinem früheren Leben hatte er sich damit zufriedengegeben, seine Zeit in der Leihbücherei mit dem Lesen von Fantasyromanen zu verbringen, doch jetzt war er selbst ein Abenteurer, verschlagen in ein phantastisches Reich, und er war weit davon entfernt, das Beste daraus zu machen. Maxwell mußte ein Ziel finden. Er benötigte dringend einen *raison d'être*.

Eine noble Sache.

Irgendeine noble Sache!

Und so hatten ihn seine Wanderungen auf der Suche nach einer noblen Sache schließlich nach Grimshaw geführt, der größten Stadt von ganz Wales.

Grimshaw war eine Marktstadt, Heimat von beinahe neunhundert Seelen und errichtet in dem neumittelalterlichen Stil, den man überall antraf. Maxwell hatte wenig bis gar nichts von übriggebliebener Architektur des zwanzigsten Jahrhunderts zu Gesicht bekommen, und er mutmaßte aus diesem Grund halbwegs korrekt, daß ohne elektrische Energie die meisten der Bauten aus dem zwanzigsten Jahrhundert unbewohnbar waren.

In Grimshaw war Maxwell zu dem Entschluß gekommen, sich als *Problemlöser allererster Klasse* niederzulassen und jede Herausforderung anzunehmen, die ihm Raum gab, seine mentalen Muskeln spielen zu lassen. Er verwarf Bescheidenheit und Schüchternheit mit der Leichtigkeit von jemandem, der die ärgerlichen Werbeprospekte aus den Seiten einer neuen TV-Zeitung schüttelt. Maxwell sah sich als eine Art beratender Heiliger des einundzwanzigsten Jahrhunderts. Eine Kreuzung aus Ghandi und Sherlock Holmes, ein Entknüpfer gordischer Knoten, der den Schwachen Beistand leistete, Licht in das Dunkel der geheimnisvollsten Geheimnisse brachte, soziale Reformen einleitete und, kurz gesagt, Lösungen für alle Probleme der neuen Welt anbot.

Nachdem er sich sorgfältigst davon überzeugt hatte, keine lokalen Verordnungen zu verletzen, errichtete Maxwell eine Zeltbude auf dem Marktplatz, die gleichzeitig als Geschäftsraum und Schlafquartier diente. An den Eingang heftete er ein Schild, auf dem die schlichten Worte prangten:

MAX CARRION

IMAGINEUR

LÖSUNG ALLER PROBLEME

Und dann wartete er auf den Ansturm.

Und das tat er eine ganze Weile tat er das.

Bisher waren nur zwei Probleme an ihn herangetragen worden: Einmal sollte er nach einem verschwundenen Hund suchen, das zweite Mal nach der Ursache für eine Verstopfung in der Gemeindelatrine. Obwohl beide Probleme kaum geeignet erschienen, die Denkfabrik eines Imagineurs ernsthaft zu beanspruchen, und ihnen darüber hinaus zweifelsohne jede Aura des Ritterlichen abging, hatte Max die Aufträge angenommen und nach dem »Große Eichen wachsen aus kleinen Eicheln«-Prinzip gearbeitet.

Maxwell hatte beide Aufträge erfolgreich ausgeführt. Er hatte den Kadaver des vermißten Hundes aus dem Abfluß der Kanalisation gezogen.

Eine Partei hatte sich geweigert zu zahlen.

Der Bürgermeister der Stadt hingegen hatte Maxwell eine hübsche Summe zukommen lassen. In Pastinak.

Die Ankunft des transportablen TV hatte Maxwells Stimmung gewaltig verbessert, und da das Imagineurgeschäft derzeit ein wenig flau war, hatte er sich die täglichen Aufführungen angesehen. Und während er das getan hatte, war ein grandioser Plan in seinem blitzschnellen Verstand entstanden, den er, wie er nun spürte, zum Wohle aller in die Tat umsetzen sollte.

Guter Bursche.

»Sie sind ja immer noch hier?« fragte der Geselle. »Verschwinden Sie, wird's bald?«

»Ich bin gekommen, um meine Dienste anzubieten«, sagte Maxwell.

»Na, das ist natürlich etwas anderes.« Der Gehilfe schnipselte Pastinak in eine irdene Kasserolle. »Schnallen Sie sich das Ochsenjoch um, und halten Sie sich bereit. Sie können uns aus der Stadt ziehen, sobald wir mit dem Essen fertig sind.«

»Ihr Humor fällt auf fruchtbaren Boden«, sagte Maxwell und hockte sich neben den Gesellen. »Aber die Dienste, die ich anzubieten habe, sind mehr zerebraler Natur.«

»Wer ist dieser Tölpel?« fragte Tex T. Marker und schlurfte mit einem Bündel Feuerholz herbei.

»Das ist Max Carrion. Ein Imagineur«, erklärte der Gehilfe. »Er will uns seine Dienste anbieten.«

»Prima. Er soll sich vor den Wagen schnallen.«

»Ihr Diener hat mein Zwerchfell bereits mit dieser köstlichen Witzelei erschüttert«, sagte Maxwell. »Ich bin gekommen, um Ihnen einen Vorschlag zu unterbreiten, den Sie meiner Meinung nach höchst vorteilhaft finden werden.«

»Ach ja?« Tex T. Marker hob eine aufgemalte Augenbraue. »Und wieviel wird uns dieser Vorschlag kosten?«

»Er ist vollkommen gratis. Ich handle aus reinem Altruismus.«

»Dann werden wir höchst erfreut sein, Ihren Vorschlag zu vernehmen.«

Maxwell setzte sich auf den Boden und sah zu, wie Marker und Gehilfe mit den Vorbereitungen ihres öden Mahls fortfuhren.

»Es geht um die Nachrichten, die Sie verkünden«, sagte Maxwell.

Tex T. Marker blickte Maxwell stolz an. »Prima Nachrichten, finden Sie nicht?«

»Prima Nachrichten, in der Tat, aber ein wenig veraltet.«

»Veraltet?« Tex T. Marker blies die Backen auf. »Wie können so prima Nachrichten je veralten?«

»Sie befassen sich wohl kaum mit gegenwärtigen Angelegenheiten.«

Tex T. Marker lachte auf. »Meine Nachrichten sind die letzten, die jemals über die Sender kamen, bevor sie in der Zeit des großen Übergangs für immer abgeschaltet wurden. Diese Nachrichten sind Eigentum meiner Familie. Sie werden von Generation zu Generation weitergegeben und bilden einen heiligen Schrein, den Schrein des Markers, sozusagen.«

»Soviel mutmaßte ich bereits«, sagte Maxwell. »Allerdings habe ich das Gefühl, Ihre Nachrichten verfehlen ein wenig den Sinn dessen, was mit dem Wort ›Nachrichten‹ genau gemeint ist.«

»Ach ja? Und was genau ist mit dem Wort ›Nachrichten‹ gemeint?«

»Wie ich bereits sagte: Nachrichten sollten sich mit gegenwärtigen Angelegenheiten befassen. Sie sollten Informationen über wichtige oder interessante Ereignisse aus der jüngsten Zeit vermitteln.«

»Was für ein Quatsch!« Tex T. Marker lachte laut auf. »Das ist archaisch! Ich bin ein gelehrter Mann, und ich besitze Bücher, die noch aus dem letzten Zeitalter stammen. In jenen finsteren Zeiten war das Essen vielleicht ein wenig abwechslungsreicher, aber die Nachrichten änderten sich von Tag zu Tag! Immer etwas Neues. Heute Top, morgen Flop. Man konnte sich nie an etwas festhalten, nie war etwas sicher. Niemand konnte sagen: ›Hey, diese Nachricht gefällt mir, die will ich mir merken.‹ Zum Glück sind diese Zeiten ein für allemal vorbei.«

»Vielleicht«, sagte Maxwell. »Doch bedenken Sie. Sie sind nun seit einer Woche hier und erzählen immer wieder die gleichen Nachrichten. Jeden Tag werden Ihre Zuschauer weniger. Wie erklären Sie sich das?«

»Ehrlich gesagt, ich weiß es nicht genau.« Marker schob Feuerholz unter die Kasserolle. »Obwohl wir dieses Phänomen wiederholt in anderen Gemeinden beobachten konnten.«

»Wenn Sie jeden Tag andere Nachrichten anbieten könnten, würden die Leute vielleicht *jeden Tag* in Scharen herbeieilen, um Ihnen zuzuhören.«

»Wenn Sie *sorgfältiger* zugehört hätten«, sagte der Gehilfe, »dann wäre Ihnen sicher aufgefallen, daß wir das bereits tun. Der Name des Oppositionsführers beispielsweise ändert sich während jeder Nachrichtenlesung mehrmals, um Neuheit und zusätzliches Vergnügen zu verbreiten.«

Maxwell wechselte die Taktik. »Werden Sie denn niemals müde, immer und immer wieder die gleichen Nachrichten zu verlesen? Tag um Tag, Jahr um Jahr?«

»Ich werde niemals müde zu essen«, entgegnete Marker. »Mein Essen und mein Nachrichtenerzählen sind unentwirrbar miteinander verflochten.«

Maxwell spähte in die Kasserolle. Marker tat es ihm nach. Wahrscheinlich dachten beide das gleiche.

»Aber sicherlich schnappen Sie während ihrer weiten

Reisen alle möglichen Informationen auf, die für Ihr Publikum interessant sein könnten«, sagte Maxwell.

Tex T. Marker machte ein entrüstetes Gesicht. »Ich bin kein Verstreuer von Gerüchten und Schwatz! Ich bin ein Nachrichtenerzähler, und das ist ein äußerst ehrenhafter Beruf.«

»Ganz bestimmt«, sagte Maxwell. »Es gibt nur wenige, die ehrenhafter sind. Vor der Zeit des großen Übergangs war allgemein bekannt, daß es allein deswegen so viele korrupte Politiker gab, weil all die guten und wahrhaften Männer sich dem ehrenhaften und untadeligen Beruf des Journalisten zugewandt hatten.

Doch wenn wir einmal Gerüchte und Schwatz beiseite lassen, über die man selbstverständlich nicht in den Nachrichten berichten darf, dann haben Sie doch sicher Fakten, Fakten, Fakten gehört, die es wert sind, an Ihre Zuschauer weitergegeben zu werden, um damit ihre Leben zu bereichern?«

Tex T. Marker dachte eine Zeitlang nach. »Letzte Woche habe ich ein paar Dinge erfahren«, sagte er schließlich.

»Fahren Sie fort.«

»Im Osten (Süden) erfuhr ich, daß ein Schrein Varneys von einem Ikonoklasten entweiht worden ist und daß die Gläubigen ein Kopfgeld auf diesen Burschen ausgesetzt haben. Ist das die Art von Information, an die Sie denken?«

Maxwell gab ein unfreiwilliges Krächzen von sich. »Eher nicht. Haben Sie keine Nachricht von mehr lokalem Interesse?«

»Ich weiß aus zuverlässiger Quelle, daß die Frau des Bürgermeisters sich mit einem anderen Mann im Bett vergnügt.«

Der Gehilfe, der die ganze Zeit auf einem rohen Pastinak gekaut hatte, gab ein Geräusch von sich, das genau wie Maxwells unfreiwilliges Krächzen klang. »Das ist sicherlich nur ein Gerücht«, ächzte er, nachdem er die Sprache wiedergefunden hatte. »Und es sollte wirklich nicht in den Nachrichten verbreitet werden.«

Tex T. Marker lächelte seinen Diener herzlich an, bevor er sich nicht ganz so herzlich an Maxwell wandte. »Da haben Sie's«, sagte er. »Die Wiedereinführung Ihres archaischen Prinzips kann überhaupt nicht richtig funktionieren. Ich habe zwei Themen von gegenwärtigem Interesse vorgeschlagen, und beide wurden augenblicklich zensiert. Das tagtägliche Erzählen neuer Nachrichten würde andauernd dergleichen Schwierigkeiten bereiten und Mißbrauch und Korruption Tür und Tor öffnen.« Der Nachrichtenerzähler fixierte Maxwell mit einem höchst bedeutungsvollen Blick. »Angenommen – natürlich nur spekulativ –, ich entscheide mich, meinen Zuschauern die Nachricht von dem Ikonoklasten zu übermitteln, und angenommen, der Ikonoklast erfährt im voraus von meiner Absicht. Meinen Sie nicht auch, er würde versuchen, mich zu *bestechen*, um sich mein Schweigen zu erkaufen?«

Maxwell erwiderte höchst bedeutungsvoll den höchst bedeutungsvollen Blick des Nachrichtenerzählers. »Selbstverständlich habe ich nicht die geringste Ahnung, was im Kopf eines derartigen Irren vor sich geht. Aber aus ganz ähnlicher Spekulation heraus würde ich es für viel wahrscheinlicher halten, *daß er Ihnen die Kehle durchschneidet*.«

»Und dabei würde er ganz ohne Zweifel Unterstützung vom Liebhaber der Bürgermeistersfrau erhalten«, zischte der Gehilfe. »Aus Furcht, daß dem Liebhaber eine ähnliche Enthüllung bevorstehen könnte.«

»Ahem.« Marker massierte seine Kehle. »Das ist natürlich alles rein spekulativ, nicht wahr? Aber Sie verstehen, worauf ich hinauswill, da bin ich sicher.«

»In der Tat, ich verstehe.« Maxwell erhob und streckte sich. »Also sind wir uns einig. Ich werde Ihnen gute und erbauliche Nachrichten zukommen lassen. Lehrreiche, erzieherische, informierende und befriedigende Nachrichten. Keine Gerüchte, kein Schwatz, keine schäbigen Geschichten. Gute Nachrichten, und vor allem neue Nachrichten.«

»Halt, einen Augenblick mal!« Tex T. Marker sprang auf. »Damit bin ich nicht einverstanden. Meine Nachrichten sind die besten Nachrichten, die es gibt, unbesudelt von den Wechselfällen des täglichen Lebens. Obwohl ...« Er unterbrach sich einmal mehr und dachte nach. »Falls ich mich entscheide, radikal von der Norm abzuweichen – kriege ich dann eine Nachrichtenmieze?«

»Eine Nachrichtenmieze?« erkundigte sich Maxwell.

»Eine Nachrichtenmieze. Wenn ich mich nicht irre, hatten die Nachrichtenerzähler der alten Zeit stets eine Nachrichtenmieze, die ihnen assistierte. Ein hübsches junges Ding, das die sexuelle Phantasie der männlichen Zuschauer anregte und die zweitklassigen Nachrichten verlas, die unter der Würde der männlichen Nachrichtensprecher waren.«

»Ich hätte es zwar nicht so ausgedrückt«, sagte Maxwell, »aber im Prinzip haben Sie recht.«

»Und? Kriege ich eine Nachrichtenmieze?«

»Nun«, sagte Maxwell. »Ich wüßte nicht, was dagegen spricht.«

»Der Bürgermeister hat eine höchst attraktive Tochter«, sagte der Gehilfe. »Äh ... jedenfalls behaupten das die Leute.«

»Das wäre damit erledigt«, sagte Maxwell. »Und jetzt passen Sie auf, was ich mir gedacht habe. Stellen Sie sich meinetwegen vor, wir sind ein Jahr weiter. Stellen Sie sich ein Netz von Nachrichtensammlern vor, die über das ganze Land verteilt sind. Einen Datenfeldweg. Einen Information-Supertrampelpfad. Jede Stadt und jedes Dorf mit einem eigenen permanenten TV. Sie an der

Spitze einer mächtigen Organisation, die sich der Aufklärung und Belehrung verschrieben hat, die den Fortschritt vorantreibt und die Standards anhebt, die ...«

»Halt! Augenblicklich!« schrie der Nachrichtenerzähler. »Obwohl das alles sehr verlockend für jemanden meines ehrenhaften Berufsstandes klingt, insbesondere für mich selbst, so erspähe ich doch einen gewaltigen Fehler in Ihrem Konzept.«

»Und der wäre?«

»Und der wäre: Wer soll das alles bezahlen? Die Einnahmen aus dem Spendensack reichen bestenfalls für den Nachrichtenerzähler und seine Mieze. Wer soll für all die Nachrichtensammler zahlen, die das Land abgrasen?«

»Sie natürlich«, erklärte Maxwell. »Aus den gewaltigen Einkünften, die Sie erzielen werden.«

»Gewaltige Einkünfte? Woher?«

Maxwell grinste sein gewinnendstes Grinsen. »Haben Sie jemals von Werbefernsehen gehört?«

KAPITEL 5

Über dem wahrscheinlich ersten Geschäftsessen seit beinahe hundert Jahren sprach Maxwell vom Prinzip der Werbung und von der Macht des Werbefernsehens.

»Das Wichtigste an der ganzen Sache ist«, sagte Maxwell, »daß Sie ein respektierter Mann sind, oder nicht?«

Tex T. Marker nickte stolz und kaute auf seinem Pastinak.

»Sie repräsentieren Autorität. Sie erscheinen vertrauenswürdig.«

»Worauf ich sehr stolz bin.«

»Wenn Sie also ein spezielles Produkt empfehlen würden – beispielsweise das Brot eines bestimmten Bäckers, von dem Sie meinen, es sei besser als das seiner Konkurrenten –, dann würden Ihre Zuschauer Ihre Meinung sicherlich respektieren.«

»Nichts weniger würde ich erwarten.«

»Gibt es irgend etwas in dieser Stadt, das Sie mir empfehlen könnten?«

Marker schürzte nachdenklich die Lippen. »Der Apotheker am Ende der Straße stellt ein höchst effizientes Abführmittel her.«

»Hm«, sagte Maxwell. »Na gut. Wenn Sie also mit dem Apotheker ins Gespräch kämen und ihm anböten, für eine kleine Gebühr in einer Ihrer Sendungen ein Loblied auf sein Abführmittel zu singen ...«

»Singen?« Tex T. Marker wich entsetzt zurück. »*Singen?*«

»Das ist nur eine Redewendung. Nennen wir es *empfehlen*. Wenn Sie also sein Abführmittel in einer Ihrer Sendungen empfehlen und damit etwas schaffen würden, das man als ›Markenbewußtsein‹ bezeichnet. Die Menschen, die Ihre Empfehlung gehört haben, die Ihnen vertrauen, werden anschließend ihr Abführmittel nur noch in dieser Apotheke kaufen.«

»Aber das würden sie so oder so. Es ist die einzige Apotheke in der Stadt.«

Maxwell seufzte. »Aber es gibt mehr als einen Bäcker, oder?«

»Ja.«

»Und mehr als einen Lebensmittelhändler. Mehr als eine Taverne, mehr als eine Kneipe, mehr als einen Metzger ...«

»Aha«, sagte der Gehilfe. »Ich verstehe. Wenn Mister Marker gegen eine kleine Gebühr verbreiten würde, ›Bulgarth der Metzger hat das beste Beef‹, dann würden Leute, die vorher ihr Fleisch woanders gekauft haben, in Zukunft vielleicht bei Bulgarth einkaufen.«

»Sie haben es erfaßt«, sagte Maxwell. »Und in der Folge vervielfachen sich Bulgarths Einkünfte, und das alles gegen eine kleine Gebühr, die er an Sie entrichtet.«

»Ich sehe ein Problem«, unterbrach ihn Tex T. Marker. »Was ist mit den anderen Metzgern, die dann weniger verdienen werden?«

»Das bringt uns zu einem Prinzip, das unter dem Begriff ›gesunder Wettbewerb‹ bekannt war«, erzählte Maxwell. »Zum Beispiel habe ich persönlich einen Blick in das Schaufenster von Leibwitz geworfen. Seine Schinken erscheinen mir denen Bulgarths weit überlegen.«

»Ich verstehe, ich verstehe«, sagte Tex T. Marker. »Gegen eine kleine Gebühr würde ich die Qualität von Leibwitzens Schinken empfehlen.«

»Präzise und so. Bald schon wird jeder Metzger in der Stadt versuchen, die Qualität seiner Waren zu erhöhen. Jeder wird versuchen, Ihre Empfehlung für seine verbesserten Produkte zu erhalten. Der Handel wird angekurbelt, weil Sie das Wort verkünden und alle Menschen sich auf die verbesserten Produkte stürzen. Die Käufer werden sich an besserem Fleisch erfreuen. Die Metzger werden sich an mehr Kundschaft erfreuen. Sie werden sich an höheren Einnahmen erfreuen. Alle sind höchst zufrieden. Auf diese Weise können Sie das gesamte Projekt finanzieren.«

»Dahinter steckt gesunde Logik«, sagte Tex T. Marker und schüttelte Maxwell die Hand. »Ich hätte eigentlich selbst darauf kommen müssen.«

»*Sie* sind der wichtige und ehrenhafte Nachrichtenmann«, sagte Maxwell. »*Ich* bin der Imagineur. Und so werden wir es machen ...«

Maxwell erklärte seinen Plan.

»Ich werde den Job des Nachrichtensammlers übernehmen«, sagte er. »Ich werde die Menschen in der Stadt interviewen, in Erfahrung bringen, was in Erfahrung zu bringen ist, und alles überprüfen, um Klarheit und Freiheit von Vorurteilen und Verfälschungen zu garantieren. Ich werde alle Ereignisse der letzten Zeit aufspüren und dokumentieren und zukünftige gleich dazu: Feten, Märkte, Hochzeiten, Beerdigungen, eben alles, was eine würdige Nachricht liefert und interessant und lehrreich ist.«

An diesem Punkt meldete sich der Gehilfe freiwillig für die Rolle des Werberepräsentanten, der alle lokalen Geschäfte besuchen, die neue Ordnung erklären und vor allem Gebühren von jedermann eintreiben würde, der seine Produkte in der ersten Werbepause des neuen Zeitalters empfohlen wissen wollte.

»Exzellent!« sagte der Nachrichtenerzähler. »Dann werde ich mich der undankbaren Aufgabe widmen, eine passende Nachrichtenmieze zu suchen.«

»Bald«, entgegnete Maxwell mit wissendem Lächeln. »Doch zuerst schlage ich vor, Sie suchen den nächsten Zimmermann auf und geben den Bau eines neuen, spektakulären Zwei-Personen-TV-Apparats in Auftrag.«

»Der Zimmermann wird eine Anzahlung verlangen«, sagte der Nachrichtensprecher düster.

Maxwell schüttelte den Kopf. »Auf gar keinen Fall. Erläutern Sie ihm unseren großartigen Plan. Unterstreichen Sie, daß wir in Zukunft viele TV-Apparate benötigen werden. Betonen Sie den Prestigegewinn, wenn auf jedem neuen Apparat groß sein Name steht.«

Jetzt schüttelte der Nachrichtenerzähler den Kopf. »Gibt es eigentlich nichts, an das Sie nicht gedacht haben?« fragte er.

»Nichts«, bestätigte Maxwell.

Doch hier irrte er. Weil nämlich an dieser Stelle ein Sandkorn, genauer gesagt ein Stechbeitel, in das Getriebe des ansonsten feingesponnenen Plans eindrang. Der Nachrichtenerzähler, der sich zum Zimmermannsladen aufgemacht hatte, kehrte bereits nach kurzer Zeit mit einigen entmutigenden »Nachrichten« zurück.

»Sie geben uns das Holz gratis«, berichtete er. »Aber nicht die Arbeitszeit.«

»Egal«, sagte Maxwell optimistisch wie immer. »Nehmen Sie das Holz dankend an, und bauen Sie Ihr TV anschließend selbst.«

»*Was?*« Der Nachrichtenerzähler wich empört einen Schritt zurück. »Ganz eindeutig hängt der Plan von meiner sozialen Stellung und Reputation ab! Ich darf mich nicht in die bescheidene Rolle eines Zimmermanns herablassen! Der Gehilfe muß das TV bauen.«

»Ich wünschte, ich könnte«, sagte der Gehilfe. »Aber ich bin der Mann von der GEZ und muß als solcher Gebühren eintreiben, ohne die das Projekt nicht finanziert werden kann. Max muß das TV bauen.«

»Gerne«, sagte Maxwell. »Aber ich muß Nachrichten sammeln. Ohne Nachrichten kein Projekt.«

»Ich habe einen Vorschlag«, sagte der Gehilfe. »Es steht außer Frage, daß Mister Tex T. Marker sich nicht in die Niederungen handwerklicher Arbeit begeben darf. Er muß seine Würde und Achtung bewahren. Warum sollte ich nicht die Nachrichten sammeln, während ich meine Runde durch die Geschäfte drehe? Mister Marker könnte mich begleiten, sich zeigen und sich die Nachrichten merken ...«

»Und dabei gleichzeitig Kandidatinnen für den zu besetzenden Posten der Nachrichtenmieze interviewen«, sagte Tex T. Marker.

»Dann könnten Sie«, fuhr der Gehilfe fort, »sehr vorteilhaft Ihre Talente als Imagineur beim Entwurf und der Konstruktion eines neuen Zwei-Personen-TV-Apparats einsetzen.«

Maxwell erging sich in einem nachdenklichen Kopfkratzen, und ihm kam eine wundervolle Imagination.

»Rock 'n' Roll«, sagte er. »Rock 'n' Roll.«

So begann eine arbeitsreiche Woche für Maxwell, für den Nachrichtenerzähler und seinen Gehilfen. Sie waren darin übereingekommen, daß die erste Zwei-Personen-Werbe-Nachrichtensendung um sechs Uhr am kommenden Samstag abend stattfinden sollte. Maxwell arbeitete bis tief in die Nächte an der Konstruktion des neuen TV-Apparates. Es sollte ein Ding großer Schönheit werden, und Max steckte viel Liebe in jedes der zahlreichen Details.

Der Nachrichtenerzähler und sein Gehilfe gingen ihrem Teil des Geschäfts mit beträchtlichem Schwung nach, und obwohl Maxwell sich am liebsten jeden Tag wegen der neuen Nachrichten und der eingesammelten Gebühren mit ihnen unterhalten hätte, kreuzten sich ihre Wege nur selten. Der Samstag rückte immer näher.

Am Freitag abend schaute der Nachrichtenerzähler für ein paar Minuten bei Maxwell vorbei, aber nur, um seinen Sitz im TV auszuprobieren und vehement auf dem Einbau von ein oder zwei zusätzlichen Details zu bestehen.

»Das ist das erstaunlichste Ding, das mir je unter die Augen gekommen ist«, verriet er Maxwell und machte sich unter Hinweis auf eine dringende Besprechung mit dem Bürgermeister wegen geplanter Verbesserungen des Abwassersystems wieder davon, einer Nachricht, die er als wichtig erachtete. Maxwell grinste dem Nachrichtenerzähler stolz hinterher.

Am Samstag stand Maxwell bereits vor dem Morgengrauen auf. Das war durchaus ungewöhnlich. Maxwell bevorzugte eigentlich zivilisiertere Stunden, um seinen Tag zu beginnen. Doch dies war ein besonderer Tag. Wenn alles glattging, dann hätte er am Ende des Tages seinen Beitrag geleistet, um diesem neuen Zeitalter ein neues Zeitalter zu bringen. Vielleicht würde sein Name sogar Eingang in zukünftige Geschichtsbücher finden.

Unter der Woche war er kaum vom Hof des Zimmermanns gekommen, wo er den neuen TV-Apparat baute. Jetzt schwang er das Tor weit auf und zog sein geistiges Kind, verhüllt mit Stoffplanen und montiert auf vier kleine hölzerne Karrenräder, auf den städtischen Platz hinaus. Die Konstruktion war um einiges schwerer, als er geschätzt hatte. Als Maxwell schließlich in der Mitte des Platzes ankam, schwitzte er nicht wenig und war ein gutes Stück außer Atem.

Aber das war sein Augenblick. *Sein* Augenblick.

Als die Sonne hinter dem Horizont hervorkletterte, entdeckte Maxwell das TV, will heißen, er zog die Plane beiseite und positionierte den Apparat »richtig«. Das war *sein* Augenblick, und dieser Augenblick war *jetzt*.

Die ersten Sonnenstrahlen beleuchteten das Zwei-Personen-TV.

Mit dem vollen *2001*-Effekt.

Maxwell pfiff die einleitenden Töne von *Also sprach Zarathustra* und sagte anschließend nicht gerade leise: »Rock 'n' Roll!«

Die roten Sonnenstrahlen ließen sein Meisterwerk in voller Pracht schimmern. Glitzernde polierte Kanten, spiegelglatt lackierte Flächen, hervorgehobene Details und so weiter.

Ein wirkliches Wunder war es. Und Rock 'n' Roll dazu.

Maxwell hatte den Apparat nach den Vorbildern der klassischen 1961er *Rock-Ola Regis* Modell 1495, der *Empress*, der *Princess* und der 1964er *Rhapsody* gebaut.

Zusammengezimmert aus allem, was Maxwell in die Finger bekommen hatte. Gehämmerte Zinnstreifen von alten Kochtöpfen, bemalte Leinwand, so viele verschiedene Hölzer, wie er nur vom Zimmermannsgesellen hatte kriegen können (und das waren nicht wenige, weil der Zimmermann selbst für ein paar Tage außerhalb der Stadt zu tun hatte).

Es war ein echter Knaller. Maxwell hatte sogar die

Windschutzscheibe eines seit hundert Jahren nicht mehr bewegten Renault 4 organisiert, der im Zimmermannskräutergarten als Treibhaus diente, und daraus einen Breitwandbildschirm gebastelt. Zwei Sprechrohre vor den Pulten der Nachrichtenerzähler führten zu einem Paar requirierter Hörtrichter unterhalb des Panoramabildschirms, um die Worte für die Zuschauer zu verstärken. Die gesamte Apparatur war in so vielen Farben lakkiert, wie Maxwell Farbtöpfe im Schuppen des Zimmermanns gefunden hatte.

Man konnte, ohne zu lügen, sagen, daß ein derartiger Apparat noch nie zuvor existiert hatte und daß jeder, der ihn zu Gesicht bekam, ehrlich erstaunt sein würde.

Wenn es einen kleinen Wermutstropfen in der Sache gab, dann war das die Sache mit dem Namen des Zimmermanns. Der Zimmermannsgehilfe hatte von seinem abreisenden Zimmermann den Auftrag erhalten, darüber zu wachen, daß Maxwell zu seinem gegebenen Versprechen stand und der Name in großen, auffälligen Lettern auf der Vorderseite des TV-Apparats prangte. Maxwell hatte den Namen des Zimmermanns in Anlehnung an die geschwungenen Buchstaben der legendären *Rock-Ola* eingeschnitzt. Doch der Name FUTTOCK besaß einfach nicht den richtigen Klang.

Maxwell seufzte tief, blickte auf sein Werk und befand es für gut. Dann deckte er das TV wieder ab und fing mit dem Aufstellen der Pfosten und Vorhänge an, um die Apparatur bis unmittelbar vor der ersten kommerziellen Nachrichtensendung des neuen Zeitalters vor den Augen des Publikums zu verbergen. Anschließend stand er Wache über seinem Wunder, sorgfältig bedacht, es vor neugierigen Augen und tastenden Händen zu beschützen.

Und so begann Maxwells Tag.

Und so verging der Tag auch.

Auf dem Marktplatz wurde es lebendig. Standinhaber boten ihre Waren feil, Menschen kamen und gingen, Kinder spielten. Die finstere rote Sonne spendete ihr merkwürdiges Licht, und Maxwell, der nichts mehr zu tun hatte, saß da und beobachtete das Treiben.

Es war wirklich ein seltsamer Anblick, all diese Menschen in mittelalterlicher Kleidung, verhaftet in einem mittelalterlichen Leben. Welch eine Vorstellung, daß ihre Vorfahren nur wenige Generationen zuvor in Autos durch die Gegend gefahren waren und die Annehmlichkeiten der Elektrizität genossen hatten, daß sie vor Fernsehern gesessen und Nachrichten aus allen Ecken der Welt gesehen hatten.

»Ich werde euer Los verbessern«, sagte Maxwell. »Ich, Max Carrion, der Imagineur. Ihr werdet schon sehen.«

Es wurde Mittag, es wurde Nachmittag. Es wurde Abend. Die Standinhaber packten ihre verbliebenen Waren zusammen und brachen auf. In Maxwell wuchs die Unruhe.

Nirgendwo ein Zeichen von Tex T. Marker und seinem Gesellen.

Als die Rathausuhr, ein mit Wasserkraft betriebener Kasten, schließlich halb sechs schlug, spürte Maxwell allmählich die Saat der Panik in einem Magen aufgehen, der einen weiteren Tag ausschließlicher Pastinak-Konsumtion überlebt hatte.

Erneut strömten Menschen auf den Platz. Alle hatten sich in ihren besten Sonntagsstaat geworfen. Sie hatten Kissen, Proviantkörbe und Weinflaschen mitgebracht. Sie bezogen vor den Vorhängen Stellung. Sie warteten ganz offensichtlich auf die Nachrichten.

Maxwell blickte suchend in die Menge.

Wo steckte Tex T. Marker? Wo steckte der verflixte Geselle?

»Hallo.«

Maxwell wandte sich um.

»Sind Sie Mister Carrion?«

Maxwell blinzelte und starrte. »Bin ich.«

»Ich bin Miß Hill.«

»Ach ja«, sagte Maxwell. »Tatsächlich.«

Sie war einfach atemberaubend. Jung und frisch und schlank und wohlproportioniert. Ihr Gesicht war höchst lebhaft und ausdrucksvoll: große, dunkle Augen, umrahmt von langen Wimpern, eine winzige Stupsnase, ein breiter, sinnlicher Mund, und alles von Scharen bernsteinfarbener Locken eingerahmt.

Miß Hill trug ein hautenges Schwarzes, das bis fast zu den Knien reichte. Ihre Füße steckten in weichen goldenen Slippern. Goldene Ringe schmückten die eleganten, manikürten Finger.

»Miß Hill«, sagte Maxwell und schüttelte die zarte dargebotene Hand.

»Ich bin die Nachrichtenmieze. Nennen Sie mich Fanny.«

»Fanny Hill. Fanny ... *Hill*?«

»Ja, warum?«

»Ach, nichts.« Maxwell schüttelte den Kopf. »Überhaupt nichts.«

»Ich war um halb sechs mit Mister Marker verabredet. Ich habe mich ein wenig verspätet.«

»Er ist auch noch nicht da«, sagte Maxwell. »Ich gestehe, ich habe nicht die leiseste Ahnung, wo der Kerl steckt. Oh, warten Sie.«

Durch die Menge schob sich der Gehilfe. Er winkte nach links und rechts, grüßte hier und dort. Während er näher kam, wurde Maxwell klar, daß irgend etwas schrecklich danebengegangen sein mußte.

»Was ist passiert?« fragte Maxwell, als der Geselle endlich bei ihm war.

»Etwas Schreckliches. Etwas Furchtbares«, erwiderte

der Gehilfe und trat nervös von einem Fuß auf den anderen.

»Was denn?« fragte Maxwell und zog ihn durch die Vorhänge und aus der Sicht der Menge. »Sie sehen schrecklich aus.«

»Es ist Mister Tex T. Marker. Er ... er ist zusammengebrochen. Er befindet sich in einem entsetzlichen Zustand. Bleich wie der Tod und glühend vor Fieber. Er hat zuviel gearbeitet und sich dabei übernommen. Die Aufregung war zuviel für ihn. Ich denke, der ewige Pastinak hat ihm den Rest gegeben.«

Maxwell starrte den Gehilfen erschüttert an. »Das ist schlimm. Haben Sie einen Arzt gerufen?«

»Einen was?«

»Einen Heiler. Den Apotheker meinetwegen.«

»O ja. Mister Marker befindet sich in fähigen Händen. Aber was machen wir mit den Nachrichten? Sie müssen ausfallen.«

»Nein.« Maxwell schüttelte energisch den Kopf. »Auf gar keinen Fall. Draußen warten über hundert Leute. Wir dürfen sie nicht im Stich lassen.«

»Aber wir können ohne Mister Marker nichts tun! Das ist schrecklich, einfach schrecklich.«

»Nun beruhigen Sie sich erst einmal.« Maxwell packte den Gehilfen an den bebenden Schultern. »Es muß einen Ausweg geben. Die Schau muß weitergehn.«

»Ich könnte allein anfangen«, sagte Miß Hill im Brustton tiefster Überzeugung.

Maxwell schnitt ein zweifelndes Gesicht. »Ich glaube nicht, daß das eine gute Idee wäre. *Sie* könnten Mister Markers Stelle einnehmen«, wandte er sich an den bebenden Gehilfen.

»Ich kann nicht. Ich kann nicht einmal lange hierbleiben. Ich muß zurück zu Mister Tex T. Marker. Ich bin sein bester Freund. Wir müssen die Nachrichten ausfallen lassen. Es sei denn ...«

»Es sei denn was …?«

»Vielleicht«, sagte der Gehilfe. »Vielleicht. Aber nein …«

»Fahren Sie fort«, forderte Max ihn auf.

»Sie könnten Mister Tex T. Markers Platz einnehmen«, sprudelte der Gehilfe hervor.

»*Ich?* Das ist lächerlich.«

»Nun, eigentlich nicht. Ich könnte Sie schminken, damit Sie wie Mister Marker aussehen. Durch das Glas des Bildschirms, und weil die meisten Männer sowieso nur auf Miß Hill starren …«

Maxwell kratzte sich am Kopf. Sein Zögern versetzte den Gehilfen in weiteren Streß. »Sie haben recht.« Er stand kurz vor dem Weinen. »Es würde niemals funktionieren. Wir müssen die Nachrichten ausfallen lassen.«

»Nein, das werden wir nicht«, sagte Maxwell mit Entschlossenheit in der Stimme. »Also schön, ich werde es tun. Schminken Sie mich.«

»Was für ein Held«, hauchte Miß Hill und drückte Maxwells Hand.

»Ich werde Ihnen den Kopf scheren müssen«, sagte der Gehilfe.

»Vergessen Sie's«, sagte Maxwell.

Der Gehilfe kaute auf den Fingernägeln. »O heilige Kalamität!« sagte er.

»Schon gut, schon gut«, schrie Maxwell. »Rasieren Sie mir den Kopf, und schminken Sie mich. Was tut man nicht alles, um die Welt zu verbessern!«

KAPITEL 6

Der Gehilfe verstand etwas vom Schminken, das muß man ihm lassen.

Allerdings verstand er nicht so viel vom Rasieren. Seine zitternden Hände hätten Maxwell beinahe ein Ohr gekostet.

Maxwell begutachtete sein Aussehen im Handspiegel des Gehilfen, während dieser seine Schminkstifte wieder in der Gürteltasche verstaute. Ein entsetzlicher Anblick bot sich Maxwells Augen. Wenigstens sah er Tex T. Marker halbwegs ähnlich.

Er schüttelte den jetzt kahlen Kopf. »So«, sagte er. »Und jetzt das Wichtigste. Das Nachrichtenskript. Ich habe es noch nicht zu Gesicht bekommen.«

»Hier ist es.« Der Gehilfe schob Maxwell einen Stapel Papiere in die Hand. »Mister Marker hat die ganze Woche daran gearbeitet.«

»Und was ist mit dem Skript für Miß Hill?«

»Ich habe meinen Teil auswendig gelernt«, hauchte die wunderschöne Frau und klimperte mit ihren herrlichen Wimpern.

»Sehr schön«, sagte Maxwell.

»Jetzt schnell«, drängte der Gehilfe. »In den Apparat! Ich werde die Kollekte durchführen und die Vorstellung einleiten. O Mannomann!«

»Keine Sorge«, sagte Maxwell. »Wir werden es schaffen.«

Der Gehilfe öffnete die rückwärtige Tür des phantastischen Zwei-Personen-Breitwand-TV-Apparats und half Maxwell und Miß Hill hinein.

»Alles in Ordnung?« fragte er.

»Könnte nicht besser sein«, antwortete Maxwell und machte es sich bequem. Der Apparat bot genügend

Raum, obwohl er von innen, mit geschlossenen Türen, ziemlich intim wirkte. Knie und Schultern berührten sich und so. Maxwell roch das Haar der jungen Frau neben sich. Es roch verdammt gut roch es.

Ein Kloß wuchs in Maxwells Hals. Er (Maxwell) betete, daß dieser Kloß das einzige bleiben würde, das wuchs.

Hinter dem Vorhang drang das Murmeln der Menschenmenge an Maxwells Ohren. Fröhliche Stimmen, viel Gelächter. Maxwell hörte, wie der Gehilfe sich durch die aufgekratzte Menge schob, scherzte, sie »einstimmte« und den Klingelbeutel durchreichte. Diesmal würde es nur Silber geben. Keinen Pastinak.

Maxwell spürte plötzlich ein wachsendes (Mist!) Gefühl der Beklemmung. Lampenfieber! Er warf einen Seitenblick auf Miß Hill, doch sie wirkte kühl und gefaßt. Eine richtige Professionelle*. Maxwell riß sich zusammen: Wenn sie professionell sein konnte, dann konnte er das auch. Jeden Augenblick würde die Morgendämmerung eines neuen Zeitalters beginnen, und er, Max Carrion, der Imagineur, würde die aufgehende Sonne** dieses neuen Zeitalters sein.

O ja!

»Mylords, Myladies, Grafen und Gräfinnen, Herr Bürgermeister, Frau Bürgermeisterin, Bewohner der Stadt Grimshaw, willkommen!« Die Stimme des Gehilfen klang zuversichtlich und fest. »Heute abend erleben Sie zum allerersten Mal das niemals zuvor gesehene, vollkommen neue Werbefernsehen! Klatschen Sie in die Hände für Ihren Ihnen treu ergebenen Mister Tex T. Marker und seine Assistentin Miß Fanny Hill!«

Die Menge applaudierte. Der Gehilfe zerrte am Seil, der Vorhang teilte sich. Das Jukebox-TV stand im Mittelpunkt der Bühne.

* Warten Sie's ab.
** Im Gegensatz zu einem sinkenden Stern.

Der Applaus schwoll zu einem tosenden Donnern an. Maxwell und Miß Hill lächelten auf ihr Millionenpublikum. Ihr zahlreiches Publikum.

Hunderte waren es ganz bestimmt.

»Werden sie uns hören können?« fragte Miß Hill.

»Sprechen Sie laut und deutlich in Ihr Sprachrohr«, empfahl Maxwell. »Sind Sie soweit?«

Miß Hill drückte einmal mehr seine Hand. »Fertig.«

»Also los«, sagte Maxwell und hob die andere Hand. Die neugierige Menge verstummte nach und nach.

»Guten Abend«, sagte Maxwell mit einer Stimme, die beinahe wie die von Tex T. Marker klang. »Und hier die Sechs-Uhr-Nachrichten.«

»*Bong!*« machte Miß Hill.

»*Bong?*« fragte Maxwell und drehte den Kopf verwirrt zu seiner Nachrichtenmieze.

»*Bong*«, flüsterte Miß Hill. »Mister Marker sagte, ich soll *Bong* machen, wenn Sie die Nachrichten ankündigen. Es ist eine Tradition oder ein alter Brauch oder so was. Das Läuten vom dicken Johnny.«

»Ich verstehe«, sagte Maxwell und hüstelte höflich. »Sie meinen wahrscheinlich Big Ben«, flüsterte er.

»Ich bevorzuge eigentlich einen dicken Johnny.« Miß Hill klimperte mit den Wimpern.

Maxwell gab wieder dieses Krächzen von sich. »Hier sind die Sechs-Uhr-Nachrichten«, sagte er einmal mehr.

»*Bong!*« machte Miß Hill einmal mehr.

Maxwell las direkt vom ersten Blatt ab. »Hunderte in Todesangst, weil Gott aus Versehen seine Zahnbürste auf ihr Dorf fallen ließ.«

»*Bong!*«

»Hunderte in was?« Maxwells Unterkiefer hing schlaff herab. »Was ist das für ein Unsinn?«

»Lassen Sie sich nichts anmerken«, flüsterte Miß Hill zwischen perfekten Zähnen und einem breiten Lächeln hindurch. »Alle sehen auf Sie. Lesen Sie einfach nur das Skript.«

Und tatsächlich, alle sahen auf Maxwell. Sahen sehr genau auf Maxwell. Und sehr leise waren sie noch dazu.

»*Bong!*« machte Miß Hill einmal mehr. Vielleicht brachte es Glück.

»Blinder Farmer reibt sich die Finger ab bei dem Versuch, eine Käseraspel zu lesen«, las Maxwell.

»*Bong!*«

»Frau des Bürgermeisters belegt zweiten Platz bei einem Schönheitswettbewerb. Ein Schwein gewinnt.«

»Was?« kreischte der Bürgermeister, der in der ersten Reihe stand.

»O mein Gott!« Maxwell sortierte nervös die Blätter seines Skripts. »Ein Druckfehler«, blubberte er. »Tut mir leid. Es ist ein Druckfehler.«

»Jetzt reißen Sie sich zusammen«, flüsterte Miß Hill neben ihm. »Stellen Sie mich vor.«

»Gute Idee.« Maxwell grinste der versammelten Menschenmenge betreten zu.

»Und jetzt zu Ihnen, Fanny«, sagte er.

Fanny Hill lächelte ein sensationelles Lächeln. Die Menge johlte und klatschte begeistert.

»Vielen Dank«, sagte Miß Hill streng. »Ich bin immer dankbar für eine warme Hand auf meiner Öffnung …«

»Was?« Maxwell wurde unter seinem Make-up noch blasser.

»… äh, zu meiner Eröffnung. Diese Woche war ich unterwegs in den Straßen von Grimshaw und habe Männer interviewt, die Schlagzeilen gemacht haben.«

Ah, dachte Maxwell. Nicht schlecht.

»Ich sprach mit einem Mann mit einem fußlangen Penis. Er sagte mir: ›Vielleicht sind es auch zwölf Zoll, aber ich benutze ihn nicht als Zollstock.‹«

Die Menge johlte.

Maxwell versank unter den Rand des Bildschirms. »Nein«, flehte er. »Keine Zoten. Alles, aber nicht das.«

»Außerdem«, fuhr Miß Hill fort, als das Gelächter verklungen war, »sprach ich mit dem Vikar, der sich mit seinem Johnny im Glockenseil verheddert hatte und vom Küster geläutert wurde.«

»Nein!« Maxwell legte Miß Hill eine Hand auf den Mund.

»Buuuh!« machte die Menge.

»Was geht hier vor?« murmelte Maxwell durch fest zusammengebissene Zähne hindurch. »Was geht hier vor? Meine Nachrichten sind nichts als Unsinn, und Sie erzählen dreckige Witze.«

»Genau das mache ich auch auf meiner Arbeit«, antwortete Miß Hill und wand Maxwells Hand von ihrem Mund, »im Bordell der Stadt. Ich bin ein Star in dieser Gegend, und jeder kennt mich.*«

»Was?«

»Buuuh, buuuh!« und »Pfeifff!« machte die Menge und: »Weitermachen!«

»Zurück zu Ihnen, Mister Marker«, sagte Miß Hill.

»Ah ...« sagte Maxwell. »O Gott!«

»Kündigen Sie die Werbeunterbrechung an. Oder möchten Sie, daß ich es tue?«

»Nein, auf keinen Fall.«

»Dann machen Sie es eben selbst.« Miß Hill verschränkte die Arme vor der Brust und zog einen Schmollmund.

»Und nun«, sagte Maxwell, »ist der Augenblick gekommen, auf den viele von Ihnen gewartet haben. Die Werbeunterbrechung.« Er kramte in seinen Papieren. Bis auf das oberste Blatt, von dem er anfangs abgelesen hatte, waren alle anderen Blätter weiß. Weiß und leer. »O Mann!« sagte Maxwell. »O Mannomannomann.«

Die Menge wurde allmählich unruhig. Ein großer Mann schob sich nach vorn. Hinter sich her zog er eine noch größere junge Frau. »Halt, dort oben!« rief er. »Was geht hier vor?«

* Sehen Sie?

Maxwell blinzelte die Neuankömmlinge an. »Entschuldigen Sie bitte«, stotterte er, »aber wer sind Sie?«

»Ich bin Rushmear der Pferdehändler, und das ist meine Tochter.«

»Erfreut, Sie kennenzulernen«, sagte Maxwell.

»Die Freude ist allein auf Ihrer Seite. Warum haben Sie eine halbe Stunde zu früh angefangen?«

»Die Nachrichten haben Punkt sechs Uhr begonnen.«

»Dann wurden wir falsch informiert.«

»Bitte entschuldigen Sie.«

»Entschuldigungen reichen da nicht. Was macht diese Frau bei Ihnen?«

»Das ist meine Nachrichtenmieze. Miß Fanny Hill.«

»Sie meinen wohl die Stadtmieze. Ich kenne sie gut genug!«

Die Menge johlte an dieser Stelle ein wenig, doch bald verstummte sie wieder, neugierig auf das, was der furchterregende Mister Rushmear als nächstes zu sagen hatte.

»Schaffen Sie die Mieze da raus, und nehmen Sie augenblicklich meine Tochter in Ihr TV!« war das, was der furchterregende Mister Rushmear zu sagen hatte.

»Unmöglich!« erwiderte Maxwell. »Miß Hill wurde für den Posten ausgesucht.«

»Schwindler! Betrug!« brüllte Rushmear. »Ich habe Ihrem Gehilfen zwei gute Schimmel gezahlt für das Versprechen, daß meine Tochter die Stelle erhält.«

Maxwell beäugte Rushmears riesige Tochter. Sie war gut gebaut und muskulös. Außerdem trug sie einen schmalen Schnurrbart und einige interessante Tätowierungen. »Zwei gute Schimmel?« Maxwell wandte sich an Miß Hill. »Hat Ihr Vater auch eine so hohe ... äh, Gebühr bezahlt?«

»Bestimmt nicht. Ich wurde aus Dutzenden von Bewerberinnen ausgewählt, die auf der Casting-Couch im Gasthaus vorgesprochen haben.«

»*Casting-Couch?*« Maxwell entwich ein gewaltiges Stöhnen. »Gasthaus?«

»Mein Gasthaus!« rief eine andere große Frau und schob sich unter Ellbogeneinsatz an Rushmear vorbei nach vorn. »Und das wissen *Sie* ganz genau!«

»Ich?« fragte Maxwell.

»Sie«, sagte die Gasthausbesitzerin. »Mein Gasthaus, in dem Sie und Ihr Gehilfe eine ganze Woche lang gratis erster Klasse untergebracht waren unter der Bedingung, daß Sie mein Etablissement in Ihrer Werbesendung loben würden. Also fangen Sie an! Loben Sie!«

»Da muß ein Mißverständnis vorliegen.« Maxwell kaute auf einem Daumennagel.

»Genug davon!« rief ein weiterer großer Mann. »Wenn hier etwas gelobt wird, dann mein Beef!«

»Ihr Beef?« fragte Maxwell.

»Mein Beef. Ich bin Bulgarth, der Metzger, und Sie ...« Bulgarth starrte in den Bildschirm und auf Maxwell. »... Sie ... Wer sind Sie eigentlich? Sie sind jedenfalls nicht Tex T. Marker.«

Maxwell stotterte und stammelte. Die Menge tobte. »Was?« rief sie. »*Was?*«

»Sie sind ein Doppelgänger!« donnerte Bulgarth. »Geben Sie mir mein Geld wieder, wer auch immer Sie sind!«

Eine Frau dicht neben dem Metzger spähte zu Maxwell hinein. »Das ist dieser pfeilnasige Schuft, der sich Imagineur nennt! Er hat meinen Hund Princey aus dem Abwasserrohr gezogen. Ich schätze, er hat ihn auch hineingesteckt.«

»Buuuh!« machte die Menge einmal mehr.

»Was hat das alles zu bedeuten?« brüllten Bulgarth und die Gasthausbesitzerin und Rushmear und Rushmears Tochter gleichzeitig. Und eine Menge Leute aus der Menge ebenfalls.

»Mister Marker ist erkrankt«, jammerte Maxwell. »Ich bin seine Vertretung.«

»Marker hat versprochen, daß *er* mein Beef empfehlen würde! Geben Sie mir mein Geld zurück! Ich habe zehn Goldstücke für meine Werbung bezahlt.«

»Nur zehn?« Die Stimme kam von Leibwitz, der, obwohl nicht ganz so kräftig wie Bulgarth, für seine Hinterschinken bekannt war. »Marker hat mir gesagt, die Gebühr betrage fünfzehn für die exklusive Empfehlung allein *meines* Beefs.«

»Ich habe siebzehn gezahlt!« rief der dritte Metzger von Grimshaw.

»Haltet die Klappe, alle zusammen!« Rushmear schob die Menge aus dem Weg. »Schaffen Sie diese Nutte aus dem Kasten, und setzen Sie augenblicklich meine Tochter hinein!«

»Nichts da!« widersprach Bulgarth energisch. »Markers Gehilfe hat mir versprochen, daß die Nachrichtenmieze mein Beef oben ohne anpreist. Ich will deine Tochter nicht beleidigen, Rushmear, aber im alten Indien wäre sie eine Unberührbare und heilig gewesen.«

Rushmears Tochter hob eine Faust von der Größe eines preisgekrönten Leibwitzschinkens, als sich eine weitere Stimme zu den anderen gesellte.

»Wo bleibt mein Feuerwerk?« verlangte die neue Stimme zu wissen.

»Feuerwerk?« krächzte ein schwitzender, zitternder Maxwell.

Ein bleicher, schmächtiger Mann hatte sich nach vorn durchgedrängelt. »Ich bin Clovis der Bankier. Meine Wachen und mein Personal wurden alle eingeladen, sich das spektakuläre Feuerwerk anzusehen, das meinen Namen an den Himmel schreiben sollte. Für das Vermögen, das ich gezahlt habe, sollte es besser spektakulär sein. Ich ...«

Er kam nicht weiter. Die mächtige Faust von Rushmears Tochter traf ihn versehentlich und fällte ihn wie einen vom Blitz getroffenen Baum. Ein Tumult entstand.

Maxwell schob sich in seinem Sitz zurück und wollte verschwinden. Er drückte gegen die hintere Tür des transportablen TV, doch sie schien abgeneigt, sich von innen öffnen zu lassen. Maxwell drückte fester. Die Tür hielt fester. Maxwell erinnerte sich, daß eine der Änderungen, auf denen Mister Tex T. Marker am Abend zuvor bestanden hatte, ein dicker, stabiler Riegel auf der Außenseite gewesen war. Maxwells Herz sank in die soliden Stiefel.

Während er zusah, wie Fäuste zu fliegen anfingen, schob sich ein weiterer großer Mann in den Vordergrund. »Was ist das für eine Ausgeburt des schlechten Geschmacks, die meinen Namen trägt?« bellte der Mann.

»Was? Wer?« krächzte Maxwell.

»Ich bin Futtock der Zimmermann«, kam die Antwort. »Wer hat diese Grauenhaftigkeit gebaut?«

»Ich ... äh, sehen Sie ...«

»Unglaublich! Ich hatte angeboten, daß meine besten Tischler ganz umsonst einen wunderschönen Apparat bauen, aber Marker erzählte mir, daß er einen Imagineur an der Hand hätte, den er persönlich mit der Konstruktion beauftragen wolle. Jetzt kehre ich aus meinem Urlaub zurück und finde ...«

Maxwell stöhnte. Es paßte alles so wunderbar zusammen. Er fragte sich, wieso er es nicht hatte kommen sehen.

Dafür sah er jetzt andere kommen.

Der erste davon war ein bleicher hagerer Mann, der aussah wie ein von den Toten auferstandener Bankier namens Clovis. Er sah ein wenig mitgenommen aus, und Schlimmeres galt für seine Kleidung.

»Betrug!« rief er und schob sich in den sich weitenden Kreis um Rushmears Tochter, die Bulgarth gewaltig eindeckte.

»Hilfe! Hilfe! Betrug! Raub!«

»Was ist, Bruder?« rief Clovis und kämpfte sich auf die Beine.

»Zwei maskierte Männer sind in die Bank eingedrungen, nachdem ihr, die Wachen und du, verschwunden wart. Sie haben mich gefesselt und geschlagen und alles mitgenommen«, sagte der untote Bruder von Clovis.

»Was?« heulte Clovis der Bankier. »Alles?«

»Und sie sind auf zwei schönen weißen Pferden davongeritten.«

Da Maxwell noch ein weiteres Stöhnen in sich übrig hatte, gab er es an dieser Stelle von sich.

Und der Augenblick war hervorragend gewählt, denn in den anwachsenden Tumult mischte sich nun ein lautes Singen. Maxwell erkannte Gestalten in Umhängen, die mit hell brennenden Fackeln mitten durch die Menge marschierten. Wer sind diese Leute schon wieder? fragte er sich.

»Wer seid ihr Leute schon wieder?« verlangte Rushmear zu wissen.

Anführer der Prozession war eine alte Frau, die Maxwell vage bekannt vorkam. »Wir sind die Schlangesteher, die auf Varney warten«, keifte die Alte. »Wir haben das Kopfgeld bezahlt, und jetzt fordern wir den Kopf dieses Ikonoklasten, und zwar in einem Eimer.«

»Wessen Kopf meinen Sie?«

»Seinen!« Ein junger Bursche mit einer Fackel richtete einen anklagenden Finger auf Maxwell. »Verkleidet, aber in seinem Kasten eingesperrt. Genau wie Mister Marker es versprochen hat, als wir ihm das Kopfgeld zahlten.«

»Ihr werdet verdammt noch mal abwarten, bis ihr mit diesem Kopf an der Reihe seid«, brüllte Rushmear und boxte den jungen Mann auf das Ohr.

»Wie können Sie es wagen, meinen Kevin zu schlagen?« keifte die Alte und drosch mit der brennenden Fakkel nach Rushmear.

»Wachen! Nehmt die Missetäter in diesem transportablen TV in Gewahrsam!« befahl Clovis der Bankier.

»Nicht, bevor die Nutte nicht ihre Titten gezeigt hat!« rief Zardoz der Bäcker dazwischen. »Ich habe für einen exotischen Tanz mit zwei Brötchen und einem französischen Stangenbrot bezahlt!«

»Ich auch!« rief einer seiner Konkurrenten.

»Und ich!« rief ein weiterer Konkurrent.

Maxwell hatte sich in eine fetale Position zusammengerollt. Er kaute auf den Knöcheln. »Um Gottes willen! Zeigen Sie schon Ihre Dinger, bevor sie uns beide umbringen!« sagte er zu Miß Hill.

»Wie können Sie es wagen!« empörte sich Miß Hill und trat Maxwell an den Kopf. »Ich bin jetzt ein Fernsehstar, und ich ...«

Den Rest hörte Maxwell nicht mehr. Dafür tanzten Sterne vor seinen Augen.

Die Menge brandete vor. Die Anhänger Varneys schlugen mit brennenden Fackeln um sich. Metzger, Bäcker und Zimmerleute zückten alle möglichen Sorten bisher verborgener Waffen und stürzten sich in das Getümmel.

Die Ankunft weiterer großer Männer mit gleich großen, fernsehgeilen Töchtern, denen Auftritte als Gegenleistung für größere Summen versprochen worden waren, trug überhaupt nichts zur Beruhigung des Aufstands bei. Exzentrische Vorstellungen wurden in Taten umgesetzt, alte Rechnungen beglichen. Tür und Tor standen weit offen für sämtliche Formen der Anarchie.

Ein Mahlstrom kämpfender Leiber überrannte das wunderbare transportable *Rock-Ola*-zwei-Personen-Breitwand-TV, warf es um und zerbrach es in tausend Teile. Ein Pandämonium von Mob stürzte sich auf Maxwell und wurde handgreiflich. Obwohl einige Dämonen eher begierig schienen, Hand an Miß Hill zu legen und so ...

Jedenfalls waren die Absichten derer, die sich auf den armen Maxwell stürzten, eindeutig mehr gewalttätiger Natur. Maxwell wurde aus den Trümmern seines Meisterwerks gezerrt und mal in diese, mal in jene Richtung gestoßen. Er trat mit seinen soliden Stiefeln um sich, brach Schienbeine und zerschmetterte Kniescheiben. Das Heulen der zahlreichen Verwundeten ging im allgemeinen Hullaballu unter.

Plötzlich stand Kevin vor ihm. »Stirb, du falscher Prophet von einem falschen Fünfziger!« kreischte der Bursche und hob eine Spitzhacke.

»Sorry«, sagte Maxwell und boxte den Burschen k. o., bevor er sich duckte und durch das Gewühl in Sicherheit kroch.

Bilder von Chaos und Terror sollten den armen Maxwell noch monatelang in seinen Alpträumen heimsuchen.

Es gibt nur wenige Dinge, die ähnlich furchterregend sind wie ein rasender Mob. Bruder schlug auf Bruder, Metzger auf Bäcker. Und Varneyiten, Zimmerleute, Pferdehändler und ihre Töchter rasten und verwüsteten, kämpften und plünderten, schlugen und knüppelten, zerquetschten und verstümmelten ...

Maxwell stahl sich leise vom Ort des Geschehens und machte sich davon.

Er rannte mehrere Meilen über die Straße, die in östlicher (nördlicher) Richtung aus Grimshaw führte, bevor er anzuhalten und zu verschnaufen wagte, Wasser aus einem kleinen Bach trank und sich das Make-up von Gesicht und Kopfhaut wusch.

Die Sonne stand kurz vor dem Untergehen, und der blutige rote Ball berührte bereits den Horizont im Norden (Westen). Geräusche von Gewalt und Blutvergießen wehten über die eintönige Landschaft. Maxwell blickte nach hinten. Ein großer Teil der Stadt Grimshaw war inzwischen in Flammen aufgegangen.

Mit einem reumütigen Schütteln seines geschorenen

Kopfes und einem tiefen, aus dem Herzen kommenden Seufzer des Bedauerns raffte Maxwell Verstand und Kräfte zusammen und war wieder einmal auf der Flucht.

KAPITEL 7

Maxwell marschierte nach Norden (oder so).

Er übernachtete in Straßengräben und hielt die Gemeinschaft von Geist und Körper durch eine nahrhafte, wenngleich karge Diät aus Beeren und Früchten aufrecht. Einmal schnappte er ein Kaninchen, doch das gemeine Biest griff zu einer heimtückischen List und starrte ihn aus großen, unschuldigen braunen Augen an. Maxwell ließ es davonhoppeln.

Des Imagineuren vegetarische Kost machte jedenfalls das von Tex T. Marker empfohlene Abführmittel des Apothekers überflüssig, und stündliche Buschsitzungen markierten jeden von Maxwells Tagesmärschen.

Es war während einer dieser Sitzungen, als Maxwell Reiter von Süden heranpreschen sah. Vorsichtig lugte er aus der Sicherheit seines Stechginsterklos hervor und erkannte, als die Reiter vorübergaloppierten, das Gesicht des aufrührerischen Rushmear, blessiert zwar, doch fest entschlossen. Ein Stück weit voraus gabelte sich die Straße, und die Reiter wandten sich nach links. Maxwell beendete seine Sitzung und nahm den rechten Weg.

Er fühlte sich ausgehöhlt, und das lag nicht nur am Mangel an Nahrung. Die entsetzliche Verwüstung, die Grimshaw heimgesucht hatte, war Maxwells Werk. In seinem Eifer, dieser neuen Welt Erleuchtung zu bringen, hatte er Horror und Entsetzen aus der alten Welt über ihr heraufbeschworen.

Hier hießen gute Nachrichten *keine* Nachrichten, und was die Werbung anbetraf ... Maxwell erschauerte. Sicher, Tex T. Marker und sein Gehilfe hatten den Worten Verrat und Falschheit eine neue Bedeutung verliehen ... Trotzdem fühlte sich Maxwell noch immer als der allein Schuldige. Hätte er sich nicht eingemischt, wäre sicher nichts von alledem geschehen.

Maxwells Vision von seinem Namen in zukünftigen Geschichtsbüchern hatte ganz definitiv einen alptraumhaften Beigeschmack erlangt. Er stellte sich vor, wie kommende Generationen mit den Fingern auf eine Zeichnung des *Rock-Ola*-TV-Apparats zeigten, aus dem alles Böse auf der Welt zu entspringen schien. Niemand würde mehr von der Büchse der Pandora reden. Statt dessen würden alle wissen, was mit *Maxwells Jukebox* gemeint war.

»Ich werde Veränderungen herbeiführen«, sagte Maxwell trotzig. »Aber durch kleine Akte der Mildtätigkeit statt durch grandiose Taten.«

Und mit diesen Gedanken im Kopf eilte er weiter. Er wollte so viele Meilen wie möglich zwischen sich und das zerstörte Grimshaw bringen. Kein Gras sollte unter seinen Füßen wachsen, während das Haar auf seinem Kopf nachwuchs.

Die Landschaft war eintönig und öde wie ein Duffelcoat. Sardinengrau zog sie sich hin und hin und hin (und so).

Einmal erblickte Maxwell die Ruinen eines Ortes, begraben unter einer, wie es aussah, riesigen Zahnbürste. Ansonsten sah er überhaupt nichts.

Nach einer Woche karger Ernährung, stündlicher Stechginsterbuschbesuche und unruhiger Nächte trug Maxwells solides Schuhwerk seinen Besitzer zu einer Reihe niedriger Hügel, hinter denen sich ein mächtiger Wald erstreckte. Ohne jegliche Karte, die Maxwell bei der Orientierung hätte helfen können, und ohne ein

Ziel, zu dem die fehlende Karte ihn sowieso nicht hätte führen können, verließ Maxwell schließlich den stechginstergesäumten Weg durch die Moorlandschaft, der wahrscheinlich gar nicht auf der Karte eingezeichnet gewesen wäre, und drang in den Wald vor, den er zwar möglicherweise auf der Karte gefunden hätte, wenngleich bestimmt nicht sonderlich detailliert.

Reisen bildet, sagt man.

Ob es auch schlauer macht, ist nicht überliefert.

Irgendwo mitten im Wald verbrachte Maxwell einige Tage in der Hütte eines Köhlers. Er verdiente sich sein Essen durch Holzhacken. Und widerstand durch beinahe übermenschliche Selbstbeherrschung der Versuchung, den einfachen Waldbewohner mit Ideen zu überschütten, wie er sein Tätigkeitsfeld ausdehnen und in andere Unternehmensbereiche vorstoßen könnte, um sich innerhalb eines nicht allzulangen Zeitraums an der Spitze eines landesweiten Konzerns für Holzverarbeitung wiederzufinden.

Maxwell hielt den Mund geschlossen und seine Axt scharf, und als seine Haare Igelborstenlänge erreicht hatten, entbot er dem Köhler sein Lebewohl, nahm dankbar einen kleinen Rucksack mit Proviant und ein großzügiges Geschenk in Form eines dicken wollenen Umhangs entgegen und machte sich einmal mehr auf den Weg, wohin auch immer er führte.

Einen Tag später – oder vielleicht auch zwei, aber das spielt wirklich keine Rolle – verließ Maxwell den Wald und marschierte über eine unwegsame Straße auf ein Dorf zu.

Als er sich den ersten Häusern näherte, kam er zwischen zwei steinernen Säulen hindurch, jede von einer metallenen Kugel gekrönt. Offensichtlich markierten die Säulen eine Grenze, denn Maxwell erspähte in regelmäßigen Abständen weitere Säulen, die sich rings um fruchtbare bestellte Felder und das Dorf zogen. Die Menschen hier waren anscheinend sehr stolz auf ihren Gartenbau. Die Felder waren tadellos in Schuß. Überall wuchsen exotische Früchte und Gemüse. Viele davon hatte Maxwell noch nie im Leben zu Gesicht bekommen. Kein einziger Pastinak war darunter.

Das Dorf selbst wirkte nicht weniger ansehnlich. Die kopfsteingepflasterte Hauptstraße führte zwischen Geschäften, Gasthäusern und Wohnungen hindurch, die fast wie im zwanzigsten Jahrhundert aussahen. Zu Maxwells Erstaunen gab es sogar einen Supermarkt von Budgen's. Das Kunststoffschild war bis zur Unkenntlichkeit verwittert, doch Maxwell erkannte es noch immer als das Einkaufsparadies, das Budgen's einst gewesen war.

Maxwell trat näher und spähte durch eins der Flachglasfenster. Der Supermarkt war seiner einstigen reichhaltigen Regalerie beraubt worden und beherbergte nun Ställe und Buden. Was ja an und für sich auch logisch erschien.

Während Maxwell durch das Fenster starrte, öffnete sich die Tür des Kaufhauses, und ein junger Mann in einem Umhang ganz ähnlich dem von Maxwell trat auf die Straße. Er war ein gutaussehender Bursche von schlankem Wuchs, mit braunen Augen und blonden, schulterlangen Locken. In den Händen trug er zwei Einkaufstüten.

Er schenkte Maxwell ein freundliches Grinsen und ging vorbei. Kaum zwei Schritte weiter erschien ein kleines Tier wie aus dem Nichts, flitzte zwischen seinen Beinen hindurch und ließ ihn der Länge nach auf die Nase fallen.

Maxwell hastete los, um dem jungen Mann auf die Beine und beim Einsammeln seines Einkaufs zu helfen, der über das gesamte Pflaster verstreut lag.

»Meinen Dank«, sagte der Bursche und klopfte sich ab.

»Haben Sie sich verletzt?«

»Nein, ich werd's überleben. Wie immer.«

»Können Sie mir sagen, wie dieses Dorf heißt?« fragte Maxwell.

»Natürlich kann ich das. Ich lebe hier.«

»Und? Wie heißt es?«

»Ah, ich verstehe. MacGuffin.«

»Aha«, sagte Maxwell. »Dann befinde ich mich also in Schottland?«

»Nein«, erwiderte der junge Mann. »Sie sind in MacGuffin.«

»Ja, schön, aber *wo* ist MacGuffin?«

»Jetzt haben Sie mich verwirrt«, sagte der junge Mann. »Ich dachte immer, MacGuffin sei *hier.*«

»Wahrscheinlich haben Sie recht.«

Der junge Mann überdachte Maxwells letzte Bemerkung. »Kennen Sie mich?« fragte er schließlich.

»Nein«, sagte Maxwell.

»Und woher wissen Sie dann, daß ich es bin?«

»Ich denke, ich sollte jetzt gehen«, sagte Maxwell.

»Suchen Sie vielleicht Arbeit?«

»Ja, ehrlich gesagt, das tue ich.«

»Dann kommen Sie mit mir, während ich meine Einkäufe nach Hause bringe.«

»Wunderbar«, sagte Maxwell.

»Ach, das ist gar nichts«, sagte der Bursche. »Das mache ich jeden Tag.«

Der junge Mann, dessen Name, wie Maxwell nach vielen umständlichen Fragen herausfand, Dave lautete, führte Maxwell auf einem größeren Umweg zu einer kleineren Hütte an der Rückseite des ehemaligen Budgen's-Supermarktes. Maxwell fragte absichtlich nicht nach dem Grund für den umständlichen Nachhauseweg.

In der Hütte, die hauptsächlich aus einer gemütlichen

Stube mit einem Feuer in der Mitte bestand, fanden sich neben einem kastenförmigen Polsterschemel, einem Teppich, der keine Fäden mehr besaß, dafür aber ein schönes Muster, und ein paar weiteren Möbelstücken nur noch ein paar weitere Holzstücke für das Feuer. Maxwell hängte seinen Umhang an einen Haken und setzte sich in einen Schaukelstuhl.

»Seien Sie vorsichtig damit«, sagte Dave. »Er neigt dazu, in einem Bogen vor und zurück zu schaukeln.«

»Danke für die Warnung«, sagte Maxwell und schüttelte den Kopf.

Dave warf die beiden Einkaufstüten samt Inhalt in einen Schrank und wandte sich dann zu Maxwell um. »Ich habe ein Problem mit meinen Hosen«, sagte er. »Jedesmal, wenn ich sie schüttle, fliegt irgend etwas heraus.«

»Was denn, Motten? Meinen Sie Motten?«

»Nein. Möwen, Schnepfen und so was. Vögel halt.«

»Das klingt ein wenig unwahrscheinlich.«

»Aber es ist nichtsdestotrotz wahr.« Dave schüttelte sein linkes Hosenbein. »Da, sehen Sie?« rief er. »Das ist ein Sperber, alles, was recht ist!«

Maxwell starrte den Vogel an, der unter der Decke herumflatterte. »Sieht mir eher nach einem Turmfalken aus«, schlug er vor. »Nach dem Gefieder zu urteilen.«

»Aber Sie verstehen, was ich meine?«

Maxwell nickte zweifelnd. »Das scheinen höchst ungewöhnliche Hosen zu sein.«

Dave zog eifrig die Knie seiner Hosen hoch und nahm auf dem Polsterschemel Platz. »Das ist der Fluch der Wilkinsons«, erklärte er. »Manche sagen, einer meiner Vorväter habe im Streit mit der damaligen Mode gelebt. Sagen sie.«

»Warum entledigen Sie sich nicht einfach dieser Hosen?« fragte Maxwell.

Dave lachte gespielt. »Wenn es nur so einfach wäre. Sie waren nicht bei meiner Hochzeit, oder?«

»Ich habe Sie gerade erst kennengelernt. Ich dachte, wir wären uns so weit einig.«

»Nun, jedenfalls war es ein schlimmer Tag für die Wilkinsons, das kann ich Ihnen sagen.«

»Wirklich?« fragte Maxwell und wünschte sich im gleichen Augenblick, geschwiegen zu haben.

Dave seufzte einen Seufzer. »Ich habe mich erst im allerletzten Augenblick herausgeputzt und meinen Hochzeitsanzug angezogen. Ich dummer, dummer Kerl fühlte mich sicher und machte mich auf den Weg zur Kirche. Eine Weile ging auch alles gut. Ich stand vor dem Altar, meine duftende Mary an meiner Seite. Der Himmelspilot las die Messe. Der Chor sang: ›Lasset die Kindlein zu mir kommen‹.«

»War es eine Weihnachtshochzeit?«

»Weihnacht? Was ist das?«

»Schon gut«, sagte Maxwell. »Sie haben angefangen zu erzählen, warum fahren Sie nicht einfach fort?«

»Ja, schön. Gut. Also, der Chor sang. Die Sonne schickte ihre roten Strahlen durch die antiken Bleiglasfenster aus dem letzten Zeitalter, glitzerte auf den vergoldeten Ornamenten der Kanzel und ließ alles in wunderbaren, sanften Farben ...«

»Und?« unterbrach ihn Maxwell.

»Und ich war gerade dabei, den zeremoniellen Hochzeitstrieb in das Kopfband der Haube meiner Frau zu stecken ...«

»Als?«

»Ein Okapi.«

»Ein Okapi?«

»Ein Okapi! Ein dreckiges großes Okapi kam brüllend aus meiner Weste.«

»Okapis brüllen nicht«, sagte Maxwell. »Ansonsten kein schlechtes Garn.«

Dave machte einen niedergeschlagenen Eindruck (aber er war es nicht). »Kein Garn, mein Freund. Überhaupt kein Garn. Hier, werfen Sie einen Blick auf das Hochzeitsphoto.«

»Photo?« Maxwell schwang in seinem Schaukelstuhl nach vorn. Ein Grinsen erschien auf seinem Gesicht. »Es gibt noch immer Photographie?«

Dave zerrte einen abgegriffenen Gegenstand aus der Hose und schob ihn Maxwell in die Hand.

Maxwells Mund klappte auf. »Das hier«, sagte er enttäuscht, »ist eine Photographie vom Marsch der wilden Tiere. Wenn ich mich nicht irre, stammt er aus einer inzwischen antiken Ausgabe des *National Geographic*.«

»Und wie erklären Sie sich das?« Dave deutete auf die Spitze eines Kirchturms, die deutlich im Hintergrund zu sehen war. »Das ist die Sankt-Willco-von-Feelgood-Kirche direkt oben an der Hauptstraße. Sie müssen Sie gesehen haben, als Sie ins Dorf kamen.«

Maxwell gab das Photo zurück. »So was hat man früher mit Apparaten gemacht, die Computer hießen«, sagte er. »Trotzdem, Sie verdienen meine Bewunderung.«

»Und was ist mit dem Sperber?« Dave zeigte auf den Vogel, der jetzt reglos auf dem Kaminsims saß und zu dösen schien.

»Sie meinen wohl den Turmfalken.«

»Dann eben Turmfalke.«

»Es ist ein Zaubertrick. Sie führen mich an der Nase herum. Ein Onkel von mir konnte sich einen Stift in die Nase schieben und ihn am Ohr wieder herausziehen. Das war auch ein guter Zaubertrick.«

»Bei uns im Dorf gibt es eine Frau, die ...« Dave ließ den Satz unbeendet. »Diese Sache mit dem Turmfalken – ich versichere Ihnen, das war kein Trick.«

Maxwell zuckte die Schultern. »Ich habe schon von Frettchen in Hosen gehört. Aber von einem Okapi in der Weste – tut mir leid, ich bin nicht überzeugt.«

Dave warf verzweifelt die Hände in die Luft. Zwei

Eichhörnchen entwichen seinem linken Hemdsärmel und verschwanden hinter der Vorhangschabracke.

»Da!« kreischte Dave. »Erklären Sie mir das, wenn Sie können!«

»Sie sollten vielleicht einen Zoo aufmachen«, sagte Maxwell, der noch immer seine Zweifel hegte.

»Was ist ein Zoo?«

»Ein Ort, an dem man eine Sammlung interessanter Tiere hält. Die Menschen kommen und bezahlen Geld, um sich die Tiere anzusehen, und ...« Maxwell hielt inne, bevor er voll in Fahrt kam. Zoos waren selbst in der alten Welt nicht die beste Idee gewesen.

»Bezahlen?« Dave lachte. »Bezahlen, um meine Tiere anzusehen? Und was geschieht, wenn einer der Besucher mir guten Morgen wünschen will, und eine giftige Kobra schießt aus meinem Knopfloch und versenkt ihre Fänge in ihm?«

Maxwell schaukelte so heftig nach hinten, daß er beinahe aus dem Stuhl gefallen wäre. »Das passiert nicht. Oder doch?«

»Nein. Nicht so häufig jedenfalls. Es hängt wahrscheinlich von der Jahreszeit ab und wo ich gerade bin. Wir haben Sommer in MacGuffin, deswegen die Eichhörnchen und der Sperber.«

»Turmfalke«, sagte Maxwell.

»Meinetwegen.«

»Und was ist mit dem Okapi?«

Jetzt zuckte Dave die Schultern. »Vielleicht die Ausnahme, die die Regel bestätigt?«

»Vielleicht.« Maxwell stand auf und streckte sich. Genug war genug. »Ich schätze, ich spaziere ein wenig durch das Dorf«, sagte er.

»Aber was ist mit dem Job? Sie wollten doch einen Job!«

»Ich werde darauf zurückkommen.«

»Nein. Bitte gehen Sie nicht.«

»Ich muß noch ein paar Sachen erledigen. Leute treffen und so.« Maxwell schnappte sich seinen Umhang vom Haken und verschwand hastig durch die Tür in die kleine Gasse dahinter.

Jedenfalls hatte er gedacht, es wäre sein Umhang.

Ein Augenblick verging, wie manche Augenblicke eben vergehen. Dann hörte Dave einen verblüfften Aufschrei, gefolgt von einem lauten Trampelgeräusch und dem charakteristischen Schnauben eines tibetanischen Jaks.

»Da«, sagte Dave zu den Eichhörnchen. »Ich möchte zu gerne wissen, wie er sich *das* erklärt.«

Während er sprach, befreite sich ein Kaninchen zappelnd aus seinem linken Hosenbein und hoppelte davon, um sich hinter dem Polsterschemel zu verstekken.

Wo bereits ein Fuchs lauerte.

KAPITEL 8

Maxwell drehte dem traditionellen »Wo bin ich?« eine lange Nase, als er aus der Bewußtlosigkeit erwachte. Statt dessen brüllte er nämlich: »Dave, du Bastard!« Damit fertig, blinzelte er zunächst verwirrt und fragte anschließend: »Wo bin ich?«

Er lag auf einer Couch. Genauer gesagt, auf einer weich gepolsterten Ledercouch von der Sorte, die in einem anderen Zeitalter von Psychiatern bevorzugt worden war, damit die Patienten entspannt und ruhig liegen konnten, während sie sich ihrer Sorgen und ihres Geldes entledigten. Diese Couch nun stand in einem relativ freundlichen Zimmer, ungefähr so breit wie lang, und badete im roten Sonnenlicht, das durch zwei hohe, bogenförmige Flügelfenster fiel.

Maxwell erblickte eine Vielzahl gläserner Schaukästen mit ausgestopften Tieren darin: Kaninchen, Hasen, Nerze, Enten, Gänse und andere waren in Gruppenszenen von phantasievoller Lasterhaftigkeit arrangiert.

Maxwell hatte als Junge – wie viele andere Jungen auch – atemlos vor Staunen eine abgegriffene Kopie des Kamasutra durchgeblättert. Und er hätte durchaus noch längere Zeit vor den Schaukästen verharren und die Kunstfertigkeit des Präparators bestaunen können – Wunder wie zum Beispiel ein Frettchen, das zusammen mit einer Kröte »den Bambus teilte«, oder ein Otter, der »den Tee einnahm«, und das nicht mit einer, sondern gleich mit drei französischen Hennen –, wäre da nicht der gewaltige Schmerz in Maxwells Kopf gewesen und hätte dieser Schmerz nicht so eine unangenehme »Überall-zugleich«-Natur besessen.

Maxwells Schmerzen besaßen verblüffende Ähnlichkeit mit den Schmerzen eines Mannes, der erst kürzlich eine gründliche Trampelbehandlung durch ein tibetanisches Jak erfahren hatte.

Oder von einem Sattelzug überrollt worden war.

Oder von ein paar herabfallenden Hanteln zerschmettert, die jemand sorglos in einem hohen Schrank verstaut hatte, der üblicherweise als Bücherschrank für Bücher wie zum Beispiel das Kamasutra diente.

Oder gnadenlos von Schmiedehämmern zusammengeschlagen, die ein Metallarbeiter namens Brian zusammen mit seinen beiden betrunkenen Kumpels vor einer Kneipe in Camden Town um die Polizeistunde herum schwang, weil eine Verwechslung mit dem Kerl vorlag, der mit Brians Frau den Bambus geteilt hatte, während Brian auf Nachtschicht gewesen war.

Nein, das letzte Beispiel hinkt ein wenig, weil die herabregnenden Hammerschläge auf eine bestimmte Körperregion zielen.

Jedenfalls, Maxwell stöhnte und betastete seine Person. »Bei allen Göttern«, stöhnte er. »Ich fühle mich, als wäre ich gnadenlos von Schmiedehämmern zusammengeschlagen worden, die ein ...«

»Ein Metallarbeiter namens Brian?« fragte eine Stimme.

Maxwell wandte den schmerzenden Kopf nach dem Besitzer der Stimme um und war beeindruckt.

In der Tür stand eine Gestalt von heroischen Proportionen. Die breiten Schultern füllten beinahe den gesamten Durchgang, und der Kopf war gebeugt, um nicht mit dem Türsturz in Kontakt zu treten. Der Mann war ein echter Riese.

Und er war wunderbar gekleidet.

Ganz in Rot. Zoll für Zoll. Sein Kostüm war kunstvoll und reichhaltig dekoriert und bestand aus zahlreichen Lagen von Kleidung. Über einem rüschenbesetzten Hemd mit vier Kragen, Volantärmeln und gerafften Manschetten trug er eine Anzahl ärmelloser Gewänder, die in der Länge vom untersten nach außen hin abnahmen: Das unterste reichte bis fast zum Boden, das äußerste war kaum noch mehr als ein knappsitzender Bolero.

Die weiten Hosen steckten schnittig in kniehohen roten Wildlederstiefeln mit schicken doppelten Spitzen.

Alles in allem bot die Erscheinung einen höchst einzigartigen und schneidigen Anblick, wenn das Gesicht auch ein wenig seltsam wirkte. Es war eine aufgeblasene Angelegenheit, dieses Gesicht: So groß wie eine Schweinsblase, voller fetter Falten und Röllchen. Die Augen, schwarze Knöpfe, waren kaum zu erkennen. Die Nase war ein winziger Knetklumpen, das Haar rot und widerborstig und kurz wie bei einem Igel.

Um auf die Nase zurückzukommen – was Maxwell keineswegs zu tun wünschte, obwohl er es nichtsdestotrotz tat –, der Knorpel dieser Nase war genau in der Mitte von einem großen goldenen Ring durchbohrt, der den gesamten Mund umgab und bis zum ersten der mannigfachen Kinne reichte. An diesem Ring wiederum waren zwei schlanke goldene Ketten befestigt, von denen eine zum rechten Ohrläppchen führte, die andere zum linken.

»Fühlen Sie sich wohl?« fragte der rote Riese.

»Nein«, sagte Maxwell. »Ich sitze immer so.«

Der rote Nasenberingte nickte nachdenklich. »Das ist mein Haus«, sagte er schließlich. »Und jeder, der hier dumme Antworten gibt, kriegt was auf die Fresse. Habe ich mich klar genug ausgedrückt?«

»Sicher«, entgegnete Maxwell. »Sie müssen nicht deutlicher werden.«

»Gut«, sagte der Rotgoldene. »Und? Wie fühlen Sie sich?«

»Mir ist scheißübel, wenn Sie es genau wissen wollen.«

»Na, sehen Sie, es geht doch.«

»Wirklich?« fragte Maxwell.

»Nur ein kleiner Scherz. Folgen Sie mir.«

Unter großem Stöhnen und Ächzen und mit knackenden Gelenken kämpfte Maxwell sich auf die Beine und folgte seinem Gastgeber auf denselben, wenn auch leicht unsicheren Schrittes. Er folgte dem Roten aus dem Raum mit den unanständigen Tieren durch eine große Halle mit Statuen gleicher Unanständigkeit und eine elegante Treppenflucht hinauf bis in einen wunderbaren kreisförmigen Saal.

Der Saal besaß eine hohe Kuppeldecke mit einem phantastischen *trompe-l'œil:* ein blauer Himmel mit kleinen weißen Wolken, die vor dem Wind dahinzogen. So meisterhaft hatte die Hand des Künstlers gearbeitet, daß die Wolken frei unter der Decke zu schweben und im Raum darunter zu treiben schienen.

Die winzigen schwarzen Augen des roten Riesen folgten der Richtung von Maxwells großen runden Augen. »Eine interessante Arbeit«, sagte der Riese. »Obwohl ein wenig überspannt. Ein blauer Himmel! Wer könnte sich so etwas vorstellen?«

»Ich, zum Beispiel«, erwiderte Maxwell wehmütig.

»Werfen Sie einen Blick aus dem Fenster, und verraten Sie mir, was Sie sehen.«

Verglaste Öffnungen umrundeten das gesamte Zimmer, dazwischen Säulen, auf denen die Kuppel ruhte. Maxwell humpelte langsam von einem Fenster zum anderen und spähte hinaus.

Unten lag das Dorf, hübsch wie ein Unterrock und kauzig wie die Königinmutter; dahinter die bestellten Felder und Blumengärten, abrupt begrenzt vom Kreis aus Steinsäulen mit den runden Metallkugeln obendrauf; noch weiter dahinter das Moorland und schließlich der Wald im Süden.

»Sollte ich vielleicht etwas Besonderes sehen?« fragte Maxwell, der nichts Besonderes entdecken konnte.

Der rote Riese starrte über Maxwells Kopf. »Etwas ganz Besonderes«, sagte er. »Dort unten. Ringsum und so. Es ist kein Scherz, sondern eine richtige Konklave. Selbsterhaltend. Zufrieden. Zufrieden und frei. Und unbelastet. Ordnung aus dem Chaos. Vollkommene Harmonie. Ein sehr empfindliches Gleichgewicht, das ist es, was Sie sehen sollen.«

»Sehr poetisch«, entgegnete Maxwell. »Und außerdem sehr hübsch.«

»Ich bin froh, daß Sie so denken«, sagte der rote Riese. »*Weil es nämlich verdammt noch mal ganz genau so bleiben wird!*«

Maxwell lächelte seinen Gastgeber an. »Rock 'n' Roll«, sagte er und hob den Daumen.

»Dann lassen Sie uns jetzt essen.« Maxwells Gastgeber winkte mit einer mächtigen Hand zu einem runden Tisch in der Mitte der Halle. Die Tischfläche bestand aus einem gewaltigen Bergkristall, gehalten von der Hand eines aus schwarzem Basalt gemeißelten nackten Satyrn. Der unverkennbare Ausdruck des Vergnügens auf dem grotesken Gesicht lag ohne Zweifel zu einem nicht geringen Teil in der oralen Hommage begründet, die eine vor ihm kniende Waldnymphe aus kunstvoll behauenem weißem Marmor vollzog. Sie war so schön, daß Maxwells Blicke länger als unbedingt nötig auf ihr ruhten.

»Nehmen Sie Platz«, sagte Maxwells Gastgeber.

Maxwell blickte den roten Riesen an, der seine roten Massen auf einen großen roten thronähnlichen Sitz wuchtete.

Ein einziger Stuhl befand sich auf der gegenüberliegenden Seite der Tafel; ein wackliger alter dampfgebogener Holzstuhl. Maxwell zuckte die Schultern und nahm darauf Platz.

»Essen Sie«, sagte der große rote Gastgeber.

»Danke sehr«, sagte Maxwell.

Die Tafel war beladen mit einer reichen Auswahl lokaler Kost: Pyramiden von gekochten Gänseeiern, ein feiner rosa Schinken, ein Tablett voller gebackener Muffins, eine Schale gedünsteter Pilze, Gläser mit Honig und eingemachten Früchten, ein silberner Samowar, in dem Tee leicht vor sich hin köchelte, und noch eine ganze Reihe weiterer Dinge, die ohne die Hilfe einer gewandten Sekretärin viel zu langwierig aufzuschreiben sind.

Allerdings müssen die weißen Tischdecken noch erwähnt werden, genau wie das Besteck aus der Saltsberg-Serie mit den Elfenbeingriffen. Und das Chinaporzellan, das indes nicht so recht zum ganzen Rest passen wollte. Es gehörte zu dieser häßlichen, früchteüberladenen Sorte, die man im Versandhauskatalog bestellen konnte.

»Passen Sie nur ja mit dem Porzellan auf«, sagte der Gastgeber. »Es ist antik und unbezahlbar.«

Maxwell schöpfte sich eine Auswahl fleischiger Würste auf den Teller. Er war rechtschaffen hungrig.

»So«, sagte der dicke rote Knabe und schenkte Tee aus. »Sie sind also Maxwell.«

»Das bin ich«, sagte Maxwell, der es war, schaufelte Wurst in seinen Mund und fing zu kauen an.

»Und Sie sind der Imagineur«, sagte der rote Riese.

Maxwell unterbrach seine Mahlzeit. »Wer hat Ihnen das gesagt?« fragte er.

»Das spielt keine Rolle. Ach, wie unhöflich von mir. Ich habe mich noch gar nicht vorgestellt.« Der große rote Riese reichte Maxwell eine rote Hand über den Tisch. »Ich bin MacGuffin«, sagte er.

Maxwell schüttelte die große Hand. Sie war weich wie eine schottische Kilttasche aus Seide, wenn es so etwas überhaupt gibt. Die Nägel waren sehr gepflegt und kunstvoll lackiert. Auf dem Daumen saß ein goldener Ring mit einer Fassung, die einen großen Jadestein hielt; eine Gemme mit erotischem Motto.

Maxwells Hand kehrte zur Gabel zurück, und die Gabel zu seiner Wurst. »Dann wurde dieses Dorf nach einem Ihrer Vorfahren benannt«, kombinierte Maxwell, bevor er die Wurst in den Mund schob.

»Es ist nach *mir* benannt«, erklärte MacGuffin. »Es ist *mein* Dorf. Innerhalb des Rings aus Säulen gehört *alles* mir.«

Maxwell nickte und aß weiter.

»Ich bin unter vielen Namen bekannt«, fuhr der rote Riese fort. »MacGuffin der Freigebige. MacGuffin der Gnädige. MacGuffin ...«

»... der Kastanienrote?« unterbrach ihn Maxwell.

»... der Magier«, sagte MacGuffin bestimmt. »Und MacGuffin der Böse für diejenigen, die es wagen, mir mit dummen Zwischenbemerkungen wie dieser auf den Schlips zu treten.«

Maxwell griff nach einer Ketchupflasche, die seiner Aufmerksamkeit bis dato entgangen war. »Der Magier, sagen Sie?« sagte er. »Meinen Sie wirklich Magier?«

»Haben Sie vielleicht gedacht, ich wäre Klempner?«

»Eher Pornograph«, entgegnete Maxwell und spritzte Ketchup auf seine Wurst.

MacGuffins Gelächter verklang. »Ein Magier, das bin ich, und kein schlechter obendrein. Ich besitze absolute Kontrolle über mein Reich. Ich bin ein gütiger Despot. Die hier wohnen, wissen das. Alle haben Arbeit. Sie erfreuen sich der Vorteile meiner Bemühungen, das Gleichgewicht zu erhalten.«

»Schön«, sagte Maxwell. »Scheint, daß Sie einen hervorragenden Job machen. Ich nehme an, ich verdanke Ihnen meine Genesung. Ich danke Ihnen. Ich danke Ihnen vielmals.«

»In der Tat.« MacGuffin reichte Maxwell eine Tasse Tee.

»Ich hatte gehofft, hier Arbeit zu finden«, sagte Maxwell und nahm die Tasse entgegen.

»Hier gibt es keine Arbeit für einen Mann mit Ihren Fähigkeiten.«

»Oh? Da hat Dave mir aber etwas anderes erzählt.«

»Ich sagte, es gibt keine Arbeit hier. Überall sonst gibt es natürlich eine Menge Arbeit. Ich lese Ihre Gedanken, Maxwell. Sie sind ein Mann, der einen Sinn sucht. Ein Mann von großem Talent, der dazu verdammt ist, sein Talent zu verschwenden, es sei denn unter der Anleitung einer herausragenden Persönlichkeit. Verraten Sie mir, Maxwell – haben Sie je etwas von einer Stadt namens Grimshaw gehört?«

Maxwell hatte gerade einen Toast in seine obere Verdauungsöffnung geschoben. Jetzt spuckte er alles wieder aus. »Verzeihung«, stammelte er. »Ich hab' was in den falschen Hals gekriegt. Grimshaw, sagen Sie? Nie gehört, den Namen.«

»Wie seltsam. Wie höchst seltsam.« MacGuffin klopfte die Flecken von seinem vielschichtigen roten Anzug. »Erst gestern kamen ein paar Reiter hier vorbei. Sie sprachen von einem schrecklichen Unglück, das Grimshaw heimgesucht hat, und sie sprachen von drei Männern, die dafür verantwortlich seien. Die Beschreibung eines dieser Männer paßt genau auf Sie, Maxwell. Und – soll man das für möglich halten? – sogar der Name war der gleiche.«

»Zufall, nichts als Zufall«, sagte Maxwell und betupfte sich das Kinn. »Schon viele Leute haben sich darüber den Kopf zerbrochen, doch stets ohne Erfolg.«

»Stets, bis auf mich«, sagte MacGuffin. »Vielleicht liegt es daran, daß ich nicht an Zufälle glaube. Ich glaube vielmehr an Vorbestimmung. Ich bin absolut sicher, daß das Schicksal Sie bei der Hand genommen und direkt zu meiner Tür geführt hat.«

»Ein lustiger Gedanke«, entgegnete Maxwell, der nichts an diesem Gedanken lustig fand. »Diese, äh, Reiter ... sind sie noch im Dorf?«

»Nein. Sie sind ihres Weges gezogen. Alle bis auf einen, der nun *meines* Weges zieht.«

Die eigenartige Betonung des Possessivpronomens blieb Maxwell nicht verborgen. Ihn beschlich das sichere Gefühl, daß es nun an der Zeit war, sich bei seinem Gastgeber zu bedanken und Lebewohl zu sagen. Irgend etwas an dieser gargantuesken* Gestalt mit ihrer Vorliebe für schlüpfrige Darstellungen und ihrem Hang zur Autokratie war zutiefst beunruhigend. »So«, sagte Maxwell. »Das war ein wunderbares Mahl, und ich muß Ihnen noch einmal danken, daß Sie sich um mich gekümmert haben und so und überhaupt. Doch ich bin sicher, Ihre Zeit ist kostbar, und ich nehme an, ich sollte sie nicht über Gebühr beanspruchen. Vielen Dank noch mal, und leben Sie wohl.«

MacGuffin fuchtelte aufgeregt mit den Fingern. »Bleiben Sie, bleiben Sie«, sagte er. »Ich kann Sie doch nicht

* Dann sehen Sie eben ins Wörterbuch.

einfach so ziehen lassen. Schlagen Sie sich den Bauch voll. Stärken Sie sich für Ihre lange Reise.«

»Ich bin voll bis obenhin«, sagte Maxwell und tätschelte seinen Bauch. »Machen Sie's gut, mein Herr.«

»*Setzen Sie sich!*« MacGuffin fuchtelte einmal mehr mit den Fingern, und Maxwells Knie gaben unter ihm nach. Er sank schlaff und würdelos in seinen Stuhl zurück. »Bequem?« erkundigte sich der rote Riese.

»Nein«, antwortete Maxwell. »Ganz und gar nicht. Was haben Sie mit meinen Knien gemacht?«

»Eine vorübergehende Unterbrechung der Synapsen. Nichts Schlimmes.«

»Was wollen Sie von mir?« fragte Maxwell zitternd.

»Also schön, reden wir von jetzt an Tacheles«, sagte MacGuffin. »Sie sind Maxwell Carrion, der Imagineur. Sie sind der Mann, der Grimshaw ins Chaos gestürzt hat.«

»Es war nicht meine Schuld«, beteuerte Maxwell. »Ich habe lediglich versucht zu helfen.«

»Nun, Sie werden helfen. Sie werden *mir* helfen. Ich habe Ihnen Ihre Gesundheit wiedergegeben und das Geheimnis Ihres Aufenthalts gehütet. Jetzt werden Sie mir die erwiesene Gastfreundschaft zurückzahlen. Das ist nur fair, oder meinen Sie nicht?«

»Muß wohl«, entgegnete Maxwell und betastete seine Knie.

»Undankbarer Bengel«, sagte MacGuffin. »Gratisfrühstück geschnorrt und alles.«

»Okay, es tut mir leid. Was wollen Sie von mir?« Maxwell erschauerte. »Hoffentlich nichts Sexuelles, oder?«

»Wie können Sie es wagen!« MacGuffins Nasenflügel bebten. Die Ketten an seinem Nasenring klingelten.

»Ich wollte Sie nicht beleidigen«, stammelte Maxwell.

»Nichts Sexuelles«, sagte MacGuffin. »Ich habe alle Frauen, die ich brauche. Zufällig auch alle Männer dazu. Und Schafe und Ziegen und ...«

»Was soll ich für Sie tun?«

»Sie haben in Daves Gegenwart das Wort ›Computer‹ benutzt.«

»Hat Dave Ihnen das verraten?«

»Ein Sperber hat scharfe Ohren.«

»Es war ein Turmfalke.«

»Meinetwegen. Seine Ohren waren meine Ohren.«

»Dann sind Sie der Grund für die ganzen Tiere, die Dave plagen.«

»Meine Untertanen müssen bei Laune bleiben. Daves Aufgabe besteht darin, die Hauptstraße im Auge zu behalten, alle Fremden zu begrüßen und sie auf die eine oder andere Weise direkt zu mir zu führen.«

Maxwells Knie machten noch keine Andeutungen, sein Körpergewicht wieder tragen zu wollen. Es war eine Schande, wenn man bedenkt, wie liebend gerne er sie jetzt in seine Dienste gestellt hätte.

»Interessante Dinger, diese Computer«, sagte MacGuffin der Magier.

»Ich fand sie eigentlich immer langweilig.«

»Man sagt, sie seien für den Untergang des letzten Zeitalters verantwortlich, wußten Sie das?« MacGuffin tunkte einen Keks in seinen Tee und saugte daran. »Bildeten ein globales Netz, überzogen den gesamten Planeten mit einem Information-Superhighway oder so. Dann flog die Sicherung raus.«

»Das würde mich kein Stück überraschen.«

»Ich habe einen«, sagte der Magier. »Nun, eigentlich ist es nur ein halber. Ihr Auftrag, sollten Sie sich entscheiden, ihn anzunehmen – und das werden Sie –, lautet, mir die fehlende Hälfte zu besorgen.«

»Haben Sie jemals das Wort ›Elektrizität‹ gehört?« fragte Maxwell.

»Selbstverständlich. Haben Sie jemals das Wort Ikonodulie gehört?«

»Nein.«

»Natürlich nicht. Dieser Computer benötigt keine

Elektrizität. Er benötigt seine andere Hälfte. Ich will es Ihnen zeigen.« MacGuffin klatschte in die Hände. »Aodhamm, komm her«, rief er.

Ein Geräusch erklang auf der Treppe nach unten. Schleppende Schritte. Frankensteins schleppende Schritte. Schreckliche, monströse, frankensteinische, schleppende Schritte.

Maxwell rutschte unruhig auf gefühllosen Holzgelenken hin und her.

»Ein bißchen Bewegung, du lahmer Sack!« rief MacGuffin.

Die schrecklichen, monströsen, frankensteinischen, schleppenden Schritte kamen näher.

Etwas betrat den Raum.

Maxwell gaffte.

Es war kein vom Friedhof entschwundenes häßliches monströses frankensteinisches Etwas. Dieses Etwas war ein Etwas von derart seltener und beinahe unaussprechlicher Schönheit, daß ein Mann ein solches Etwas höchsten einmal in seinem Leben zu Gesicht bekam.

Oder zweimal, wenn er viel Glück hatte.

Oder dreimal, wenn er Mister David Doveston aus Bronwyn Terrace, Harlech, heißt, der von den Göttern gesegnet ist und regelmäßig Jesus zum Tee bei sich hat.

Maxwell hätte ein »Rock 'n' Roll« hervorgestoßen, doch er war sprachlos.

Das Etwas von seltener und überaus unaussprechlicher Schönheit schlurfte in den hohen Saal und brachte eine goldene Ausstrahlung mit, die selbst die Luft zum Vibrieren brachte.

Das Etwas war ein Mann. Aber was für ein Mann! Ein bronzener Mann (aber nicht Doc Savage!). Ein Mann aus polierter Bronze, aus Metall. Perfekt in seiner Form. Ein wahrer Adonis. Ein Bronzeadonis, und nackt. Splitterfaserpudelnackt. Peinlicherweise.

Maxwell wandte das Gesicht ab. Diese wundervolle

Schöpfung gehörte nicht in dieses Haus voller Perversionen. »Wer ist das?« fragte Maxwell.

»*Was* ist das. Ein Automat. Ein Roboter. Ein Computer.«

Maxwell schüttelte den Kopf. »Aber er lebt doch ganz eindeutig.« Er blickte den wunderschönen Mann an, der mit gesenktem Blick dastand und trotz all seiner goldenen Ausstrahlung einen Eindruck unendlicher Traurigkeit erweckte.

»Nichts als ein Spielzeug«, sagte MacGuffin. »Ein exotisches Spielzeug, wenn Sie verstehen. Er sehnt sich nach seiner Gefährtin.«

»Gefährtin?«

»Seine andere Hälfte. Ihr Name lautet Ewavatt. Sie werden die beiden wieder zusammenführen.«

Maxwell versuchte, sich die andere Hälfte vorzustellen. Genauso wunderschön wie Aodhamm? Noch schöner, weil sie feminin war? Er konnte sich jedenfalls ohne jede Schwierigkeit und ohne weiter ins Detail zu gehen ausmalen, was MacGuffin mit diesen beiden plante, wenn sie erst wieder vereint waren. Welche Art von Unterhaltung er von ihnen erwartete.

»Er ist kein Spielzeug«, sagte Maxwell. »Kein Roboter. Kann er reden?« Maxwell warf einen Blick zurück auf den Metallmann. »Kannst du sprechen?«

Der Metallmann ließ nur den Kopf hängen und starrte zu Boden.

»Er redet nur selten. Er kann ein paar einfache Dinge. Er ist aus Metall, Maxwell. Komm her, Aodhamm, damit Maxwell dich betasten kann.«

Die glänzende Gestalt schlurfte zum Tisch und streckte eine elegante Hand vor. Sie bestand offensichtlich aus Metall, doch es gab keine Scharniere oder Gelenke. Das Metall schien beweglich, fließend, wie Quecksilber.

»Machen Sie schon«, sagte MacGuffin. »Fühlen Sie.«

»Nein«, widersprach Maxwell. »Irgendwie ist das nicht richtig. Ich will nicht.«

»Wie Sie meinen. Aodhamm, verschwinde.«

Aodhamm wandte sich um und verließ den Raum auf nackten, schlurfenden Füßen.

»So«, sagte MacGuffin. »Jetzt haben Sie ihn gesehen. Sie haben gesehen, wie betrübt er ist. Sie werden seine andere Hälfte besorgen. Ja?«

»Nein«, entschied Maxwell. »Nun, vielleicht doch«, sagte er. »Na gut, ich mach's«, schloß er. »Aber ich will eine ganze Menge mehr wissen. Wenn Aodhamm ein Roboter ist, wer hat ihn geschaffen? Und wo? Und wie sind Sie an ihn gekommen? Wie wurde er von seiner Gefährtin getrennt? Und wo steckt seine Gefährtin jetzt? Und ...«

»Halt, halt, das sind wirklich genug ›Unds‹. Sie werden Ewavatt für ihn finden?«

»Ja«, sagte Maxwell. »Wenn ich kann.«

»Gut«, sagte MacGuffin. »Dann haben Sie ja jetzt wenigstens schon mal einen Sinn gefunden. Wirklich sehr gut.«

Gut für Aodhamm, dachte Maxwell, aber nicht gut für dich.

»Kann ich Ihnen vertrauen?« fragte MacGuffin.

»Daß ich Aodhamms Gefährtin wiederbringe? Absolut«, sagte Maxwell.

»Nein. Kann ich *Ihnen* vertrauen, Maxwell?«

»Ich habe gesagt, daß ich versuchen werde, Ihre Bitte zu erfüllen. Was soll ich noch sagen?«

»Sie könnten zum Beispiel sagen, ganz für sich selbstverständlich: Ich werde Aodhamm seine Gefährtin zurückholen, aber nicht zum voyeuristischen Vergnügen dieses widerwärtigen MacGuffin. Ich werde ihn erschlagen, sobald sich eine Gelegenheit dazu bietet.«

»Als würde ich so etwas denken!« empörte sich Maxwell.

»Als würden Sie so etwas denken«, empörte sich MacGuffin. »Also kann ich Ihnen voll und ganz vertrauen?«

»Ich schwöre«, sagte Maxwell und legte die rechte Hand auf die Brust, während er unter dem Tisch mit der linken ein Hexenkreuz machte.

»Exzellent«, sagte MacGuffin. »Exzellent, exzellent, exzellent. Vorzüglich. Dann ist der Rest wirklich reine Formalität.«

»Welcher Rest? Welche Formalität?« erkundigte sich Maxwell.

MacGuffin grinste durch seinen goldenen Nasenring hindurch. »Ich werde Ihre Seele an mich nehmen«, sagte er.

KAPITEL 9

»Nein!« Maxwell bemühte sich verzweifelt, Leben in seine Knie zu bringen. »Was auch immer Sie vorhaben, lassen Sie das!«

»*Tststs*«, machte MacGuffin und wedelte mit einem großen Finger vor Maxwell. »Sie haben geschworen, daß ich Ihnen trauen kann. Also schwöre ich, um die empfindliche Balance des Gleichgewichts zu erhalten, daß Sie auch mir trauen können.«

Maxwell war gekränkt. »Ironie kann ich ertragen«, murmelte er. »Aber der Tod ist etwas ganz anderes. Lassen Sie mich gehen, bitte. Ich verspreche hoch und heilig, daß Sie mir vertrauen können. Ganz ehrlich.«

»Und ich glaube Ihnen, ganz ehrlich. Ich glaube Ihnen. Aber ich bin ein altmodischer Bursche, der nicht aus seiner Haut kann. Also verzeihen Sie mir, wenn ich meinen Geschäften auf meine altmodische Weise nachgehe. Radikale Veränderungen bringen kaum jemals erfreuliche Resultate. Diese Lektion, das spüre ich, werden Sie erst noch lernen müssen.«

»Es gibt eine Menge Lektionen, die ich von einem Genius wie Ihnen lernen könnte«, sagte Maxwell und schaltete das Gehirn in den ersten Gang. »So vieles, was Sie einem willigen Schüler beibringen könnten.«

»Viel mehr, als sie sich träumen lassen, mein lieber Maxwell.«

»Ein williger Schüler, einmal unterrichtet, könnte die Angelegenheiten des Dorfes in die Hand nehmen«, fuhr Maxwell fort. »Der Meister hätte auf diese Weise mehr Zeit für seine privaten Vergnügungen. Ein williger Schüler ...«

»Maxwell«, sagte MacGuffin, »versuchen Sie nicht, mich zu verscheißern. Seien Sie ein guter Junge. Lassen Sie uns endlich anfangen.«

Er klatschte in die Hände. »Herbei mit dir, Möbel!« rief er, und zu Maxwells größtem Erstaunen schwebte ein Möbel mit gläsernem Dach mehrere Zoll über dem Boden in den Saal, das einem Sarg verdächtig ähnelte, bis hin zu den messingbeschlagenen Kanten.

»Hierher«, rief MacGuffin. »Und ein bißchen Beeilung, wenn ich bitten darf.«

Das Möbel schwang herum und landete mit dumpfem Aufprall auf dem Boden.

»Vorsichtig, ja?« sagte MacGuffin.

»'tschuldigung«, sagte das Möbel.

Maxwell hämmerte wild auf seine Knie, doch ohne jedes Ergebnis.

Der Magier klappte den gläsernen Deckel auf und inspizierte das Innere des Möbels. Eine Anzahl Kristallkugeln ruhte auf samtenen Polstern, jede ungefähr von der Größe einer kleinen Melone oder einer großen Orange oder einer sehr großen Grapefruit oder einer absolut phantastischen Schwarzbeere oder eines ziemlich mickrigen Kürbisses, je nachdem, welche Frucht man vorzieht und welchen Sinn für Proportionen man besitzt.

Sozusagen.

MacGuffin versenkte seine gewaltigen Finger in dem merkwürdigen Sarg und nahm eine der Kristallkugeln heraus. Er *hhhhhh*auchte sie an und polierte sie sorgsam an seinem Ärmel, bevor er sich über den Tisch beugte und die Kugel vor Maxwell absetzte.

»Was ist das?« fragte Maxwell.

»Was meinen Sie denn, was das ist?«

»Eine Kristallkugel von ungefähr der Größe einer kleinen Melone oder einer großen Orange oder einer sehr großen Grapefruit oder einer absolut phantastischen Schwarzbeere oder eines ziemlich mickrigen Kürbisses, je nachdem, welche Frucht man vorzieht und welchen Sinn für Proportionen man besitzt«, sagte Maxwell.

»Soll das witzig sein?« fragte MacGuffin.

Maxwell zuckte die Schultern. »Keine Ahnung.«

»Werfen Sie einen Blick in die Kugel.«

Maxwell beugte sich vor und betrachtete den Kristall. »Meine Güte!« sagte er und fiel in seinen Stuhl zurück. »Das ist Rushmear der Pferdehändler! Wie ist er bloß dort hineingekommen?«

MacGuffin nahm die Kugel wieder an sich. »Das ist nicht der Rushmear aus Fleisch und Blut. Das ist sein spiritueller Homunkulus, ätherischer Kram und so. Seine Seele, wenn Ihnen das besser gefällt.«

»Es gefällt mir eher gar nicht. Ist Rushmear tot?«

»Nein. Im Augenblick ist er sogar äußerst lebendig. Er arbeitet weit im Norden für mich. Jedenfalls hoffe ich, daß er arbeitet.« MacGuffin klopfte mit seinem Ring unsanft gegen den Kristall.

Ein erschreckter Schmerzensschrei echote durch den Saal. Er kam nicht aus der Kristallkugel.

Maxwell spürte die Angst in sich hochkriechen. »Was war das?«

»Nur eine kleine Erinnerung für Rushmear, daß er sich ranhält. Nicht daß ich glaube, er bräuchte eine.«

»Also ist Rushmear unterwegs auf der Suche nach Ewavatt?«

»Sein physisches Ich jedenfalls. Seine Seele befindet sich hier, unter meiner Kontrolle. Er kriegt sie wieder, sobald er seinen Auftrag erfolgreich ausgeführt hat.«

»Ich bin sicher, Sie können sich auf Rushmear verlassen«, sagte Maxwell. »Er ist ein sehr entschlossener Bursche. Mit Rushmear auf Ewavatts Spur brauchen Sie mich überhaupt nicht. Wollen wir nun besprechen, welche Aufgaben ich für Sie hier im Haus übernehmen soll?«

»Derartige Besprechungen haben Zeit bis zu Ihrer Rückkehr, mein Freund.«

»Na gut«, sagte Maxwell. »Aber wie ich Rushmear kenne, kehrt er jeden Augenblick mit Ewavatt an seiner Seite zurück.«

»Das erscheint mir ein wenig optimistisch.«

»Sie haben recht. Geben wir ihm noch eine Woche, vielleicht besser zwei. Wenn er bis dahin nicht zurück ist, ziehe ich los und sehe nach, wo er steckt.«

MacGuffin schüttelte müde den Kopf. »Ersparen Sie mir Ihre Fisimatenten, Maxwell. Sie werden noch heute aufbrechen, basta.«

»Aber ich ...«

»Halten Sie die Klappe, Maxwell, oder ich verschließe Ihnen den Mund.«

Maxwell hob zaghaft die Hand.

»Was ist denn nun schon wieder, Maxwell? Also gut, schießen Sie los. Aber fassen Sie sich bitte kurz.«

»Sehen Sie«, sagte Maxwell, »ich verstehe nichts von diesen Dingen ... Wie kann Rushmear irgendwo weit im Norden für Sie arbeiten, wenn seine Seele hier ist?«

MacGuffin legte die Kristallkugel in den Sarg zurück. »Mit Hilfe von starker Magie. Es ist möglich, die Seele eines Menschen von seinem Körper zu trennen, ohne daß der oder die Betreffende stirbt. Diese Art von Magie erfordert beträchtliches Können und viel Übung. Ehrlich gesagt, ich hab's in der Vergangenheit schon ein paarmal vermasselt. Eigentlich ziemlich oft. Inzwischen habe ich den Bogen allerdings raus. Leider kann man Körper und Seele nur für eine beschränkte Zeit voneinander getrennt halten. Genau einen Mondmonat. Dreiundzwanzig Tage.«

»Ein Mondmonat hat aber achtundzwanzig Tag«, hielt Maxwell dagegen.

»Ich würde nicht empfehlen, das auszuprobieren. Es ist so, wie ich gesagt habe. Wenn Körper und Seele einen Tag länger getrennt bleiben, dann ...«

»Ich verstehe. Rein interessehalber – wie viele andere befinden sich gegenwärtig in Ihrem Auftrag auf der Suche nach Ewavatt?«

MacGuffin betrachtete die Reihe von Kugeln im Sarg und schüttelte traurig den Kopf. »Bedauerlicherweise nur Rushmear. Was die anderen angeht«, er zuckte die Schultern. »Es gibt einfach keine Hilfsbereitschaft mehr heutzutage, nicht wahr?«

Maxwell nickte unglücklich.

»Aber wie heißt es so schön: Wenn etwas nicht auf Anhieb klappt und so weiter. Vielleicht treffen Sie ja zufällig auf Rushmear und machen mit vereinten Kräften weiter.«

Maxwell nickte noch unglücklicher.

»Ich möchte Ihnen jedenfalls so viel erzählen: Ewavatt befindet sich gegenwärtig im Besitz eines Magiers namens Sultan Sergio Rameer. Er regiert über eine Stadt namens ...«

»Rameer?« fragte Maxwell.

»Waren Sie schon einmal dort?«

»Das war nur geraten.«

»Sein Einfluß erstreckt sich über eine beträchtliche

Entfernung, deswegen ist es notwendig, daß ich Sie an der Grenze seines Königreichs absetze.«

»Absetze?«

»Ich werde Ihren Transport arrangieren. Den Rückweg müssen Sie schon selbst finden. Wenn Sie erfolgreich waren, sollte das keine Schwierigkeiten verursachen.«

»Wieso nicht?«

»Das werden Sie schon merken. Hier, nehmen Sie das.« MacGuffin zog einen kleinen Beutel aus der Tasche und warf ihn über den Tisch.

Maxwell nahm den Beutel mit Daumen und Zeigefinger auf und untersuchte ihn ohne rechte Begeisterung. »Und was soll das sein?«

»Ein Beutel mit einem Loch darin.«

»Oh, danke schön.« Maxwell machte Anstalten, den Beutel in die Ecke* zu werfen.

»Nicht so hastig«, sagte MacGuffin. »Außerdem gibt es hier keine Ecken. Kleiner Scherz, Maxwell. Stecken Sie die Hand hinein.«

»Warum?«

»Fragen Sie nicht, machen Sie einfach, was man Ihnen sagt.«

»Es wartet keine häßliche Überraschung in diesem Beutel?«

»Es wartet *überhaupt nichts* in diesem Beutel.«

Maxwell schob vorsichtig die Hand durch die Öffnung und tastete im Innern des Beutels herum. Er konnte *überhaupt nichts* spüren. Er schob die Hand weiter hinein. Bis zum Handgelenk. Bis zum Unterarm. Bis zum Ellbogen. Bis zum Oberarm.

»Meine Güte!« rief er. »Wie geht das?«

»Fragen Sie nicht nach dem Wie, Maxwell. Es reicht, daß es geht. Wenn Sie Ewavatt gefunden haben, ziehen

* Ein richtiges Kunststück bei einem runden Saal.

Sie ihr den Beutel über den Kopf bis hinunter zu den Füßen. Was immer in diesem Beutel ist, verliert sein Gewicht und kann ganz leicht transportiert werden.«

»Das ist ein sehr cleverer Trick«, sagte Maxwell. Er war wirklich beeindruckt. »Haben Sie Rushmear auch so einen Beutel gegeben?«

»Was ich Rushmear gegeben oder nicht gegeben habe, geht Sie überhaupt nichts an, Maxwell.«

»Also schön. Verraten Sie mir nur noch eins – mit all der Magie, die Ihnen zur Verfügung steht, müßten Sie doch ganz leicht selbst zu Rameer gehen und Ewavatt holen können, oder nicht?«

»Ich bin viel zu beschäftigt hier. Ich kann das Dorf nicht verlassen.«

»Das glaube ich Ihnen nicht. Ich vermute eher, daß dieser Sultan Sergio, der über eine ganze Stadt und nicht nur über ein Dorf herrscht, ein stärkerer Magier ist als Sie. Ich vermute weiterhin, daß es reiner Selbstmord wäre, Ewavatt von ihm *stehlen* zu wollen. Und ich ...«

»Halten Sie die Klappe, Maxwell. Es reicht. Ich muß mich um mein Volk kümmern.«

»Sie meinen wohl Ihre Sklaven, was?«

»*Genug!*« MacGuffin schnippte mit den Fingern, und Maxwells Kiefer klappten zu.

»*Grmmmmph!*« machte Maxwell. »Rmmpphh mmmph grmmmmph!«

»Werden Sie den Mund halten?«

Maxwell nickte eifrig.

»Gut.« MacGuffin schnippte erneut mit den Fingern, und Maxwell konnte seinen Kiefer wieder bewegen.

»Jetzt werde ich Ihre Seele nehmen.«

»Nein«, sagte Maxwell. »Hören Sie!«

»Ganz vorsichtig.«

»Ich bin vorsichtig. Sie verstehen nicht. Ich bin nicht wie die anderen Menschen in diesem Zeitalter. Wenn Sie meine Seele nehmen, werde ich sterben.«

»Das wäre natürlich eine Schande. Zweifellos fällt mir ein guter Verwendungszweck für Ihren Körper ein. Zumindest für Ihre Haut. Ausgestopft und phantasievoll arrangiert, passen Sie sicherlich zu den anderen aus meiner privaten Sammlung im Keller.«

»Sie widerlicher Bastard!« Maxwell stürzte über den Tisch.

Der Magier wich zurück und sprach ein paar Worte der Macht. Maxwells Hände klebten felsenfest an der Tischplatte.

»Jetzt lassen Sie uns endlich weitermachen, ja?« fuhr MacGuffin fort und zog einen dünnen transparenten Schlauch aus dem Glasdeckelsarg. »Und bitte halten Sie jetzt endlich die Klappe, sonst gehen Sie mit einer Made statt einer Zunge auf die Reise.«

Was dann geschah, geschah entsetzlich rasch und war außerdem entsetzlich entsetzlich. Sozusagen.

MacGuffin packte Maxwells Kopf, zog ihn zu sich heran und schob den transparenten Schlauch durch sein linkes Nasenloch nach oben. Er schob und schob. Maxwells Augen drohten aus den Höhlen zu quellen. Dann steckte MacGuffin das andere Ende des dünnen Schlauchs in den Mund und saugte daran. Es gab ein schreckliches Geräusch. Einen Schrei? Ein Jammern? Ein hohes Wimmern? MacGuffin hob seinen Nasenring an und nahm eine schimmernde Kristallkugel aus dem Mund. Er untersuchte die Kugel sorgfältig, nickte vor sich hin und legte sie in den Sarg.

Anschließend zog er Maxwell den Schlauch wieder aus der Nase.

Maxwell kam frei. Er fiel in seinen Stuhl zurück, schlug die Hände über dem Kopf zusammen und stammelte wirres Zeug.

»Es tut weh, was?« fragte MacGuffin. »Aber die Operation war erfolgreich, und der Patient lebt.«

Maxwell öffnete die Augen und starrte MacGuffin an.

Plötzlich sah der Magier ganz anders aus. Wenn MacGuffin zuvor schon böse erschienen war, dann erschien er jetzt noch viel böser. Ein transzendentaler, maliziöser Horror. Bösartig über jede Bösartigkeit hinaus.

»Sie werden feststellen, daß Ihre Empfindungen anders sind als zuvor«, sagte die abscheuliche Kreatur. »Ein Mann ohne Seele ist ein sehr zorniger Mann. Ein Mann ohne Skrupel oder Gewissen oder Mitleid; ein Mann, der von nichts anderem als Wut und dem Verlangen angetrieben wird, sich wieder mit seiner Seele zu vereinigen.«

Maxwell hatte Schaum vor dem Mund. »Ich werde Sie töten«, schäumte er.

»Nein, das wirst du nicht, Bursche. Du wirst das tun, was ich dir sage. Und ich sage dir: Bring mir Ewavatt, oder stirb bei dem Versuch.«

Maxwell kämpfte wie ein Wahnsinniger, um sich aus seinem Stuhl zu befreien.

»Ich sage dir noch etwas, Maxwell. Ich bin stets auf der Hut. Wage nicht, mit leeren Händen hierher zurückzukehren. Denk nicht einmal daran, dich heranzuschleichen und mich zu überraschen. Dieser Sarg hier zum Beispiel öffnet sich allein auf meinen Befehl hin. Ein Wort von mir, und sein Inhalt ist zerstört. Andere haben diese Erfahrung vor dir gemacht. Andere, die das gleiche dachten wie du jetzt. Sie sind in dem Nichts verschwunden, das uns alle erwartet. *Ich* bin immer noch hier.«

Maxwell starrte den Magier mit unverhohlenem Haß an und öffnete den Mund, um Verwünschungen auszustoßen.

Der Magier hob eine Hand. »Ich kann mir nichts Unterhaltsameres vorstellen, als dem zu lauschen, was du zu sagen hast, Maxwell. Aber da dir nur dreiundzwanzig Tage zur Erfüllung deiner Mission bleiben, wäre es ungehobelt von mir, wenn ich deine Zeit über Gebühr in Anspruch nähme. Deshalb, Maxwell, viel Glück!«

MacGuffin erhob sich von seinem throngleichen Sitz und wedelte mit den Armen. »Pferd und Reiter, Maxwells Stuhl!« rief er. »Zum Rand von Rameers Reich, aber dalli! Weg mit dir!«

Der Stuhl hob sich vom Boden. Maxwell versuchte, sich hinunterfallen zu lassen, doch MacGuffins Magie war gegen diese Art von Tricks gefeit. Der Stuhl schwang auf ein offenes Fenster zu und nach draußen in den Himmel.

Maxwell klammerte sich wie das liebe Leben selbst an seinen Sitz. Er konnte nichts weiter tun als den Kopf drehen, MacGuffin anfunkeln und drei kleine Worte hervorstoßen.

Drei kleine Worte, sehr kleine Worte, und nur drei. Worte, die Millionen kritischen Kinobesuchern in der alten Zeit unsagbare Freuden bereitet hatten:

»Ich komme wieder«, heulte Maxwell. *»Ich komme wieder!«*

KAPITEL 10

Maxwell klammerte sich wie das liebe Leben an seinen fliegenden Sitz. Trotz des roten Himmels über ihm und der grauen Erde weit unter ihm und ihm selbst irgendwo mitten dazwischen versuchte er das beinahe Unmögliche und riß sich ganz mächtig zusammen.

Maxwell war wütend. *Sehr* wütend. Rote Wut tobte in seinem Kopf und drohte ihm die Sinne zu rauben. Er blutete aus der Nase. In seinen Ohren knackte es unentwegt. Seine Zähne klapperten wild, und seine Knie, in denen jetzt wieder Gefühl war, schlugen heftig gegeneinander.

Maxwell war vollkommen durch den Wind, und das nicht nur wörtlich. Was hatte MacGuffin ihm angetan? Seine Seele genommen? Unmöglich. Unsinn. Das ging überhaupt nicht. Es ging einfach nicht. Es mußte eine logischere Erklärung für den alarmierenden Zustand geben, in dem Maxwell sich befand. Und für das elende Gefühl, das ihn beschlichen hatte. Ausgewrungen wie ein nasser Schwamm. Und doch schlaff wie ein leerer Kartoffelsack.

Vielleicht war er hypnotisiert oder narkotisiert worden. Das schien wahrscheinlicher. Oder MacGuffin hatte ihm eine miese Droge in das Frühstück getan. Maxwell biß die klappernden Zähne zusammen. Es war nichts von alledem, und er wußte es. Er hatte die erste Begegnung mit Magie und Legende in der neuen Welt hinter sich, und jetzt steckte er in den größten Schwierigkeiten seines noch jungen Lebens.

Er mußte einen Ausweg aus dieser Lage finden, und zwar schnell. Dreiundzwanzig Tage, hatte MacGuffin gesagt. Dreiundzwanzig Tage, und dann – Ende.

»Ich kriege dich, du Bastard!« Maxwell hob eine Faust, der Stuhl neigte sich besorgniserregend, und Maxwell klammerte sich einmal mehr wie das liebe Leben an seinen Sitz.

Was wußte er? Woran konnte er sich klammern, mental gesprochen?

Nun, er wußte, warum MacGuffin ihm diesen klapprigen Stuhl als Sitz angeboten hatte. Das stand fest, oder etwa nicht?

Und er wußte, was MacGuffin von ihm erwartete. Irgendwie sollte er Ewavatt von Sultan Rameer stehlen, sie in den magischen Beutel stopfen und mit seiner Beute zu MacGuffin zurückkehren. Das stand auch fest. Oder etwa doch nicht? Überhaupt nichts stand wirklich fest. Bis auf eins.

Töte MacGuffin! Ja, das stand fest. Das stand fest. Der schlimme Finger MacGuffin mußte sterben.

Maxwells Zähne setzten das Klappern fort. Maxwell war fest entschlossen wegen dieser Sache, und das war an sich schrecklich genug. Jemanden umbringen? Ermorden? Er, Maxwell Karrien, jemanden ermorden? Undenkbar. Bis zu diesem Augenblick jedenfalls. Aber er war jetzt Max Carrion, der Mann ohne Seele, der Mann, der von seiner Wut und seinem Haß aufgefressen wurde.

»Reiß dich zusammen«, sagte er zu sich. »Du bist der Imagineur. Kühler Verstand. Strategie. Vorausschauendes Planen. Logik. Gerissenheit. Jede Menge Gerissenheit. Reiß dich zusammen. Reiß dich einfach nur am Riemen. Und gib acht, daß du nicht aus dem Sitz fällst.«

Der Stuhl flog weiter.

Maxwell widmete sich der Aufgabe, den Stuhl zur Landung zu überreden. Er imitierte die Stimme des Magiers und brüllte: »Pferd und Reiter, Maxwells Stuhl – flieg zu MacGuffin zurück. Los doch!«

Der Stuhl ignorierte ihn.

Maxwell schlang die Unterschenkel um die Stuhlbeine, breitete die Arme aus wie Tragflächen und versuchte, das Ding nach unten zu steuern.

Der Stuhl flog unbeeindruckt geradeaus.

Maxwell wunderte sich allmählich – wie man sich eben allmählich so wundert –, was den Stuhl überhaupt in der Luft hielt. Sicherlich gehorchte auch die Magie einigen physikalischen Prinzipien. Schließlich wurde hier die Gravitation überwunden, oder nicht? Wie kam die Magie nur zustande?

Hatte der unausstehliche MacGuffin vielleicht eine unsichtbare Entität von Gott weiß woher heraufbeschworen und versklavt, damit sie den Stuhl auf ihren Flügeln durch die Lüfte trug?

Oder verwandte er eine Art Energiestrahl und nutzte möglicherweise Teileffekte der Transperambulation pseudokosmischer Antimaterie aus?

Oder hatte er die Molekularstruktur des Stuhls derart

verändert, daß das Magnetfeld des Planeten das Möbel nun abstieß?

Maxwell brütete über der letzten Möglichkeit. Was würde geschehen, wenn er den Stuhl Stück für Stück zerbrach? Würden die geheimnisvollen Kräfte allmählich nachlassen? Würde er langsam zu Boden sinken?

Oder einfach hinunterplumpsen?

Bei Maxwells Glück?

Er kauerte sich auf seinem Stuhl zusammen und beschloß resignierend abzuwarten.

Weiter flog das klapprige Dampfholzmöbel. Weiter und weiter.

Dörfer zogen unter Maxwell vorbei*. Flüsse, Bäche, Hügel und Berge. Ein Meer. Ein paar trostlos aussehende Inseln. Maxwell erkannte nichts von alledem.

Entweder hatte sich die Topographie der Erde seit dem großen Übergang beträchtlich verändert, oder Maxwell flog über einen Teil des Planeten, den er noch nie zuvor gesehen hatte. Das eine oder das andere oder beides, alles war gleich wahrscheinlich. Was Maxwell zum einen keinerlei Trost brachte, und zum anderen noch weniger.

Der Stuhl bewegte sich mit beträchtlicher Geschwindigkeit voran, und Maxwell vermißte seinen wollenen Umhang. Er fror. Es war genaugenommen scheißkalt. Bei Sonnenuntergang kamen Hunger und das Bedürfnis nach einer Toilette hinzu. Bei Sonnenaufgang war Maxwell noch immer hungrig, aber wenigstens hatte er im Verlauf der Nacht treffsicher auf ein Fischerboot gepinkelt.

Maxwell hatte nicht die leiseste Ahnung, ob der Stuhl deswegen eingeschnappt war. Mit Anbruch der kommenden Nacht allerdings ging das Möbel zu haarsträubenden Luftmanövern über, die Maxwell ganz offensichtlich aus dem Sitz schleudern sollten.

* Oder umgekehrt?

Maxwell fand keine ruhige Minute. Hätten sich in seinem Kopf nicht die bildhaften Vorstellungen der entsetzlichen Qualen getümmelt, die er MacGuffin vor dessen langsamem, schmerzerfülltem Tod zuzufügen gedachte, er wäre ganz bestimmt eingedöst und selbst in einen schnellen Tod gestürzt.

Bei Anbruch der Dämmerung war Maxwell grau im Gesicht. In den rotgeränderten Augen stand ein irrer Blick. Wilde Entschlossenheit hielt seine Wut im Zaum. Rache war der alles beherrschende Gedanke in Maxwells durchgeschütteltem Verstand. Überleben um jeden Preis, um einen Rachedurst zu befriedigen, der zur treibenden Kraft von Maxwells Existenz geworden war. Und ähnlich häßliche Dinge.

Kurz nach Sonnenaufgang verlor der Stuhl an Höhe. Maxwell konnte nur raten, wie weit er geflogen war, doch es mußten Hunderte von Meilen sein. Viel zu weit jedenfalls, um zu Fuß zurückzulaufen.

Maxwell erinnerte sich an die Worte des Magiers. Wenn er erst seine Mission erfolgreich beendet hatte, würde er schon wissen, wie er zurückkehren konnte. Vielleicht würde Maxwell herausfinden, wie man den Stuhl aktivierte?

Doch jetzt war nicht die Zeit für Ratespiele. Jetzt, so bemerkte Maxwell, war die Zeit für Gebete gekommen. Der Stuhl ging runter.

Schnell.

Hals über Kopf.

In einer engen Spirale.

In Maxwells Ohren machte es *Knackknackknack*. Ein Kaubonbon wäre jetzt genau das Richtige gewesen. Hinunter ging es, und der Boden kam viel zu schnell näher. Maxwell konnte ihn kommen hören. Und kommen sehen konnte er ihn auch.

Es war ein grüner, angenehmer Boden. Viel besser als all das Ödland und die Moore, über die ihn seine Reise bisher geführt hatte. Allerdings empfand Maxwell nicht das geringste Vergnügen an der Geschwindigkeit, mit der er dem grünen, angenehmen Boden näher kam.

»Langsamer!« kreischte er dem Stuhl zu. »*Langsamer!*«

Der Stuhl war taub gegenüber Maxwells Flehen. Er hatte anscheinend seinen Zielort erreicht und war nun begierig, zu seinem natürlichen Habitat zurückzukehren. Der Stuhl schoß in einer »Römischen Kerze«, einer von Fallschirmspringern viel gefürchteten engen Spirale, nach unten. Herum und herum ging es und runter, runter, runter.

Wirbel, rausch, stürz und schrei.

Und schließlich ...

Stop!

Der Stuhl kam kreischend zum Halten. Maxwell hielt auch, und zwar die Luft an. Dann atmete er tief durch, dankte den Göttern, rief laut »Rock 'n' Roll!« und verfluchte MacGuffin.

Und dann fiel der Stuhl die letzten zwei Meter.

Maxwell krachte zu Boden. Prallte gegen irgend etwas, dann gegen noch etwas, dann gegen weitere Etwasse. Überschlug sich und rollte und rollte immer weiter nach unten.

Schließlich kam er zur Ruhe

Aufgewickelt zu einem Knäuel, schäumend vor Wut, halb verhungert, blutig, mit steifen Gliedern und einem Brummschädel, in dem sich alles drehte, lag Maxwell auf *terra firma,* auf festem Boden. Im Dreck. Ein armseliges Häufchen, ein seelenloser Schatten seines ehemaligen fröhlichen Selbst.

Wen wundert's.

Unter mächtigem Stöhnen und Fluchen kämpfte sich der Bursche in dem schrillen Anzug mit dem Bowlinghemd und den schönen soliden Stiefeln auf die Knie und blickte sich blinzelnd um und so.

Und hinauf.

Maxwell starrte hinauf. Sein Unterkiefer fiel herab. Vor ihm ragte der Berg auf. Der Berg, auf dessen Gipfel er gekracht und an dessen Flanke er hinuntergepurzelt war. Ein ziemlich großer Berg war das. Wenn man bedenkt, woraus er bestand.

Aus Stühlen.

Aus Dampfholzstühlen*.

Hunderte und Aberhunderte zerbrochener, klappriger, ausgemusterter dampfgebogener Holzstühle von genau der gleichen Sorte wie dem, auf dem Maxwell hergekommen war.

»MacGuffin.« Maxwell schüttelte die Faust gen Himmel. »Ich krieg' dich, du Schei ...«

Das Wort, wie auch immer es gelautet haben mochte, vielleicht »Scheibenfries« oder möglicherweise auch »Scheinwerfer«, wurde von lautstarkem Glockengeläut erstickt. Maxwell kam überhastet auf die Beine und schenkte seiner gegenwärtigen Umgebung einen alarmierten Blick.

Der Berg aus zerbrochenen Dampfholzstühlen erhob sich mitten auf einer Art Plaza, gepflastert mit sechseckigen Sandsteinblöcken. Die Plaza war ebenfalls sechseckig. Ringsum verlief ein hoher Zaun aus zweieckigen** Eisenstäben.

Dahinter drängten sich Häuser, achteckig. Quaderförmig sozusagen. Sie sahen mexikanisch aus. Weiße Adobemauern, ins blaßrosa Licht der schwachen Sonne getaucht. Die viereckigen Fensterläden verschlossen. Türen, die aussahen, als führten sie in Verliese (und ebenfalls viereckig waren).

* Messrs. Thouet, Herstellung feiner Stühle und Bänke aus dampfgebogenem Holz. Die kleine (voll ausgelastete) Fabrik befindet sich in den Karpaten, zwischen Ungarn und Mähren, im Distrikt Koritschan. Mit längeren Lieferfristen ist zu rechnen.

** Eine oben, eine unten.

Maxwell entdeckte den Glockenläuter. Er stand hoch oben auf einem hölzernen Turm direkt hinter der zweiekkigen Eisenstabumzäunung.

Er deutete aufgeregt auf Maxwell.

»Au Schei ...« Dieses Wort, möglicherweise »Scheiwideiwidu« oder auch »Scheinwiderstand*«, aber wahrscheinlicher doch »Scheißdreck«, wurde auf ähnliche Weise erstickt wie zuvor, diesmal allerdings vom lauten Geheul und Geschrei und Gebrüll einer Horde kleiner dunkler rennender Gestalten. Sie trugen lange Stäbe mit Schlingen an den Enden bei sich.

Und, ach so, ja, sie rannten auf Maxwell zu.

Sie stießen Tore in der Eisenumzäunung (zweieckig) auf und schwärmten über die Plaza aus. Dutzende von ihnen. Dunkel. Rattenähnlich.

Wenn es Menschen waren, dann gehörten sie jedenfalls keiner Maxwell bekannten Rasse an. Rote Augen funkelten, scharfe kleine Zähne machten *klickediklackdiklickdiklack*.

Maxwell war absolut nicht nach Kämpfen zumute, aber er würde sich auch nicht in sein Schicksal ergeben. Er schnappte sich ein dampfgebogenes Stuhlbein, schwang es drohend, wog die Chancen ab, fand, daß sie nicht zu seinen Gunsten standen, warf das Stuhlbein weg und kletterte holterdipolter den Berg aus Stühlen wieder hinauf.

Es war nicht ganz einfach. Auf der anderen Seite weckte der heulende Mob, der inzwischen den Berg umringte, in Maxwell eine gewisse Begeisterung für das Klettern.

Als er den Gipfel schließlich mit abgebrochenen Fingernägeln und brennenden Lungen erreicht hatte, tönte von unten ein donnernder Applaus herauf, gefolgt von nichts weiter als Stille.

* Im Gegensatz zu Nennwiderstand.

Hyperventilierend und mit tauben Extremitäten spähte Maxwell aus der Deckung seines Dampfholzhorstes hinab, um zu sehen, was jetzt vor sich ging.

Was jetzt vor sich ging, das war eine schmale Gasse, die sich im Mob bildete. Irgend etwas Großes, Weißes bewegte sich durch die Gasse. Es bewegte sich auf Maxwell zu. Was sonst.

Maxwell wischte sich den Schweiß von der Stirn. Das große weiße Etwas war ein Mann. Ein weißer Mann in einem weißen Anzug mit einem weißen Panamahut auf dem Kopf. Er trug einen langstieligen Fliegenwedel bei sich und eine Aura großer Autorität.

Am Fuß des Berges blieb er stehen (der große weiße Mann) und gestikulierte. Kleine schwarze Gestalten wuselten um ihn herum, suchten nach einem brauchbaren Dampfholzstuhl, prüften, ob er stabil genug war, und halfen dem weißen Knaben schließlich darauf.

Der weiße Knabe blickte zu Maxwell hinauf. Maxwell blickte seinerseits zu dem weißen Knaben hinab.

»Ahoi da oben«, rief der weiße Knabe mit einer Fistelstimme. »Einen guten Tag wünsche ich, mein Herr.«

Maxwell schleuderte ihm ein paar Dolche von Blicken entgegen. Irrationaler Haß zog seinen Magen zusammen. »Töte ihn!« sagten all seine Instinkte. »Geh runter und reiß ihm den Kopf von den Schultern!«

»Ich vermute, Sie fühlen sich ein wenig durcheinander«, rief der weiße Knabe. »Schäumend vor Wut und so. Am liebsten würden Sie mir wahrscheinlich die Augäpfel ausstechen und glühende Kohlen hineinstopfen.«

»Hä?« brachte Maxwell hervor. Der Gedanke war ihm tatsächlich durch den Kopf gegangen.

»Das ist vollkommen natürlich, alter Freund. Wenn man bedenkt, was MacGuffin mit Ihnen angestellt hat.«

Bei der Erwähnung von MacGuffins Namen wich die Horde schwarzer Gestalten sichtlich eingeschüchtert zurück.

»Was halten Sie davon, wenn Sie herunterkommen und mit mir zusammen frühstücken?«

Maxwell schüttelte langsam den Kopf.

»Sie sind ziemlich durcheinander, was? Verständlich. Hören Sie, ich habe mich noch gar nicht vorgestellt. Blenkinsop ist mein Name. Tim Blenkinsop. Die Burschen im Kolonialclub nennen mich Tadger, aber das führt im Augenblick zu weit. Ich bin der Gouverneur dieser Gegend. Halte sozusagen die Eingeborenen auf Vordermann, wenn Sie verstehen.«

Maxwell starrte auf die Eingeborenen hinunter.

»Sie sind kein schlechter Haufen. Vielleicht ein wenig rauh, aber machen Sie sich nichts draus.«

Maxwell schüttelte einmal mehr den Kopf.

»Oh, ich verstehe. Die große Zahl und die langen Stöcke und das alles beunruhigen Sie. Es geschieht zu meinem eigenen Schutz, sehen Sie? Überlegen Sie doch mal, was in Ihnen vorgeht. Versetzen Sie sich in meine Lage.«

Maxwell bedachte die letzten Worte des weißen Knaben. Die Waage neigte sich zugunsten des gesunden Menschenverstands.

»Sagen Sie ihnen, daß sie verschwinden sollen«, rief Maxwell. »Mir geht es jetzt wieder gut.«

Gouverneur Blenkinsop schüttelte den panamabewehrten Kopf. »Geht nicht, alter Freund. Das habe ich einmal gemacht. Seitdem hinke ich immer, wenn es draußen kühl ist. Hören Sie, mein alter Magen schreit nach einer Schale Haferbrei und ein paar Scheiben Toast mit Marmelade. Warum bleiben Sie nicht einfach dort oben sitzen und überdenken die Situation? Ich komme in ein paar Stunden zurück und sehe, wozu Sie sich entschieden haben, ja?«

Maxwells leerer Magen knurrte laut. »Das wäre vielleicht das Beste«, rief er hinunter. »Bis ich meine Sinne wieder beisammen habe jedenfalls. Würden Sie so freundlich sein und mir etwas zu essen schicken? Einer Ihrer Burschen könnte seinen Stab hinlegen und mir einen Teller bringen.«

Der panamabewehrte Kopf schüttelte sich erneut. »Tut mir leid, das geht nicht. Die Eingeborenen betrachten den Dampfstuhlberg als tabu. Schlechtes Ju-Ju, dort hinaufzuklettern. Abergläubische Bande, wenn Sie mich fragen, aber willige Arbeiter. Man muß sich an die Sitten und Gebräuche anpassen, wenn man in Rumänien ist und so weiter.«

»Rom«, sagte Maxwell.

»Wenn man in Rom ist, was, alter Freund?«

Maxwell schüttelte den Kopf. »Schon gut.«

»Denke ich auch. Also sage ich jetzt Tüddeldü und bin so gegen Mittag wieder zurück. Sie sollten nicht versuchen, nach unten zu klettern, während ich unterwegs bin. Wer weiß, auf welche Ideen diese Burschen sonst kommen. Machen Sie's einstweilen gut.«

Gouverneur Blenkinsop erhob sich von seinem Stuhl und wandte sich um.

»Nein!« rief Maxwell. »Warten Sie!«

»Haben Sie's sich anders überlegt?«

Maxwell schwankte noch. Was sollte er tun? Hier oben warten? Worauf? Er war am Verhungern. Noch ein paar Stunden hier oben, und er würde wahrscheinlich das Bewußtsein verlieren. Oder der Mob würde im gleichen Augenblick, da der Gouverneur ihm den Rücken zuwandte, mit Steinen nach Maxwell werfen. »Ich komme runter!« rief Maxwell. »Im Namen MacGuffins!«

»Oooooh!« riefen die kleinen dunklen Gestalten und wichen ein wenig zurück.

»Beherzter Bursche. Machen Sie sich nichts draus, wenn ich ein paar Schritte vorausgehe. Man kann wirklich nicht vorsichtig genug sein. Ein paar von euch Typen sind vollkommen daneben, mit Schaum vor dem Mund und so, wenn Sie verstehen. Ich gehe auf Nummer Sicher. Hoffe, Sie haben dafür Verständnis.«

»In Ordnung.« Maxwell kletterte den stuhligen Berg hinunter. Hinaufzukommen war ein gutes Stück leichter gewesen. Die Stühle rutschten und rollten und polterten nach unten und verursachten »Oooohs!« und »Aaaahs!« bei der dunklen Zuschauermenge.

Schließlich fand sich Maxwell einmal mehr auf ebener Erde wieder.

»Dann folgen Sie mir«, rief Gouverneur Blenkinsop und marschierte davon. Kleine schwarze Gestalten schlossen sich an, und andere machten eine Gasse für Maxwell frei, der mißtrauisch hinter dem Mann mit dem weißen Panamahut einherschritt.

Über die Plaza ging es und durch eines der Tore nach draußen. Ein paar Yards weiter wandte sich der Gouverneur um und zwinkerte Maxwell zu.

»Alles okey-dokey?« rief er über die Vielzahl kleiner schwarzer Köpfe hinweg.

»Ja, danke sehr.«

»Das ist gut. *Kakoo bee benado kunky.*«

»Pardon?« antwortete Maxwell.

Der Mann in Weiß hob eine blasse rechte Hand. »*Kakoo bee benado kunky!*« rief er, und der Mob fiel über Maxwell her. Maxwell wurde von den Füßen gerissen, zu Boden gestoßen, niedergetrampelt, sorgfältig an Händen und Füßen gefesselt, und er bekam einen Knebel in den Mund.

Vor dem weißen Mann öffnete sich erneut eine Gasse, als dieser zu Maxwell trat. »Ich muß mich für mein Täuschungsmanöver entschuldigen«, sagte er. »Habe den Bogen inzwischen raus. Übung macht den Meister und so.«

Maxwell strampelte und wand sich – ohne Erfolg.

»Ein lustiger Verein, diese Eingeborenen«, fuhr der Gouverneur fort. »Sie sind ein bißchen doof. Glauben an einen Gott im Himmel namens MacGuffin.« (Er flüsterte den verhaßten Namen nur.) »Sie glauben, daß er ihnen

Belohnungen vom Himmel schickt. Menschliche Belohnungen. Futter, um genau zu sein. Sie meinen, ich wäre eine Art Hohepriester. Solange ich ihnen ständig Nachschub an Freßchen liefere, sind sie freundlich wie Gott weiß was.«

Maxwells Zähne versanken in seinem Knebel.

»Sie sind verdammt wütend, was? Warten Sie nur, das Beste kommt erst noch. Ich habe Ihnen gesagt, ich sei der Gouverneur. Ich habe nicht gesagt, von wo. Ich bin der Gouverneur der Stadt Kakarta. Und die wiederum liegt in der Provinz *Rameer*! Ein enger Freund vom Sultan, das bin ich. Ich fürchte, der alte MacGuffin«, (erneut nur ein Flüstern), »hat einen kleinen Skiwiff in seinen Berechnungen. Er hätte Sie eine Meile weiter südlich (östlich) absetzen sollen. Ganz schön beknackt, was? Aber wenigstens kriegen Sie genug zu futtern, um sich den alten Bauch vollzuschlagen. Die Eingeborenen werden Sie ein wenig mästen. Sie mögen es, wenn die Geschenke ihres Gottes dick und fett sind. Große oder kleine, sie können einen weißen Mann nicht vom anderen unterscheiden. Aber sie mögen sie alle hübsch fett, bevor sie sie in die Kochtöpfe stecken. Ich muß jetzt los. Ich hoffe, Sie nehmen's nicht persönlich. Ich mache nur meine Arbeit für meinen Freund, den Sultan. Sie wissen ja, wie das ist.« Und mit diesen Worten wandte sich der Gouverneur ab und eilte von dannen. Maxwell war allein und der ungnädigen Fürsorge des Mobs ausgeliefert.

Maxwell gab wirklich sein Bestes. Er wand sich und strampelte und fluchte lästerlich, nachdem er seinen Knebel durchgebissen hatte. Es half nichts. Er wurde hochgezerrt und durch die Stadt geschubst und getrieben.

Die kleinen Fensterläden in den mexikanisch wirkenden, rosa beschienenen Häusern standen nun offen, und winzige schwarze Gesichter spähten hinaus. Sie waren ganz entschieden nicht menschlich. Dann schon eher eine Kreuzung aus schwarzer Ratte und Kakerlak. Winzige gehetzte rote Augen, Kehllappen aus Chitin, abscheulich viele Haare.

Es kam Maxwell zu keiner Zeit in den Sinn, daß es nicht als Kannibalismus zählte, wenn man jemanden auffraß, der nicht der eigenen Spezies angehörte.

Und ganz ehrlich, warum hätte es das auch?

Hinter der Stadt erstreckte sich eine graue Betonebene. Die Fundamente eines antiken Gebäudes vielleicht. Ein schweres eisernes Gitter im Boden wurde entriegelt und geöffnet. Maxwells Hände und Füße wurden losgebunden, er wurde in die Luft gehoben und nach vorn geschleudert. Nach vorn und nach unten.

Mitten in eine Fallgrube hinein.

Maxwell landete unsanft in einem modrigen Heuhaufen. Über ihm krachte das Gitter in seine Fassung, und der Riegel wurde vorgeschoben. Böse kleine schwarze Gesichter kicherten und schnatterten unverständliches Zeug, dann zogen sie sich zurück und waren verschwunden.

Ein schwacher roter Sonnenstrahl fiel von oben in das Gefängnis, während Maxwell in dem Heuhaufen zappelte und schrie und brüllte.

Plötzlich wurde er sich des schrecklichen Gestanks bewußt, schloß den Mund und legte eine Hand über die Nase. Der Geruch war wirklich widerlich. Es war der Geruch menschlicher Exkremente.

Maxwell sank zu einem Häufchen Elend zusammen. Das war es also. Das bittere Ende. Das Ende von allem. Ausgetrickst, wieder einmal. Und dieses Mal endgültig. Er war wirklich erledigt. Gemästet für den Kochtopf! Das unwürdigste Ende, das man sich nur vorstellen konnte. Schlimmer konnte es nicht mehr kommen. Schlimmer ging es nimmer.

»Schau an, schau an, schau an.« Es war nicht Maxwells Stimme, allerdings gehörte sie jemandem, den Maxwell kannte. Ein Freund! Gütige Götter, ein Freund! Eine verwandte Seele. Eine Seele, mit der er seine letzten Tage verbringen konnte?

Eine Bewegung, und eine große, vierschrötige Gestalt schob sich in den schmalen Lichtstreif. Der Kopf war eine einzige schmutzige Masse. Die Augen stachen geisterhaft bleich hervor. »Schau an, schau an«, sagte Rushmear der Pferdehändler. »Welch eine angenehme Überraschung haben wir denn da?«

KAPITEL 11

»Nein, Rushmear, warten Sie!« Maxwell stolperte in die entlegenste Ecke des runden Gefängnisses, die er finden konnte. Es war logischerweise und ganz natürlich die Ecke, die als Latrine diente. »Urgh!« machte Maxwell. »Überhasten Sie nur nichts.«

»Überhasten?« Der stämmige Pferdehändler wippte auf den Absätzen vor und zurück. »Überhasten? Ich denke überhaupt nicht daran. Langsam und gleichmäßig, immer hübsch einen Knochen nach dem anderen.«

»Rushmear, Sie machen einen gewaltigen Fehler!«

»Oh, verzeihen Sie«, erwiderte Rushmear mit bösem Flüstern. »Für einen Augenblick dachte ich tatsächlich, Sie wären niemand anderes als Max Carrion, der Imagineur.«

Maxwell gab ein dümmliches Kichern von sich. »Wer?«

»Max Carrion, der verantwortlich ist, daß ich zwei Pferde losgeworden bin, der aus meiner lieblichen Tochter eine Lachnummer gemacht hat und beteiligt war an einem Aufstand, der damit endete, daß meine Heimatstadt in Flammen aufging. Der gleiche Max Carrion, den zu stellen ich geschworen habe und bei dessen Verfolgung ich in die Hände eines wahnsinnigen Magiers fiel, der mir die Seele gestohlen und mich eine halbe Welt weit weggezaubert hat, damit ich das Festmahl einer Horde rattiger Oger werde.«

»Ein dummer Fehler«, sagte Maxwell. »Aber man hat mir schon mehrfach gesagt, daß ich eine gewisse Ähnlichkeit mit dem Mann besitze, von dem Sie gerade sprachen.«

»Bis hin zu den großen soliden Stiefeln. Du bist dieser Bursche. Und jetzt wirst du sterben.«

»Können wir nicht darüber reden?« Maxwell duckte sich ängstlich und wich noch weiter zurück.«

»Ich brenne vor Tatendurst«, sagte Rushmear. »Vielleicht kühle ich ein wenig ab, wenn ich dich erst erledigt habe.« Er schwankte vor, die Finger der mächtigen Hände gekrümmt. »Schick ein Gebet an deinen Schöpfer, denn gleich wirst du ihm von Angesicht zu Angesicht gegenüberstehen.«

Maxwell wünschte sich Unsichtbarkeit. Und während er sich das wünschte und der Tod definitiv nur noch Sekunden von ihm entfernt war, schoß ihm ein Gedanke durch den Kopf, gefolgt von einem zweiten und einem dritten und noch einem. Bis – und all das geschah in weniger als einer Nanosekunde – all diese einzelnen Gedanken zu einem einzigen, gewaltigen Gedanken verschmolzen.

Rushmear stürzte vor, packte Maxwell an der Kehle und warf ihn gegen die stinkende Wand.

»Lassen Sie mich gehen!« würgte Maxwell. »Ich weiß ja, daß Sie mich hassen, aber Sie hassen MacGuffin sicherlich mehr. *Krächz-würg-hust*.«

»Ich hasse alle«, brummte Rushmear und verstärkte seinen Griff.

»Ich kann Ihnen hier raushelfen«, krächzte Maxwell. »Ich habe einen Plan. Sie können sich an MacGuffin rächen und Ihre Seele zurückgewinnen. *Keuch-krächz*.«

»Es gibt keinen Weg hier raus«, knurrte Rushmear. »Das Gitter ist außer Reichweite.«

»Sie könnten sich außerdem am Gouverneur rächen. *Hust-ächz.*«

»Ich werde ihm die Augen ausreißen und ...«

»Wenn Sie mich töten, werden Sie niemals rauskommen.« Maxwells Sinne schwanden rasch. »Was haben Sie schon zu verlieren?«

Der Griff um Maxwells Kehle erschlaffte. Nicht viel, aber doch genug, um ein Quentchen Atem durch seine Luftröhre zu lassen.

»Rede«, knurrte Rushmear. »Rede schnell und deutlich. Und drück dich präzise aus.«

Maxwell öffnete den Mund und tat wie geheißen.

Es war beinahe zehn Uhr morgens, als das Frühstück kam. Und als es kam, sah es alles andere als appetitlich aus. Ein Kücheneimer mit Gemüse, der ohne jegliche Zeremonie über dem Gitter umgekippt wurde.

Rushmear hielt Maxwell mit einer großen Hand fest, während er mit der anderen das heruntergeworfene Gemüse aussortierte.

»Lassen Sie mich essen!« flehte Maxwell. »Wenn ich verhungere, kommen Sie hier nie raus.«

»Dessen bin ich mir wohl bewußt. Aber wenn du einfach alles unbesehen in dich hineinstopfst, wirst du für diese Dummheit büßen.«

»Wieso denn?«

»Unter dem Gemüse gibt es kleine Samen. Samen vom Blähdarmbusch. Sie sehen ganz harmlos und bekömmlich aus, aber wenn du sie ißt, schwellen sie an, bis dein Bauch platzt.«

»Woher wissen Sie das?«

»Ich bin Rushmear der Pferdehändler. Ich weiß, wie ich mein Vieh zu mästen habe. Hier, schieb dir das zwischen die Kiemen.« Rushmear reichte Maxwell einen Pastinak.

Der Tag verging ohne jeden fröhlichen Augenblick. Maxwell erklärte Rushmear die subtileren Details seines Plans. Rushmear kaute Maxwells Pläne durch und entdeckte die Fehler in jedem davon, und Maxwell hatte alle Mühe, den aufsässigen Pferdehändler zu beruhigen, der kurz davor zu stehen schien, Maxwell an Ort und Stelle zu erschlagen.

Es war ein langer Tag, und Rushmears regelmäßige Besuche der Latrinenecke machten ihn einzigartig schrecklich.

Gegen Sonnenuntergang befanden sich Maxwells Nerven im letzten Stadium der Auflösung, und er hatte das sichere Gefühl, daß seine Nase niemals wieder normal funktionieren würde.

Die Sonne verschwand ganz, und der Mond, der neue Mond mit seinem verbesserten Dreiundzwanzig-Tage-Zyklus, erhob sich in den Abendhimmel. Er warf einen fahlen Lichtstrahl in das schwarze Loch von Kakarta.

»Geben Sie mir die Schnur«, sagte Maxwell. Rushmear, der den ganzen Tag lang seinen wollenen Umhang aufgetrennt und die Fäden miteinander verknotet hatte, reichte Maxwell das Knäuel.

»Und jetzt«, sagte der Imagineur, »jetzt knote ich eine Rübe an dieses Ende und werfe sie nach oben durch das Gitter. Die Rübe wickelt sich um einen der Stäbe und kommt auf der anderen Seite wieder hinunter.«

»Dann fang an.«

Maxwell nahm das Problem in Angriff. Sein erster Wurf war zu kurz. Der zweite auch. Beim dritten Versuch fiel die Rübe ab.

»Gib mir die Schnur, du Depp«, brummte Rushmear. »Ich habe schon Pferde mit dem Seil gefangen, als ich gerade vier Jahre alt war.«

»Das hätten Sie ruhig früher sagen können.«

Rushmear antwortete mit einem Schnauben. Er verknotete die Rübe erneut mit der Schnur und warf sie mit einer für einen so großen, schweren Mann überraschenden Geschicklichkeit ...

Und verfehlte das Gitter.

Maxwell öffnete den Mund.

»Wage es nicht«, sagte Rushmear.

Zwölf Versuche später ging die Rübe durch das Gitter und fiel auf der anderen Seite einer der Stangen wieder hinunter. Rushmear gab vorsichtig Schnur nach, und das Gemüse senkte sich zu Boden.

»Und jetzt«, sagte er, »bist du an der Reihe.«

»Sicher.« Maxwell zog MacGuffins magischen Beutel aus der Tasche, legte ihn auf den ekelhaften Boden und streckte ein Bein hinein. Das Bein versank mit einem dumpfen Geräusch, und Maxwell krachte mit dem Schritt oder wie die empfindlichen Teile der männlichen Anatomie sonst noch heißen mögen auf den zuvor erwähnten ekelhaften Boden. Rushmear preßte die Hand auf Maxwells Mund. »Mach, daß du reinkommst, du Blödmann«, sagte er. »*Nein*, warte mal.«

Maxwell, mit einem Bein im Beutel und dem Rest draußen, stieß ein »*Was?*« zwischen Rushmears Fingern hervor.

»Das gefällt mir nicht«, sagte Rushmear. »Der Plan, wie du ihn erklärt hast, lautet, daß du in diesen magischen Beutel kletterst. Ich binde den Beutel an den Wollfaden und ziehe anschließend am anderen Ende. Der Beutel geht nach oben und durch das Gitter, du kletterst hinaus, schiebst den Riegel zurück und öffnest das Gitter.«

»Ja«, sagte Maxwell. »Ein guter Plan, finden Sie nicht auch?«

»Aber wie komme ich nach draußen?«

»Ich lasse den Beutel zu Ihnen hinunter. Sie klettern

hinein, und ich ziehe Sie hinauf. Dazu muß ich nicht einmal den Riegel zurückschieben und das Gitter öffnen.«

»Ich bin noch immer nicht zufrieden«, sagte Rushmear. »Ich werde in den Beutel klettern, und du wirst mich zuerst hinaufziehen.«

»Nein«, sagte Maxwell. »Werde ich nicht.«

»Wirst du doch. Oder ich breche dir den Hals.«

Maxwell schüttelte den Kopf. »Ein gewisses Maß an Vertrauen müssen wir beide schon aufbringen. Ich habe mir diesen Plan ausgedacht, also gehe ich auch zuerst. Wenn Sie sich weigern, nach meinen Regeln mit mir zusammenzuarbeiten, dann steigen Sie nur in den Beutel. Sie werden schon sehen, was dann passiert.«

»Und was passiert dann?«

»Ich stampfe auf dem Beutel herum«, sagte Maxwell. »Und flüchte anschließend auf einem anderen Weg, der mir gerade in den Sinn gekommen ist.«

Rushmear gab ein dumpfes Knurren von sich. »Aber was, wenn ich nach deinen Regeln arbeite und dich zuerst nach oben ziehe? Du kletterst hinaus und bist frei, und ich kann hier drinnen schmoren.«

»Dann schreien Sie einfach nur, so laut Sie können. Was meinen Sie, wie lange es dauert, bis ich wieder gefangen werde?«

Rushmear gab weitere dumpfe Knurrgeräusche von sich.

»Sehen Sie«, erklärte Maxwell geduldig, »die Flucht aus unserem Gefängnis ist noch das Einfachste. Die Suche nach Ewavatt und ihre Befreiung aus den Klauen von Sultan Rameer werden schon schwieriger. Und unsere Rückkehr zu MacGuffin und die Befreiung unserer Seelen werden ein ganzes Stück schwieriger. Ich habe nicht die geringste Lust, mich mit Ihnen zu verbünden, aber zusammen besitzen wir vielleicht eine Chance. Zusammen können wir den ungeheuerlichen MacGuffin vielleicht austricksen. Allein stehen unsere Chancen überhaupt nicht gut. Mir bleiben nur zweiundzwanzig Tage. Sie haben, glaube ich, nur noch einundzwanzig, oder?«

»Steig in den Beutel«, knurrte Rushmear. »Ich zieh' dich rauf.«

Maxwell kletterte in den magischen Beutel, schlüpfte durch die Öffnung und kauerte sich im Innern von Nichts zusammen. Rushmear befestigte den Beutel am rübenseitigen Ende des Fadens und zog am anderen. Der Beutel schwebte nach oben, glitt zwischen den Gitterstäben hindurch und wäre ganz sicher auf der anderen Seite in die Zelle zurückgefallen, hätte Maxwell nicht hastig einen Arm ausgestreckt.

Er kletterte aus dem magischen Behälter und auf das Gitter und sog in tiefen Zügen die reine klare Nachtluft ein. Dann blickte er sich verstohlen um. Alles schien ruhig und still. Die Kakerlakenratten waren offensichtlich keine Nachtschwärmer. Maxwell senkte den leeren Beutel zurück in das faulige Loch unter dem Gitter.

Rushmear kletterte eilig hinein. Maxwell zog ihn zu sich herauf.

Als der Beutel durch das Gitter war, hielt Maxwell ihn auf Armeslänge von sich entfernt und grinste ein verschlagenes Grinsen.

»Laß mich raus!« rief eine gedämpfte Stimme aus dem Innern.

»Ruhe.« Maxwell schüttelte den Beutel. »Eine kleine Änderung im Plan.«

»Laß mich raus!«

Maxwell zog das Durchziehband zu. »Gewisse Zweifel überkommen mich«, erklärte er. »Befürchtungen, daß Sie vielleicht ein falsches Spiel mit mir treiben könnten, sollte ich Sie freilassen. Vielleicht ermorden Sie mich auf der Stelle.«

»An so etwas würde ich nicht einmal im Traum denken!« rief die gedämpfte Stimme. »Wir sind wie Brüder in unserem Streben nach unseren gefangenen Seelen.«

»Nichtsdestotrotz«, flüsterte Maxwell. »Ich habe das untrügliche Gefühl, daß Sie für den Augenblick besser im Beutel bleiben sollten.«

»Verräter! Bastard! Hurensohn! Warte nur, bis ich ...«

»Das reicht nun wirklich.« Maxwell schob den Beutel in seine Hosentasche. Rushmear strampelte und trat ganz ohne Zweifel wie ein Wahnsinniger um sich, doch Maxwell spürte nichts davon. Der magische Beutel negierte die Kräfte von allem, was sich darin befand, und nichts konnte nach außen dringen.

Er klopfte leicht auf seine Hosentasche, damit es Glück brachte, schlich leise aus der Stadt Kakarta und rannte in die finstere Nacht.

KAPITEL 12

Maxwell rannte nicht weit. Er benötigte dringend Schlaf, und die Aussicht auf eine verrückte Flucht in eine weitere unbekannte Wildnis mit der Wahrscheinlichkeit seiner erneuten Gefangennahme, sobald er vor Erschöpfung hinfiel und einschlief, gefiel ihm nicht sonderlich gut.

Maxwell hatte andere Vorstellungen. Andere Pläne.

Pläne, wie sie nur dem Bewußtsein eines Imagineurs entspringen konnten.

Der Mond stand hoch am Himmel, und in seinem unromantischen Licht erspähte Maxwell, wonach er gesucht hatte: einen kleinen Bach, der entlang der Straße plätscherte. Maxwell stieg in den Graben hinunter und achtete sorgfältig darauf, hübsch große Fußabdrücke zu hinterlassen. Dann sprang er in den Bach und watete zurück in Richtung Kakarta.

Unter einer Brücke nahe den ersten Gebäuden der

Stadt zog er die Stiefel aus, verknotete die Schnürsenkel miteinander, hängte sich das Schuhwerk um den Hals und kletterte ans Ufer.

Maxwell suchte das Haus des Gouverneurs. Es war nicht schwer zu finden, denn es war um ein beträchtliches größer als alle anderen Gebäude, außerdem zierte den Vorgarten ein Flaggenmast. Ganz vorsichtig, schließlich konnte man nie wissen, ob es Hunde gab oder sonstige Wachen postiert waren, schlich er durch den Garten auf das Haus zu und suchte nach der passenden Ranke.

Die passende Ranke, wie sich jeder unschwer erinnert, der jemals einen Abenteuerfilm gesehen hat, ist ein stabiles Gewächs, das sich an die Wand des Hauses schmiegt, in dem der Schurke lebt. Sie bietet eine ganze Reihe guter Trittmöglichkeiten und erlaubt dem Helden dadurch relativ mühelosen Zutritt zum Dach oder zu einem zufällig auf halber Höhe befindlichen Balkon (von wo aus er den Schurken beobachten kann, der ruhelos den Flur auf und ab schreitet oder die Fäuste gegen die Heldin schüttelt, die mit unordentlichen Kleidern in trotziger Haltung auf dem Bett sitzt).

Selbstverständlich darf man die passende Ranke keinesfalls unterschätzen. Schließlich befindet sich irgendwo hoch oben in ihren Verästelungen das »lose Stück«, das sich in den Händen des Helden von der Wand löst und ihn beinahe in sein Verderben stürzen läßt.

Maxwell fand die passende Ranke an der Rückseite des Gouverneurshauses. Er zog seine soliden Stiefel wieder an und kletterte an der Ranke hinauf.

Auf halbem Weg nach oben fand sich zufällig ein Balkon. Maxwell spähte über die Brüstung und sah ein erleuchtetes Schlafzimmer, in dem der Gouverneur auf und ab ging.

Maxwell kletterte weiter. Beinahe hätte er sich ernsthaft weh getan, als sich dicht unter dem Dach das lose

Stück der Ranke löste und Maxwell ins Verderben zu stürzen drohte. Doch Maxwell hielt sich mit den Fingerspitzen an der Mauerkante fest und schaffte es schließlich, sich auf das flache Dach hinauf zu ziehen.

Dort duckte er sich hinter der Brustwehr, wartete, bis sein Atem wieder ruhiger ging, und zog dann den magischen Beutel aus der Tasche.

»Rushmear«, flüsterte er. »Sind Sie noch wach?«

»Wach?« brüllte Rushmear, obwohl seine Stimme klang, als käme sie aus großer Entfernung. »Ich werde nicht wieder schlafen, bis ich meine Hand in deinen Hals gesteckt und dir die Milz herausgerissen habe.«

»Träumen Sie nur weiter«, sagte Maxwell. »Aber zuerst hören Sie mir zu. Ich werde das Durchziehband des Beutels ein ganz klein wenig öffnen. Sobald die ersten Sonnenstrahlen am Horizont auftauchen, schreien Sie und wecken mich, ja?«

Schweigen im Beutel.

Maxwell schüttelte den Beutel heftig, was bittere Verwünschungen und Wutgeheul erzeugte. »Falls Sie versäumen, mich zu wecken, und ich mich verschlafe, dann werde ich ganz bestimmt mit den Absätzen auf dem Beutel herumtrampeln.«

Maxwell löste das Band ein klein wenig, selbstverständlich nicht genug, daß Rushmear auch nur einen Finger hätte hindurchstecken können. Dann stellte er den Beutel neben sich ab. »Gute Nacht, Rushmear«, sagte er.

Schweigen.

Maxwell packte den Beutel und schüttelte ihn erneut.

»Gute Nacht, Maxwell«, ertönte es von drinnen. »Und schlaf gut.«

Am Morgen stieg die Sonne hinter dem Horizont hervor wie ein großes rotes Coca-Cola-Zeichen ohne den dazugehörigen Schriftzug. Oder wie eine platte Tomate. Oder irgendeines von einem Dutzend anderer Dinge, die einem Schriftsteller nie zur rechten Zeit einfallen wollen.

Die Luft war kühl. Keine einzige Wolke zeigte sich am Himmel. Der Tag schien ganz genau wie der zu werden, den Maxwell zuvor hinter sich gebracht hatte.

Maxwell erwachte von Hahnengeschrei und Flüchen, die klangen, als kämen sie aus weiter Ferne.

Er gähnte, streckte sich und nahm den Beutel hoch. »Guten Morgen, Rushmear«, sagte er. »Wie geht es Ihnen heute?«

»Ich muß mal«, beschwerte sich Rushmear.

»Wenn ich Sie rauslasse, versprechen Sie mir, daß Sie anschließend sofort wieder hineingehen?«

»Von ganzem Herzen«, antwortete Rushmear.

»Ja, richtig.« Maxwell zog das Band wieder straff und schob den Beutel zurück in seine Hosentasche. Die gedämpfte Flut von Beschimpfungen wurde noch leiser.

Maxwell kletterte über die Brüstung und an der passenden Ranke entlang nach unten. Leise glitt er auf den Balkon des Gouverneursschlafzimmers, kroch zum Fenster und probierte die Griffe. Unverriegelt.

Auf den leisesten aller leisen Zehenspitzen schlich Maxwell durch das Zimmer zum Bett des Gouverneurs, während er die schlafende Gestalt ununterbrochen im Auge behielt. Er packte einen schweren Tonkrug vom Nachttisch und schwang ihn mit unmäßiger Wucht auf den Kopf des Gouverneurs.

Anschließend folgte eine kurze Periode hektischer Aktivität seitens Maxwell.

Ein Eimer Wasser traf den Gouverneur mitten ins Gesicht. Er schreckte hoch, kam mit weiten Augen zu sich und wollte schreien – woraus nichts wurde, weil ein Knebel seine Schreiöffnung versperrte.

Sein Kopf ruckte herum. Er wollte aufspringen – woraus ebenfalls nichts wurde, weil er mit Streifen zerrissener Bettwäsche an einen Stuhl gefesselt war.

Die weiten Gouverneursaugen weiteten sich noch weiter, als sie die auf dem Bett sitzende Gestalt erblickten. Diese Gestalt steckte im weißen Gouverneursanzug und hatte den weißen Gouverneurspanama auf dem Kopf, während sie lässig mit dem langen Gouverneursfliegenwedel wedelte.

»Morgen, Blenkinsop«, sagte Maxwell unter lässigem Gouverneursfliegenwedelwedeln. »Haben wohl ein Nikkerchen gehalten, was? Tut mir entsetzlich leid, Sie wekken zu müssen, alter Freund, aber in der Zwischenzeit hat es einen *coup d'état* gegeben. Die Stadt befindet sich unter neuer Leitung, wenn Sie verstehen.«

Die Gouverneursaugen waren jetzt kreisrund wie große Pfefferminzdrops mit kleinen blauen Smarties in der Mitte. Er zappelte und strampelte, doch Maxwell hatte gründliche Sorgfalt in das Werk des Verknotens gelegt.

»Die Sache ist die«, fuhr Maxwell fort, während er den Panama aus der Stirn schob. »Ich brauche eine Transportgelegenheit. Dringende Verabredung mit dem Sultan, wenn Sie verstehen. Ich werde ihm selbstverständlich Ihre besten Grüße ausrichten. Posthume Grüße, wenn es sein muß. Wenn Sie verstehen, was ich meine, alter Freund.«

Der Gouverneur verstand genau, was Maxwell meinte, und ließ den Kopf hängen. Dabei fiel sein Blick auf die Kleidung, die er nun trug. Maxwells Kleidung. Er erneuerte seine Bemühungen mit Vehemenz.

»Was ist? Gefällt Ihnen der Anzug nicht?« fragte Maxwell. »Ich vermute, Sie erinnern sich, mir gegenüber erwähnt zu haben, daß für die Eingeborenen ein weißer Mann aussieht wie der andere. Übrigens, ich bin über Ihren Sprachführer gestolpert. Habe ein paar Zeilen auswendig gelernt. Wollen Sie sie hören?«

Der Gouverneur schüttelte heftig den Kopf.

»Ich glaube, ich verrat's Ihnen trotzdem, alter Freund.« Maxwell rezitierte die wenigen Sätze Kakerlakenkauderwelsch, die er sich eingeprägt hatte. Seine Aussprache war alles andere als perfekt, doch der Gouverneur erfaßte den Sinn trotzdem, und der lautete: »Freunde von Kakarta, hier ist ein weiteres Geschenk MacGuffins, das heute nacht vom Himmel fiel, und ich, der Gouverneur, habe es für euch gefangen. Er ist ein gewalttätiger Bursche, also laßt den Knebel in seinem Mund und steckt ihn direkt in den Kochtopf.«

Der Gouverneur ließ erneut den zitternden Kopf hängen. Maxwell erhob sich vom Bett, trat zu Blenkinsop und löste den Knebel. »So«, sagte er. »Lassen Sie uns die Angelegenheit vernünftig besprechen. Ich verlange Karten, Proviant und ein Beförderungsmittel. Sie werden mir alles besorgen. Sollte sich in mir auch nur der leiseste Verdacht regen, daß Sie zögern oder ein doppeltes Spiel spielen, werde ich Sie ohne Gewissensbisse auf die Plaza zerren und meinen Spruch aufsagen. Habe ich mich klar und deutlich ausgedrückt?«

»Klar und deutlich«, antwortete Gouverneur Blenkinsop.

»Schön«, sagte Maxwell. »Ich bin sicher, der Sultan hat seinen Gouverneur mit einigen hervorragenden Transportmitteln ausgestattet, oder etwa nicht? Was mag das sein? Siebenmeilenstiefel? Ein fliegender Teppich?«

Gouverneur Blenkinsop schüttelte den Kopf. »Derartige Wunder werden einem bescheidenen Diener des Sultans nicht anvertraut. Ich besitze einen alten Ochsenkarren, den ich Ihnen leihen könnte.«

Maxwell schüttelte den Kopf. »Das sind traurige Neuigkeiten. Sie sind absolut ehrlich mir gegenüber, oder irre ich mich?«

»Selbstverständlich«, sagte der ehemalige Gouverneur. »Hören Sie, ich habe rasende Kopfschmerzen.

Könnten Sie mich nicht losbinden? Seien Sie doch so freundlich.«

»Geduld, nur Geduld«, erwiderte Maxwell. Er hob beschwichtigend die Hand. »Zuvor möchte ich mit Ihnen eine Möglichkeit ausdiskutieren. Es kann schließlich sein, daß der Schlag auf Ihren Kopf eine Art Kurzzeitgedächtnisverlust hervorgerufen hat, nicht wahr? Vielleicht besitzen Sie ja tatsächlich noch ein weiteres Transportmittel. Was halten Sie davon, wenn ich einen Spaziergang hinaus auf die Plaza mache und rufe: ›Ich, der Gouverneur, benötige mein schnellstes Transportmittel, bringt es augenblicklich zu mir.‹? Was würden Sie davon halten?«

»Mir ist schlecht«, sagte das Staatsstreichopfer. »Könnte ich vielleicht ein Glas Wasser haben?«

»Sicher.« Der Staatsstreicher drehte dem Gouverneur den Rücken zu, ging zu einer Kommode am Fenster und goß Wasser aus einem gläsernen Krug in einen Tonbecher. Er kehrte mit dem Becher zum Gouverneur zurück, packte diesen an der Nase und schüttete ihm den Inhalt des Bechers in die Kehle.

Blenkinsop hustete, spuckte und schluckte.

»Besser jetzt?« fragte Maxwell.

»Das Wasser schmeckt widerwärtig!« beschwerte sich der Gouverneur.

»Ihre Stadt ist widerwärtig«, sagte Maxwell. »Sie sind widerwärtig. Ich habe meine Zeit jetzt lange genug verschwendet. Entweder Sie erfüllen augenblicklich meine Forderungen, oder ich stecke Ihnen wieder den Knebel in den Mund und zerre Sie hinaus auf die Plaza.«

»Sie kämen niemals damit durch, alter Freund«, sagte der Gouverneur. »Diese Kreaturen sind nicht so dumm, wie Sie meinen. Sie würden merken, daß etwas nicht stimmt. Vielleicht werden sie mich töten, aber Sie werden ebenfalls dran glauben.«

»Also schön«, sagte Maxwell. »Genug ist genug. Ich

war weitaus entgegenkommender, als Sie es verdienen. Jetzt sind drastischere Maßnahmen angesagt.«

Maxwell zog den magischen Beutel aus der Hosentasche und schüttelte ihn. »Rushmear«, rief er. »Ich habe den Gouverneur bei mir.«

Rushmear stieß einen Strom von Verwünschungen aus.

»Mein lieber Freund Rushmear«, erklärte Maxwell. »Der große, wilde Mann, den Sie vorgestern gefangen haben. Gefesselt durch Magie und begierig auf die Freiheit. Er hat große Pläne für Ihre Zukunft, Gouverneur.« An den Beutel gewandt, fuhr Maxwell fort: »Erzähl doch dem Gouverneur, was du mit ihm anzustellen gedenkst.«

Maxwell hielt den Beutel an Blenkinsops Ohr. Rushmear erläuterte dem Gouverneur die Einzelheiten.

»Schon gut«, kreischte Blenkinsop schließlich. »Schon gut. Genug von diesen Grauenhaftigkeiten! Durch einen wirklich außerordentlich glücklichen Zufall habe ich soeben mein Kurzzeitgedächtnis wiedererlangt. Ich erinnere mich ganz deutlich, daß ich einen Diwan besitze, den der Sultan mir gegeben hat. Dieser Diwan bewegt sich durch die Lüfte, wenn er die richtigen Kommandos erhält.«

»Und wie lauten diese richtigen Kommandos?«

»Es würde nicht funktionieren«, sagte der Gouverneur. »Ich muß sie sprechen.«

»Wie lauten diese Kommandos?« Maxwell schüttelte den magischen Beutel vor Blenkinsops Gesicht. »Ich will es selbst ausprobieren. Falls es nicht klappt, sind Sie an der Reihe.«

»Schon gut, schon gut. Stellen Sie sich auf den Balkon und rufen Sie laut: ›*Baluda baluda kochek camara poo bah hock!*‹«

»Danke sehr«, sagte Maxwell und trat zum Fenster. Dann hielt er inne und kehrte zum Bett zurück, wo er das

Wörterbuch aufschlug und durchblätterte. »O Mann«, sagte er schließlich. »Durch einen merkwürdigen Zufall bedeuten diese Worte auch: ›Achtung, Achtung! Ich bin der entflohene Gefangene. Kommt doch und holt mich, ihr Lumpengesindel!‹«

Der Gouverneur biß die Zähne zusammen. Maxwell beugte sich vor und stieß ihm das Knie zwischen die Beine. Blenkinsop schnappte nach Luft.

»Das war's«, sagte Maxwell. »Die Freundlichkeiten sind zu Ende. Wenn Sie wieder zu Atem gekommen sind, werden Sie mir die Worte verraten. Bis dahin ...«

Maxwell durchwühlte das Zimmer des Gouverneurs. Er riß Schubladen und Schränke auf und warf den Inhalt zu Boden. Karten und Proviant sind in der Regel selten in Schlafzimmern zu finden, aber wie der Zufall es wollte*, hatte der Gouverneur eine Tasche mit Karten in seinem Raum, die er am Vorabend durchgegangen war, sowie einen prall gefüllten Picknickkorb. Maxwell nahm seine Fundstücke an sich.

»Und jetzt«, sagte er, »keine Zeitverschwendung mehr. Ich bin ein verzweifelter Mann. Geben Sie mir augenblicklich die Kommandos, oder ich lasse Rushmear frei, und wenn er mit Ihnen fertig ist, werfe ich Sie vom Balkon hinab.«

»Rufen Sie ›Pferd und Reiter, Blenkinsops Diwan!‹«, murmelte Blenkinsop.

»Und das ist alles?«

»Sagen Sie ihm, wohin Sie wollen, und er wird Sie hinbringen.«

»Er reagiert also auf *meine* Stimme?« Maxwell zog den Gouverneur am Ohr.

»Die Eingeborenen sprechen unsere Sprache nicht, deshalb existierte kein Bedarf für Sicherheitsvorkehrungen. Bis jetzt jedenfalls nicht, heißt das.«

* O yeah!

Maxwell trat dem Gouverneur gegen den Knöchel. Die rasende Wut, die zurückzuhalten er sich die ganze Zeit über bemüht hatte, drohte ihn einmal mehr zu verzehren. »Sie sagen besser die Wahrheit, Mann.«

»Ich sage die Wahrheit, ehrlich.«

»Also schön.« Maxwell schob den magischen Beutel in die Hosentasche des weißen Gouverneursanzugs, nahm Kartentasche und Picknickkorb an sich und schlenderte ans Fenster. Er öffnete die Flügel weit, trat auf den Balkon hinaus und rief: »Pferd und Reiter, Blenkinsops Diwan!«

Nichts. Absolut gar nichts. Die Stadt lag still unter Maxwell. Die Sonne, inzwischen ein wenig höher, sandte ihre finsteren roten Strahlen herab. Maxwell wandte sich zum Gouverneur um. »Was soll das?« fragte er.

»Sie müssen lauter rufen. Außerdem müssen Sie ihm ›Komm!‹ befehlen.«

»Wenn Sie wieder lügen ...«

»Rufen Sie einfach.«

Maxwell wandte sich ab. »Pferd und Reiter, Blenkinsops Diwan! Komm!«

Und dann passierten mehrere Dinge gleichzeitig. Der Gouverneur, der seit einiger Zeit an seinen Fesseln gearbeitet hatte, kam plötzlich frei. Und sein Bett erhob sich ruckhaft vom Boden. Es war der fragliche Diwan, nur hatte Blenkinsop geflissentlich vermieden, das gegenüber Maxwell zu erwähnen.

Das Bett schwebte mit beträchtlicher Geschwindigkeit durch das Zimmer, traf Maxwell von hinten und schubste ihn über die Brüstung. Der Gouverneur, mit einem Blick, der fortgeschrittenen Schwachsinn nahelegte, sprang auf den vorüberschwebenden Diwan und schrie voller Triumph auf.

»Halt, Diwan«, kreischte er, als das Möbel einen Meter über den Balkon hinausgeschwebt war. »Halt an, verdammt!« Das Bett kam zur Ruhe und schwebte in der Luft.

Der Gouverneur trat zur Kante und spähte nach unten, in der Erwartung, Maxwells zerschmetterten Leichnam am Boden liegen zu sehen und sich an diesem Anblick zu ergötzen. Allerdings war kein Leichnam zu sehen, und schon gar nicht der Maxwells.

»Zurück, Diwan«, befahl der Gouverneur. Das magische Bett schwebte zur Balkonbrüstung zurück.

Der Gouverneur musterte die passende Ranke. Sollte Maxwell es geschafft haben, im Sturz nach ihr zu greifen? »Wo steckt der Bastard nur?« fragte sich der Gouverneur.

»Pferd und Reiter, Diwan, dreh dich um!« Der Ruf kam von unten. Von Maxwell, der sich an einem der Bettpfosten festklammerte.

Der Diwan drehte sich um. Maxwell, nun oben, stieß einen triumphierenden Schrei aus. Von unten ertönte eine Stimme: »Wieder andersherum drehen!«

Der Diwan stellte sich verunsichert hochkant. Maxwell klammerte sich auf der einen Seite fest, Blenkinsop auf der anderen.

»Raus aus der Stadt«, rief Maxwell. »Zu Rameer.«

»Bleib, wo du bist«, befahl Blenkinsop. »Bleib, wo du bist.«

Der Diwan fing an, Kreise zu drehen. Maxwell kletterte auf die Oberkante. Gouverneur Blenkinsop bekam Maxwells Knöchel zu packen.

»Lassen Sie los!« bellte Maxwell und trat mit einem soliden Stiefel nach ihm.

Die Vorführung in der Luft zog allmählich die Aufmerksamkeit der Stadtbewohner auf sich. Fensterläden wurden aufgestoßen. Häßliche kleine schwarze Gestalten strömten auf die Straßen. Andere Stimmen als die Maxwells oder des Gouverneurs wurden erhoben. Der Glockenläuter* läutete die Glocken.

* Oder Glöckner.

»Sie sollen loslassen!« Maxwell trat heftig aus, doch Blenkinsop hielt seinen Knöchel mit eisernem Griff gepackt. Er besaß überraschende Kräfte, denn als nächstes machte er Anstalten, ebenfalls auf die obere Bettkante zu klettern. Maxwell versuchte, Blenkinsop nach unten zu stoßen, doch das wilde Kreisen des Diwans und schiere Angst benachteiligten ihn ein wenig.

Der Gouverneur wuchtete sich auf die Kante des rotierenden Bettes. Er setzte sich rittlings hin und vergrub die Hacken in den Seiten des Möbelstückes.

»Sie sind ein Mann von nicht unbeträchtlichem Unternehmungsgeist«, sagte er zu Maxwell. »Sie sind aus dem Loch geflohen und haben mich gefangengenommen. Aber am Ende war doch alles vergeblich. *Bett, hinunter!*«

»*Hinauf, Bett!*« rief Maxwell.

Das Bett rotierte weiterhin. Und vollführte nun obendrein Bocksprünge.

»Mir scheint, wir haben den Diwan verwirrt«, sagte der Gouverneur. »Er wird wieder zur Vernunft kommen, wenn einer von uns beiden nicht mehr da ist.« Er beugte sich vor und packte Maxwell an den weißen Revers. »Und das sind Sie, alter Freund!«

Maxwell klammerte sich fest. Der Gouverneur hielt ihn mit der einen Hand eisern gepackt, hob die andere, streckte Zeige- und Mittelfinger aus und bewegte sie auf Maxwells Augen zu. Maxwell wollte den Kopf abwenden, aber irgendwie ging es nicht.

»Zeit zu sterben«, sagte der Gouverneur.

Die Finger kamen näher und näher und füllten Maxwells gesamtes Blickfeld aus.

Er schloß die Augen. Biß die Zähne zusammen.

Die Finger berührten seine Augenlider.

Maxwell bereitete sich auf die neueste Version einer ganzen Reihe schrecklicher Todesarten vor. Er wäre wirklich besser in die Nacht davongerannt. Zurückzukommen war, im nachhinein betrachtet, keine gute Idee gewesen.

»Leb wohl, grausame Welt«, heulte Maxwell. »Leb wohl, Rock 'n' Roll, die Götter seien gepriesen.«

Die Finger drückten fester.

Und hielten plötzlich inne.

Zogen sich zurück.

Maxwell öffnete die Augen.

Der Gouverneur hielt seinen Bauch umklammert. Seine Augen verdrehten sich. Unter Maxwells Blick platzten die Schultern des schrillen Anzugs an den Nähten. Die Ärmel rissen aus. Knöpfe sprangen vom Bowlinghemd ab. Der Gouverneur stöhnte und ächzte. »Was geschieht nur mit mir?« jammerte er.

Das verschlagene Grinsen, das Maxwells Lippen bereits umspielt hatte, als er Rushmear in den Beutel steckte, erschien einmal mehr in seinem Gesicht. »Ich denke, Sie haben ein wenig zugenommen«, sagte er dem Gouverneur. »Während Sie bewußtlos waren, nahm ich mir die Freiheit, eine Handvoll dieser Blähdarmbuschsamen, die Sie den Gefangenen unter das Essen mischen, in den Wasserkrug zu geben und gut zu verrühren. Erinnern Sie sich noch, wie widerwärtig Ihnen das Wasser vorgekommen ist?«

»Nein«, ächzte der Gouverneur und schwoll an wie ein Ballon.

»Doch«, rief Maxwell. »Sie widerwärtiger Bastard, der Sie sind. Jetzt schmecken Sie Ihre eigene Medizin. Was, *alter Freund?*«

Der Gouverneur zappelte und blähte sich immer weiter auf. Entsetzlich. Maxwell beugte sich vor und brachte einen richtig derben Schwinger auf die Gouverneurszähne zustande. Der Gouverneur fiel vom rotierenden, bockspringenden Bett. Hinab und hinunter. Und wie der purste aller puren Zufälle es so wollte, taumelte das Bett gerade über dem Berg zerbrochener, ausgemusterter, dampfholzgebogener Stühle durch die Lüfte, während Blenkinsop nach unten segelte. Der Gouverneur krachte zwischen die Stühle und rollte den Berg hinunter, bis er schließlich auf der Plaza landete, eine unheilige, nackte, geschwollene Masse Fleisch.

Die Kakerlakenratten schwärmten durch die Tore herbei und fielen über ihn her.

Maxwell wandte das Gesicht von dem entsetzlichen Geschehen ab. »Pferd und Reiter«, befahl er seinem Diwan, »auf dem kürzesten Weg zu Rameer … und hör endlich auf mit diesem Unsinn.«

Horror unten am Boden, ein roter Himmel oben und Maxwell irgendwo mittendrin. Das Bett beruhigte sich, richtete sich auf, und Maxwell machte es sich bequem.

Das letzte, was Kakarta von Maxwell hören sollte, war ein gejammertes: »Mein schöner schriller Anzug!«

Dann war er weg.

KAPITEL 13

Der Diwan flog nach Norden (Norden) davon.

Er flog mit bedächtiger Geschwindigkeit, dreißig Fuß oder so über dem Boden, und ignorierte mit sturer Hartnäckigkeit alle Forderungen Maxwells nach mehr Tempo und einer größeren Flughöhe.

Der Diwan bummelte einfach weiter.

Maxwell legte sich zurück, die Hände im Nacken verschränkt, und starrte verbittert in den Himmel hinauf. Er befand sich keineswegs in Hochstimmung.

Sicher, er hatte es Blenkinsop so richtig gegeben und ein magisches Bett erbeutet, mit dem er aus Kakarta entkommen war, aber … Nun ja. Verdammter Mist. Maxwell befand sich noch immer auf einer Selbstmordmission. *Und* er war schon wieder hungrig. *Und* er hatte seinen schönen Anzug verloren. *Und* er konnte nicht wirklich sicher sein, daß der Diwan ihn in die richtige Richtung trug. Maxwell befürchtete, daß aller Wahrscheinlichkeit nach irgendein heimtückischer Spruch in den Diwan einprogrammiert worden war, der jeden potentiellen Bettknapper in ein wäßriges Grab warf oder direkt ins Herz der roten Sonne katapultierte. Und das war auch der Grund, warum er dem Diwan nicht augenblicklich befohlen hatte, zu MacGuffins Dorf zu fliegen, wo, wie Maxwell zuversichtlich mutmaßte, ihm schon etwas einfallen würde, wie er seine Seele zurückgewinnen und den miesen Magier bestrafen könnte.

So kam es, daß Maxwell im eigenen Saft schmorte, hungrig, nervös und überhaupt nicht gut aufgelegt. Der rote Mief aus Wut und sein Haß auf MacGuffin nagten an seinen Sinnen wie eine Ratte am Fuß eines Leprakranken. Urgh!

Er mußte sich sammeln, und das möglichst rasch. An irgendeinem sicheren Ort landen, ein Frühstück organisieren, Erkundigungen einziehen und in Erfahrung bringen, was immer es über die Stadt Rameer und den darin lebenden Sultan gleichen Namens in Erfahrung zu bringen gab.

Außerdem mußte er etwas wegen dem Mann in seinem magischen Beutel unternehmen. Maxwell hatte das Gefühl, daß jetzt der richtige Zeitpunkt gekommen war, die unsichere Partnerschaft mit dem impulsiven Pferdehändler zu lösen.

Die Chancen, daß aus dieser Partnerschaft jemals so etwas wie zwischen Cisco Kid und den Panchos oder Lone Ranger und Tonto oder Abbott und Costello oder auch nur Hauser und Kienzle wurde, waren äußerst gering. Rushmear und Maxwell – zwei frontal entgegengesetzte Charaktere – schienen nicht dazu bestimmt zu sein, Seelenverwandte zu werden.

Seelen-*lose*-verwandte.

Seelenlose Widersacher schon eher.

Maxwell würde Rushmear »fallenlassen«.

Den Beutel öffnen und ihn über der Kante des fliegenden Bettes ausschütteln, das war bestimmt die beste Idee. Ein wenig gefühllos vielleicht, aber so ging das eben. Oder besser gesagt, so würde Rushmear eben gehen.

Seltsamerweise verspürte Maxwell eine gewisse Abneigung gegen seinen Plan. Obwohl er keine Seele und kein Gewissen besaß, verspürte er keinen Haß gegenüber Rushmear. Und obwohl er wußte, daß Rushmear ihn höchstwahrscheinlich im gleichen Augenblick töten würde, da er ihn freiließ, konnte er dem Pferdehändler deswegen keinen Vorwurf machen. Es war nicht seine Schuld. Rushmear war genau wie Maxwell ein unschuldiges Opfer der äußeren Umstände.

Es fiel ihm schwer, doch Maxwell mußte eine Entscheidung treffen.

Und zwar jetzt.

Er zog den Beutel aus seiner Hosentasche. »Rushmear, mein lieber Freund«, rief er in die Öffnung. »Geht es Ihnen gut?«

»Ich bin hungrig«, erwiderte Rushmear mit nicht wenig Wut in der Stimme. »Darüber hinaus stehe ich im Begriff, mir in die Hosen zu scheißen.«

»Ansonsten sind Sie unversehrt?«

»*Unversehrt?* Ich wurde durchgeschüttelt, daß mir Hören und Sehen vergangen ist.«

»Genau wie ich auch. Aber Sie werden ohne Zweifel überglücklich sein, zu erfahren, daß ich Ihnen einmal mehr das Leben gerettet habe. Wir sind aus Kakarta entkommen und fliegen auf einem magischen Bett in Richtung Rameer, das *ich allein* zu kommandieren imstande bin.«

»Du bist ein lebender Heiliger«, grollte Rushmear.

»Bitte, bitte laß mich frei, damit ich mich dir zu Füßen werfen und meinen Dank abstatten kann.«

»Ja, richtig. Hören Sie, Rushmear. Ich befinde mich in einem schrecklichen Dilemma, und ich wäre sehr dankbar für Ihre Meinung. Ich bin sicher, Sie könnten meine Gedanken im Hinblick auf Ihre Freilassung beflügeln.«

»Rede weiter«, murmelte Rushmear. »Es ist stets eine Freude, dir zuzuhören.«

»In Ordnung. Wie ich bereits erwähnt habe, stehen die Chancen für einen einzelnen Mann, Ewavatt zu befreien und mit ihr zu MacGuffin zurückzukehren, überhaupt nicht gut. Sie stehen sogar ausgesprochen schlecht. Zwei Männer jedoch, die harmonisch zusammenarbeiten und die beide das Ziel verfolgen, ihre Seelen wiederzuerlangen, bevor die Zeit abläuft, mögen sehr wohl imstande sein, diese Aufgabe zu erfüllen. Wenn der eine von beiden Sie sind und der andere ich.«

»Und wo liegt dann dein Dilemma?« fragte Rushmear in schmeichlerischem Tonfall. »Laß mich frei, und wir beginnen ohne weitere Umschweife mit unserer Aufgabe.«

»Genau das, was ich denke, mein lieber Rushmear. Das Dilemma ist die Angelegenheit Ihrer Freilassung. Ich hege die nicht wenig ernste Befürchtung, daß Sie möglicherweise aus dem Beutel springen, mich töten, damit Ihre eigenen Erfolgsaussichten zunichte machen und Ihr Schicksal besiegeln könnten, mein lieber Rushmear.«

»Ahem«, sagte Rushmear noch schmeichlerischer. »Leg deine Befürchtungen beiseite, lieber Freund Maxwell. Ich weiß, ich wirke manchmal ziemlich einschüchternd, vor allem, wenn man meine jähzornigen Ausbrüche bedenkt. Ich bedaure wirklich sehr, den irrigen Glauben erweckt zu haben, ich könnte dir weh tun wollen.«

»Trotzdem erinnere ich mich, daß Sie geschworen haben, mir den Schädel einzuschlagen.«

»Im Scherz, wie ich dir versichere.«

»Dann habe ich also Ihr Versprechen, daß Sie, wenn ich Sie jetzt freilasse, die alten Dinge auf sich beruhen lassen, zumindest bis wir unsere Mission erfüllt, den bösen MacGuffin bestraft und unsere Seelen zurückgeholt haben? Schwierige Ziele, die, wie ich gar nicht häufig genug betonen kann, unmöglich erreicht werden können, wenn wir nicht gemeinsam daran arbeiten.«

»Laß mich aus dem Beutel«, schmachtete Rushmear, »und ich werde dir die Qualität meiner Freundschaft demonstrieren.«

Die Zweideutigkeit dieser letzten Bemerkung blieb Maxwell nicht verborgen. Das Dumme war nur, daß Maxwell (zum größten Teil jedenfalls) die Wahrheit erzählt hatte: Die Erfolgsaussichten standen viel besser, wenn sie zusammenarbeiteten.

Eine schwierige Entscheidung für den armen Imagineur.

»Also schön«, sagte er schließlich. »Ich werde Sie freilassen.«

»Du wirst keine Zeit haben, es zu bereuen, lieber Freund Maxwell. Keine Sekunde.«

Maxwell seufzte und schob den Daumennagel unter den Knoten des Durchziehbands. »Steigen Sie ganz langsam und vorsichtig aus«, sagte er. »Machen Sie keine plötzlichen Bewegungen, oder das Bett kippt um, und wir stürzen beide in den Tod.«

Maxwell öffnete den Knoten.

Und dann.

Bong!

Maxwell flog nach hinten. Hals über Kopf. Mit den Hacken in der Luft. Das Bett neigte sich zur Seite, flog einen Kreis, ging wieder auf Kurs und *Bong!*

»Was zur … Hey!« Maxwell schwankte, in der einen Hand den Beutel, die andere in die Matratze verkrallt.

»Was machst du?« kreischte Rushmear. »Öffne den Beutel! Laß mich raus!«

»Irgend etwas stimmt nicht mit dem Bett.« Maxwell klammerte sich weiter fest. Das Bett unternahm einen dritten Anlauf und prallte zum drittenmal gegen etwas Unsichtbares. *Bong*.

»Halt!« rief Maxwell. »Blenkinsops Diwan, halt! Auf der Stelle. Lande hier.«

Das Bett fiel nach unten und landete krachend im Gras.

Maxwell fand sich auf einem grünen, hübschen Flekken wieder. Eine wahrhaft arkadische Lichtung, umstanden von weit ausladenden Blumen, die wie riesiger Brokkoli aussahen, und bewachsen mit gefiederten Farnen und schläfrigen, taufeuchten Blumen. Sehr hübsch.

Wirklich sehr hübsch.

»Laß mich endlich raus!« kreischte Rushmear.

»Sekunde noch.« Maxwell schob den Beutel in seine Hosentasche zurück und sprang vom Bett. »Was ist in dich gefahren?« fragte er den Diwan. »Bist du kaputt, oder was soll diese Schau?« Er trat einen Schritt zurück, wurde selbst von etwas Unsichtbarem gepackt und von den Füßen geschleudert.

Maxwell landete unsanft im Gras.

Wütend rappelte er sich auf. »Wer war das?« verlangte er zu wissen.

»Seien Sie vorsichtig. Immer hübsch vorsichtig.«

Maxwell wandte sich um. Ein kleiner Mann in einem viel zu großen Mantel eilte herbei. Es war ein sehr kleiner Mann, und der Mantel, eine ganze Reihe von Nummern zu groß, schleifte hinter ihm über den Boden. Pinkfarbenes Haar stand wie Zuckerwatte von seinem Kopf ab, und auf dem runden roten Gesicht spielte ein Ausdruck ernster Sorge.

»Bitte berühren Sie das Gitter nicht noch einmal, mein Herr«, flehte er. »Sie werden sich sonst verletzen.«

»Was?« fragte Maxwell. »Häh?«

»Das Gitter.« Der kleine Mann in dem großen Mantel

deutete auf etwas Unsichtbares. »Das Gitter umgibt die gesamte Stadt Rameer. Es stößt jede Magie ab. Der Sultan gestattet nicht, daß unauthorisierte Magie in seinen Garten gelangt.«

»Seinen *Garten*? Dann ist es nicht mehr weit bis zur Stadt?« Maxwell rieb sein zerschrammtes Schienbein.

»Einen Tagesmarsch. Weniger, wenn man rennt. Mehr, wenn man auf einem Bein hüpft.«

»Und wer sind Sie?« fragte Maxwell.

»Ich bin Phlegster der Gitterer. Südliches Areal 801. Und Sie, mein Herr?«

»Kennen Sie die Stadt Kakarta?«

»Nun, ich war nie selbst dort, aber wie ich gehört habe, soll es eine hübsche Stadt sein.«

»Eine sehr hübsche Stadt«, bestätigte Maxwell. »Und ich bin ihr neuer Gouverneur.«

»Ich bin sehr erfreut, Sie kennenzulernen, mein Herr.« Der kleine Mann streckte die Hand aus, und Maxwell schüttelte sie.

»Außerdem«, fuhr Maxwell fort, »bin ich höchst geschickt in den magischen Künsten und darauf vorbereitet, jeden zu versengen, der den leisesten Anschein erweckt, meine Reise verzögern zu wollen. Ich kommandiere ein magisches Bett, wie Sie sehen. Darüber hinaus«, er zog den magischen Beutel aus der Hosentasche, »habe ich einen magischen Beutel bei mir mit einem Dämon darin, den ich beim Sultan abliefern muß.« Maxwell schüttelte den Beutel. Rushmear fluchte hörbar. Phlegster wich einen Schritt zurück.

»Also seien Sie ein guter Bursche«, sagte Maxwell, »und schalten Sie das Gitter ab, so daß ich meinen Weg fortsetzen kann.«

Der kleine Mann schüttelte den Kopf. »Ich wünschte, das ginge«, seufzte er, »aber das würde mich mehr als nur meine Arbeit kosten.«

Maxwell seufzte ebenfalls. »Auch ich habe eine Arbeit

zu erledigen. Nämlich die Ablieferung dieses Beutels.« Maxwell schüttelte den Beutel einmal mehr, bedachte Rushmears Fluchen mit einer erhobenen Augenbraue und schob ihn in die Hosentasche zurück. »Der Sultan wird nicht sonderlich erfreut sein, wenn ich ihm erzähle, daß Sie mich aufgehalten haben.«

»Daran zweifle ich keinen Augenblick«, entgegnete Phlegster. »Wenn Sie mir also freundlicherweise Ihre amtlichen Reisedokumente zeigen würden, Führerschein, Empfehlungsschreiben, Pilotenlizenz, Eigentumsnachweis, eine behördliche Genehmigung für den grenzüberschreitenden Transport einer dämonischen Entität, dann werde ich unverzüglich alles abstempeln und Sie nicht mehr länger aufhalten.«

Maxwell durchsuchte mit großem Tamtam seine Taschen. »Können Sie sich das vorstellen?« fragte er. »Ich habe alle Papiere in meinem anderen Anzug vergessen.«

Phlegster nickte höflich. »Ist das nicht immer so? Aber freuen wir uns doch, daß Ihnen das jetzt aufgefallen ist und nicht erst vor den Toren der Stadt, wo die Wachen weniger nachsichtig sind als ich.«

»*Weniger* nachsichtig, sagen Sie?«

»Weitaus weniger. Denn wo ich einen vornehmen Gentleman erblicke – nämlich den Gouverneur von Kakarta, der versehentlich seine Dokumente vergessen hat –, da könnten die Wachen einen potentiellen Assassinen auf einem gestohlenen fliegenden Diwan sehen. Und nachdem sie ihn auf grausamste Weise erschlagen hätten, würden sie ganz ohne Zweifel eine Legion aussenden, um den armen Gitterer zu verhaften, der ihn durchgelassen hat. Wir können uns heute als glückliche Männer betrachten, mein Herr, meinen Sie nicht auch?«

»In der Tat, das können wir.«

»So«, sagte Phlegster. »Wie ich die Sache sehe, bleiben Ihnen zwei Optionen: Entweder, Sie kehren nach Kakarta zurück und holen Ihre vergessenen Dokumente, oder Sie lassen Ihr magisches Zubehör hier in meiner sicheren Verwahrung und gehen zu Fuß durch das Gitter. Wenn Sie keine Magie mit sich führen, kommen Sie unverletzt hindurch und werden am Stadttor nicht aufgehalten.«

»Unerhört!« empörte sich Maxwell. »Ich habe keine Zeit für diesen Unsinn. Sicherlich gibt es andere Möglichkeiten.« Er imitierte das Klingeln von Münzen in der Tasche.

Phlegster musterte Maxwell mit hartem Blick. »Keine, von denen ich wüßte. Bestechung kommt überhaupt nicht in Frage, und Gewalt gegen meine Person würde Ihnen auch nicht weiterhelfen. Ich besitze nicht die Macht, das Gitter auszuschalten.«

»Wenn das der Fall ist«, erkundigte sich Maxwell, »wie hätten Sie mich dann passieren lassen, wenn ich meine Papiere bei mir gehabt hätte?«

Der kleine Mann zuckte die Schultern. »Ein müßiger Punkt. Da Sie eindeutig keine Dokumente besitzen, erübrigt sich eine weitere Diskussion.«

»Hm«, sagte Maxwell. »Müßig oder nicht, ich werde keine weitere Zeit verschwenden.« Mit diesen Worten sprang er vor, packte Phlegster am Kragen seines übergroßen Mantels und hob ihn hoch.

»Lassen Sie mich wieder runter!« heulte der Gitterer. »Das ist sehr unhöflich von Ihnen!«

»Halten Sie die Klappe«, befahl Maxwell, »und stellen Sie die Lauscher auf. Wir werden ein wissenschaftliches Experiment durchführen. Ich will eine Theorie überprüfen. Sie werden mein Versuchskaninchen sein.«

»Dieser Vorschlag mißfällt mir doch sehr. Lassen Sie mich runter, mein Herr. Bitte.«

»Dann ziehen Sie Ihren Mantel aus.«

»Meinen Mantel? Was wollen Sie mit meinem Mantel?«

»Er scheint mir ein wenig zu groß geraten für einen so kleinen Mann.«

»Es ist ein Familienerbstück. Ich bitte Sie, Ihre größistischen Bemerkungen für sich zu behalten.«

»Wie Sie meinen.« Maxwell zog einmal mehr den magischen Beutel hervor und ließ ihn an der Schlaufe vor Phlegsters Gesicht baumeln. »Sie werden den Beutel für mich durch das Gitter tragen«, verlangte er.

»Unmöglich!« quiekte Phlegster. »Es würde mich zerschreddern.«

»Ich wurde auch nicht zerschreddert. Ich wurde lediglich zurückgeworfen.«

»Ich habe bestimmt nicht soviel Glück. Das Gitter ist jetzt auf Magie vorbereitet.«

»Meine Theorie lautet zusammengefaßt ungefähr so«, erläuterte Maxwell. »Ich glaube nicht an ein ausgedehntes Gitter einen ganzen Tagesmarsch von der Stadt entfernt. Hunderte, nein, Tausende von Gittern wären zu seiner Bewachung erforderlich. Ich hege vielmehr den Verdacht, daß wir es hier mit einem lokalen Phänomen zu tun haben, einem Phänomen, mit dem Sie sich bestens auskennen. Einem Phänomen, das Sie zu Ihrem eigenen Vorteil ausnutzen, indem Sie ahnungslose Reisende um ihre magischen Gegenstände erleichtern.«

»Unsinn. Nichts als Hirngespinste und Unsinn.«

»Weiterhin«, fuhr Maxwell fort, »und ich gestehe freimütig, daß ich an dieser Stelle nur rate, lautet meine Theorie, daß Sie mit Hilfe Ihres Mantels imstande sind, magische Gegenstände durch das Gitter zu schleusen.«

»Wie bizarr und verschroben! Reine Spekulation.«

»Das werden wir ja sehen.« Maxwell steckte den magischen Beutel in eine Tasche des übergroßen Mantels. »Ich werde Sie jetzt durch das Gitter heben. Wir beobachten, was geschieht.«

»Nein!« kreischte der kleine Mann. »Ich meine: *ja*. In Ordnung. Sie haben recht! Der Mantel ist immun gegen die Kräfte des Gitters. Ziehen Sie ihn an, und gehen Sie durch. Aber lassen Sie mich hier. Es ist mir nicht gestattet, den Garten dahinter zu betreten.«

Maxwell schüttelte den Kopf. »Ich bin in letzter Zeit ein wenig mißtrauisch geworden. Falls Sie unbeschädigt durch das Gitter kommen, ziehen Sie den Mantel aus – aber lassen Sie den Beutel in der Tasche – und kommen anschließend zu mir zurück. Damit wäre erwiesen, daß ein Mann, der diesen Mantel trägt, Magie sicher durch das Gitter transportieren kann und ein Mann ohne Magie und ohne Mantel ebenfalls nicht aufgehalten wird. Ich werde mit dieser Demonstration zufrieden sein, durch das Gitter treten, den Mantel überziehen, zurückgehen und mein Bett hindurchziehen. Danach sehen Sie mich nie wieder.«

»Nein!« kreischte Phlegster. »Erbarmen!«

Maxwell untersuchte den Boden vor sich. Eine scharfe, nicht zu übersehende Linie war in das Gras gebrannt. Sie erstreckte sich in jeder Richtung, bis sie unter den Riesenbrokkolibäumen verschwand. Das war alles, was auf das unsichtbare Gitter hindeutete.

Maxwell trat einen Schritt zurück. Holte mit einem seiner soliden Stiefel aus, trat Phlegster in den zappelnden Hintern und beförderte ihn schwungvoll durch das Gitter.

Ein blendender Blitz. Ein höchst alarmierendes Geräusch. Die Sorte Geräusch, die Schmeißfliegen von sich geben, wenn sie den elektrischen Draht in diesen Dingern mit dem violetten Licht berühren, die Metzger in ihren Läden stehen haben.

Nur grauenhaft verstärkt (das Geräusch).

Maxwell bedeckte das Gesicht, als Phlegster in eine Million Fragmente explodierte. Große Mantelfetzen flogen in alle Richtungen. Kleine Leichenfetzen flogen mit ihnen. Es gab eine Menge Rauch.

Schließlich verflog er wieder (der Rauch).

Maxwell fächelte sich Luft zu. »O Mann«, sagte er. »Ich schätze, ich kann nicht jedesmal recht haben.« Er spähte hinter die Linie im Gras und war höchst erstaunt und nicht wenig ermutigt, als er den magischen Beutel entdeckte, der zwischen einem oder zwei schwelenden Überresten Phlegsters lag und gar nicht so schlecht aussah für einen magischen Beutel, der durch das Gitter gegangen war.

»Das kommt mir gelegen«, sagte Maxwell. »Jetzt frage ich mich nur noch, wie ich das Bett …«

Maxwells Überlegungen wurden abrupt durch einen Stein beendet, der von seinem Hinterkopf abprallte.

»Autsch!« schrie Maxwell auf und wirbelte herum.

Mehrere kleine Männer näherten sich. Sie steckten in zu großen Mänteln. Es waren sehr kleine Männer, und die Mäntel, eine ganze Reihe von Nummern zu groß, schleiften hinter ihnen über den Boden. Pinkfarbenes Haar stand wie Zuckerwatte von ihren Köpfen ab, und auf den runden roten Gesichtern spielte ein Ausdruck ernster Sorge und großer Erregung. Die kleinen Männer trugen stabile Stöcke und handliche Steine.

»Er hat Bruder Phlegster ermordet!« rief einer von ihnen.

»Er hat ihn durch das Gitter gestoßen, zusammen mit einem magischen Gegenstand!« rief ein zweiter.

»Wir werden ihm ein langsames Ende bereiten!« rief ein dritter.

»Halt, Moment mal!« rief Maxwell. »Es war ein Unfall. Ich hatte diese Theorie, verstehen Sie?«

Doch die kleinen Männer schienen nicht begierig, Maxwells Theorie zu vernehmen. Und während Maxwell sie ängstlich beobachtete, erschienen weitere kleine Männer unter den Bäumen, einige mit großen Netzen ausgerüstet, andere mit langen, spitzen Stangen. Rufe wurden laut, betreffend den Einsatz einer »Madenkiste« oder rotglühender Kastrierzangen.

»Also schön, wenn mir niemand zuhören will …« Maxwell wandte sich ab, nahm tief Luft, schloß die Augen und sprang durch das Gitter.

KAPITEL 14

Maxwell flog durch das Gitter, rollte über das Gras dahinter und kam zur Ruhe.

Unversengt und intakt.

Er hob den Beutel auf und rannte los.

Rufe und Drohungen und Steine und Stangen verfolgten ihn, doch nicht die Verwandten des seligen Phlegster. Sie blieben auf ihrer Seite der unsichtbaren Grenze zurück und fürchteten sich vor dem Schritt hindurch.

Maxwell rannte, bis er ihre Schreie nicht mehr hören konnte, dann ließ er sich auf einer grasbewachsenen Anhöhe hinfallen, um neuen Atem zu schöpfen und wieder zu Verstand zu kommen.

Er hatte die Nase von dieser neuen Welt gestrichen voll. In den letzten Wochen war er mehr gerannt als in seinem gesamten Leben davor – und immer *um* sein Leben. Falls es ihm jemals gelingen sollte, seine Seele zurückzugewinnen, so schwor sich Maxwell, würde er sich eine ruhige, streßfreie Arbeit suchen, wie zum Beispiel Pilzzucht oder Einsiedelei oder eine Lektorenstelle beim Bastei-Lübbe-Verlag*.

Maxwell warf den Beutel zu Boden, was ein Aufheulen Rushmears zur Folge hatte.

»Ruhe!« keuchte Maxwell. »Undankbarer Kasper! Ich habe Ihnen einmal mehr das Leben gerettet, während Sie sich in Ihrem Beutel herumlümmeln.«

Rushmears Antwort war ein Strom von Flüchen. Maxwell wurde wütend und hob den Stiefel, um ein für allemal Schluß zu machen.

* Dem wundersamsten Verlag, der jemals existierte (bzw. existieren wird). Vgl. Band 24210: DIE GRÖSSTE SHOW JENSEITS DER WELT. Anm. des Lektors

Sein schöner solider Stiefel warf einen schönen schwarzen Schatten auf den magischen Beutel. Ein schöner schwarzer Schatten war das. Kontrastreich an den Rändern. Klar definiert. Maxwell hielt wenige Zoll über dem Beutel inne.

Er zog den Fuß zurück. Untersuchte den Schatten. Spähte zum Himmel hinauf.

Und zur Sonne.

Sie war nicht länger rot. Sie war golden. Reinstes Gold.

Maxwell starrte und blinzelte. Der gesamte Garten ringsum war in goldenes Licht getaucht. Es war nicht das Licht der alten Sonne, die er noch aus der Zeit vor dem großen Übergang kannte. Es war ein volleres, weicheres, reiferes Licht. Ziemlich schön, wenn man es genau besah.

Maxwell sprang auf die Beine und vermied so eben, den armen Rushmear versehentlich plattzutrampeln. Er spähte nach rechts und links, erblickte einen geeigneten Baum und kletterte ohne weiteres Aufhebens hinauf.

Von einem hohen Ast aus sah er in die Richtung, aus der er gekommen war. Die Stelle, wo sich das Gitter befand, war deutlich zu sehen. Von oben betrachtet, vermittelte das Gitter den Eindruck einer gläsernen Barriere, die sich endlos in den Himmel hinauf erstreckte. Und dahinter: eine Welt in Rot.

»Meine Güte!« Maxwell schüttelte ehrfürchtig den Kopf. »Der Sultan scheint die Sonne selbst zu kontrollieren. Kein Mann, den man unterschätzen darf. Aber vielleicht ein Mann, der ...« Eine ganze Reihe Ideen spazierte durch Maxwells Kopf.

Maxwell behielt seine Ideen für sich. Das waren großartige Ideen waren das. Seine großartigsten bisher, genaugenommen. Wahrhafte Imagineursideen waren das.

Und *er* war der Imagineur.

Maxwell kletterte von seinem Baum hinab, den Kopf voller Ideen und Pläne und Strategien. Ihm blieben zwanzig Tage. Sicher mehr als genug für das, was ihm durch den Kopf ging. Das Wichtigste war Essen. Und um zu essen, mußte ein gewisses Risiko eingegangen werden.

Maxwell griff nach dem magischen Beutel. »Rushmear«, sagte er, »ich werde Sie jetzt freilassen. Ich habe Sie lange genug beschützt. Jetzt müssen Sie Ihren Anteil an Verantwortung übernehmen.«

Rushmear war sprachlos.

»Ich habe einen Plan«, verkündete Maxwell und löste das Durchziehband. »Und weil ich Sie mag, werde ich Sie in seine Durchführung miteinbeziehen. Große Reichtümer warten auf Sie, also kommen Sie aus Ihrem behaglichen Versteck, und lassen Sie uns endlich anfangen.«

Maxwell drehte den Beutel um und schüttelte ihn. Es war ein Anblick, der einem den Atem verschlagen konnte. Der riesige Pferdehändler purzelte aus dem winzigen Beutel. Er landete mit dem großen fetten Hintern unsanft im Gras, blieb dort sitzen und rieb sich die Augen.

»Und jetzt«, sagte Maxwell, »zuerst das Wichtigste. Wir müssen etwas essen, bevor wir weitermachen können. Da Sie Kenntnisse besitzen, welche Dinge gefahrlos verzehrbar sind, beeilen Sie sich, uns ein Frühstück zu suchen.«

»*Was?*« Rushmear blinzelte ungläubig, starrte aus weit aufgerissenen Augen in die goldene Sonne und dann auf den Mann im weißen Anzug, bevor er schwerfällig auf die Beine kam. »Jetzt reicht's aber ...« Er verstummte. Ein alarmierter Ausdruck erschien auf seinem Gesicht. Er umklammerte seine Hinterbacken und hastete in die Büsche.

Schließlich kehrte er zurück, seufzte tief und erleichtert und knöpfte seine Hosen zu.

»Ich hoffe nur, Sie haben sich die Hände gewaschen«, sagte Maxwell.

»Das werde ich in Kürze, um das Blut abzuspülen«, erwiderte Rushmear.

»Ersparen Sie mir Ihre Drohungen, Rushmear, dazu haben wir nicht die Zeit.«

»Mir bleiben neunzehn Tage«, sagte Rushmear. »Dir bleibt weniger als eine Minute.«

»So eine Undankbarkeit! Nach allem, was ich für Sie getan habe.«

Rushmear warf sich auf Maxwell. Maxwell duckte sich flink zur Seite, zog den Knüppel hinter dem Rücken hervor, den er während Rushmears Abwesenheit von einem Baum gebrochen hatte, und versetzte dem Pferdehändler damit einen heftigen Schlag auf den Kopf.

Rushmear brach zu einem stöhnenden Bündel zusammen. Maxwell trat über ihn, den Knüppel in beiden Händen, bereit zum Schlag. »Schwören Sie Loyalität mir gegenüber, oder ich zerschmettere Ihnen den Schädel.«

»Niemals!« Rushmear riß das Knie hoch und traf Maxwell zwischen die Beine. Maxwell stolperte vor und trat auf Rushmears Gesicht. Der große Mann packte ihn am Knöchel und verdrehte Maxwells Fuß. Maxwell fiel schwer zu Boden. Der große Mann wälzte sich herum, um Maxwell bei der Kehle zu packen, und Maxwell traf ihn erneut mit dem Knüppel.

Rushmear sank zurück und hielt sich den Kopf. Maxwell saß da, nach Luft japsend, und hielt sich den Unterleib. »Das führt zu nichts«, ächzte er. »Wie oft muß ich Ihnen das noch sagen? Ein Mann allein kann niemals Erfolg haben.«

»Eher schließe ich einen Pakt mit dem Teufel höchstpersönlich.«

Maxwell hob den Knüppel erneut. »Dann schicke ich Sie jetzt zu ihm. Ich habe keine Zeit mehr, mich um Ihr Wohlergehen zu kümmern.«

»Warte nur, du …« Rushmear stürzte sich erneut auf Maxwell, fegte ihm den Knüppel aus der Hand und fiel mit seinem ganzen Gewicht auf Maxwell.

Maxwells Rippen drohten nachzugeben. Rushmears Gesicht war ganz dicht vor seinem.

Maxwell verbog den Nacken und biß Rushmear in die Nase.

Rushmear ließ von ihm ab. Er rollte zur Seite, schlug die Hände vors Gesicht, zappelte mit den Beinen und stöhnte vor Schmerz. Maxwell kroch zu seinem Knüppel, zog sich daran hoch und machte Anstalten, Rushmear den *coup de grâce* zu verpassen.

Und spuckte Rushmears Nasenspitze auf den stöhnenden Pferdehändler.

Alles war vollkommen außer Kontrolle geraten. Es war reiner Wahnsinn. Maxwell würde den Wahnsinn jetzt ein für allemal beenden.

Er packte den Knüppel fester. »Du bist tot, du Ar ...«

»Nein, warte!« Rushmear hatte noch immer die Hände vor dem Gesicht. »Warte! Hör mir zu!«

»Warum? Wollen Sie um Gnade flehen?«

»*Schscht!* Horch! Hörst du das nicht?«

»Vergessen Sie's«, sagte Maxwell. »Es ist zu spät für dumme Tricks.«

»Pferde«, sagte Rushmear. »Viele Pferde.«

Plötzlich hörte Maxwell es auch. Ein dumpfes Rumpeln von Hufschlag, das beständig anschwoll. Zu einem richtigen Donnern wurde.

»Runter! Versteck dich!«

Maxwell zögerte. Es war sicher besser, Rushmear den Schädel einzuschlagen, solange er noch die Chance dazu hatte, und einmal mehr Fersengeld zu geben.

»Runter mit dir, du Schwachkopf! Sie kommen in unsere Richtung! Ich kenne diese Pferde.«

»So?« Maxwell warf den Knüppel beiseite und sich selbst zu Boden.

»Hinter diese Büsche dort!«

»Sie gehen vor«, flüsterte Maxwell.

»Nein, du.«

»Scheiße!«

»Also schön, nach mir.« Mit heftig blutendem Zinken huschte Rushmear voraus in die Büsche. Maxwell folgte ihm dichtauf.

Die Reiter kamen in Sicht.

Maxwell starrte sie an. Es verschlug ihm die Sprache.

Die Reiter ... es waren Ritter!

Ritter in goldenen Rüstungen. Das Sonnenlicht tauchte die Rüstungen in funkelndes Licht. Leuchtende Koronen umgaben die polierten Helme und Schilde. Ein romantischer Anblick. Arthurianisch. Heldenhaft.

Maxwell pfiff leise durch die Zähne. »Werfen Sie mal einen Blick auf diese blitzenden Bastarde!« sagte er, als er die Sprache nach erstaunlich kurzer Zeit wiedergefunden hatte.

»Leise, du Dummkopf.«

Die Ritter lenkten ihre Pferde unter die Bäume. »Irgendeine Spur?« fragte einer von ihnen.

»Bis jetzt nicht«, rief ein anderer. »Aber er muß ganz in der Nähe sein. Er ist keine Meile südlich von hier durch das Gitter gekommen.«

»Sie suchen nach *uns*«, flüsterte Maxwell.

»Nach *dir*«, flüsterte Rushmear ebenso leise. »Ganz allein nach *dir*.«

Maxwell nagte auf der Unterlippe. »Dann ist das Glück wieder einmal mit uns. Ich habe einen Plan. Zuerst werden Sie ...«

»Nein!« Rushmear legte eine schwere Hand auf Maxwells Mund. »Ich kenne mich mit Pferden aus«, murmelte er. »Warte, bis der letzte vorbei ist, dann tust du, was ich dir sage. Verstanden?«

Maxwell nickte ohne rechte Begeisterung. Rushmear zog seine Hand zurück.

Sie beobachteten, wie die Reiter vorbeizogen und nach links und rechts ausschwärmten. Unvermittelt rauschte eine Schwertklinge durch den Busch. Sie verfehlte Maxwells Kopf nur um wenige Zoll. Rushmear packte Maxwell am Hals und drückte ihn in den Dreck. Maxwell peilte von unten nach draußen.

Ein Ritter war abgestiegen. Er stand vor dem Gebüsch. Während Maxwell hinsah, schnallte der goldene Ritter seinen Hosenlatz auf.

Maxwell kaute auf einem Knöchel. Es war ziemlich eindeutig, was der Ritter zu tun im Begriff stand.

Und er tat es.

Maxwell schäumte im Innern seines Busches.

Und an den Schultern dampfte er ein wenig.

Der Ritter erledigte sein Geschäft, knöpfte diskret den Hosenlatz wieder zu und stapfte zu seinem Pferd zurück. Während er aufstieg, schob Rushmear das Gesicht durch den Busch, steckte die Finger zwischen die Zähne und gab ein höchst merkwürdiges Pfeifen von sich.

Der Ritter, in der Erwartung, daß sein Pferd scheuen und auf die Hinterhand steigen würde, umklammerte die Zügel und gab dem Tier die Sporen. Doch das Pferd senkte statt dessen den Kopf und warf die Hinterbeine in die Luft. Der Ritter segelte nach vorn aus dem Sattel und krachte unsanft zu Boden.

»Überzeug dich, daß er bewußtlos ist!« Rushmear sprang aus dem Busch. »Ich kümmere mich um das Pferd.«

»Mit dem größten Vergnügen«, antwortete Maxwell und kam ebenfalls aus seinem Versteck. Er bot einen traurigen, durchnäßten Anblick. Maxwell riß sich die Jacke von den Schultern, warf sie zu Boden und stapfte dann zu dem gestürzten Ritter, in der Absicht, seine soliden Stiefel zum Einsatz zu bringen.

Der Ritter bewegte sich nicht. Sein Helm war nach hinten verdreht. Er hatte sich den Hals gebrochen.

Ein roter Schleier aus Wut waberte in Maxwells Kopf, doch Maxwell ließ sich nicht hinreißen, einen Leichnam zu schänden. Er wandte sich zu Rushmear um. »Der ist erledigt«, sagte er. »Moment mal … was?«

Der große Mann mit dem blutigen Gesicht saß hoch zu Roß. Er benutzte die Zügel mit professioneller Sicherheit, und das Tier setzte sich in Bewegung. »So«, sagte Rushmear. »Die Ereignisse nehmen von alleine ihren richtigen Verlauf.«

»Helfen Sie mir hinauf.« Maxwell bemühte sich um ein kumpelhaftes Grinsen.

»Ich denke nicht daran. Unsere Wege trennen sich an dieser Stelle. Ich werde allein nach Rameer reiten.«

»Jetzt kommen Sie schon«, sagte Maxwell und vertrat dem Tier den Weg.

»Geh zur Seite, oder ich sorge dafür, daß die Stute ihre Zähne benutzt. Bist du schon mal von einem Pferd gebissen worden?«

»Nein, ich ...«

»Dann geh zur Seite.«

Maxwell ging zur Seite. »Hören Sie mal«, sagte er.

»Nein, du hörst besser mal.« Rushmear legte eine Hand an das Ohr. »Die Reiter kehren zurück, also muß ich verschwinden. Vielleicht kannst du mithalten, wenn du schnell genug läufst. Irgendwie bezweifle ich das allerdings.« Er lenkte das Tier herum, gab ihm die Sporen und ließ die Zügel schießen.

Das Pferd galoppierte davon.

Maxwell blieb allein mit der Leiche zurück.

KAPITEL 15

Als die Ritter schließlich zurückkehrten, was vielleicht eine halbe Stunde später geschah, war Maxwell nirgends zu sehen.

Die Ritter stiegen ab, untersuchten die Spuren, die das

davongaloppierende Pferd hinterlassen hatte, und versammelten sich anschließend um seinen gefallenen Reiter.

Zum Glück war der Bursche nicht tot. Obwohl sein Helm nach hinten verdreht und das Visier geschlossen war, schien er nur ein wenig benommen, als er mit dumpfer, wütender Stimme über den Riesen mit dem blutigen Gesicht herzog, der aus einem Busch gesprungen war und sein Pferd scheu gemacht hatte.

Die Ritter waren froh, daß ihrem Kameraden kein wirkliches Leid widerfahren war. Allerdings waren sie auch berufsmäßige Soldaten und bemerkten als solche sehr wohl den feinen Unterschied zwischen einem galanten Helden, der inmitten einer blutigen Schlacht von einem furchterregenden Gegner aus dem Sattel seiner vorstürmenden Stute gehauen wurde, und einem sorglosen Trottel, der sich in einer stillen ländlichen Gegend von irgendeinem Idioten mit einer blutigen Nase erschrecken ließ und von seinem scheuenden Pferd fiel.

Eine ganze Reihe derber Anzüglichkeiten war die Folge, und der arme Bursche fand sich rasch als Zielscheibe eines gewissen galanten Humors, der nicht nur seine Tapferkeit und seine Befähigungen als Reitersmann in Frage stellte.

»Meiner Treu, ich denke, Sir Percy hat ein Swittgen für einen Billybock gehalten!« rief einer der galanten Rittersleute.

»Vielleicht sollte er das nächste Mal, wenn er schwankelt, einen Moult von Grimbah auf seine Trompete bredeln«, sprach ein weiterer.

»Sicherlich entdecke ich da ein Schwatteln in der Luft«, schloß sich ein weiterer Rittersmann an, »was mich zu der Vermutung führt, daß ein gewisses Klabbing des Strubbarts stattgefunden hat.«

Und so weiter und so fort.

Wer nicht der undurchschaubaren Ausdrucksweise

dieser Ritter des neuen Zeitalters mächtig war, mochte sehr wohl denken, daß es sich hier um etwas anderes als die üblichen plumpen Andeutungen und den Kasernenschund gehandelt haben könnte, wie man ihn von Barrasköpfen in Uniform eben so zu hören bekommt.

Aber das war selbstverständlich nicht der Fall, und die Bemerkungen, die sich über den nun pferdelosen Reitersmann Lord Percy ergossen, zielten zum größten Teil auf sein beschränktes Vorstellungsvermögen und die unzureichende Größe seines Befruchtungsorgans.

Der abgeworfene Ritter ertrug es mit der Fassung des Mannes, der er war. Vielleicht weil er wußte, daß es als Zeichen von Schwäche gedeutet wurde, wenn man jammerte, während sich der Spott der Ritterskameraden über einen ergoß. Aber wahrscheinlicher doch (wie die Scharfsinnigsten sicher bereits erraten haben), weil der Mann in der Ritterrüstung Lord Percys gar nicht der abgeworfene Lord Percy war.

Maxwell spähte durch das »verklemmte« Visier im Helm des verstorbenen Ritters und ertrug mit eisernem Schweigen, daß man ihn ohne Umschweife hochhob und hinter einem anderen Ritter auf den Rücken eines Pferdes setzte.

»Haltet Euch wohl an mir fest, Sir Percy«, rief der galante Bursche vor ihm im Sattel. »Es wäre schon recht betrüblich, wenn Ihr vom Rücken meines Schlachtrosses rutschtet und Euch die Tubbs an einem Felsen blabbertet.«

»Lord Percys Tubbs sind vielleicht eher geeignet, einen Thark zu wistern«, sprach der herzige Bursche, der schon zuvor einen guten Lacher mit seiner Bemerkung über Lord Percys Verwechslung eines Swittgen mit einem Billybock erzielt hatte.

»Vorzüglich ausgedrückt, Lord Archer«, sprach der Bursche, der die Bemerkung über das Schwatteln in der Luft von sich gegeben hatte. »Ein doppeltes Wistern und ein Schwor auf dem Mingewort.«

»Nun macht schon, ihr Twerps«, flüsterte Maxwell unter seinem Helm, als die Ritter vor Heiterkeit erneut zu glucksen anfingen. »Verfolgt Rushmears Spuren und laßt uns in die Stadt reiten.«

Die Reitersleute setzten sich golden glänzend unter Kettengeklimper und Hellebardenrasseln mit stolz aufgereckten Pickelhauben und ganz ohne Zweifel mit einer gehörigen Defustifikation von Dortwonglern in Bewegung.

Maxwell klammerte sich an den Burschen, der die Zügel hielt. Er geriet mächtig ins Schwitzen und verspürte beträchtliches Unbehagen. Die Rüstung, obwohl extrem leicht, rieb unter seinen Achselhöhlen, und der goldene Hosenlatz spielte dem Teil seines Körpers, mit dem er in einem anderen, früheren Zeitalter die Kunst des Taschenbillards gepflegt hatte*, nicht wenig übel mit.

Der Troß galoppierte über Berg und Tal, wie ein Rittertroß das eben so macht. Bald schon verlor man Rushmears Spur, was zu großer Enttäuschung führte; verständlich, wenn man bedenkt, daß die Ritter sich als Experten im Fährtenlesen betrachteten und sich darüber hinaus auf heimatlichem Territorium befanden und alles und überhaupt.

Maxwell seufzte innerlich, während sie hoffnungslos im Kreis umherirrten, und zollte den Reitertalenten des erfindungsreichen Rushmear widerwillig seinen Respekt. Ganz ohne Zweifel hatte der Pferdehändler sein Tier dazu gebracht, entweder auf der Hinterhand rückwärts zu laufen oder graziös über die Kronen der Trokkensteinmauern zu tänzeln.

»Der Halunke hat gesagt, daß er den Sultan erschlagen will«, rief Maxwell mit dumpfer Stimme, als er das Umherirren schließlich nicht mehr aushielt.

»Was?« riefen die Ritter. »Was? Was? Was?«

* Den Tubbs, sozusagen.

»Den Sultan erschlagen«, wiederholte Maxwell.

»Nein, nicht dieser Teil«, sagte der galante Held, der die Bemerkung von einem Moult von Grimbah auf Maxwells Trompete fallengelassen hatte. »Der erste Teil*.«

»Hä?« sagte Maxwell.

»Halunke?« fragte Lord Archer. »Was bedeutet dieses Wort ›Halunke‹?«

»Na, das gleiche wie Schurke oder Spitzbube, nicht wahr?«

»Wie war das?«

»Ach, Ihr wißt schon. Schlingel, Tunichtgut, Halsabschneider, Taugenichts. Welpe. Rauhhals. Tergiversator, obwohl das vielleicht ein wenig zu abwertend sein könnte.« Maxwell starrte die Ritter an, die ihn nun ihrerseits befremdlich anstarrten.**

»Meint er vielleicht *Bullygarve*?« fragte einer von ihnen.

»Nein«, sagte Lord Archer. »Er hat ganz bestimmt nicht *Bullygarve* gemeint. Oder etwa doch, Lord Percy?«

»Mag wohl sein«, murmelte Maxwell. »Meint Ihr, es spielt eine Rolle?«

»Eine Rolle?« Lord Archer richtete sich in seinem Sattel auf. »*Eine Rolle?* Haben wir vielleicht fünf Jahre an der Ritteruniversität verbracht und die subtilen Eigenheiten der ritterlichen Ausdrucksweise für nichts und wieder nichts gelernt? Uns umsonst in den langen Nächten die unregelmäßigen Flexionsformen der veränderlichen Substantive erarbeitet? Wobei wir noch Glück hatten, daß wir nicht nach der neuen Rechtschreibreform gehen mußten.«

»Das waren noch Zeiten«, sagte Maxwell.

»Ha!« Lord Archer gab Maxwell einen herzlichen

* Nicht der dieser wundersamen Serie (der übrigens DAS BUCH DER ALLERLETZTEN WAHRHEITEN lautet).

** Sie hatten ihre Visiere zurückgeklappt. Maxwell hatte seines natürlich noch unten.

Schlag auf die Schulter, daß Maxwells Zähne klapperten. »Das *waren* Zeiten. Wo sind sie hin, die guten Zeiten?«

»Durchsucht mich doch.«

»Könnt Ihr das wiederholen?«

»Ach, jetzt ist es aber genug«, brummte Maxwell unter seinem Helm. »Diese, äh, Person will den Sultan ermorden.«

»Ha!« Lord Archer lachte erneut, und die anderen Ritter stimmten in sein Lachen ein.

Maxwell schüttelte den Helm. Diese Bande goldener Kasper war jovialer und klopfte sich heftiger auf die Oberschenkel als die gesamte Mannschaft eines Remakes von Robin Hood.

»Ha!« Lord Archer versetzte Maxwell einen weiteren herzlichen Zähneklapperer. »Falls dieser Skrumian unbedingt in sein Verderben reiten will, dann sollten wir nicht unsere Zeit verschwenden, indem wir ihn verfolgen.«

»Skrumian«, sagte Maxwell. »Das ist das Wort, nach dem ich gesucht habe. Aber ... Augenblick mal! Was soll das heißen, nicht unsere Zeit verschwenden? Wir müssen hinter ihm her! Äh, mein Pferd zurückholen und so. Den Sultan warnen.«

»Ha!« Lord Archer holte ein weiteres Mal aus, um Maxwells Rücken zu malträtieren. Diesmal allerdings wich Maxwell zur Seite aus. Lord Archer verlor das Gleichgewicht und fiel vom Pferd.

»Oooooh!« riefen die restlichen Ritter und zügelten ihre Tiere. »Jetzt ist alles vermasselt!«

Wie das häufig so der Fall ist, wenn man in ländlichen Gegenden zu Boden geht, saß der Lord nun in einem Haufen. In einem Kuhfladen, genauer gesprochen. Er blickte zu Maxwell auf, und keine Spur von Amüsement war mehr in seinem Gesicht zu sehen. »Beim Streusel!« donnerte er. »Ihr habt Euren Vorgesetzen aus dem Sattel manövriert, Lord Percy! Wißt Ihr, was wir nun tun müssen?«

»Eine formelle schriftliche Entschuldigung abfassen?« schlug Maxwell vor. »Geschrieben in ritterlichem Dialekt und gehalten im Tonfall allergrößten Bedauerns, aber nicht an den neuen Rechtschreibregeln orientiert?«

»Wir müssen einen tödlichen Kampf austragen«, sprach Lord Archer.

»Könnten wir uns nicht einfach umarmen und die Sache vergessen?« fragte Maxwell. »Ein wenig Versöhnung unter Männern feiern?«

»Ihr werdet meine Klinge zu schmecken bekommen, mein Herr.«

»Nun, ich dachte eigentlich nicht, daß es so weit gehen muß.«

Verschiedene Ritter stöhnten bei dieser Bemerkung, was nicht weiter erstaunlich war. Wirklich nicht.

»Hinunter vom Roß, Kerl! Lord Grade«, rief Lord Archer dem Ritter mit den Zügeln zu, »holt den Kerl runter!«

»Schon wieder zotige Witze«, brummte Maxwell. »Warum nur müssen es immer zotige Witze sein?«

»Runter!« rief Lord Grade und schubste Maxwell vom Pferd.

»Nein, halt! Moment! Aarrrrgh!« Maxwell krachte zu Boden. »Seht mal«, sagte er, während er sich aufzurichten versuchte. »Wißt Ihr eigentlich, was ich heute für einen Tag hatte? Ich habe keine Lust auf all das.«

»Steht auf und kämpft. Seid Ihr ein Mann oder ein Moussaka?«

»Ich bin Moussaka, in Ordnung? Ich bin hungrig, und ich habe Kopfschmerzen. Bringt mich in die Stadt, wo ich mich ein paar Tage lang erholen kann. Dann werde ich schon die Scheiße aus Euch herausprügeln.«

»Oooooh!« riefen die Ritter. »Welch vulgäres Wort!«

»Vulgäres Wort?« Maxwell kämpfte sich auf die Beine.

»Ihr seid vollkommen bescheuert, alle zusammen. Stolziert herum, reitet auf Pferden daher und redet einen Haufen alten Mist. Kommt endlich zu euch, ja?«

»Kämpft gegen mich, Ihr Blumpit.«

»Blumpit?« erkundigte sich Maxwell. »Ist das das gleiche wie Bullygarve?«

»Schlimmer«, antwortete Lord Grade. »Viel schlimmer.«

»Richtig, das dachte ich mir«, sagte Maxwell, der seine Wut bis zu diesem Augenblick ziemlich fest im Griff behalten hatte. »Niemand nennt mich einen Blumpit und kommt ungeschoren davon. Jemand möge mir ein Schwert geben.«

»Nehmt doch Euer eigenes!« rief Lord Archer, während er blankzog und die Klinge durch die Luft surren ließ.

»Ich hab' meines nicht zur Hand. Es muß auf meinem Pferd gewesen sein.«

»Nun, meines jedenfalls kriegt Ihr nicht!« sagte Lord Grade. »Ich hab's erst diesen Morgen poliert. Ich verbrauchte allein zwei Quadroonen Pilch für den Hebbereen.«

»Ich kann's nicht mehr hören. Macht schon, jemand soll mir sein verdammtes Schwert geben.«

»Oooooh! Nein, nein, nein!« Die Ritter wichen allesamt vor Maxwell zurück und versuchten, ihre Schwerter hinter sich zu verstecken.

»Also schön, dann nehme ich eben einen verdammten Knüppel«, sagte Maxwell und suchte den Boden nach einem soliden Ast ab.

»Ihr könnt keinen Knüppel benutzen!« sagte Lord Archer.

»Hast du vielleicht ein Reserveschwert, das ich nehmen könnte?«

»Ich hab' eins zu Hause. Aber es ist mein bestes, ich kann es Euch nicht leihen.«

»Ich könnte es rasch holen gehen«, erbot sich Lord Grade. »Dann könnte Lord Percy das benutzen, das Ihr bei Euch tragt.«

»Vielleicht geht es kaputt.« Lord Archer untersuchte die Klinge seines Schwertes. »Außerdem hab' ich es ebenfalls erst heute morgen poliert. Ich habe eine ganze Quadroone allein für ...«

Maxwell trat vor und boxte Lord Archer auf das Kinn.

»O mein Gott!« kreischte der Ritter und sackte zu Boden.

»Komm schon«, knurrte Maxwell und tänzelte wie Prinz Naseem um ihn herum. »Hoch mit dir. Zeig mir, daß du ein Kerl bist.«

»Ihr seid ein scheußlicher Mann. Ich bin verwundet. Verwundet!«

Ritter stürzten vor. Doch sie stürzten sich nicht auf Maxwell. Sie umringten Lord Archer, klopften ihm tröstend auf die Schultern und redeten beruhigend auf ihn ein.

»Ihr verdammten Schwuchteln!« Maxwell trat dem am nächsten Stehenden in den goldenen Hintern.

»Lord Percy ist von Sinnen!« rief der Getroffene. »Flieht, bevor er uns ein Leid zufügt!«

»Ich bin nicht Lord Percy, ihr Idioten.« Maxwell hob sein Visier und grinste die Ritter an, was weitere aufgeregte Schreie schieren Entsetzens und wilde Flucht hervorrief.

»Jetzt kommt endlich!« Maxwell stemmte die Beine in den Boden und ballte die goldenen Stulpenhandschuhe zu Fäusten. »Kommt endlich, ihr Waschlappen. Ich nehm's mit euch allen gleichzeitig auf. Wer ist der erste?«

Die Ritter stolperten und rannten zu ihren Pferden zurück. Es gab viel Gepolter und Zusammenstoßen und Füße in falschen Steigbügeln und Vom-Pferd-Fallen und diese Art von Dingen.

Maxwell tänzelte unter den panischen Rittern, schüttelte die Fäuste und bedachte sie mit der Sorte von Bemerkungen, die ihn bei den Lesern der *Gay News* sicher nicht beliebt gemacht hätten.

Lord Archer war zu seinem Pferd geflüchtet und aufgestiegen.

»O nein, das wirst du nicht!« schrie Maxwell und packte den Ritter am Bein. »Ich gehe nicht mehr zu Fuß. Ich werde das Pferd nehmen.«

»Nicht meine herrliche Black Bess. Rette mich, wer kann!«

Doch Lord Archers stolze Begleiter hatten ihren Tieren bereits die Sporen gegeben und galoppierten in heillosem Durcheinander davon.

»Runter!« brüllte Maxwell. »Oder ich verdreh' dir den Knöchel.«

»Nein, bitte nicht! Ich steige ja schon ab.« Lord Archer stieg aus dem Sattel seiner herrlichen Black Bess. »Gutes Mädchen«, sagte er. »Ganz ruhig.«

»Du bist eine wahre Schande.« Maxwell schlug Lord Archer auf den Helm. »Ritter nennst du dich? Du bist es nicht wert, diese Rüstung zu tragen.«

»Wir sind hauptsächlich ein Schauregiment«, wimmerte Seine Lordschaft. »Wir werden zu Zeremonien herangezogen, nicht zu diesen, Ihr wißt schon ...« Er mimte einen wenig überzeugenden Schwertstreich.

»Schon gut.« Maxwell wollte dem Ritter beruhigend auf die Schulter schlagen, doch Lord Archer zuckte zurück. »Wie du meinst. Steh jetzt auf.«

»Ich bin überall voller Kuhmist.«

»Er läßt sich abwaschen. Ich würde vorschlagen, du benutzt reichlich Pilch.«

»Danke. Ja, das werde ich tun.«

»Ich brauche dein Pferd«, sagte Maxwell. »Es ist nichts Persönliches, aber ich bin in Eile. In welcher Richtung liegt die Stadt Rameer?«

»Hinter jenem Hügel dort. Ihr könnt sie gar nicht verfehlen.«

»Ich lass' dein Pferd am Stadttor zurück. Mach dir keine Sorgen, ich werde es nicht hetzen oder so.«

»Danke. In der Satteltasche ist Zucker.«

»Proviant?« fragte Maxwell.

»Meine Sandwiches – sie sind ebenfalls in der Satteltasche.«

»Hervorragend. Ich werde sie mitnehmen, wenn du nichts dagegen hast.«

»Nun, ich ... äh, nein. Bitte, bedient Euch.«

»Meinen Dank. Würdest du mir bitte beim Aufsteigen helfen? Ich bin noch nie auf einem Pferd geritten.«

»Wer seid Ihr?« fragte Lord Archer, während er sich beeilte, Maxwell zu Diensten zu sein.

»Ich bin Max Carrion, der Imagineur.« Maxwell stieg in den Sattel. »Das Pferd ist nicht wild, oder?«

»Nein. Es ist sanft wie ein Lamm.«

»Schön. Dann entbiete ich dir jetzt mein Lebewohl. Richte den anderen Rittern meine Grüße aus. Bestell ihnen, daß es mir leid tut, sie derart in Angst und Schrekken versetzt zu haben.«

»Ich danke Euch. Sie werden es zu schätzen wissen.«

»Dann leb wohl.«

»Lebt wohl.«

Maxwell befahl: »Vorwärts«, und das Pferd klippediklappte vorwärts.

Diesmal hatte er tatsächlich alles richtig angestellt. Ein Pferd zum Reiten und etwas zu essen in den Satteltaschen. Maxwell schob einen Stulpenhandschuh in die Tasche und zog die Sandwiches hervor. Käse. Wundervoll. Er begann zu essen.

Über den Hügel und dann zur Stadt Rameer.

Als Ritter verkleidet, würde er ohne Probleme hineingelangen.

Das war es. Fast war er da.

Alles war vorbereitet, um den phantastischen Plan in die Tat umzusetzen, den er sich zurechtgelegt hatte. Den Plan, der alles wieder in Ordnung bringen würde.

Maxwell machte Punkte.

Es war Zeit, dem Gegner den entscheidenden Schlag zu versetzen.

Maxwell lachte zwischen den einzelnen Bissen. »Rock 'n' Roll«, rief er fröhlich. »Rock 'n' Roll!«

KAPITEL 16

Und so ritt der brave Sir Maxwell auf seinem noblen schneeweißen Roß (Black Bess) Rameer entgegen. Er gab ein ziemlich prächtiges Bild ab, hoch aufgerichtet und stolz im Sattel, ein goldenes Sonnenglitzern auf der goldenen Rüstung, eine Art Designerstoppeln auf dem fein gemeißelten Kinn, jede Menge Brotkrumen rings um den Mund.

Maxwell vergrub einmal mehr die Stulpenhandschuhhand tief in der Satteltasche. Er fand eine Flasche Blaubeerenlikör, um die Sandwiches hinunterzuspülen, eine Sahneschnitte als Nachtisch und eine Tüte Bonbons. Als er alles verdrückt hatte, machte er sich über die Zuckerstücke seines Pferdes her.

Maxwell grinste. Die Dinge standen eigentlich gar nicht so schlecht, wenn man die Umstände betrachtete. Die Rüstung war nicht besonders unbequem, und der Blechhosenlatz peinigte ihn auch nicht länger, jetzt, nachdem er McGuffins magischen Beutel über sein Skrotum geschoben hatte. Das Pferd trabte munter voran, Vögel zwitscherten in den Heckenreihen, und die Sonne strahlte golden herab.

Maxwell ritt den Hügel hinauf, ein wahres Ebenbild aller Ritterlichkeit. Die Tatsache, daß er die Rüstung eines Toten trug und auf einem gestohlenen Pferd saß, störte das Bild nicht im geringsten. O nein. Maxwell schaukelte fröhlich auf seinem Roß.

Auf dem Kamm angekommen, zügelte Maxwell das Tier und warf einen Blick auf die Stadt Rameer hinab.

Nur, daß es keine Stadt Rameer gab.

»Hä?« Maxwell musterte die vor ihm liegende Landschaft mit Akribie. Ein grünes, hübsches Tal erstreckte sich unter ihm, und eine Straße schlängelte sich zwischen den Wiesen hindurch in Richtung der Hügel und Berge auf der anderen Seite.

Maxwell wandte sich im Sattel um, doch Lord Archer war längst außer Sicht. »Tölpelhafter Trottel«, alliterierte Maxwell. »Vermutlich hat er den nächsten Hügel gemeint.«

Und so ritt Maxwell weiter. Hinunter in das Tal, entlang der gewundenen Straße. Alles war schrecklich malerisch. Wie bei John Constable. Nach einer ganzen Weile näherte er sich dem nächsten Hügel.

Und dort erblickte Maxwell eine alte Frau. Sie humpelte über die Straße und zog einen kleinen Jungen an der Hand mit sich. Beim Anblick Maxwells flüsterte der kleine Junge etwas zu der Frau, und sie schlug ihm auf den Hinterkopf.

Bei den beiden angekommen, zügelte Maxwell seine Black Bess.

»Gute Frau«, sagte er, um ein ritterliches Verhalten bemüht, »gute Frau, in welcher Richtung liegt die Stadt Rameer?«

Die Alte gestikulierte mit sehnigem Finger und deutete über ihre Schulter. »Über den nächsten Hügel«, sagte sie.

»Ah, vielen herzlichen Dank.«

Der kleine Junge flüsterte der Alten erneut etwas zu, und sie schlug ihm erneut auf den Hinterkopf.

»Gute Frau«, sagte Maxwell.

»Jau? Wass wollt'a noch?«

»Gute Frau, warum schlugt Ihr den Knaben?«

»Weiler blöde is'«, erwiderte die Alte.

»Das ist wohl kaum ein Grund, den Knaben zu züchtigen, oder?«

»Ich fand'n immer ausreichend.«

»Wie Ihr meint.« Maxwell zuckte in der Rüstung die Schultern. Es ging ihn schließlich gar nichts an. Er hatte eine dringende Verabredung mit dem Sultan. »Einen guten Tag noch«, entbot er seinen Gruß. »Und lebt wohl.«

Einmal mehr ritt Maxwell weiter. Dieser Hügel war beträchtlich höher als der letzte, und obwohl Maxwell begierig war, den Kamm zu erreichen, hielt Black Bess unvermittelt an, um zu grasen und aus einem nahen Fluß zu trinken.

»Komm schon«, sagte Maxwell und schüttelte die Zügel. »Weiter geht's.«

Das Pferd zockelte den gewundenen Pfad hinauf und erreichte schließlich den Hügelrücken. Maxwell atmete tief durch und warf einen Blick auf die unter ihm liegende Stadt Rameer.

Doch dort lag keine Stadt Rameer.

»Was?« Maxwell schüttelte den Kopf und blickte die Straße entlang. Die Alte und der kleine Junge waren nicht mehr zu sehen. »Verblödete Vettel«, brummte Maxwell. »Vermutlich hat sie den *nächsten* Hügel gemeint. Schließlich kam sie ja *diesen* Hügel hier hinab. Meine Güte!«

Und so ritt Maxwell weiter.

Hinab in das nächste Tal ritt er. Es sah dem letzten recht ähnlich.

Vielleicht ein wenig mehr Serge Gainsborough als John Constable, aber nicht viel. Der nächste Hügel, zu dem die Straße führte, war allerdings ein gutes Stück weit entfernt, und Black Bess' Schritte wurden allmählich langsamer.

Nach einer ziemlich ausgedehnten Weile näherte sich Maxwell dem Fuß dieses Hügels, und dort kam ihm eine alte Frau entgegen. Sie zerrte einen kleinen Jungen am Arm mit sich.

Maxwell blinzelte und seufzte. Es war nicht dieselbe alte Frau, obwohl es gewisse Ähnlichkeiten gab. Maxwell zügelte sein Pferd und rief die Frau an. »Gute Frau«, rief er die Frau an, »wo liegt die Stadt Rameer?«

»Hinter jenem Hügel dort«, erwiderte die Alte und deutete über ihre Schulter in die Richtung, aus der sie gekommen war.

»Seid Ihr Euch dessen absolut sicher?«

»Selbstverständlich bin ich das.«

»In Ordnung, fein.«

Der kleine Junge flüsterte der Frau irgend etwas zu, und die Alte schlug ihm auf den Hinterkopf.

»Gute Frau«, sagte Maxwell, »warum schlagt Ihr den Knaben?«

»Weiler blöde is'.«

»Ich verstehe. Sagt mir, ist es vielleicht eine alte Tradition oder ein alter Brauch oder so was in dieser Gegend, blöde Kinder zu schlagen?«

Die Alte zuckte die Schultern. »Keine Ahnung«, sagte sie. »Ich komm' nich' aus dieser Gegend hier. Aber wenn Ihr wollt, kann ich mich erkundigen.«

»Einen schönen Tag noch«, wünschte Maxwell und ritt davon.

Es war bereits spät am Nachmittag, als Maxwell endlich den Kamm des nächsten Hügels erreichte. Dieser nächste Hügel war nicht der nächste Hügel, von dem die Alte behauptet hatte, daß dahinter die Stadt Rameer läge.

Genaugenommen war es auch nicht der darauffolgende Hügel, von dem eine Frau, die gerade ein blödes Kind geschlagen hatte, als Maxwell sie traf, behauptet hatte, daß es genau der Hügel wäre, den Maxwell suchte.

Dieser Hügel war der Hügel, von dem eine Alte am Straßenrand, die bitterlich geweint hatte, weil ihre Tochter niemals geheiratet und kein blödes Kind zum Schlagen für die Großmutter zur Welt gebracht hatte ... also, von diesem Hügel jedenfalls hatte diese Alte im Brustton tiefster Überzeugung behauptet, es wäre genau jener Hügel, hinter dem die Stadt Rameer läge.

Genau auf dem Kamm des bewußten Hügels befand sich Maxwell nun und blickte hinab auf die Stadt Rameer. Und es muß gesagt werden, nicht der leiseste Anflug von Überraschung breitete sich auf Maxwells Gesicht aus angesichts der Tatsache, daß absolut keine Stadt Rameer in dem Tal lag, das sich vor ihm erstreckte.

Allerdings war da ein anderer Ausdruck auf Maxwells Gesicht. Ein Ausdruck von derart ungestümer Wut, daß es geraten erscheint, diesen Ausdruck nicht eingehender zu beschreiben.

Während die goldene Sonne allmählich im Westen versank, trottete Maxwell verbittert einen weiteren nächsten Hügel hinauf. Er war wieder einmal zu Fuß – Black Bess hatte sich einen Huf gespalten –, und er bot nicht länger jenen atemberaubenden Anblick, den er noch früher am Tag geboten hatte. Maxwells Kopf hing herab. Seine schönen, soliden Stiefel, die er in dem magischen Beutel verstaut hatte, befanden sich inzwischen wieder an seinen Füßen. Die goldene Rüstung war im magischen Beutel. Und der Beutel steckte in Maxwells Hosentasche.

Maxwell fluchte und murrte, während er den gewundenen Pfad hinauf stapfte und in die rasch dunkler werdende Landschaft ringsum starrte.

Das letzte Licht des Tages spielte in den Baumwipfeln, glänzte auf Dächern, Giebeln, Schornsteinen, einer Wetterfahne.

Die Stadt Rameer!

Es war nicht die Stadt Rameer.

Es war eine Kutschenstation.

Maxwell stapfte den Hügel hinab, gefolgt von seinem humpelnden Roß. Schäumend vor Wut beschloß Maxwell, daß er zumindest für jenen Tag mit allen Hügeln fertig war. In der Nacht würde er den Komfort der Kutschenstation genießen. Er hatte eine Börse voller Goldmünzen in einer der Satteltaschen gefunden, und nun, so spürte er, war die rechte Zeit gekommen, sie für was auch immer der Landgasthof an Luxus zu bieten hatte auszugeben. Ein kühles Bier. Gutes Essen. Ein heißes Bad. Ein kuschliges Bett. Vielleicht eine üppige Magd mit einer Schwäche für Ritter?

Maxwell marschierte die Straße zur Kutschenstation hinunter und erreichte bald darauf den Hof.

Eine Reihe Pferde war dort angebunden. Ein einladendes Licht schimmerte aus den niedrigen Butzenscheibenfenstern der Gaststube. Das Wirtshausschild war von einer brennenden Laterne beleuchtet. Maxwell las: DIE AUSSICHT AUF RAMEER.

»Ja!« sagte Maxwell zu sich. »Den Göttern sei Dank!«

Hemdsärmelig und zitternd band er sein Roß an und klopfte dem Tier beruhigend auf den Hals, bevor er über den Hof schlenderte und die Gaststube betrat.

So rustikal tudoresk die Kutschenstation auch von außen war, so wenig war es die Gaststube von innen.

Sie sah viel eher nach einer eleganten Weinstube des zwanzigsten Jahrhunderts aus.

Der Boden bestand aus Travertinkacheln, die Tische waren aus Teakholz. Ein paar gerahmte architektonische Zeichnungen hingen an Wänden aus lilafarbenem Fachwerk mit pfirsichfarbenem Gefach. Eine Reihe von Gästen, schick gekleidet in farbenfrohe Gewänder, saß an den Tischen oder stand an der Theke verteilt und unterhielt sich oder nippte an Drinks. Die Theke bestand aus poliertem Schiefer, und hinter ihr stand der Wirt.

Ein dürrer Mann war er, der Wirt, mit schmalen Schultern, einem zu groß geratenen Kopf und einem winzigen schwarzen Schnurrbart. Seine Aufmachung war zwanglos: weißes Hemd, lange Strickjacke, graue Hosen. Bei Maxwells Eintreten hob er eine Augenbraue, doch insgesamt schien er ein freundlicher Mensch zu sein.

»Guten Abend, mein Herr«, begrüßte er Maxwell. »Wie kann ich Ihnen behilflich sein?«

»Ich brauche vier Dinge«, erwiderte Maxwell höflich.

»Vier.« Der Barmann nickte. »Das ist die Kardinalzahl, die aus der Summe von Eins und Drei gebildet wird. Vier gefällt mir. Bitte fahren Sie fort.«

»Danke sehr. Erstens brauche ich jemanden, der sich um mein Pferd kümmert, das einen gespaltenen Huf hat.«

»Überhaupt kein Problem. Ich werde meinen Stallburschen beauftragen, sich darum zu kümmern. Zweitens?«

»Zweitens wünsche ich ein Bett für die Nacht.«

»Es wird mir ein Vergnügen sein, Sie zu beherbergen. Ich werde die üppige Magd beauftragen, Ihnen das beste Zimmer herzurichten.«

»Drittens«, fuhr Maxwell fort, »drittens muß ich unbedingt in Erfahrung bringen, wo ein gewisser Ort liegt, von dem ich glaube, daß er sich in dieser Gegend hier befindet.«

»Ich lebe schon mein ganzes Leben lang hier«, sagte der Wirt, »und ich kenne mich im Umkreis von vielen Meilen aus.«

»Hervorragend. Und viertens möchte ich ein Bier.«

»Aaaah«, sagte der Barmann. »Und was für ein Bier genau soll das sein?«

»Spielt keine Rolle«, antwortete Maxwell. »Was Sie dahaben.«

Der Wirt schüttelte langsam den Kopf. »Ich bin sehr stolz auf meine Arbeit, mein Herr«, sagte er, »und ich betrachte es als meine Pflicht und Schuldigkeit, den müden Reisenden mit *ganz genau* dem zu versorgen, was er oder sie begehrt oder wünscht.«

»Welch edle Gesinnung«, entgegnete Maxwell.

»Danke sehr, mein Herr. Es gibt auch Menschen, die jenen Grad von Exaktheit, den ich zu erreichen trachte, als eine Stufe über der Pedanterie einordnen. Aber wie ich immer zu sagen pflege: Wenn eine Arbeit es wert ist, getan zu werden, dann ist sie es auch wert, gut getan zu werden.«

»Da bin ich ganz Ihrer Meinung.«

»Also, mein Herr, wünschen Sie nun ein sehr starkes oder ein sehr schwaches Bier?«

»Eher irgend etwas in der Mitte, Herr Wirt.«

Der Wirt befingerte seinen winzigen Schnurrbart. »Ein sehr dunkles oder ein sehr helles Bier?«

»Ich weiß es nicht«, antwortete Maxwell. »Was würden Sie empfehlen?«

»Es steht mir wohl kaum zu, mich dazu zu äußern, werter Herr. Ich möchte Ihnen schließlich nicht meine Vorlieben aufdrängen.«

»Was halten Sie von irgend etwas in der Mitte?« fragte Maxwell.

»Still wie Brunnenwasser oder spritzig wie Brauselimonade?«

»Einmal mehr irgend etwas dazwischen«, antwortete Maxwell.

Der Gastwirt nickte beipflichtend. »Noch eine Frage: Darf es ein Pint oder ein Halbes sein?«

»Verraten Sie mir eins«, äußerte Maxwell eine Gegenfrage. »Wie dicht stehe ich Ihrer Meinung davor, endlich etwas zu trinken zu bekommen?«

»Dicht, mein Herr. Sehr dicht. Sagten Sie Pint oder Halbes, mein Herr?«

»Ein Pint«, erwiderte Maxwell. »Definitiv ein Pint.«

»Wunderbar. Für den Fall, daß unsere Pintgläser ausgegangen sind – hätten Sie starke Einwände, Ihr Bier in zwei Halbpintgläsern zu nehmen?«

»Nicht im geringsten«, antwortete Maxwell.

»Einige hätten etwas dagegen«, sagte der Gastwirt.

»Vielleicht liegt das daran, daß sie sich nicht so verzweifelt nach einem Bier sehnen wie ich, Herr Wirt.« Maxwell blickte den Wirt mit gerunzelter Stirn an.

Der Mann hinter der Theke nickte einmal mehr. »Also fassen wir zusammen. Sie wünschen ein Bier, das weder zu stark noch zu schwach, weder zu hell noch zu dunkel und weder zu still noch zu spritzig ist. Und es macht Ihnen nichts aus, ob es in einem Pintglas oder in zwei Halbpintgläsern serviert wird.«

»Das klingt ganz genau nach dem, was ich möchte.«

»Fein, fein, fein.« Der Wirt klatschte in die Hände. »Jack!« rief er seinen Zapfer. »Ein Pint für diesen Gentleman hier.«

Maxwells Blick schweifte zu dem Zapfer, der nun ein Pint zapfte, und wieder zurück zu dem Gastwirt, der Maxwell nun anlächelte.

»Sie haben ihm nicht gesagt, welches Bier ich möchte!«

»Wir haben nur diese eine Sorte, mein Herr«, entgegnete der Wirt.

»Aber was, wenn ich ein sehr starkes Bier gewollt hätte?«

»Sie wollten kein sehr starkes Bier.«

»Oder ein sehr dunkles?«

»Wollten Sie nicht.«

»Oder ... Ach, vergessen Sie's!«

Der Zapfer servierte Maxwells Bier in einem Pintglas.

»Aha!« rief Maxwell mit triumphierender Stimme. »Ich dachte, Sie hätten etwas von zwei Halben gesagt!«

»Nein, mein Herr, das habe ich nicht. Ich fragte Sie, wenn Sie sich freundlicherweise erinnern wollen, ob Sie

Einwände hätten, falls Sie Ihr Pint in zwei Halbpintgläsern serviert bekämen. Das hat zum einen überhaupt nichts mit den restlichen Fragen zu tun, die dem Zweck dienten, die genaue Sorte Bier zu finden, die Sie bevorzugen. Zum anderen führe ich eine private Untersuchung durch. Ich hoffe nämlich, bald ins Hotelgeschäft einsteigen zu können, und ich sage immer, wer niemals fragt, der lernt auch nichts.«

»Ach ja, tatsächlich?« Maxwell zog Sir Percys Börse aus der Tasche und bezahlte sein Pint in Pennies.

»Perfekt«, sagte der Wirt. »Und zum Wohle.«

Maxwell nahm einen Schluck. Das Bier war vorzüglich. Ganz außerordentlich vorzüglich, um ehrlich zu sein. Auf der anderen Seite war es aber auch genau das, wonach Maxwell gefragt hatte. Maxwell versuchte sich zu erinnern, wie lange es her war, daß er ein Pint Bier getrunken hatte. Es mußte am Tag des großen Übergangs im *Geschrumpften Kopf* gewesen sein, als das alte Zeitalter vom neuen abgelöst worden war. Und das lag beinahe hundert Jahre zurück.

Maxwell leerte sein Pint in einem Zug und bestellte ein weiteres. Seine Abstinenz hatte wirklich viel zu lange gedauert.

»Und jetzt«, begann er, als seine neuerliche Bestellung serviert wurde, »jetzt frage ich mich, ob Sie mir helfen können, den exakten Standort meines Ziels zu finden, wo dringende geschäftliche Angelegenheiten ungeduldig auf mich warten.«

»Verlassen Sie sich nur auf mich, mein Herr. Kartographie ist eines meiner Hobbys, das Studium der Länder nah und fern und so. Genau wie ein Mann seinen Platz in der universellen Ordnung der Dinge wissen muß, so ist es auch wichtig, daß er weiß, wo er ist, wenn er erst weiß, was er ist. Wenn Sie wissen, was ich meine. Ich empfinde eine nicht unbeträchtliche Faszination, wenn es um Exaktheit geht. Manche könnten sagen, es ist eine Besessenheit.«

»Ich nicht«, erwiderte Maxwell. »Ich sage immer, ein Mann muß ein Hobby haben.«

»Nein, mein Herr. Es heißt, ein Junge muß ein Hobby haben. Ein Mann muß tun, was ein Mann tun muß.«

»Richtig«, stimmte Maxwell zu. »Und jetzt zu meiner Frage, bei der Ihr Hang zur Exaktheit wirklich äußerst willkommen ist: Wo finde ich die Stadt Rameer?«

Der Wirt lachte. »Kein Problem, mein Herr. Die Stadt Rameer liegt hinter dem nächsten Hügel, mein Herr.«

»Nein!« Maxwell setzte krachend sein Pintglas auf die Theke. »Das habe ich mir den ganzen Nachmittag schon anhören müssen. Hinter dem nächsten Hügel! Ich bin Meilen um Meilen über jeden verdammten nächsten Hügel geritten. Ich will *genau* wissen, wo ich Rameer finden kann.«

»Hinter dem nächsten Hügel«, antwortete der Wirt.

»Hinter welchem nächsten Hügel?« erkundigte sich Maxwell.

»Na, hinter *dem* nächsten Hügel.«

»Herr Wirt, ein Bier!« rief ein Bursche vom Ende der Theke.

»Entschuldigen Sie, aber ich muß einen Gast bedienen«, entschuldigte sich der Wirt und schlenderte von dem vor Wut schäumenden Maxwell fort. »Was für ein Bier genau möchten Sie denn?« fragte er den anderen Gast.

»Mach keinen Scheiß, Tom«, erwiderte dieser. »Ich bin Stammgast hier.«

»'tschuldige, Frank.«

Maxwell wandte sich dem Burschen namens Frank zu. »Einen guten Abend auch«, sagte er.

»Ich hab' bessere erlebt«, antwortete Frank. »Ich erinnere mich zum Beispiel an den Sommer neunundachtzig. Das waren vielleicht ein paar Abende. An einen erinnere ich mich ganz besonders. Wir waren ...«

»Ja«, sagte Maxwell. »Zweifellos haben Sie meine Konversation mit dem Wirt verfolgt.«

Der Wirt nickte höflich.

Frank nickte ebenfalls. »Ich schätze, Sie haben sich recht gut geschlagen«, sagte er. »Ich habe ausgewachsene Männer erlebt, die sich die Haare ausgerissen haben bei dem Versuch, ein Schinkensandwich zu bestellen. Zum Beispiel dieser eine Handelsvertreter von der Brauerei, der …«

»Wissen Sie, wo die Stadt Rameer liegt?« unterbrach ihn Maxwell.

»Aber selbstverständlich weiß ich das. Jeder hier weiß, wo die Stadt Rameer liegt.«

»Und? *Wo* liegt sie?«

»Hinter dem nächsten Hügel natürlich.«

Maxwell schwang die Faust, traf Frank am Kinn und schickte ihn zu Boden.

Die Gäste des Wirtshauses blickten von ihren Unterhaltungen auf und bekundeten zungenschnalzend ihre Mißbilligung.

»Ich muß Sie entschieden bitten, von derartigem Verhalten Abstand zu nehmen, mein Herr«, sagte der Wirt. »Wir wollen in diesem Haus nichts mit Bullygarven und Blumpits zu schaffen haben.«

»Schon gut«, sagte Maxwell und hob die Hände. »Es tut mir leid. Mein Temperament, verstehen Sie?« Er half Frank beim Aufstehen. »Ich hatte einen schlimmen Tag«, erklärte er. »Erlauben Sie mir, Ihr Bier zu bezahlen.«

»Einen schlimmen Tag?« hakte Frank nach, während er seine Zähne auf festen Sitz überprüfte. »Erzählen Sie mir nichts von schlimmen Tagen. Ich erinnere mich, damals, dreiundsiebzig. Es war ein Mittwoch, wenn ich mich nicht irre, und ich …«

»Siebenundzwanzig Pence«, unterbrach der Wirt und stellte das Pint vor Frank ab.

»Aber … aber Sie haben mir dreißig abgenommen!« beschwerte sich Maxwell.

»Das habe ich, mein Herr. Dann also dreißig.«

Maxwell schüttelte den Kopf. »Hören Sie«, wandte er sich an Frank. »Ich frage Sie noch einmal, ganz höflich: Wo liegt die Stadt Rameer?«

»Hinter dem ...«

»Nein!« Maxwell legte die Hand über Franks Mund. »Wo *genau*?« Er öffnete die Finger.

» ... nächsten ...«

»Nein! Noch mal!«

» ... Hügel«, beendete Frank seinen Satz.

Maxwell hob die Faust.

Frank zuckte zusammen. »Schlagen Sich mich bitte nicht noch einmal. Sie haben mich gefragt, wo Rameer liegt, und ich habe es Ihnen gesagt.«

»Das hilft mir nicht weiter«, entgegnete Maxwell.

»Nun, Ihre Frage ist auch dumm. Als würden Sie fragen, wo ist der Himmel, oder in welche Richtung bläst der Wind morgen.«

»Norden«, sagte der Wirt.

»Was?« fragte Maxwell. »Die Stadt Rameer liegt im Norden?«

»Nein, der Wind. Der Wind wird morgen aus Norden kommen.«

»Wetten, daß nicht?« sagte Frank. »Jede Wette, er weht aus Nordosten. Er weht um diese Jahreszeit immer aus Nordosten, mit Ausnahme des großen Sturms damals, achtundsechzig. Ich erinnere mich noch genau, wie ...«

»Frank«, unterbrach ihn Maxwell, »wenn Sie mir nicht augenblicklich sagen, wo genau die Stadt Rameer liegt, dann werde ich Sie hier auf der Stelle umbringen.«

Frank blickte Tom den Wirt hilflos an.

Und Tom der Wirt blickte Frank den Gast hilflos an.

Und dann blickten beide hilflos Maxwell den Wütenden an.

»Sehen Sie«, begann Frank, »es gibt keine andere Antwort auf Ihre Frage. Es ist ein Sprichwort. Die Stadt Rameer liegt hinter dem nächsten Hügel, das bedeutet, daß … eben, daß irgend etwas im Leben immer gerade außer Reichweite liegt.«

»Wie zum Beispiel: ›Ein Vogel in der Hand badet das Baby nicht‹«, fügte der Wirt erklärend hinzu.

»Nein, überhaupt nicht«, widersprach Frank. »Du weißt, was es bedeutet.«

»O ja, ich weiß genau, was es bedeutet. Ich wollte nur sagen, daß ein Vogel in der Hand das Baby nicht badet. Es ist auch nur ein Sprichwort, weiter nichts.«

»Ja, richtig, in Ordnung. Ein Sprichwort. Aber es meint absolut nicht das gleiche wie: ›Die Stadt Rameer liegt hinter dem nächsten Hügel‹.«

»Na, das weiß ich selbst«, erwiderte der Wirt. »Meinst du vielleicht, ich bin blöde oder was?«

»Ruhe jetzt!« ging Maxwell dazwischen. Erneut waberte roter Nebel in seinem Kopf. Er funkelte den Gastwirt an. »Wie lautet der Name dieses Gasthauses?« fragte er.

»Es heißt ›Die Aussicht auf Rameer‹«, antwortete der Wirt stolz.

»Und kommen Reisende auf der Suche nach dieser Stadt hier vorüber?«

»Das ist bereits geschehen«, sagte Frank. »Einmal, ich erinnere mich ganz genau, es war dreiundachtzig, kam eine ganze Wagenladung von Mönchen …«

»Ich rede mit dem Gastwirt«, unterbrach ihn Maxwell. »Kommen Menschen auf der Suche nach dieser Stadt hierher?«

»Das tun sie in der Tat.«

»Und? Was erzählen Sie ihnen?«

»Daß Rameer hinter dem …«

»… nächsten Hügel liegt«, vollendete Maxwell den Satz. Er warf die Hände hoch. »Richtig«, sagte er, während er sich umdrehte und die versammelten Gäste anfunkelte. »War jemals einer der Anwesenden in Rameer?«

Allgemeines Kopfschütteln.

»Weiß irgend jemand, wo diese verdammte Stadt liegt?«

Allgemeines Köpfenicken.

»Würde jemand die Freundlichkeit besitzen, es mir zu verraten?«

Erneut allgemeines Köpfeschütteln.

»Warum nicht?« verlangte Maxwell zu erfahren.

»Weil Sie gleich zuschlagen«, sagte Frank. »Die Leute würden Ihnen sagen, Rameer liegt hinter dem nächsten Hügel, und Sie würden sie schlagen.«

»Aber erst, nachdem ich Sie geschlagen habe. Vielleicht inspiriert diese Demonstration die anderen zu ein wenig mehr Exaktheit.«

»Das würde es nicht. Bestimmt nicht. Wie kann ich mich nur verständlich machen? Es gibt keine Stadt Rameer. Rameer ist eine Fabel. Ein Märchen. Wie Atlantis oder ...«

»Oder Cardiff«, sagte der Wirt.

»Oder Cardiff«, stimmte Frank ihm zu. »Es gibt keine wirkliche Stadt mit Namen Rameer.«

»Und ob! Ich habe heute morgen ein paar Ritter von dort getroffen.«

»Goldene Ritter?« erkundigte sich der Gastwirt.

»Ganz genau.«

»Ha!« Frank lachte. Die Leute an der Theke lachten ebenfalls, wenn auch ein wenig nervös. »Die Ritter vom Goldenen Grummet«, sagte Frank. »Sie kommen nicht aus Rameer, sondern aus Grayson. Sie reiten andauernd am Gitter entlang und sind ein ewiges Ärgernis.«

»Aha«, sagte Maxwell. »Genau. Das Gitter. Das Gitter, das die Stadt Rameer umgibt. Der Sultan hat es errichtet. Streiten Sie das doch ab, wenn Sie können.«

»Das Gitter? Wer sollte das Gitter abstreiten?« fragte Frank.

»Das hatte ich auch nicht vor«, erklärte der Wirt. »Aber

wer, zum Teufel, hat denn behauptet, der Sultan hätte das Gitter errichtet?«

»Ein Gitterer«, antwortete Maxwell. »Er hat mir verraten, daß er für den Sultan arbeitet, äh ... gearbeitet hat.«

»Die Gitterer sind alle verrückt.« Frank deutete mit dem Finger an seine Stirn. »Eine Generation zuvor waren sie alle noch ziemlich große Burschen. Aber sehen Sie sich nur an, was sie jetzt sind. Sie schrumpfen immer weiter. Das kommt davon, wenn man zu nahe am Gitter lebt.« Er musterte Maxwell mit hartem Blick. »Leben *Sie* nahe am Gitter?« fragte er.

»Nein, tue ich nicht. Trotzdem, die Existenz des Gitters beweist die Existenz des Sultans.«

»Sie beweist nichts dergleichen. Das Gitter markiert lediglich die Grenze zwischen unserer Welt und der Nachbarwelt.«

»Ich glaube, ich übersehe hier etwas Essentielles«, sagte Maxwell.

»Sie haben nicht viel Ahnung von Kosmologie, nicht wahr?« fragte der Wirt.

»Anscheinend nicht«, stimmte Maxwell zu und leerte sein Pint.

»Richtig. Aber Sie wissen, wann die vier Welten zusammengestoßen sind?«

»Was?«

»Zur Zeit des Großen Übergangs.«

»Ach, das. Ja. Was für vier Welten?«

Der Wirt seufzte und zapfte Maxwell ein weiteres Pint. »Fünfunddreißig«, sagte er.

»Was?«

»Schon gut, Sie können später zahlen. Wo war ich stehengeblieben?«

»Sie redeten etwas von vier Welten.«

»Ja, richtig. Nach anerkannten wissenschaftlichen Lehrmeinungen befand sich die Erde einst ganz allein auf der Umlaufbahn um die Sonne. Dann, eines Tages, erschienen wie aus dem Nichts drei zusätzliche Planeten. Sie holten die Erde ein und stießen mit ihr zusammen. Alle vier Welten verschmolzen zu einem einzigen Planeten, der nun die Form einer Wurst besitzt. Ein Zylinder mit einer Hemisphäre auf jeder Seite. Können Sie mir folgen?«

»Ich denke schon«, erklärte Maxwell.

»Gut. Also gibt es heute unsere Welt, dann die rote auf der anderen Seite, dahinter die silberne und noch dahinter die blaue.«

»Und alle zusammen bilden die Form einer Wurst?«

»Oder einer Zigarre«, sagte Frank. »Sie können es ganz leicht überprüfen. Wenn Sie am Gitter entlang wandern, kommen Sie viele, viele Monate später wieder dort an, wo Sie losgegangen sind.«

»Aber der Sultan hat das Gitter errichtet«, beharrte Maxwell.

»Unsinn«, widersprach Frank. »Das Gitter ist die Grenze zwischen unserer und der roten Welt. Die Naturgesetze auf der anderen Seite unterscheiden sich von unseren. Drüben funktioniert die Magie. Niemand weiß genau, was das Gitter ist, aber es hält die Magie draußen. Also sind wir dankbar dafür.«

Der Gastwirt nickte zustimmend. »Man erzählt, die Frauen in der roten Welt hätten alle drei Brüste und zwei ...«

»Reden Sie keinen Unsinn«, wies Maxwell ihn zurecht.

»... Handtaschen«, fuhr der Wirt fort. »Andererseits glauben sie das wahrscheinlich von unseren Frauen ebenfalls.«

»Ich würde keine Frau mit drei Brüsten wollen«, erklärte Frank.

»Ich auch nicht«, stimmte der Wirt ihm zu. »Ich bin ein Fan von vier Brüsten. Das war ich schon immer, und das werde ich auch bleiben.«

»Ruhe!« brüllte Maxwell. »Merken Sie eigentlich, was Sie da reden?«

»Also mögen Sie ebenfalls keine mit drei Brüsten, geben Sie's zu!«

»Nein! Ich meine die Leute in der roten Welt. Was sie von dieser Welt hier glauben. Daß es hier einen Sultan Rameer gibt. Einen mächtigen Herrscher, der eine große Stadt regiert.«

»Vielleicht glauben sie das ja«, sagte der Wirt. »Aber dann sind sie ganz schön verrückt. Es gibt keine Stadt, und es gibt keinen Sultan.«

»Aber das ... das ist ja schrecklich. Schrecklich ist das.« Maxwell schlug die Hände vors Gesicht.

»Wissen Sie«, versuchte Frank ihn zu trösten, »drei Brüste finde ich nicht sooo schrecklich. Eine für jede Hand und eine für den Mu ...«

»Nein!« rief Maxwell. »Es muß eine Stadt Rameer geben! Es muß einfach eine geben!«

»Es gibt keine«, sagte der Wirt. »Glauben Sie uns. Vielleicht gab es einmal eine, vor langer, langer Zeit. Aber heute gibt es keine mehr.«

»Es *muß* eine geben.« Maxwell hob die Fäuste. »Sie verstehen nicht, was das für mich bedeutet. Ich muß die Stadt finden. Ich muß den Sultan finden. Ich muß, ich muß, ich muß.«

Ein neuer Reisender betrat das Lokal. Er war groß und breit und sah aus wie einer, der viel gesehen hatte und noch mehr wußte. Er näherte sich der Bar. »Sucht hier jemand vielleicht 'ne Stadt?« fragte er.

Maxwell wandte sich zu ihm um und sagte: »Ja, ich.«

»Und welche Stadt ist das, die Sie suchen?«

Mit pochenden Schläfen und rotem Nebel in den Augen sagte Maxwell langsam: »Die Stadt Rameer. Wissen Sie, wo sie liegt?«

»Das weiß ich«, erwiderte der Reisende.

»Das wissen Sie?« fragten Frank und der Wirt und ganz viele Gäste zugleich.

»Das wissen Sie?« fragte Maxwell und ballte die Fäuste. »Die Stadt Rameer liegt hinter dem nä ...«

KAPITEL 17

Sechs kräftige Männer waren erforderlich, um Maxwell hinauszuwerfen. Es gab eine ganze Menge Unannehmlichkeiten. Mobiliar wurde zerbrochen, Bilder von den Wänden gerissen.

Maxwell verbrachte die Nacht im Stall bei Black Bess.

Er erwachte vom Krähen eines Hahns und dem Geruch von Pferdemist. In seinem Kopf tobte ein Kater, ein Auge war blau und geschwollen, zahlreiche Blessuren und Prellungen verunzierten seinen gesamten Körper. Maxwell war nicht in der besten aller Launen.

Er setzte sich im Stroh auf und machte sich einmal mehr daran, seinen Verstand wieder in Gang zu bringen. Was sollte er jetzt unternehmen? Nach den Worten des Gastwirtes hatte er eine andere Welt betreten, war von einem zornigen roten Planeten mit all seinen Magiern und menschenfressenden Kakerlakenratten in eine goldene Welt voller verzärtelter Ritter und alter Frauen geraten, die ihre blöden Enkel auf die Köpfe schlugen.

Und wenn es wirklich keine Stadt und keinen Sultan gab, dann gab es höchstwahrscheinlich auch gar keine Ewavatt. Alles, was er durchgemacht hatte, all die Entbehrungen, unter denen er gelitten hatte ... Alles war umsonst gewesen. Die ganze Angelegenheit war sinnlos. Lächerlich. Vollkommen meschugge.

»Idiot!« Maxwell schlug sich an den Kopf. »Idiot!« Er schlug erneut zu. »Idiot! Idiot! Idiot!« Er hielt mit dem Schlagen inne. Er war wirklich ein Idiot, sich so zu schlagen.

Als nächstes stöhnte er. Er saß ziemlich in der Tinte. Was sollte er nun tun?

Weitergehen?

Zurückgehen?

Er konnte durch das Gitter zurück, konnte versuchen, das fliegende Bett zu finden und ihm zu befehlen, ihn zu MacGuffin zu bringen. Vorausgesetzt, das Bett wußte, wo MacGuffin zu finden war. Und vorausgesetzt, er konnte der Aufmerksamkeit der Gitterer entgehen, die sicher auf ihn warten würden, begierig, seine Testikel mit glühenden Kastrationszangen zu grillen und ihn in die Madenkiste zu stopfen.

Und wenn er sich einfach hinausschlich und zu Fuß ging ...?

Wohin? Durch Kakarta? Und anschließend den Ozean durchschwimmen?

»Au Scheiße«, sagte Maxwell. »Scheiße, Scheiße, Scheiße.« Er war zum Untergang verdammt. Neunzehn Tage hatte er noch zu leben, und keinerlei Hoffnung, seine Mission zu bestehen oder rechtzeitig zurückzukehren. Nicht gut.

Maxwell saß im Stroh, den Kopf in die Hände gestützt, und überdachte die Dinge mit aller Sorgfalt. Vielleicht stand es gar nicht so schlimm, wie er im ersten Augenblick gedacht hatte. Vielleicht blieben ihm ja *mehr* als neunzehn Tage. Hier. Vielleicht, wenn der Gastwirt die Wahrheit gesagt hatte und Maxwell sich tatsächlich in einer anderen Welt befand, die anderen Naturgesetzen gehorchte, Naturgesetzen, die keine Magie gestatteten. Vielleicht konnte ihm MacGuffins Magie hier nichts anhaben. Vielleicht drang sie nicht durch das Gitter bis zu ihm durch.

»Ja«, sagte Maxwell schließlich. »Vielleicht spielt es überhaupt keine Rolle. Vielleicht muß ich gar nicht sterben. Soll er doch meine Seele behalten. Ich kann lernen, ohne sie zu leben. Wenn ich mir wirklich richtig Mühe gebe, dann kann ich meine Wut im Zaum halten, jede Wette. Ich will nicht andauernd Leute umbringen. Ja. Scheiß auf MacGuffin. Scheiß auf den Kerl.«

Maxwell hob zwei Finger zu den Eichenbalken. »Scheiß auf dich!« rief er. »Scheiß auf dich!«

Der Schmerz, der ihn im gleichen Augenblick durchfuhr, war anders als alles, was Maxwell bis dahin gekannt hatte. Er kam aus allen Richtungen zugleich. Maxwell hatte in einem Buch von George Ryley Scott über die Folter eines gewissen John Clarke gelesen, den die Holländer 1662 in Amboyna gefangengenommen hatten. Kirchenkerzen waren unter seinen Füßen angesteckt worden. Sie waren immer wieder erloschen, weil so viel menschliches Fett herabgetropft war. Allein der Gedanke daran hatte Maxwell damals veranlaßt, ins Badezimmer zu rennen und sich zu übergeben. Der Schmerz, der jetzt durch seinen Körper tobte, war bestimmt genauso schlimm wie der, den der arme John Clarke erlitten hatte.

Maxwell wälzte sich im Stroh, und durch seine eigenen Schreie hindurch vernahm er die Stimme.

»Ich hoffe nur, er gibt sich Mühe«, sagte die Stimme.

Die Stimme MacGuffins.

»Nein!« kreischte Maxwell. »Laß meine Seele in Ruhe!«

Der Schmerz verebbte, und Maxwell lag hilflos auf dem Stroh.

Es gab keine Flucht. MacGuffin hatte ihn in seiner Gewalt. Der fette Magier hatte die Kristallkugel geschüttelt, in der Maxwells Seele eingesperrt war, ganz ohne Zweifel, um sein nächstes Opfer zu beeindrucken. Den nächsten armen Teufel, der nach Kakarta fliegen würde.

Maxwell rollte sich zu einer Kugel zusammen und verlor das Bewußtsein.

Er erwachte aus einem schrecklichen Alptraum voller folternder Holländer in Holzschuhen und fand den Gastwirt über sich stehen.

»Es wird Zeit, daß Sie Ihre Rechnung begleichen«, sagte der Mann.

»Ach ja?« fragte Maxwell ohne jegliche Begeisterung.

»Ja, in der Tat.« Der Wirt zog eine Rolle Papier hervor

und entrollte sie. »Ich weiß nicht, wie Sie geschlafen haben«, sagte er, »aber ich war die ganze Nacht auf und habe mit meinem Abakus alles zusammengerechnet. Ich bin sicher, daß ich Ihre Zeche mit einer Exaktheit ausgerechnet habe, die keinerlei Irrtum mehr zuläßt. Die Zeche umfaßt das Bier, das Sie getrunken haben, das Zimmer, das Sie gebucht, aber dann nicht benutzt haben, die Gebühren für den Stallburschen, der Ihr Pferd gepflegt und den Huf beschlagen hat, während Sie schliefen, und die Schäden, die durch Ihren unprovozierten Angriff auf den reisenden Kleriker an Mobiliar und Einrichtung entstanden sind, ganz zu schweigen von dem nachfolgenden Handgemenge, das mit Ihrer zwangsweisen Entfernung aus meinem Lokal endete.

Mein einziges wirkliches Problem war die Berechnung des genauen Wertes meiner Möbel und Einrichtungsgegenstände. Die Meinungen hierüber gingen auseinander wie die Meinung über die zukünftige Entwicklung der Preise auf den Märkten. Einige sagten, sie seien zu hoch, andere meinten, sie seien zu niedrig. Doch ich goß Öl auf die Wässer der kommerziellen Debatte, indem ich meine Philosophie erklärte, daß die Kosten für den Ersatz eines Gegenstandes nicht notwendigerweise mit dem Wert übereinstimmen, den das Original für den Besitzer besessen hat. Nehmen wir zum Beispiel den Stuhl, den Sie dem armen Frank auf den Kopf geschlagen haben. Ich fragte Frank, was der Stuhl seiner Meinung nach wert sei, und er erwiderte, möglicherweise als Resultat seiner Wut oder der durch den Schlag entstandenen geistigen Verwirrung, daß ich Ihnen für einen neuen Stuhl zwanzig Goldstücke abverlangen sollte. Zwanzig Goldstücke, stellen Sie sich das vor! ›Frank‹, sagte ich zu Frank, ›der Stuhl war nicht neu. Ein Bein war wacklig, und ich habe weniger als fünf Goldstücke bezahlt, als ich ihn erwarb.‹ Und doch – und das ist wirklich merkwürdig – und doch bewerte ich diesen besonderen Stuhl mit einhundert Goldstücken. Eine verblüffende Summe, wie man meinen könnte. Aber wenn Sie das für verblüffend halten, dann warten Sie erst, wie ich einige andere Einrichtungsgegenstände bewertet habe. Warten Sie! Halt! Lassen Sie mich los! Was haben Sie vor?«

Maxwell ritt nach Norden. Er begegnete einem Händler und erstand etwas Brot und einige Früchte. Anschließend fragte er den Händler, wo die Stadt Rameer lag. Der Händler sagte es ihm, und Maxwell boxte den Händler ...

Und ritt weiter.

Die Landschaft blieb immer gleich. Jedes Tal sah aus wie das vorhergehende und das folgende. Die goldene Sonne bewegte sich über den Himmel, das Gras war grün, Black Bess war weiß, und Maxwells Wut war rot. Er war nicht im geringsten gut gelaunt.

Er ritt ein Stück und ging ein Stück, legte sich hin und wieder ins Gras, trat gegen Steine und zählte kleine alte Weiber, die ihre Enkel auf die Köpfe schlugen.

Gegen Mittag rastete er unter einer Eiche und aß einen Apfel. Bei jedem Bissen fluchte und tobte er. Es war seine Hilflosigkeit, die ihm wirklich auf die Nerven ging; die Tatsache, daß er überhaupt nichts tun konnte. Hätte es die Stadt gegeben, dann hätte er sicher einen Weg hinein gefunden, das wußte er. Und hätte er den Sultan gefunden, dann wäre ihm ganz sicher ein Plan eingefallen, wie er ihm Ewavatt wegnehmen konnte, auch das wußte er. Und wenn er zu MacGuffin zurückgekehrt wäre, dann hätte er mit MacGuffin abgerechnet. Hätte, wäre. Maxwell wußte nur zu genau, was er getan hätte. Schließlich war er der Imagineur. Der Mann mit dem Plan. Der Typ mit dem Durchblick. Der Taktiker mit der Weitsicht. Maxwell fielen auf Anhieb sicher hundert weitere Epipethone ein (mehr jedenfalls, als sich jeder Autor ausdenken kann!).

Maxwell war zum Untergang verurteilt. Verurteilt, durch Täler zu reiten, bis seine neunzehn Tage verstrichen waren. Und dann – Ende.

Maxwell biß ein letztes Mal in seinen Apfel und warf den Kern in die Luft.

»Autsch!« sagte eine helle Stimme.

Maxwell sprang auf und ballte die Fäuste. »Wer ist da? Komm heraus!«

»Ich habe nichts getan, Mister.«

Maxwell blickte in den Baum hinauf. Ein kleiner, zerlumpter Junge klammerte sich an einen Ast. »Komm runter«, sagte Maxwell.

»Sie werden mich nicht schlagen, oder?«

»Vielleicht nicht.«

Der kleine Junge kletterte vom Baum und stand verängstigt vor Maxwell. Sein Gesicht war ungewaschen, die Knie zerschrammt und schmutzig. Er steckte in kurzen Hosen und einer grauen Jacke, unter der ein ehemals weißes Hemd hervorlugte. Er hatte diesen gewissen Einfach-nur-William-Ausdruck an sich.

»Wie heißt du?« fragte Maxwell.

»William, Mister«, antwortete der Junge. »Einfach nur William.«

»Und was machst du dort oben im Baum, William?«

»Ich verstecke mich vor meiner Großmutter.«

»Nun«, sagte Maxwell, »ich denke, damit fällst du aus der Kategorie *blödes Kind* heraus.«

»Oh, ich bin auf meine eigene Weise blöde genug.«

»Willst du einen Apfel?« fragte Maxwell.

»O ja, sehr gern.«

Maxwell reichte ihm einen Apfel, und der Junge aß gierig.

»Erzähl mal«, begann Maxwell, »nur so aus Interesse. Ständig begegne ich diesen alten Frauen, die ihre kleinen Enkel schlagen. Wo kommen die alle her?«

Der kleine Junge schien verwirrt. »Das *wissen* Sie nicht?«

»Wenn ich's wüßte, würde ich nicht danach fragen, oder?«

»Nun«, kicherte der kleine Junge, »sie kommen von genau daher, wo alle herkommen.«

»Und wo ist das?«

»Aus dem Bauch ihrer Mamas.«

Maxwell schlug William auf den Hinterkopf.

William rieb sich den Hinterkopf. »Ich war sicher, daß ich diesmal die richtige Antwort gegeben hätte. Anscheinend bin ich doch blöder, als ich dachte.«

»Nein, bist du nicht. Tut mir leid, daß ich dich geschlagen habe.«

»Ach, das macht nichts. Wenn ich nie auf den Hinterkopf geschlagen werde, lerne ich auch nichts. Oder doch?«

»Nun, es gibt andere Methoden, zu lernen.«

»Ja, sicher«, erwiderte William. »Aber nicht in dieser Gegend. In dieser Gegend verfolgen die Eltern die Prügle-ihnen-ein-wenig-Verstand-ein-Strategie. Es funktioniert hinreichend gut.«

»Ehrlich gesagt, ich habe nie einen unterrichtenden Effekt dabei beobachtet. Ich habe immer nur die Schläge auf den Hinterkopf gesehen.«

William blickte einmal mehr verwirrt drein. »Aber … aber ich dachte immer, die Schläge *seien* der unterrichtende Effekt. Es gibt nichts weiter, was dahintersteckt.«

»Du meinst, sie bringen euch genaugenommen überhaupt nichts bei? Sie schlagen euch lediglich auf den Hinterkopf, und das ist alles?«

»Genau so machen sie es«, antwortete William. »So wurde mein Vater unterrichtet und vor ihm sein Vater. Man kann eine Menge von so einem Schlag auf den Hinterkopf lernen.«

»Hast du versucht zu lernen, wie man sich duckt?«

»Das habe ich einmal versucht. Dafür bekam ich einen Schlag auf den Hinterkopf.«

»Nun«, sagte Maxwell, »ich meinerseits habe durch Schläge auf größtenteils andere Stellen meines Körpers die Erfahrung gemacht, daß es besser ist, wenn ich meine Nase nicht in die Angelegenheiten anderer Leute stecke. Wenn das also die Art und Weise ist, wie die Menschen hier lernen, dann mag es meinetwegen so sein.«

William biß in seinen Apfel.

»Und warum versteckst du dich dann vor deiner Großmutter?« fragte Maxwell.

»Ich habe den Unterricht satt«, antwortete William. »Die Alte schlägt mich mit derartigem Enthusiasmus auf den Hinterkopf, daß ich mehr gelernt habe, als für einen kleinen Jungen in meinem Alter gut ist.«

Maxwell grinste, was er schon lange nicht mehr getan hatte.

»Erst gestern«, fuhr der kleine William fort, »erst gestern hat sie mir verschiedene Lektionen höherer Mathematik in den Hinterkopf geprügelt. Kennen Sie die Quantentheorie?«

»Nein«, gestand Maxwell und kratzte sich am Kopf, noch etwas, das er schon eine ganze Weile nicht mehr getan hatte. »Ich habe Schuppen«, sagte er.

»Das ist eine Theorie über das Verhalten physikalischer Systeme, die auf der Idee basiert, daß Teilchen nur bestimmte energetische Zustände annehmen können, die genau festgelegt sind. Sie wurde in verschiedenen mathematischen Formulierungen entwickelt, und ich bin mit allen vertraut.«

»Was, Schuppen?« fragte Maxwell. »Das ist unglaublich.«

»Ganz genau«, antwortete William. »Ehrlich gesagt, ich glaube nicht an alles. Jede Theorie, die auf dem Verhalten physikalischer Systeme basiert, muß eine beinahe unbegrenzte Zahl von Variablen berücksichtigen. Wie kann man die Eigenschaften eines einzelnen physikalischen Systems beurteilen, ohne vorher sicherzustellen, daß es mit dem nächsten nur in einer dreidimensionalen Umgebung interagiert?«

»Ich habe nicht die leiseste Ahnung«, erklärte Maxwell. »Und du hast das alles gelernt, indem deine Großmutter dich einfach wiederholt auf den Hinterkopf geschlagen hat?«

»Ich vermute, es kommt auf die Art und Weise des Schlages an«, vermutete William. »Ich habe absolut nichts gelernt, als Sie mich eben geschlagen haben. Außerdem bin ich noch immer fest davon überzeugt, daß jeder aus dem Bauch seiner Mutter kommt.«

»Aber all dieses Wissen!« Maxwell schüttelte den Kopf, der seiner Meinung nach nun reif war für eine gewisse Art von Schlag auf die hintere Region. »All dieses Wissen, das du besitzt. Das ist beeindruckend. Was planst du damit anzufangen? Was willst du einmal werden, wenn du erst groß bist?«

»Gastwirt«, erklärte William.

Maxwell schüttelte erneut den hinterkopfschlagreifen Kopf. »Ich bin baß erstaunt über dieses Erziehungssystem. Hat man dir auch eingeprügelt, wie diese Methode genau funktioniert?«

»Perkussive Perlokution«, erklärte William. »Die Theorie, soweit ich sie verstehe, lautet, daß die Gedanken eines Menschen nicht völlig sein Eigentum sind. Ein Mensch zieht seine Gedanken aus einem gemeinsamen Pool, einem gemeinsamen Bewußtsein, das einer Art genetischer Erinnerung entstammt und in den Chromosomen verankert ist, sowie aus der Erfahrung, womit Beobachtung und Assimilation von Ideen mit Hilfe der vokalen Struktur gemeint ist, die wir Sprache nennen. Und intuitivem Denkvermögen, das den Menschen in die Lage versetzt, die wahrscheinlichen Ergebnisse einer bestimmten Handlungsweise vorherzusehen. Aber auch, und hier betreten wir zaghaft die Welt der Metaphysik, durch Einstimmung in eine Art universeller

Bewußtheit. Die Schläge auf den Hinterkopf induzieren eine morphische Resonanz innerhalb des Gehirns des Geschlagenen, die die Verbindungen zwischen den einzelnen Synapsen löst und den Durchsatz von Wissen aus dem gemeinsamen Pool erst erlaubt. Selbstverständlich werden Sie sich jetzt fragen, was dieser gemeinsame Pool denn ist …«

»Selbstverständlich«, sagte Maxwell und schüttelte erneut den Kopf.

» … und da muß ich gestehen, daß das niemand so genau weiß. Vielleicht ist das Universum selbst bewußt. Vielleicht spricht der Planet zu uns. Vielleicht ist es Gott oder Göttin.«

»Puh!« sagte Maxwell und pfiff durch die Zähne. »Faszinierend. Höchst faszinierend.«

William musterte Maxwell von oben bis unten. »Darf ich annehmen, daß Sie Ihre Erziehung nicht in unserer Gegend genossen haben?«

»Darfst du.« Maxwell stand auf. »Nun, es war eine, äh … lehrreiche Unterhaltung mit dir. Aber ich muß nun weiter. Irgendwohin.«

»Darf ich fragen, wohin Sie wollen?« William bohrte in der Nase und untersuchte die Ausbeute.

»Darfst du«, erwiderte Maxwell. »Aber zuerst will *ich* dir eine Frage stellen: Wenn ich dir sagen würde, daß die Antwort lautet: ›Hinter dem nächsten Hügel‹ – wie würde deiner Meinung nach die zugehörige Frage lauten?«

William schnipste den Popel davon. »Ein interessantes Wortspiel«, sagte er. »Und wieder eine Fragestellung mit einer fast unbegrenzten Anzahl von Variablen. Wenn wir allerdings annehmen, daß es tatsächlich eine Frage gibt, die wahrscheinlicher als alle anderen zu dieser Antwort paßt, dann würde ich meinen, daß diese Frage lautet: ›Wo liegt die Stadt Rameer?‹«

»Genau, richtig«, sagte Maxwell.

»Natürlich nur im Prinzip«, entgegnete William. »Weil wir hier das weite Gebiet der Syllogistik betreten. Ich habe die korrekte Frage identifiziert, doch die Antwort ist eindeutig falsch. Weil die Stadt Rameer nämlich *nicht* hinter dem nächsten Hügel liegt.«

»Eine Erfahrung, die ich am eigenen Leib verspürt habe«, gestand Maxwell.

»Die Stadt Rameer liegt *unter* dem nächsten Hügel«, erklärte William.

»Sie liegt was?«

»Sie liegt unter unseren Füßen, im wahrsten Sinne des Wortes. Es ist eine unterirdische Stadt.«

»Meine Güte«, sagte Maxwell. »Hast du sie denn schon gesehen?«

»Ich weiß, wo der Eingang liegt. Aber offensichtlich war ich noch nicht dort.«

»Wieso offensichtlich?«

»Weil ich dann nicht hier wäre und mit Ihnen darüber reden könnte.«

»Du meinst, wer auch immer nach Rameer geht, kehrt nicht mehr von dort zurück?«

»Ganz im Gegenteil. Aber das ist eine merkwürdige Geschichte. Eine Geschichte, die eine beträchtliche Rolle bei meinem Entschluß gespielt hat, den Unterricht durch Großmutter zu beenden. Wollen Sie, daß ich's Ihnen erkläre?«

»Ich bitte darum.«

»Sehen Sie, es ist so. Ich bin neun Jahre alt, und an meinem zehnten Geburtstag muß ich nach Rameer gehen, um meine Prüfungen abzulegen. Das Merkwürdige daran ist, Kinder betreten die Stadt, die Köpfe vollgestopft mit Wissen, legen ihre Prüfungen ab und verlassen sie wieder als Männer.«

»Irgendein Initiierungsritus vielleicht?«

»Irgend etwas in dieser Art. Doch wenn sie als Männer zurückkehren, besitzen sie kein Wissen mehr. Tatsächlich scheinen sie den größten Teil von allem vergessen zu haben, was sie jemals wußten. Und wenn man sie nach der Stadt Rameer fragt, dann starren sie einen nur verdutzt an und antworten: ›Hinter dem nächsten Hügel.‹ Ich habe nicht die leiseste Ahnung, wie das zu erklären ist. Können Sie mir vielleicht weiterhelfen?«

Maxwell setzte ein nachdenkliches Gesicht auf. »Eine unheilvolle Erklärung kommt mir sofort in den Sinn. Das Wissen wird den Kindern irgendwie genommen und ihr Gedächtnis gelöscht. Wie das geschieht, darüber wage ich nicht zu spekulieren. Aber wenn Erwachsene keine Erinnerung mehr an die Stadt haben, wer bringt dich dann an deinem zehnten Geburtstag dorthin?«

»In der Nacht, als mein Bruder zehn Jahre alt geworden ist, stellte ich mich schlafend. Ich beobachtete, wie ein Fremder kam und ihn mitnahm. Als mein Bruder vier Tage später zurückkehrte, war er ein Mann und sprach von der Stadt, als existierte sie nur im Märchen.«

»Der Fremde, der deinen Bruder geholt hat – wie war er angezogen?«

»Er trug eine goldene Rüstung und ritt auf einem Pferd wie dem Ihren.«

»Rock 'n' Roll!« sagte Maxwell.

»Ist das der Name Ihres Pferdes?«

»Nein. Hör zu, noch eins. Wenn Erwachsene nichts mehr von der Stadt wissen, wie kommt es dann, daß du so gut Bescheid weißt? Woher weißt du, wo der Eingang liegt?«

»Das Wissen wurde mir eingeprügelt, genau wie alles andere auch.«

»Eine Erklärung scheint vermutlich so gut wie jede andere«, seufzte Maxwell. »William, was hältst du davon, wenn du mir den Eingang zeigst?«

»Ihre Bitte verwirrt mich. Als Erwachsener glauben Sie doch sicherlich kein Wort von all dem, was ich erzählt habe.«

»Ich glaube alles, was du erzählt hast. Obwohl ich vieles überhaupt nicht verstanden habe. Wirst du mich zum Eingang führen?«

»Ich verspüre keine Lust hineinzugehen. Ich will mein Wissen behalten.«

»Du bist ein sehr heller Bursche, William. Wenn ich meine Mission erfolgreich beende, wird dieses Land vielleicht erleben, wie Kinder zu Männern werden, ohne all ihr Wissen zu verlieren.«

Eine ganze Reihe von Gedanken breitete sich in Maxwells Kopf aus: das Heraufdämmern eines neuen Zeitalters der Wissenschaft, dem der Fall des Sultans vorausging und das von einem William dem Philosophen, Präsident, eingeleitet wurde; Do-it-Yourself-Kurse in Hinterkopfschlagen; die Auflösung eines gewissen Ritterregiments; Erfolge für Maxwell und vieles, vieles mehr.

»Wie weit ist es bis zum Eingang, William? Und bitte, erzähl mir nicht, er liegt hinter dem nächsten Hügel.«

»Warum sollte ich Ihnen das erzählen? Mein Bruder war vier Tage verschwunden. Ich weiß nicht, wie lange er in der Stadt selbst zugebracht hat, doch der Eingang befindet sich ganz bestimmt nicht weiter als zwei Tagesritte von hier entfernt.«

»Aber du hast gesagt, du wüßtest, wo dieser Eingang liegt?«

»Ich habe einen sehr deutlichen mentalen Eindruck. Ich bin fest überzeugt, daß ich ihn ohne Schwierigkeiten finden kann.«

»Gott sei Dank!« Maxwell klatschte in die Hände. »Dann wirst du mich hinführen?«

»Sie hinführen?« William lachte brüllend auf. »Vergessen Sie's, Mister. Ich bin nur ein kleiner Junge und darf noch nicht mit fremden Männern sprechen, geschweige denn mit ihnen gehen.«

KAPITEL

18

Der Schlag an Williams Kopf vergrößerte die Summe seines Wissens, wenn auch nur um die Erfahrung, daß Maxwell kein Mann war, der so schnippisch mit sich umspringen ließ.

Maxwell erzählte William die ganze Geschichte. Er berichtete von seinen Mißgeschicken, von MacGuffin und der gestohlenen Seele, dem fliegenden Dampfholzstuhl und den Kakerlakenratten von Kakarta. Und vom Gouverneur von Kakarta und vom Gitter und vom Blablablabla.

William lauschte mit großem Interesse und stellte hier und da Fragen. Er machte Maxwell klar, daß es seiner Meinung nach unmöglich war, daß ein Mensch einem anderen die Seele nehmen konnte. Doch er gestand auch, daß seine Kenntnisse von Magie eher spärlich waren und daß »merkwürdiger Scheißdreck eben passiert«. Er fragte Maxwell, warum er den Glauben an die Existenz von Rameer verloren habe, wo doch der Gouverneur von Kakarta behauptet hätte, ein persönlicher Freund des Sultans zu sein.

Maxwell fragte William im Gegenzug, ob er jemals von so etwas wie einem Kontinuitätsfehler gehört hätte. William gab zu, daß er nichts darüber wußte.

Die Geschichte von Aodhamm und Ewavatt inspirierte den Knaben sehr, und er verriet Maxwell, daß ihm erst kürzlich eine Portion Wissen über Cyborgs und künstliche Intelligenz eingeprügelt worden war, obwohl er zum damaligen Zeitpunkt keinen Sinn in diesen neuen Erkenntnissen hatte entdecken können.

Als Maxwell seine Geschichte erzählt hatte, dachte William einen Augenblick lang nach und erklärte sich dann ohne weiteres Zögern einverstanden, Maxwell auf dem schnellsten Weg nach Rameer zu führen.

»Aber Sie müssen verstehen«, betonte er, »daß Sie sich, rein technisch gesehen, der versuchten Entführung strafbar machen. Sollten die Männer aus meinem Dorf uns einholen, werden sie nicht mit sich reden lassen. Ihre Einlassungen, daß Sie nach der Stadt Rameer suchen, wird man Ihnen so wenig glauben, wie Wasser in einem Eimer ohne Boden ist.«

»Das ist ein Scheißvergleich«, sagte Maxwell, »aber ich verstehe, was du meinst.«

»Ich dachte mir, daß Sie das sagen würden, aber ich bin froh, daß Sie es verstehen.«

»Also brechen wir auf?«

»Brechen wir auf.«

»Und in welche Richtung?« fragte Maxwell.

»Über den nächsten Hügel.«

Der Tag verging. Es wurde Nachmittag, es wurde Abend, es wurde Nacht. William entpuppte sich als ein Knabe von beträchtlichem Einfallsreichtum. Geschickt nicht nur in der Kunst, Obst und Kuhmilch zu stehlen, Kaninchen zu fangen, zu töten, zu häuten und zuzubereiten, sondern auch als Zimmermann.

Maxwell besaß keinen Schlafsack und keinen Umhang, und so war er froh über die improvisierte Hütte aus Ästen und Zweigen, die William errichtete. Und über das Abendessen. Sie redeten nicht mehr lange in die Nacht hinein, sondern beschlossen, daß es das Beste war, das Feuer zu löschen und am Morgen dafür um so früher aufzubrechen.

Maxwell lag eine Weile wach und starrte durch das Blätterdach in den sternenklaren Himmel. Was hatte das alles zu bedeuten? Was, verdammt? Maxwell zuckte die

Schultern, Black Bess furzte, und dann war der Tag zu Ende.

Die Nacht verging ohne Zwischenfall. Keine Dorfbewohner mit flammenden Fackeln. Keine Wölfe, keine Schlangen, keine Kriechtiere. Weder William noch Maxwell wurden von Aliens entführt, und ein Erdbeben gab es auch nicht.

In der Morgendämmerung kam ein großer grauhaariger Mann mit einer Nickelbrille zu ihnen und verlangte zu wissen, warum sie in seinem Vorgarten kampiert hätten und ob Maxwell nicht etwas wegen seines Pferdes unternehmen könnte, das gegenwärtig die Blumen aus seinen (des grauhaarigen Mannes) Balkonkästen fraß.

Maxwell entschuldigte sich überschwenglich. Der Mann erwiderte, daß er die Angelegenheit für eine »diabolische Freiheit« hielt. Maxwell entschuldigte sich einmal mehr. Der Mann meinte, die ganze Welt ginge zum Teufel, und derartige Dinge sollten einfach nicht erlaubt werden. Maxwell boxte den Mann auf die Nase, und dieser (der grauhaarige Mann) ging k.o.

Einmal mehr ritten sie los.

Es zerrte wirklich an den Nerven. Und langweilig war es auch.

Es gibt immer diese Passagen, wo einfach nichts passiert. Manchmal erleichtert eine kleine, humorvolle Anekdote die Sache, manchmal nicht. Manchmal kommt eine deskriptive Passage, die Teil eines Running Gags ist, manchmal auch nur eine Reihe von Dialogen mit überlangen Worten, die implizieren, daß eine Menge mehr dahintersteckt, als das in Wirklichkeit der Fall ist. Aber manchmal – selten, sehr selten! –, aber manchmal ...

Nichts.

Absolut gar nichts. Außer vielleicht eine atemberaubende Folge von Satzzeichen.

»Was ist das?« fragte William und deutete aufgeregt in eine bestimmte Richtung.

Maxwell starrte in die Ferne. »Nichts«, sagte er schließlich.

Und es war auch nichts.

Also ritten sie weiter.

»Ich langweile mich«, sagte William. »Kennen Sie keine lustige Anekdote, die Sie mir erzählen könnten?«

»Nein«, sagte Maxwell.

»Und wie würden Sie diese Landschaft beschreiben?«

»Ich will sie nicht beschreiben«, erwiderte Maxwell.

»Ist das dort drüben nicht Pastinak?«

»Nein«, widersprach Maxwell.

»Habe ich Ihnen schon von meinen Ideen, die Quantentheorie betreffend, erzählt?«

»Ja«, sagte Maxwell.

Und so ritten sie weiter.

»Ich habe einmal einen Mann gesehen, der war nur einen Zoll groß«, erzählte William.

»Ach, tatsächlich?«

»Nein, nicht wirklich. Es stellte sich heraus, daß er lediglich ganz weit weg war. *Autsch*!«

Sie ritten weiter.

Stunden vergingen. Plötzlich sagte William: »Sehen Sie nur, dort!«

Maxwell sah hin. »Ah«, sagte er. »Wunderbar.«

Ein Ritter befand sich vor ihnen auf dem Weg. Er trug eine goldene Rüstung, und ein Kind saß hinter ihm im Sattel.

»Drehen Sie sich um«, sagte William. »Hinter uns kommt ein zweiter.«

»Wunderbar. Einfach wunderbar«, sagte Maxwell.

»Was planen Sie, wenn wir den Eingang zur Stadt erreicht haben, Maxwell?«

»Ich plane natürlich, hineinzugehen.«

»Und was ist mit mir?«

»Ich plane, dich mitzunehmen.«

»O nein!« sagte William. »O nein. Da gehe ich nicht mit.«

»Hör zu.« Maxwell klopfte dem kleinen Jungen ermutigend auf die Schulter. »In meiner Tasche habe ich einen magischen Beutel. In diesem Beutel trage ich eine goldene Rüstung. Ich werde die Rüstung anziehen, und wir reiten zusammen mit den anderen Rittern in die Stadt. Es wird ganz so aussehen, als würde ich dich zu deinen Prüfungen bringen.«

»Ich vermute, Sie hatten die ganze Zeit über so etwas im Sinn.«

»Ich werde dafür sorgen, daß dir kein Leid geschieht«, versprach Maxwell. »Das verspreche ich.«

»Versprechen werden leichter gegeben als eingehalten.«

»Du hast die besten Voraussetzungen zu einem guten Gastwirt, William. Vielleicht gelingt es uns, einige der Reichtümer des Sultans in unseren Besitz zu bringen. Du könntest dir deine eigene Taverne kaufen und deine Staatsgeschäfte von dort aus führen, sobald du erst zum Premierminister gewählt worden bist.«

»Diese Bemerkung würde vielleicht ein wenig mehr Gewicht tragen, wäre sie nicht durch das Wort ›vielleicht‹ eingeleitet.«

»Ja, da hast du recht.« Maxwell zügelte Black Bess. »Ich mag vielleicht ein seelenloser, wütender, gewalttätiger Bastard sein, der nur noch achtzehn Tage zu leben hat, aber ich werde ganz sicher nicht zulassen, daß ein Kind zu Schaden kommt. Steig vom Pferd, William. Du kannst entweder hier warten, bis ich zurückkehre, was ich ganz sicher werde, oder du gehst deiner Wege. Nicht, daß ich glaube, es sei eine gute Idee, wenn ein kleiner Junge in deinem Alter ganz auf sich gestellt herumstreunt.«

William blieb im Sattel. »War nur so eine Idee von mir«, sagte er. »Auf geht's.«

»Dann vertraust du mir also?«

»Meinen Sie nicht, ich will auch wissen, was uns in der Stadt erwartet?«

»Rock 'n' Roll!« sagte Maxwell. »Rock 'n' Roll.«

»Sie müssen mir erklären, was das zu bedeuten hat.«

Die Landschaft veränderte sich nach und nach. Felsen ragten aus den grasbewachsenen Ebenen. Die Blätter der Bäume waren herbstfarben. Die untergehende Sonne sah Maxwell einmal mehr in seiner goldenen Rüstung, aber was sie nicht sah, das war das besorgte Gesicht unter seinem Visier.

»Der Weg führt nach unten, nicht wahr?« erkundigte sich William.

»Schon seit einiger Zeit. Sind wir bald da, was meinst du?«

»O ja. Ich habe das Gefühl, als würde ich die Gegend genau kennen. Wir sind sehr nah an der Stadt.«

Der Weg wurde noch abschüssiger. Der Mond ging auf und warf sein Licht auf eine Szenerie von so überwältigender Fremdartigkeit, daß Maxwell Black Bess zügelte und ungläubig auf das starrte, was sich seinen Augen bot.

Anscheinend befanden sie sich im Krater eines großen erloschenen Vulkans. Der Weg führte in Spiralen am inneren Rand nach unten, weiter und weiter hinunter in ein großes schwarzes Nichts. Überall waren goldene Ritter zu sehen, die auf dem Weg weiter unten zu winzigen glänzenden Gestalten schrumpften.

»Du bist nicht zufällig der Meinung«, sagte Maxwell, »daß der Ausdruck ›die Stadt Rameer‹ genaugenommen ein Euphemismus für die Hölle ist?«

»Ich wußte, daß es so aussehen würde«, erwiderte William. »Ich wollte Sie nur nicht erschrecken, indem ich es vorher erwähnte.«

»Danke sehr.«

»Keine Ursache.«

Und wie das schon den ganzen Tag der Fall gewesen war: so ...

... ritten sie weiter.

Hinunter und hinunter und hinunter. Und hinunter. Und hinunter und hinunter. Und hinunter.

»Ich kann Licht sehen«, sagte William.

»Ich auch«, sagte Maxwell.

Und sie sahen tatsächlich Licht. Ein Stück voraus. Wie ein dünner Streif Morgendämmerung.

»Haben Sie nicht auch das Gefühl, daß es nicht weiter nach unten geht?« fragte William.

»Ich habe das Gefühl, daß es im Gegenteil sogar wieder aufwärts geht«, erwiderte Maxwell. »Obwohl ich mir nicht erklären kann, wie das kommt.«

Doch es kam. Einigermaßen.

Das Licht voraus wurde heller. Und erhob sich *über* sie.

»Die Sonne geht auf«, sagte William.

»Völlig unmöglich«, sagte Maxwell.

Und dann ritten sie hinaus. Auf Gras.

Maxwell starrte. William starrte.

»William«, sagte Maxwell, »ist dir klar, was wir tun?«

William nickte. »Mir scheint, wir reiten mit dem Kopf nach unten auf der Innenhaut der äußeren Planetenhülle. Ganz eindeutig unter Mißachtung von wenigstens einem physikalischen Naturgesetz.«

»Dann ist die Sonne, die wir über uns sehen ...«

»... der flüssige Kern des Planeten.«

»Ich bin wirklich sehr beeindruckt«, sagte Maxwell. »Ich glaube es einfach nicht, aber ich bin trotzdem verdammt beeindruckt.«

»Eine ganze Welt, die auf dem Kopf steht. Sehen Sie, es gibt keinen Horizont. Er wölbt sich in der Ferne nach oben und außen. Wir sind wie Fliegen, die an der Decke krabbeln.«

»Mir ist schwindlig«, sagte Maxwell. »Das Blut schießt mir in den Kopf.«

»Reden Sie keinen Unsinn. Wenn das der Fall wäre, dann würden wir fallen – nach *oben*, wie ich vermute –, und zwar in das geschmolzene Herz des Planeten.«

»Es sieht genauso aus wie die Welt über uns. Gras und Blumen und Bäume. Und sieh nur dort, ein Stück voraus. Was ist das?«

»Meinen Sie hinter jenem Hügel dort?«

»Genau.«

»Das ist die Stadt Rameer«, sagte William. »Ganz entschieden.«

Und diesmal war sie es wirklich.

»Okay«, sagte Maxwell, »dann erkläre ich dir jetzt, was ich unter ›Rock 'n' Roll‹ verstehe.«

KAPITEL 19

Maxwell war sich nicht ganz sicher, welches Bild er sich in Gedanken von der Stadt Rameer gemacht hatte. Natürlich hatte er angenommen, daß eine Stadt, die von einem Sultan regiert wurde, auch eine Atmosphäre wie in arabischen Nächten ausstrahlen würde: ein wenig vom alten Bagdad, mit reichlich Kuppeln und Türmen und Minaretten; eine hohe Stadtmauer mit gewaltigen maurischen Toren, bewacht von finster dreinblickenden Soldaten mit Turbanen und Krummsäbeln und so weiter (aber in dieser Art).

Er hatte *nicht* erwartet, daß Rameer aussehen würde wie Milton Keynes.

Also war er auch nicht überrascht, daß die Stadt nicht aussah wie Milton Keynes.

Obwohl er ziemlich überrascht war, wie sie aussah. Jedenfalls nicht wie eine Stadt. Überhaupt nicht wie eine Stadt. Sie war groß, was soviel heißt wie: Es gab eine ganze Menge davon. Gewaltige Bauwerke. Elegant und aus hellen Ziegeln.

Neo-gotisch. Palladianischer Stil. Horizontale Skylines, in Abständen durchbrochen von dreieckigen Pedimenten auf dorischen Kolonnaden. Unverkennbar starke klassische Einflüsse. Jede Menge sogar. Griechisch-römisch, Spanisch, Hochbarock, Renaissance, und alles reflektiert durch Wren und Hawksmoor, Adam und Inigo Jones.

Für Maxwell, der einen Dreck von Wren und Hawksmoor und Adam und Jones wußte und der eine dorische Kolonnade wahrscheinlich für eine Art maurischen Tanz gehalten hätte, war der Anblick nichtsdestotrotz äußerst beeindruckend. Er (der Anblick) hatte etwas von einem Basar. Hier stand eine architektonische Torheit, die die Arbeit des inzwischen legendären Sir Clough Williams-Ellis persönlich verblassen ließ.

Ringsum lagen wunderschöne Gärten, gepflegte Rasenanlagen mit Rosenarkaden und Marmorstatuen.

»Wir bewegen uns in die falsche Richtung«, sagte William. »Die Ritter biegen ab. Sehen Sie, sie reiten in Richtung dieser Gebäude dort drüben.«

»Ich schätze, es ist an der Zeit, daß wir uns aus der Prozession ausklinken«, erklärte Maxwell. »Komm jetzt.« Er lenkte das Pferd in den Schutz eines breiten Kastanienbaums, zog die goldene Rüstung aus, verstaute sie in seinem magischen Beutel und schob den Beutel in seine Hosentasche zurück.

»Das ist eine clevere Sache, was?« fragte William. »Ich vermute, innerhalb des Beutels existiert ein Zustand, wo der Quotient aus den fundamentalen physikalischen

Größen des eingebrachten Objekts nicht länger dem anerkannten dreidimensionalen Paradigma gehorcht, auf das sich ein großer Teil der Quantentheorie und ihrer Beweise stützt. Übrigens, Sie haben vergessen, Ihre schönen soliden Stiefel rauszuholen.«

»Danke, William«, sagte Maxwell.

»Und was machen wir jetzt?«

»Zuerst versuchen wir, uns unters Volk zu mischen«, erwiderte Maxwell. »Wir finden heraus, was die Einheimischen tragen, und klauen ein paar Kleider. Da du ein natürliches Talent für derartige Dinge zu besitzen scheinst, wird das deine Aufgabe sein.«

»Und dann?«

»Nun, ich bin so weit gekommen, und ich beabsichtige nicht, alles zunichte zu machen, indem ich jetzt überstürzt handle. Ich beabsichtige, alles über den Sultan herauszufinden, was sich nur herausfinden läßt, bevor ich mich daranmache, meinen großartigen Plan in die Tat umzusetzen.«

»Sie haben mir noch gar nicht erzählt, was das für ein großartiger Plan ist.«

»Richtig«, sagte Maxwell. »Das habe ich nicht.«

Sie schlichen aus der Deckung des breiten Kastanienbaums, huschten von Busch zu Busch, stahlen sich über heckengesäumte Prachtstraßen und näherten sich schließlich einem phantastischen Gewölbegang, hinter dem alle Gebäude versammelt standen, die die Stadt Rameer zu bieten hatte.

Maxwell starrte hinauf. Das Gewölbe war schmiedeeisern, ein kunstvolles Filigranmuster aus Rosengeflecht. Über dem Eingang hing ein geschwungenes goldenes Schild. Maxwell las die Worte darauf laut:

»Die Lehrstätte des Lebens«, las er.

»Was bedeutet das?« erkundigte sich William.

Maxwell kratzte sich den Kopf. »Es bedeutet nichts Besonderes. Vergleichbar mit zum Beispiel: ›Die Schule der Sturköpfe‹. Nur eine Redensart, mehr nicht.«

»Wie: ›Die Stadt Rameer liegt hinter …‹«

»*Stadt*«, unterbrach ihn Maxwell. »Ja. Lehr*statt*, das ist es. Es heißt nicht Stadt Rameer, es heißt Lehrstatt!«

»Aber auf dem Schild steht Lehrstatt des Lebens, nicht Lehrstatt Rameer. Wir sind zum falschen Ort gekommen.«

»Nein.« Maxwell schüttelte den Kopf, den er kurz zuvor gekratzt hatte. »Denk nach. Eine Lehrstatt war früher ein Ort, wohin die Jungen kamen, um zu lernen. Eine Universität. Eine Stätte des Wissens. In dieser verkehrten Welt ist es ein Ort, wo die Jungen alle Erziehung wieder verlieren. Ihr Wissen wird entfernt.«

»Aber warum?«

»Wenn ich das wüßte, dann … Schscht! Was war das für ein Geräusch?«

»Ich habe nichts …«

Beifall wurde laut und fröhliche Rufe.

»Es kommt von dort, hinter der Hecke«, sagte William. »Sollen wir nachsehen?«

»Gute Idee.« Sie huschten zur Hecke, und Maxwell spähte hindurch. Er blinzelte. Und blinzelte noch einmal. Und blinzelte erneut, bevor er sich neben William wieder duckte.

»Was ist?« fragte der kleine Junge.

»Es ist e-e-ein-ein …« Maxwell schüttelte ein drittes Mal den Kopf. Dann erhob er sich, um einen neuerlichen Blick durch die Hecke zu werfen. »Es ist ein Kricketspiel«, flüsterte er.

Und das war es in der Tat.

Aber es besaß keine Ähnlichkeit mit irgendeinem Krikketspiel, das Maxwell jemals gesehen hatte. Nein, mein Herr.

Zwei Mannschaften spielten gegeneinander auf einem Rasen, so gepflegt und saftig, als bestünde er aus Samt. Bei den Schlagmännern und ihren Kollegen, die von einem Pavillon aus zusahen, entdeckte Maxwell nichts Auffälliges. Elegante junge Burschen in strahlend weißen Kricketanzügen und Clubmützen waren sie, mit aufgerollten Ärmeln und gestreiften Krawatten.

Das Auffällige waren der Werfer und die Feldspieler der anderen Mannschaft.

Und das Auffällige war: Keiner von ihnen war menschlich.

Es waren Tiere.

Nun wußte Maxwell wie jeder gute Engländer, daß seine Nationalmannschaft schon immer Probleme mit »Tieren« gehabt hatte. Jamaikanische Schnelle Werfer, australische Linienspieler, pakistanische Ballkünstler. Das britische Team hatte auf Tournee noch nie aus Mangel an Geschicklichkeit verloren. O nein, mein Herr! Schließlich waren die Briten die Erfinder des Spiels, oder vielleicht nicht? Es hatte immer an den schmutzigen Tricks der gegnerischen Mannschaften gelegen. Tiere waren sie, allesamt.

Verdammte Tiere.

Aber hier waren die Tiere keine Menschen. Hier waren die Tiere *richtige* Tiere.

Der Werfer war ein Elefant, groß und glänzend schwarz, und er steckte in einer weißen Kricketuniform. Er bewegte sich auf den Hinterbeinen, und obwohl er nicht besonders schnell rannte, warf er den Ball mit furchterregender Kraft.

Der Schlagmann holte zu einem mächtigen Schlag aus, doch es machte *Krach!*, und er war ausgeschieden.

Die Zuschauermenge, zahlreiche kleine Jungen in grauen Uniformen, applaudierte höflich. Der Elefant hob den Rüssel zu einem triumphierenden Trompeten und wurde von seinen Mannschaftskameraden umringt, die ihm überschwenglich gratulierten.

Maxwell erspähte einen Tiger, einen Wolf, einen Panther, und alle bewegten sich auf den Hinterbeinen und steckten in Kricketkleidung.

Maxwell beobachtete mit herabhängendem Unterkiefer das Geschehen.

Eine schwere Hand legte sich auf seine Schulter.

»Was hast du hier zu suchen, Bursche?« fragte der Besitzer der Hand. »Warum hast du deine Polster nicht angezogen?«

Maxwell fuhr herum und fand sich dem Gesicht eines großen, wichtig aussehenden Herrn gegenüber. Er erblickte einen wunderbaren Schnurrbart, einen Doktorhut auf dem Kopf und einen Umhang über den Schultern des Mannes.

»Ah«, sagte Maxwell.

»Ah, was, Bursche?«

»Ah, Sir?« schlug Maxwell vor.

»Ah, Sir. Jawohl, Sir. Wo sind deine Polster?«

»Meine Polster?« Maxwell blickte an sich herab. Er steckte noch immer im weißen Hemd des Gouverneurs von Kakarta und der dazugehörigen Hose. Obwohl die Kleidung inzwischen ein wenig gelitten hatte und schmutzig war, bestand kein Zweifel, daß man ihn für einen Kricketspieler halten konnte. »Meine Polster ... ich ...«

»Du hast sie in deinem Spind vergessen, was?«

»Das wird es sein«, erwiderte Maxwell.

»Gehörst du zur Ersten Mannschaft? Dein Gesicht erscheint mir unbekannt.«

»Ich gehöre zur Reserve«, sagte Maxwell.

»Wie lautet dein Name?«

Maxwell stand im Begriff, »Ian Botham« zu sagen, doch dann spürte er, daß es noch einfallsreicher ging.

»Flashman«, sagte er. »Harry Flashman, und das hier ist mein Eleve, Tom Brown.«

»Deine Kleidung befindet sich in einem schrecklichen Zustand, Flashman, und dein Eleve sieht aus, als wäre er durch einen Schornstein geklettert.«

»Ich habe ihn im Schuhkabinett eingesperrt, Sir, weil er meine Kleidung nicht gereinigt hat.«

»So ist's richtig, Bursche. Also schön, geh zum Pavillon und zieh deine Polster an. Jennings hat im ersten Over einen Ball auf das linke Auge gekriegt, der ihm den Schädel gebrochen hat. Der Schiedsrichter gab ihm keine Auszeit, und der Spielführer brüllt seit einer halben Stunde nach einem Reservespieler.«

»Aber ... aber ich habe keine Polster, Sir«, stammelte Maxwell, der genausoviel über Kricket wußte wie über Architektur und nicht die geringste Lust verspürte, ein Auge für den Sport zu opfern.

»Frag jemanden, ob er dir seine leiht. Sag, Mister Päderast hätte dir die Erlaubnis gegeben.«

»Aber Sir, ich ...«

»Halt den Mund«, sagte Mister Päderast. »Oder ich nehme dich mit in mein Studierzimmer, und was das zu bedeuten hat, das weißt du.«

»Ich schätze, ich könnte eine Wette riskieren.«

»Also los, ab mit dir.«

Maxwell wog die Pros und Kontras ab. Er konnte Mister Päderast einfach die Faust ans Kinn knallen und Doktorhut und Umhang an sich nehmen. Auf der anderen Seite gab er als Kricketspieler eine viel überzeugendere Figur ab. Wenn er zum Pavillon hinüber ging, konnte er sich vielleicht aus der Bredouille reden und müßte nicht auf das Feld hinaus. Vielleicht könnte er gleich noch ein paar andere Dinge in Erfahrung bringen.

»Komm, Brown«, sagte er. »Die Ehre der Schule steht auf dem Spiel.«

William eilte hinter Maxwell her. Außer Hörweite von

Mister Päderast fragte er: »Maxwell, warum haben Sie ›mein Herr‹ zu diesem Mann gesagt? Was ist ein ›Kricketspiel‹? Wozu dienen diese ›Polster‹? Was bedeutet ›Reserve‹? Wer ist Flashman? Warum haben Sie mich Brown genannt? Was ist ein ›Eleve‹? Was ist ein ›Stiefelkabinett‹? Was ist ...«

»William«, sagte Maxwell, »halt die Klappe.«

Sie traten durch eine Lücke in der Hecke und stapften auf den Pavillon zu. An dieser Stelle erhaschte der junge William seinen ersten Blick auf die Spieler und die Tiere.

Er gab ein seltsam keuchendes Geräusch von sich und fiel auf Hände und Knie.

»Was machst du da?« fragte Maxwell.

»Das ist der Pantheon. Werfen Sie sich zu Boden!«

»Ganz bestimmt nicht. William, steh augenblicklich wieder auf.«

»Der Pantheon!« William stammelte Worte, die in Maxwells Ohren lateinisch klangen.

»Steh auf, bevor dich jemand sieht!«

»Gehen Sie in Deckung, bevor jemand *Sie* sieht!«

Maxwell verdrehte die Augen und setzte sich neben William. »Wovon redest du eigentlich?« fragte er.

»Der Pantheon. Die Götter auf der Erde.«

»Diese Tiere?« Maxwell, der zwei und zwei zusammengezählt hatte und zu einem Ergebnis gekommen war, das nicht unbeträchtlich von der anerkannten Lösung *vier* abwich, war fest davon überzeugt, daß die bekleideten Tiere Zirkus- oder Varieténummern waren und daß hier eine Art Unterhaltungsschau stattfand. Auf der anderen Seite sorgte er sich wegen Jennings und dessen gebrochenem Schädel. Aber Unfälle geschehen nun einmal. Fragen Sie Aspinell. »Götter?« fragte Maxwell nicht Aspinell, sondern William. »Meinst du das im Ernst?«

William deutete mit bebendem Finger auf den Werfer. »Papa Legba!« flüsterte er. »Der Tiger ist Ju Ju Hand. Der Panther Ouanga. Dort sind Jephthah, Papa Nebo und

Dr. Poo-Pah-Doo. Der Bulle ist Unkosibomvu.« Und so weiter und so weiter, bis er alle Mitspieler der Gastmannschaft benannt hatte.

»Und die Götter sollen Kricket spielen?« flüsterte Maxwell zu sich selbst. »Ich frage mich, ob das eine verschollene Aufnahme von Jimi Hendrix ist.«

»Was?«

»Ach, nichts. William, ich habe dich nie für einen abergläubischen Burschen gehalten. Das paßt ganz und gar nicht zu deiner wissenschaftlichen Betrachtungsweise der Welt.«

»Bis jetzt habe ich mich selbst als Atheisten betrachtet.«

»Ja, schön. Aber *Götter*? Das geht doch ein wenig zu weit.«

Papa Legba, wenn er es denn wirklich war, warf einen mächtigen gedrehten Ball, doch der neue Schlagmann erwischte ihn vor dem Aus und schlug ihn über den Feldrand hinaus ins Off. Ein klassischer *»leg bye«*.*

Ju Ju Hand sprang hoch, um den Ball zu fangen, doch er verknotete seine Ju-Ju-Hände, und der Ball erwischte ihn mitten zwischen den Augen. Ju-Ju-verknotete-Hände stürzten zu Boden.

»Jetzt werden gleich Blitze zucken!« rief William und rollte sich zu einer fetalen Position zusammen.

Maxwell beobachtete, wie sich die Mannschaftskameraden des gefallenen Ju Ju Hand um ihren gestürzten Kollegen mit den verknoteten Händen versammelten, der schließlich auf einer Bahre vom Spielfeld getragen wurde.

»Ich denke nicht, daß sie Götter sind«, sagte Maxwell. »Ich weiß nicht, was sie sind, aber Götter sind sie sicher nicht.«

»Meinen Sie wirklich?«

* Nein. Auch ich habe keine Ahnung, was das ist.

»Ja«, sagte Maxwell. »Keine Götter.«

William erhob sich vom Boden. »Bitte verzeihen Sie mein unschickliches Benehmen. Unsere Großmütter prügeln uns eine ganze Menge religiöser Dogmen in die Schädel.«

»Und was soll daran neu sein?« Maxwell half dem Burschen auf die Beine. »Wir wollen zu dem Pavillon hinübergehen. Vielleicht gibt es dort Tee und ein paar Sandwiches.«

Während sie sich dem Pavillon näherten, redete Maxwell auf William ein, die Ruhe zu bewahren. »Sei einfach still und überlaß das Reden mir«, sagte er.

Der Pavillon war genau so, wie man sich einen Kricketpavillon vorstellt. Alles weiß gestrichen und oben drauf ein kleiner Glockenturm mit einer Wetterfahne. Eine Veranda, zu der ein paar Stufen hinaufführten. Lloydstühle mit Webstoffbespannung. Pfeiler, um sich dagegen zu lehnen. Der eigenartige Geruch, den man nur in Kricketpavillons findet und den man unmöglich beschreiben kann.

Maxwell stapfte die Stufen hinauf und stellte ein dümmliches Grinsen zur Schau.

»Du da«, rief ein Bursche in Weiß, der an einem der Pfeiler-zum-Dagegenlehnen lehnte und ein Glas voll Pimm's oder so in der matten Hand hielt. »Wer bist'n du da?«

»Red'ste mit mir da?« erwiderte Maxwell.

»Sicher, du da du.«

»Flashman«, stellte Maxwell sich vor. »Harry Flashman, und das hier is' mein Eleve Brown.«

William zupfte an seiner Stirnlocke.

»Ich glaub' nich', daß ich ›'nen Flashman kenn‹.«

»Ich glaub' nich', daß ich dich kenn'«, konterte Maxwell. »Wer bist'n du?«

»Archer. Lord Edgar Archer. Ich bin der Kapitän der Mannschaft.«

»Archer? Hast du 'n älteren Bruder bei den Rittern?«

»Meinen älteren Bruder Jeffrey. Kennst du Jeffrey?«

»Wie einen Bruder«, sagte Maxwell. »Er hat mir erst vor kurzem sein Pferd geliehen, Black Bess.«

»Ich will verdammt sein, dieser Bullygarve!« fluchte Archer der Jüngere. »Er hat mich nicht einmal durch den Pferch reiten lassen!«

»Wahre Bruderliebe, was?« fragte Maxwell.

»Wir haben es nie getan«, sagte Archer der Jüngere. »Das hat er dir nicht erzählt, oder?«

»Wir stehen uns sehr nah«, erwiderte Maxwell und setzte eine wissende Miene auf.

»Schlag mich. Also schön, haste Lust auf was?«

»Ein Drink wäre nicht schlecht, dazu ein Sandwich. Komm her, Brown.«

»Halt, Moment mal«, sagte Archer der Jüngere. »Irgend etwas stimmt hier nicht.«

»Und was soll das sein?« fragte Maxwell und ballte hinter dem Rücken die Fäuste.

»Ich kann keine Eleven im Langzimmer ertragen.«

»Wie du meinst«, sagte Maxwell. »Warte hier, Brown. Ich bring' dir was zum Essen raus.«

William schüttelte den Kopf, zuckte die Schultern und setzte sich auf die Verandastufen. Maxwell folgte Archer nach drinnen.

»Schön, schön, schön«, sagte Lord Archer der Jüngere und schenkte Maxwell einen Drink aus. »So was, daß du meinen Bruder kennst.«

»Ja, so was.« Maxwell nahm den Drink entgegen und tat einen tiefen Schluck. »Bist du schon lange an der Universität?«

»Beinahe drei Jahre. Noch zwei, und ich bin bereit, den Goldenen Rittern beizutreten.«

»Sobald du all die subtilen Nuancen der Rittersprache erlernt hast. Du mußt schließlich einen Plumpit von einem Bullygarve unterscheiden können.«

»Das stimmt auch wieder. Aber was machst'en eigentlich hier?«

»Im Pavillon, oder was meinst du? Mister Päderast hat mich hergeschickt, damit ich als Reserve bereitstehe, weil der arme Jennings was abgekriegt hat. Normalerweise spiele ich nicht mehr, aber du weißt ja, wie das ist.«

Archer nickte, als wüßte er genau, wie das war. Aber in Wirklichkeit wußte er gar nichts.

»Verrat mir eins«, sagte Maxwell, »von Kumpel zu Kumpel. Ich bin erst seit einer Woche hier, und ich kenne mich in den Umgangsformen noch nicht so aus. Was muß man anstellen, wenn man den Sultan sehen will?«

»Reingehen, ihn am Ohr zupfen, sich hinsetzen und deine Forderungen verkünden.«

»Ah«, sagte Maxwell, und weil er sich nicht dauernd am Kopf kratzen konnte (schon wegen der Schuppen), zupfte er sich diesmal am Ohrläppchen. »Das klingt sehr nach arrogantem Benehmen, wenn ich das bemerken darf. Sollte man nicht zuerst um eine Audienz nachsuchen? Gewisse Protokolle einhalten?«

»Was? Um den verrückten Sultan zu besuchen?«

»Den *verrückten* Sultan?«

»Vertrottelter alter Sack. Blöde wie ein Dumblat.«

»Dumblat?«

»Keevel, Schwimmpit, Purgler. Such's dir aus.«

»In Ordnung. Purgler. Richtig«, sagte Maxwell. »Ich verstehe.«

»Schrei«, sagte Lord Archer. »Sag ihm ganz deutlich, was du von ihm willst. Sag ihm: ›*Nur die Seiten schneiden, nicht oben, du alter Purgler. Ja nichts oben abschneiden!*‹«

»*Ja nichts oben abschneiden?*« Maxwell kratzte sich nun doch wieder am Kopf. »Ja nichts oben abschneiden? Ich bin ehrlich verwirrt. Gehe ich etwa grundsätzlich falsch in der Annahme, daß der Sultan Sergio Rameer diese gesamte Universität leitet?«

»Diese Universität leitet?« Archer verschluckte sich

und spuckte Pimm's über Maxwell, als er in hysterisches Gelächter ausbrach. »Sergio Rameer soll diese Universität leiten? Das ist gut! Das muß ich den anderen erzählen! Jemand hat dir einen ganz schönen Bären aufgebunden, alter Freund, weil du noch neu hier bist.«

»Damit ich das richtig verstehe«, Maxwell schnippte Pimm's von den Schultern, »der Sultan Sergio Rameer leitet diese Universität also nicht?«

»Nein, tut mir leid, wirklich nicht.« Archer kämpfte darum, seine Heiterkeit unter Kontrolle zu bekommen. »Du hast noch nicht mit Latein angefangen, was?«

»Nein«, gestand Maxwell. Er schüttelte den Kopf und verspritzte Pimm's hierhin und dorthin.

»Dann weißt du also gar nicht, was das Wort Sultan bedeutet?«

»Offensichtlich nicht. Bitte erleuchte mich.«

»Es ist Latein, alter Freund. *Solum tonsor. Sol*um *ton*sor. Sol-ton, Sultan.«

»Damit kann ich immer noch nichts anfangen.«

Archer seufzte resignierend. »*Solum* bedeutet Boden, das Unterste von allem. Unten drunter. *Tonsor* bedeutet Barbier. Daraus folgt, daß der *solum tonsor,* also der Sultan, der Barbier ist und unter allem steht. Der Barbier hier, am Boden der Welt. Der Sultan ist der Universitätsbarbier, weiter nichts.«

»Was?« machte Maxwell. »Was? Was? Was?«

»Und was den Namen angeht, Sergio Rameer – deine Aussprache ist ziemlich daneben, alter Freund. Der Sultan heißt nicht *Ser-gio Rameer.* Er heißt Rimmer. John Rimmer. *Sir John Rimmer.*«

KAPITEL 20

»*Sir John Rimmer?*« Maxwell wich einen Schritt zurück. Sein Hirn machte einen gewaltigen Satz. Sir John Rimmer? Der aus dem Versteckten Turm? Der, der Maxwell so übel mitgespielt und ihn irgendwie hundert Jahre in die Zukunft katapultiert hatte, damit er in dem Chaos landete, in dem er gelandet war?

Dieser Sir John Rimmer?*

Nun, es schien unwahrscheinlich, daß ein anderer in Frage kam.

Und *Sultan* bedeutete wirklich *Barbier*?

»Eins noch.« Maxwell schwankte bedenklich. Er fuchtelte mit den Händen in der Luft. »Eine Sache. Wenn dieser Sir John Rimmer der Sultan ist …«

»*Solum tonsor*«, sagte Archer.

»Genau, der solum tonsor«, wiederholte Maxwell. »Wenn Sir John Rimmer der *solum tonsor* ist – wer leitet dann diese Universität?«

»Der Prinzipal selbstverständlich.«

»Und der Name des Prinzipals lautet?«

»Count Waldeck«, erwiderte Archer. »Count Otto Waldeck natürlich.«**

Bei der Nennung dieses Namens wurde draußen Jubel laut. Archer rannte zur Tür. »Verdammt und zugenäht!« fluchte er. »Fudger ist raus, und damit bist du der letzte Mann im Spiel.«

»Der letzte Mann? Ich?« Maxwells Gehirn hatte sich in Suppe verwandelt. Seine Gedanken schwammen darin,

* Ein rasches Rückblättern zu Kapitel 2 wäre zu diesem Zeitpunkt wahrscheinlich gar keine schlechte Idee.

** Ich hab's Ihnen gesagt!

knietief in brauner Windsorbrühe. Wie konnten *diese beiden* hier sein? Einhundert Jahre nach dem Großen Übergang? Sir John Rimmer als Barbier und der böse Count Waldeck, den Maxwell totgeschossen hatte, als Prinzipal der Universität?

»Das ist lächerlich«, sagte Maxwell. »Das kann gar nicht sein.«

»Und ob! Der verdammte Fudger. Einfach raus, für eine Ente.«

»Ente?« Maxwell sank in einen Lloydstuhl. »Ich kapier' gar nichts mehr. Ich entdecke einfach keinen Sinn in der Geschichte.«

»Ach, das gibt sich.« Archer stand bei Maxwells Beinen. »Warte, ich helfe dir.«

»Was machst du da?« fragte Maxwell, doch im Grunde genommen war es ihm egal.

»Ich polstere dich auf. Du bist unsere letzte Hoffnung, Flashman. Wir müssen die Gäste schlagen.«

»Gäste?« Maxwell schüttelte den Kopf in diese und jene Richtung.

»Die Gastmannschaft«, erklärte Archer. »Verdammte Tiere sind das.« Er schob Maxwell einen Kricketschläger in die Finger. »Die Ehre der Schule ruht jetzt ganz allein auf deinen Schultern, Flashman.«

»Ehre?« nuschelte Maxwell. »Ehre?«

»Zeig's ihnen«, versuchte Archer ihn zu ermuntern. »Zeig's ihnen.«

Irgendwo tief unten in der braunen Windsorbrühe von Gehirn fand eine bestimmte molekulare Umwandlung statt. Ob es sich dabei um eine Ribonukleinsäurereaktion* oder eine dieser Synapsengeschichten handelte, die eine Art Metamorphose auslöst, bleibt dahingestellt.

* Interessanterweise nimmt die Abkürzung für Ribonukleinsäure, RNS, im Collins English Dictionary einen Platz ein, der einen Winkel von genau 23° zur Definition von Rock 'n' Roll auf der gegenüberliegenden Seite aufweist.

Es ist im nachhinein auch schwer zu sagen. Doch als Ergebnis fing die braune Windsorbrühe an zu blubbern, veränderte ihre Farbe von Schmutzigbraun zu Blutigrot – der Farbe von Campbell's Tomatencreme – und begann dann zu kochen.

Der Dampf erfüllte Maxwells Kopf mit dem, was er inzwischen bereits kannte, ohne es indes zu lieben. Mit dem gefürchteten ROTEN NEBEL nämlich.

»Zeig's ihnen! Mach sie nieder!« Archer drückte Maxwells Finger um den Griff des Kricketschlägers. »Mach sie fertig! Wir brauchen nur sechs Runs zum Gewinnen!«

»Ja, ja. Ich mach' sie fertig.« Maxwell erhob sich mit einem Ruck und torkelte zur Pavillontür. Als er nach draußen ins Licht der inneren Sonne trat, wurde Jubel laut bei den kleinen Jungs in Grau, die sich auf der Zuschauertribüne drängten, und bei den Kricketspielern, die an den Pfeilern lehnten.

Maxwell stapfte über die Veranda und die Stufen hinunter. Seine Augen waren rot, und er atmete tief durch die Nase.

Hätten Kameras das Spiel verfolgt, wäre sicher eine Nahaufnahme von seinen Augen übertragen worden. Eine weitere Nahaufnahme hätte die Hand beobachtet, die den Kricketschläger gepackt hielt, der wie eine Axt über Maxwells Schulter ruhte. Eine weitere Kamera hätte (von einem Standort unter den Stufen) das Spielfeld herangezoomt, um plötzlich bildfüllend die Absätze Maxwells solider Stiefel zu zeigen. Dann ein Schnitt zu dem Elefantenwerfer der Gastmannschaft, der in diesem Augenblick seine übergroße runzlige schwarze Stirn mit einem roten Gingan-Taschentuch betupfte. Erneut ein Schnitt und Blickwinkel auf den besorgten William. Archer, der sich die Hände rieb. Die Gesichter von Maxwells Teamkameraden auf der Bank. Die Gesichter der Gastmannschaft.

Und zurück zu den roten Augen Maxwells.

Anschließend eine Panoramaaufnahme aus einem Hochkran, die von hinten an den gewaltigen Träger des Kricketschlägers heranfuhr, während er über das Feld stapfte.

Kinematographie?

Sahneschnitte!

Über den samtenen Rasen hinweg stapfte Maxwell, den Schläger auf der Schulter, Feuer in den Augen, roten Nebel im Kopf. Der Torhüter, ein schwarzer Panther, der möglicherweise auf den Namen Ouanga hörte, Erzdämon des Voodoopantheons von Gris Gris Chang Ba im dritten Wohnschlafzimmer der Hölle, beobachtete Maxwells Annäherung mit einem schwarzlippigen Schnarren und grinsenden Haifischzähnen.

»Komm, friß rotes Leder, weißer Junge«, kicherte er auf eine Art und Weise, die einen in Angst versetzen konnte.

Nicht Maxwell. Er starrte den Panther aus blutunterlaufenen Augen an und bezog seine Position. Langsam und sorgfältig vollführte er die Bewegungen, die alle Kricketspieler vollführen, um einen festen Stand zu erhalten. Die Gesten ähneln ein wenig denen von Tennisspielern, die sich in die Finger blasen und unablässig die Schläger drehen, bevor sie sich, fortwährend das Gewicht von einem Bein auf das andere verlagernd, auf den Return konzentrieren. Kein Schwein weiß genau, warum sie das tun. Möglicherweise ist es eine alte Tradition oder ein alter Brauch oder was weiß der Himmel. Nichtsdestotrotz tun sie es, allesamt.

Maxwell grub die Absätze in den Rasen, wackelte mit dem Hintern und hob seinen Weidenholzschläger, wie man das mit einem Baseballschläger tun würde.

Aber ganz bestimmt nicht mit einem Kricketschläger.

Spannung machte sich unter der Menge breit. Nur sechs Runs, um das Spiel zu kippen und doch noch zu gewinnen.

Der Werfer wandte sich von Maxwell ab und rieb den Kricketball in seinem Schritt (wir alle wissen, warum sie *das* machen).

Ein tiefes, böses Grollen entwich zwischen Maxwells zusammengepreßten Zähnen.

Der Werfer, in der Annahme, es sei ein Rülpser, wich einen Schritt zurück.

Die Spannung nahm weiter zu. Langsam drehte sich der Elefant wieder um, und der Schiedsrichter kaute auf einem Kaugummi, der mit Schnittlauch, Amber und Muskat aromatisiert war, doch das hat an dieser Stelle überhaupt keine Relevanz.

Spannung.

Der Werfer nahm einen mächtigen Atemzug, und seine Brust wölbte sich faßförmig hervor. Auf seinen stolzen Hauern aus glänzend gelbem Elfenbein tanzte das Licht der unterirdischen Sonne.

Noch mehr Spannung.

Wie Leviathan höchstpersönlich setzte sich der Werfer in Bewegung und nahm Anlauf. Schwere Schritte, die den Boden zum Zittern brachten. Wie unendlich verstärkter Herzschlag. Ba-domp. Ba-domp. Er wurde schneller. Ba-domp ba-domp. Ba-domp-ba-domp-ba-domp. Alle Augen waren auf den Werfer gerichtet, während er Anlauf nahm für seinen Wurf.

Noch mehr Spannung. Noch verdammt viel mehr Spannung. Ohrenrauschen. Nasenbluten. Eingeweidereißen. Hosennässen. SPANNUNG!!!

Sechs Runs, um das Spiel zu gewinnen.

Um den Tag zu gewinnen.

Ruhm.

Ehre.

Der gewaltige Werferarm holt aus. Der Ball verläßt die Hand. Maxwell, weiße Knöchel, rote Augen. Der Ball steigt hoch. Ein roter Ball. Rote Augen. Angehaltener Atem.

Ein Schlägerschwung. Surrendes Weidenholz. In Baseballmanier.

KARACK!!!

Karack? Kann das sein? Ein Weidenholzschläger gegen einen Lederball? Karack? Der Ball verliert die Form, eiert, steigt hoch in die Luft. HINAUF. Über den Spielfeldrand. In den inneren Himmel. Noch höher. Höher. HÖHER.

»Meine Güte!«

»Du bist aus!«

Ein erschrecktes Lufthohlen. Ein Schrei. Ein Bursche auf der Bank wird ohnmächtig.

Der Ball zu Maxwells Füßen. Der rote Abdruck seines Leders auf Maxwells rechtem Beinpolster. Desaster. Kalamität!

»Übergetreten! Du bist aus!« Der Schiedsrichter hob den Finger der Verdammnis.

»Nie im Leben!« Maxwell wandte sich dem Schiedsrichter zu. »Das war nie im Leben aus! Ich war mit dem Fuß nicht einmal in der Nähe der Pfosten. Das kann nicht Ihr Ernst sein!«

»Aus, mein Herr«, entschied der Schiedsrichter.

»Blödsinn! Das lass' ich nicht mit mir machen!«

»Du bist aus, weißer Junge«, grinste der Tormann. »Du kneifst besser den Hintern unter der Dusche zusammen.«

»Halt die Schnauze!« herrschte Maxwell ihn an. »Das war niemals übergetreten!« Er wirbelte herum und funkelte seine Kameraden auf der Bank an. »War das aus? Ich frage euch!«

Zweifelndes Köpfeschütteln. Zuckende Schultern. Drei weitere Burschen wurden ohnmächtig. »War das jetzt gut oder schlecht?« fragte William Lord Archer.

»Aus!« richtete der Schiedsrichter.

»Nein!«

Die tierische Mannschaft hüpfte über das Feld, warf Mützen in die Luft und stieß Fäuste in den Himmel. Und da sie den Elefanten schwerlich auf den Schultern über das Feld des Triumphs tragen konnten, kletterten sie auf seinen Rücken und jubilierten und gratulierten ihm von dort.

»Er war *nicht* aus!« Maxwell stampfte mit dem Fuß auf, wandte sich einmal mehr zum Schiedsrichter um und trat die Pfosten aus dem Boden.

»Jetzt bist du ganz definitiv aus, weißer Junge!« schnurrte Ouanga.

Maxwell blitzte die Kreatur an. Rote Augen durchbohrten gelbe.

Dann schwang Maxwell seinen Schläger.

Kein Mann (bis auf einen) hatte jemals einen Schläger mit derartiger Wucht geschwungen, wie Maxwell nun den seinen schwang. Und dieser eine Mann war, wie diejenigen, die so etwas wissen, zweifellos wissen, der inzwischen legendäre Clikki Ba höchstpersönlich, der Wolf von Kabul (Applaus).

Der Schlag traf Ouanga mit mörderischer Wucht. Der Panther ging inmitten eines Hagelsturms aus zerbrochenen Zähnen zu Boden. Maxwell sprang vor, um seine Arbeit zu beenden, doch Ouanga war längst ausgezählt.

Tiefes Einatmen.

Und entsetzliche Stille.

Mit weit aufgerissenen Augen wich der Schiedsrichter zurück. Maxwell drehte sich nach der Siegermannschaft um, die ihn voller Horror anstarrte. Und dann, unter Brüllen und Heulen und Schnauben, zum Angriff überging.

Obwohl der Wolf von Kabul es vielleicht mit allen aufgenommen und möglicherweise sogar triumphiert hätte, fluchte Maxwell einen Fluch, umklammerte heftig seinen Schläger und rannte wie ein Kaninchen nach der Ersatzbank.

Die sich schnell leerte. Kleine Jungs in grauer Kleidung mit dazu passenden Gesichtern rannten kreischend in diese und in jene Richtung, hierhin und dorthin. Die Burschen auf der Veranda betrachteten die Szene mit regloser Bestürzung.

Maxwell ergriff die Flucht, und die Tiere jagten hinter ihm her. Jede Ähnlichkeit mit menschlicher Mimikry war verschwunden. Ein Grollen, ein Knurren, Durst auf Maxwells Blut.

Maxwell rannte zur Tribüne und hüpfte von einer Sitzreihe zur nächsten. Ein Tiger sprang ihn von hinten an. Maxwell duckte sich und hämmerte ihm den Schläger auf den Kopf. Der Tiger ging zu Boden, und Maxwell rannte weiter.

Wild den Schläger über dem Kopf schwingend, rannte Maxwell die oberste Sitzreihe entlang. Die Tiere folgten ihm dicht auf den Fersen. Sitze wurden von grausamen Klauen zerfetzt. Auch der gegnerische Werfer beteiligte sich laut trompetend an der Verfolgung und trampelte alles nieder, was ihm im Weg stand.

Am Ende der Sitzreihen kam Maxwell schleudernd zum Halten. Ihm waren die Fluchtwege ausgegangen. Er wandte sich um, hob den weidenhölzernen Schläger und setzte ein höchst bedrohliches Gesicht auf, was seinen Verfolgern allerdings völlig entging. Sie verlangsamten ihre Hatz und näherten sich mit gesenkten Köpfen und glitzernden Augen der Beute, um ihr den Todesstoß zu versetzen.

»Hört mal, Freunde«, sagte Maxwell. »Laßt uns nichts tun, was wir später vielleicht bereuen könnten, ja?«

Die Tiere knurrten. Schwarze Lippen wurden zurückgezogen, um Reihen rasiermesserscharfer weißer Zähne zu entblößen. Muskeln wurden für den letzen Sprung gespannt.

Für das Zerfetzen und Fressen.

Maxwell hielt den Atem an. Ihn beschlich das schreckliche Gefühl, daß es diesmal wirklich keinen Ausweg mehr gab. Daß er die Dinge diesmal ein wenig zu weit getrieben hatte. Daß er vielleicht nicht weit genug vorausgedacht haben könnte.

Er war zu voreilig gewesen.

Diesmal war das letzte Mal. Es war sein Ende.

Näher rückten sie, grollten dumpf und zeigten noch mehr Zähne. Bestialisch und bedrohlich und so.

Näher.

Und noch näher.

Und dann ...

Karack!

Das war nicht Maxwells Schläger.

Die Sache hatte genaugenommen überhaupt nichts mit Maxwell zu tun.

Karack! Noch einmal, und noch einmal: *Karack!*

Maxwell gaffte. Die Tiere erstarrten.

KARACK!

Die Tiere wandten die Köpfe um.

Der Elefant stand an Ort und Stelle und sah auf seine Füße. Das Geräusch kam von unter ihm. Die hölzernen Balken, aus denen die Tribüne konstruiert war, machten das Geräusch. *Karack!*

»Au Backe!« sagte der Elefant, als die Bohlen unter seinem gewaltigen Gewicht nachgaben und die Tribüne mit einem gewaltigen *KARACK!*, das alle vorangegangenen KARACKS! übertönte, in sich zusammenbrach. Hinunter fiel der Elefant, zusammen mit ganzen Reihen von Sitzen und mit den anderen Tieren und dem Dach.

Maxwell fand sich an einen Dachpfosten geklammert wieder, der nun, da er kein Dach mehr zu tragen hatte, langsam die Vertikale verließ und sich zusammen mit Maxwell in eine bedenkliche Diagonale neigte.

»Oooooohh!« machte Maxwell.

Der Pfosten bog sich dem Boden entgegen wie ein Stabhochsprungstab mit eingebautem »Oooooohh!«, was nur zum Teil eine Täuschung war, denn das

»Oooooohh!« war selbstverständlich nicht in den Pfosten eingebaut, sondern in Maxwell.

Der Boden stürzte Maxwell entgegen, und mit ihm der Pavillon.

Maxwell schlug durch das Verandadach und wurde von Burschen in weißen Kricketuniformen aufgefangen.

Er landete auf Lord Archer und dem jüngeren Bruder von Lord Grade, kam stolpernd auf die Beine und rief nach William.

»Ich bin hier!« ertönte die Antwort. »Unter den Stufen.«

»Dann komm raus, schnell!«

»Machen Sie Witze oder was?«

»Los doch, Beeilung!«

William kämpfte sich aus seiner Deckung, und Maxwell packte ihn am Arm. »Du weißt, wie man schnell rennt, oder?«

William nickte zustimmend.

»Dann mach einfach nur das, was ich tue.« Und Maxwell tat, was er schon so viele Male zuvor getan hatte.

Diesmal allerdings in Begleitung.

Zusammen mit dem kleinen Jungen William nahm er die Beine in die Hand und gab Fersengeld.

KAPITEL 21

Maxwell flüchtet, William hinterher,
Vom Kricketfeld, sie eilen sich gar sehr.
Schnellen Schritts und nicht ein Blick
aufs Pandämonium zurück.

Von hohen Türmen klingen Glocken,
Ein jeder macht sich auf die Socken.
In Weiß die Männer, in Grau die Jungen,
Mit wildem Blick und keuchend' Lungen.

Scheppern, Knurren, Schreie, Krachen,
Im Pavillon gibt's nichts zu lachen.
Furchtbare Fänge, mit Klauen bestückt,
Die Tiere drehn durch, vollkommen verrückt.

Es bietet sich ein schrecklich' Bild,
Der Boden blutig, die Biester wild.
Sie fressen ohne Unterschied,
Wohl dem, der's Kricketspielen mied!

Manch' Glied zermanscht mit viel Getöse,
Der Boden schlüpfrig vom Gekröse,
Das scharfe Zähne ...

»Halt!« rief Maxwell und hob die Hand.

»Was ist?« William blieb keuchend stehen.

»Ein Gedicht«, sagte Maxwell. »Und zwar ein recht dilettantisches – zumindest in der Übersetzung.«

»Ich habe nichts gehört.«

Maxwell legte eine Hand hinters Ohr, dann zuckte er die Schultern. »Muß ich mir wohl eingebildet haben. Komm, hier geht's lang!«

»Wohin rennen wir?« erkundigte sich William.

»Zum Universitätsgebäude. Ich habe dort etwas zu erledigen.«

»Ich hoffe nur, es handelt sich um Verstecken.«

»Das auch. Komm schon, weiter.«

Sie schlüpften in die Schatten eines Bogenganges, liefen einen offenen Korridor hinab und fanden sich in einer schmalen Passage wieder.

»Vermutlich hat deine Großmutter dir nicht – durch

einen glücklichen Zufall – den Grundriß dieses Etablissements in den Hinterkopf geschlagen?« fragte Maxwell.

»Lustig, daß Sie das jetzt gerade erwähnen.«

»Dann kennst du also den Grundriß?«

»Selbstverständlich kenne ich den Grundriß nicht. Das würde sicherlich der Glaubwürdigkeit des Autors schaden, meinen Sie nicht?«

Maxwell schlug William auf den Hinterkopf. »Du hast recht«, sagte er schließlich. »Es ist niemals klug, seine Glaubwürdigkeit aufs Spiel zu setzen. Ich frage mich, was hinter dieser Tür auf uns wartet.« Sprach's und schob die betreffende Tür auf.

Der Raum dahinter war groß und niedrig und elend und gewöhnlich.

Eine einzelne Talgkerze in einer Wandhalterung beleuchtete einen Spiegel und zwei abgenutzte Sockelstühle, die auf einen durchlöcherten Linoleumboden geschraubt waren. Vor den Stühlen und unter dem Spiegel stand ein einzelner Tisch, auf dem ein paar antike Haarklipse und gefährlich aussehende Rasiermesser lagen.

»Oh«, sagte Maxwell. »Schick.«

»Wer ist da?« Etwas bewegte sich in der entgegengesetzten Ecke des Raums. Ein sehr gebrechliches Etwas, wie es schien. Es erhob sich auf knackenden Gelenken und stolperte unsicher in den schwachen Lichtschein der Kerze. Es war auch ein sehr großes Etwas, obwohl es eine gebeugte Haltung aufwies. Und es stützte sich auf einen lackierten Spazierstock.

Maxwell starrte die Erscheinung an. Es war ein Mann. Gewissermaßen. Ein uralter Mann, dessen kahler Kopf von Leberflecken übersät war. Sein Gesicht schien nur aus Falten und tiefen Linien zu bestehen. Ein langer weißer Bart bebte, als die Erscheinung zu sprechen ansetzte: »Seid ihr zum Rasieren gekommen, oder soll ich die Seiten schneiden und den Nacken ausputzen? Ihr müßt laut reden, ich bin ein wenig taub geworden.«

»Sir John?« fragte Maxwell und trat einen Schritt vor. Der alte Mann zuckte bei der plötzlichen Bewegung zusammen und schwankte auf seinem Stock, als drohte eine überraschende Windbö ihn von den Beinen zu fegen.

»Sir John, sind Sie's wirklich?«

Maxwell starrte die zitternde Gestalt an. Er hatte sich geschworen, schreckliche Rache zu nehmen, sollte er Sir John jemals wieder begegnen.

Aber jetzt, hier.

In diesem Zustand.

»Sie kennen ihn?« erkundigte sich William.

»Ein kleiner Junge!« Der Alte streckte eine zittrige, verkrümmte Klaue aus, um Williams Haar zu kraulen. »Ich hab' hier irgendwo ein paar Süßigkeiten für kleine Jungs.«

»Nein, danke«, entgegnete William. »Zucker beschleunigt die Bildung von Plaque, die ihrerseits zu Karies und Parodontose führt. Regelmäßiges Zähneputzen kann allerdings die ...«

Maxwell schlug William einmal mehr auf den Hinterkopf.

»Autsch!« sagte William.

»Schlagen Sie den kleinen Jungen nicht. Er ist bestimmt ein guter kleiner Junge. Du bist doch ein guter kleiner Junge, oder nicht?«

William nickte. »Lassen Sie uns verschwinden!« flüsterte er Maxwell zu. »Der Alte leidet ganz eindeutig an fortgeschrittener Demenz und einer chronischen Schwäche des Zentralnervensystems. Die mangelhafte Muskelkoordination und der Tremor sind unübersehbare Hinweise.«

»Das ist also deine Diagnose?«

»Ja«, antwortete William.

Maxwell packte William fest am Ohr und zerrte ihn durch die Tür nach draußen. »Du wartest hier«, befahl er, kehrte in das Zimmer zurück und warf die Tür krachend hinter sich ins Schloß.

»Dann ist er also ein ungezogener kleiner Junge?« Der Alte nickte mit dem verwitterten alten Kopf.

»*Sir John!*« Maxwell starrte dem Alten in die rheumatischen Augen. »Sie sind es, oder etwa nicht? *Sir John*?«

»Das muß eine Verwechslung sein. Ich bin der Barbier. Nacken ausputzen und Seiten verdünnen, habe ich das richtig verstanden? Oder eine Rasur? Ich muß das Messer schärfen. Es ist schrecklich rostig.«

»Sir John, Sie sind es!« Maxwell streckte die Hände aus, um den Alten an den zitternden Schultern zu rütteln, doch dann ließ er es bleiben, aus Furcht, der Greis könne auseinanderfallen. »Wie ist es nur möglich, daß Sie hier sind, nach all der Zeit? Was ist geschehen? Wie hat Waldeck ...«

»Waldeck? *Waldeck*?« Der Alte schnitt eine ängstliche Grimasse und machte parierende Fechtbewegungen mit seinem Stock. Mit einem dumpfen Geräusch und in einer Wolke von Staub sank er in einen der ledernen Stühle.

»Sie erinnern sich an ihn, nicht wahr? Erinnern Sie sich auch an mich?«

»Sie?« Der alte Mann nickte. »Ja, ich erinnere mich an Sie.«

»Tatsächlich?«

»Archer, nicht wahr? Haben Sie das Spiel gewonnen? Sie haben diese Bastarde geschlagen, oder?«

»Ich bin nicht Archer. Ich bin Maxwell. *Maxwell!* Erinnern Sie sich nicht? Max Carrion, der Imagineur.«

»Mick Scallion, der Ingenieur? Ich habe keinen Ingenieur kommen lassen. Außerdem kenne ich nur einen Mike, und der ist Mechaniker.«

In Maxwells Kopf bildete sich wieder Nebel. Er ballte eine Faust und öffnete sie wieder, dann schob er die

Hände in die Hosentaschen. Die Rechte schloß sich um den magischen Beutel.

»Magie!« sagte er. »Sie erinnern sich doch an Magie, oder nicht? *Ihre* Magie? Sie besaßen eine sehr mächtige Magie.«

»Magie?« Der alte Mann hustete. »Hier gibt es keine Magie. Nichts gelangt durch das Gitter. Hier gibt es überhaupt keine Magie. Besaß ich tatsächlich einmal Magie? Ich kann mich gar nicht erinnern. Wenn ich welche besaß, habe ich sie jedenfalls verloren.«

»Erinnern Sie sich denn an gar nichts? An mich? Oder daran, wer Sie waren?«

»Ich bin der Barbier. Den Nacken kurz und ausputzen, sagten Sie?«

Maxwell starrte einmal mehr in die rotgeränderten Augen. »*Er* hat Ihnen das angetan, was? *Er* hat Ihnen die Erinnerung genommen, genau wie er den Kindern die Erinnerung nimmt. Saugt ihnen das Wissen heraus. Er hat Ihnen alles genommen. Dieses Universum gehörte Ihnen, oder vielleicht nicht? Die Stadt von Sergio Rameer. Die Universität von Sir John Rimmer. Er hat Ihnen all das genommen und daran herumgepfuscht.«

»Universität?« Die Augendeckel des Alten flatterten. »Bin ich noch immer in meiner Universität? Es ist alles schon so lange her. Ich vergesse viele Dinge. Das Gehör ist auch nicht mehr so gut. Sie müssen lauter reden und mir sagen, wie ich Ihnen die Haare schneiden soll.«

»Ich will mir nicht die Haare schneiden lassen!« rief Maxwell. »Ich will die Sache wieder hinbiegen! Ich will Waldeck töten und Ihnen Ihre Erinnerung und Ihr Wissen zurückgeben.«

»Wissen?« Der Alte schaukelte in seinem Stuhl vor und zurück. »Wissen liegt in der Luft. Es schwebt rings um uns, überall. Man muß nur wissen, wie man es zu fassen bekommt.« Der Alte kicherte grauenvoll. »Einklopfen, das ist das Geheimnis. Um es zu erfassen, muß man es einklopfen. In den Kopf klopfen, einfach so. Oder den Kopf scheren? Jedenfalls irgend etwas mit Köpfen. Ich bin der Barbier, wissen Sie?«

Maxwell blickte sich in dem schrecklichen Raum um. »Ich brauche andere Klamotten. Eine Verkleidung. Man wird nach dem mysteriösen Kricketspieler Ausschau halten. Ich muß mich als jemand anderes ausgeben.«

»Sie sollten einen Overall tragen, wenn Sie Ingenieur sind.«

»Ich bin kein Ingenieur. Ich bin der *Imagineur.*«

»Imagineur. *Imagineur?* Sie sehen nicht aus wie ein Imagineur. Sie sind nicht gekleidet wie ein Imagineur. Sie sehen eher aus wie ein Kricketspieler. Haben wir eigentlich gewonnen?«

Maxwell warf die Hände hoch.

»Kleiderschrank«, sagte der alte Mann.

»Ein Kleiderschrank? Wo?«

»Dort drüben, in der Ecke. Sagte ich Kleiderschrank? Warum sagte ich Kleiderschrank?«

»Schon gut, macht nichts.« Der Kleiderschrank stand in einer düsteren Ecke. Maxwell stapfte hinüber und riß die Türen weit auf.

Dann trat er einen Schritt zurück und starrte auf den Inhalt.

Das flackernde Kerzenlicht fiel auf einen Anzug.

Und was für einen Anzug.

Eine Weste aus reichem Brokat. Eine Krawatte aus dunklem Material. Eine Kordsamthose. Ein Paar Reitstiefel.

An einem Haken ein Gurt mit Pistolenholstern, Dolchen und einem Samuraischwert in einer glänzenden Scheide.

An einem weiteren Haken ein einfach wundervoller Mantel aus nachtschwarzem Leder.

Maxwell stieß einen Pfiff hervor. »Rock 'n' Roll«, sagte er.

Der Barbier humpelte heran und blieb Schulter an Schulter neben Maxwell stehen. »Habe ich die für jemanden in Verwahrung genommen, oder was?«

»Für mich«, erwiderte Maxwell.

Tumultartige Geräusche drangen aus der Passage. William schlich in den Raum, schloß leise die Tür hinter sich und drehte den Schlüssel im Schloß. »Sie kommen hierher«, sagte er. »Schrecklich große Viecher. Sie durchsuchen jedes Zimmer.«

»Dann verschwinden wir am besten.« Maxwell griff in den Schrank und nahm den Anzug heraus.

William stieß einen Pfiff aus. »Was für ein wunderbarer Anzug«, sagte er.

»Gibt es einen Hinterausgang?« fragte Maxwell den Barbier.

»Ja. Selbstverständlich.«

»Und wo befindet er sich?«

»Sie sind durch ihn hereingekommen.«

»Machen Sie schon«, forderte William Maxwell auf. »Schlagen Sie ihn. Ich weiß, daß Sie es wollen.«

»Nein, will ich nicht.«

»Wollen Sie doch. Ich kann es an Ihren Augen erkennen.«

»Nein, will ich nicht! Wo befindet sich die Vordertür, Sir John?«

»Die Vordertür? Oh, ich verstehe. Die Vordertür. Ja.« Sir John dachte darüber nach. »Gehen Sie den Weg, den Sie gekommen sind, durch die Passage, am Ende rechts, in das Foyer, am Andenkenladen vorbei, und Sie sind da.«

»Sie müssen ihn ja nicht so fest schlagen«, sagte William. »Ein paar Klapse auf den Hinterkopf reichen sicher völlig aus.«

Bong. Bong. Bong. Irgend jemand bong-bong-bongte an die Hintertür.

»Es muß einen anderen Weg nach draußen geben«, sagte Maxwell und schielte auf der Suche nach demselben durch das düstere Zimmer.

Krach. Krach. Krach. »Aufmachen da drin!«

»Ein Geheimgang«, sagte Sir John.

»Was?« fragte Maxwell.

»Geheimgang.«

»Wo?«

»Würde ich Ihnen das verraten, wäre es kein Geheimgang mehr«, kicherte Sir John.

Krach!

William starrte auf den bewußtlosen Barbier herab. »Ich glaube, Sie haben ihn getötet«, sagte er.

Maxwell untersuchte seine rechte Faust. »Es war nur ein leichter Klaps. Und er hat immerhin darum gebettelt.«

Krach! machte die Tür. Und *Splitter!* auch.

»Mir nach«, sagte Maxwell.

»Wohin?«

»Hierhin.«

Heftiges Splitter! an der Tür. Dann brach sie aus den Angeln.

Zwei ehrfurchtgebietende Wesen stürmten in den Raum. Große schiefe Köpfe mit Federbüscheln obenauf. Augen wie Glühbirnen und schnappende Kiefer. Beeindruckend breite Schultern unter einem Lederharnisch. Mächtige Fäuste am Ende muskulöser langer Arme.

Sie rasten durch das Zimmer (die Wesen, nicht die Arme), rissen die Stühle aus ihren Verankerungen (die Arme), warfen den Tisch um. Rissen den Kleiderschrank zu Boden und zerfetzten ihn in Stücke. Als sie (die Wesen) sich davon überzeugt hatten, daß der Raum keinen weiteren Ausgang besaß, schnüffelten sie an dem bewußtlosen Barbier, fluchten wilde Flüche und verließen schließlich das Zimmer.

Nach einer Weile war alles wieder still. »Die Kerle haben mir überhaupt nicht gefallen, ehrlich«, sagte William.

»Zwei von Count Waldecks persönlichen Leibwächtern«, erklärte Maxwell.

»Wer ist Count Waldeck?«

»Der Herrscher der Stadt. Der Lehr*statt*.«

»Ich dachte, das wäre Sergio Rameer.«

»Nein. Sergio Rameer ist in Wirklichkeit Sir John Rimmer, der Barbier, den ich eben bewußtlos geschlagen habe.«

»Was? Aber wenn ...«

»Ich werde es dir unterwegs erklären«, unterbrach ihn Maxwell. »Hilf mir bei diesem einfach wunderbaren Mantel, ja?«

»Eine Frage noch, bevor wir gehen«, wandte William ein. »Wo genau befinden wir uns hier?«

»Wir verstecken uns im Innern eines magischen Beutels in der Zimmerecke«, antwortete Maxwell. »Ich dachte, das wäre verdammt offensichtlich.«

In voller Max-Carrion-Montur stapfte Maxwell durch die Passage. Der einfach wunderbare Ledermantel flatterte hinter ihm her. Die Reitstiefel klickklackten auf dem Marmorflur, und die Waffen klimperten und klapperten.

Maxwell sah vollkommen geschäftsmäßig aus.

Und er war es auch.

Es ging auf den Showdown zu, und Maxwell wußte es. Jene Zeit epischer Konfrontation stand bevor, in der lose Handlungsfäden endlich zusammengefügt werden, Schurken ihre gerechte Strafe erhalten und der tapfere Held triumphiert.

Dunkle Gedanken regten sich in Maxwells Kopf, wie er

so dahinstapfte. Der großartige Plan, den er eine ganze Weile früher geplant hatte, lag in Scherben. Viel von seinem Plan hatte darauf beruht, daß der Sultan nicht wußte, wer Maxwell war oder hinter was er in Wirklichkeit her war.

Trotzdem war noch längst nicht alles verloren, und neue Ideen drängten in Maxwells Bewußtsein. Eine nach der anderen und alle auf einmal.

Und als Maxwell schließlich das Ende des Korridors erreicht hatte, war längst ein neuer Plan in seinem Kopf entstanden. Und genauso sollte es auch sein.

»Halt!« befahl Maxwell und blieb stehen.

»Was?« fragte William und stolperte über Maxwells Hacken.

»Ich habe einen Plan«, verkündete Maxwell und half dem kleinen Jungen auf die Füße. »Ich werde dir die groben Umrisse erläutern, und anschließend *wirst du, ohne zu fragen, genau das tun, was ich dir sage*. Hast du verstanden?«

William setzte ein zweifelndes Schmollgesicht auf. »Sind Sie sicher, daß Sie keine Fragen zulassen wollen, auch wenn sie für das erfolgreiche Gelingen des Plans möglicherweise von Bedeutung und darüber hinaus hervorragend artikuliert sind?«

»Absolut sicher.«

»Eine Schande ist das«, maulte William. »Weil nämlich ein guter Teil meiner Charakterisierung ganz offensichtlich davon abhängt, daß ich jede Menge komplizierter Sätze mit reihenweise langen Worten darin von mir gebe. Um einen nicht geringen komischen Effekt zu erzielen, wie ich hinzufügen möchte.«

»Ich persönlich fand deine komplizierten Sätze eigentlich nie besonders komisch«, sagte Maxwell. »Die meisten scheinen direkt aus einem Wörterbuch entnommen. Im ersten Augenblick mag das ja vielleicht komisch sein, aber der Effekt vergeht rasch.«

»Oh?« sagte William. »Vielleicht sollte ich statt dessen

ein wenig häufiger ›Fersengeld geben‹? Oder ›Rock 'n' Roll‹ sagen oder auf meine ›soliden Stiefel‹ verweisen?«

»Das ist unfair«, beschwerte sich Maxwell. »Zu einem Helden gehört einfach mehr als ein paar laue Running Gags.«

»Ach ja. Ich vergaß das Leuteschlagen. Wenn man sich festgeschrieben hat, schlägt man einfach ein paar Leute k.o. Sehr originell.«

Maxwell bedachte William mit einem harten Blick.

»Haben Sie nicht auch das Gefühl, daß wir nichts von alledem hätten sagen sollen?«

»Wir tun einfach so, als hätten wir nichts gesagt, und machen weiter.«

»In Ordnung. Wo waren wir stehengeblieben?«

»Ich habe einen Plan«, verkündete Maxwell und half dem kleinen Jungen auf die Füße. »Ich werde dir die groben Umrisse erläutern, und anschließend *wirst du, ohne zu fragen, genau das tun, was ich dir sage*. Hast du verstanden?«

»Absolut«, antwortete William.

Und Maxwell erzählte William von seinem Plan. Er erklärte ihm jedes allerkleinste Detail, und als er fertig war, fragte er William nach dessen Meinung.

»Ich denke, es ist ein blendender Plan, Maxwell, und ich bin glücklich, meine Rolle darin zu spielen.«

»Rock 'n' Roll«, sagte Maxwell. »Also fangen wir an.«

Maxwell wanderte das letzte Stück allein durch die Passage. Am Ende des Gangs wandte er sich nach rechts, marschierte in das Foyer, kam am Andenkenladen vorbei und ging schließlich auf die Rezeption zu.

Er erreichte den Rezeptionsschalter. Eine höchst attraktive junge Frau saß dahinter. Sie besaß goldene Löckchen und goldene Augen und auch jenen gewissen Ich-weiß-du-würdest-gerne-aber-du-kannst-nicht-Ausdruck darin.

»Guten Tag«, sagte Maxwell.

Die junge Frau schniefte. »Ich habe eine Erkältung«, sagte sie. »Deswegen kann ich nicht durch die Nase atmen.«

»Das tut mir wirklich leid«, erwiderte Maxwell.

»Warum sollte Ihnen das leid tun?« fragte die junge Frau. »Wir hätten auf gar keinen Fall oralen Sex gemacht.«

»Ich wäre nie auf den Gedanken gekommen«, sagte Maxwell ein wenig befremdet.

»Nein, aber es ist offensichtlich, daß Sie darauf gehofft haben.«

»Nie im Leben«, widersprach Maxwell.

»Aber sicher. Und Sie kriegen keinen. Basta.«

»Ich möchte Count Waldeck sprechen«, sagte Maxwell und streckte die Schultern vor.

»Er wird Ihnen auch keinen oralen Sex machen.«

»Ich will gar keinen oralen Sex. Was soll dieses ganze Gerede von oralem Sex überhaupt?«

»Sie haben damit angefangen.«

»Habe ich nicht. Ich habe nichts weiter gesagt als ›Guten Tag‹.«

»Ja, aber das haben Sie nicht gemeint.«

»Habe ich wohl. Ich habe ›Guten Tag‹ gesagt, und das habe ich auch gemeint. Mehr nicht.«

»Also wollen Sie *keinen* oralen Sex?«

»Nein«, entgegnete Maxwell.

»Und warum nicht?« fragte die Rezeptionistin. »Nennen Sie mir *einen* Grund, warum ein Mann keinen oralen Sex haben möchte.«

Maxwell kratzte sich am Kopf. »Ich weiß keinen«, antwortete er.

»Also wollen Sie ihn doch.«

»Ehrlich gesagt, ich mag ihn.«

»Nun, Sie kriegen ihn jedenfalls nicht. Meine Nase ist ganz zu.«

»Sehen Sie«, sagte Maxwell. »Sie sind eine sehr attraktive Frau, und wenn Sie mir oralen Sex anbieten wollen, sage ich ganz bestimmt nicht nein. Aber das ist nicht der Grund, aus dem ich gekommen bin. Ich will den Count Waldeck sprechen, auf der Stelle. In dieser Minute. Oraler Sex hat nicht das geringste damit zu tun, glauben Sie mir.«

»Count Waldeck liebt oralen Sex.«

»Ich bin sicher, daß er ihn liebt. Vielleicht werden er und ich später darüber diskutieren.«

»Lassen Sie mich bitte aus dieser Diskussion heraus. Ich hasse oralen Sex.«

»Und warum reden Sie andauernd darüber?«

»Es ist ein komisches Element, oder etwa nicht? Sie kommen im Verlauf Ihrer heroischen Mission zur Rezeption und werden durch lauter Kalauer über oralen Sex von Ihrer Aufgabe abgelenkt.«

»Ah«, sagte Maxwell. »Vor ein paar Augenblicken erst habe ich eine ähnliche Situation durchlebt. Ich hoffe nur, es bedeutet nicht, was ich denke, daß es bedeutet.«

»Wie kann ich Ihnen helfen, mein Herr?« fragte die Rezeptionistin plötzlich mit kühler, geschäftsmäßiger Stimme.

»Ich habe eine Verabredung mit Count Waldeck«, antwortete Maxwell. »Bitte führen Sie mich zu seinem Büro.«

»Es tut mir leid, mein Herr, aber das kann ich nicht tun.«

»Die Angelegenheit ist von höchster Dringlichkeit«, drängte Maxwell. »Der Count erwartet eine Lieferung durch mich, und er wird nicht erfreut sein zu warten.«

»Sie können den Count nicht sehen, mein Herr, und damit basta.«

»Schicken Sie einen Boten«, schlug Maxwell vor. »Lassen Sie dem Count ausrichten, daß McGuffin der Magier hier ist und daß er Aodhamm bei sich hat.«

»Unmöglich«, erwiderte die Rezeptionistin.

»Das ist nicht unmöglich«, widersprach Maxwell, »sondern lebenswichtig. Machen Sie es einfach.«

»Ich kann nicht, mein Herr.«

»Und warum können Sie nicht?«

»Weil Count Waldeck nicht hier ist. Er ist in Urlaub gefahren.«

»Was?« platzte Maxwell hervor. »Waldeck ist in Urlaub gefahren?«

»In Urlaub, ganz recht, mein Herr.« Die Rezeptionistin blätterte durch ihren Tischkalender. »Ich kann Ihnen einen Termin geben, wenn er wieder zurück ist. Das ist in ...« Sie blätterte einige Seiten vor. »In exakt *neunzehn* Tagen.«

»*Neunzehn Tage?*« Maxwell wich einen Schritt zurück. Dann noch einen.

»Neunzehn Tage«, antwortete die Rezeptionistin. »Wollen Sie, daß ich Ihren Namen vormerke?«

KAPITEL 22

»Neunzehn Tage!« Maxwell rotierte. Das durfte nicht wahr sein. Er war nicht den ganzen Weg hergekommen, um herauszufinden, daß sein Mann in Urlaub gefahren war. Das war nicht die Art und Weise, wie die Dinge getan wurden, wenn die epische Konfrontation unmittelbar bevorstand.

Und überhaupt.

»Überprüfen Sie den Terminkalender noch einmal«, forderte Maxwell die Rezeptionistin auf. »Sie haben einen Fehler gemacht.«

»Einen Fehler? Inwiefern?« erkundigte sich der junge Mann hinter der Rezeption. Der *junge Mann*?

Maxwell blinzelte ihn an. »Woher kommen Sie so plötzlich?« stotterte er. »Was ist aus der jungen Frau geworden, mit der ich bis vor einer Sekunde noch geredet habe?«

Der junge Mann legte einen Finger auf die Lippen und deutete mit der anderen Hand unter den Rezeptionsschalter (und auf seinen eigenen Unterleib). Er zwinkerte Maxwell vertraulich zu.

»Das tut sie nicht!« sagte Maxwell. Er beugte sich über den Schalter, um einen Blick auf das Geschehen dahinter zu werfen. »Meine Fresse!« rief er und wich zurück. »Ich meine, meine Güte!«

»Wie kann ich Ihnen helfen, mein Herr?« wiederholte der junge Mann, während seine Augen langsam glasig wurden.

»Ich habe eine Verabredung mit Count Waldeck«, entgegnete Maxwell. »Ich bin Mick Scallion, der Ingenieur. Es handelt sich um einen Notfall. Wo geht es zum Büro des Count?«

»Sie können nicht zum Count. Er ist …«

» … *nicht* in Urlaub!« donnerte Maxwell. »Das dulde ich nicht.«

»Er ist tot«, sagte der junge Mann. »Starb letzten Dienstag. Tragische Sache, das. Wir versuchen noch immer, den Schock zu verdauen.«

Maxwell starrte auf das idiotische Grinsen, das jetzt im Gesicht des jungen Mannes stand. »Sie scheinen es mit ziemlicher Fassung zu tragen«, brummte er. »Aber ich glaube diese Geschichte ebenfalls nicht. Wo geht es zum Büro von Count Waldeck?«

»Über die Hügel und dann noch ein ganzes Stück weiter«, antwortete der Fisch.

»Sie haben sich in einen Fisch verwandelt«, stellte Maxwell fest. »Warum?«

»Ich muß Sie bitten, auf die andere Seite der Absperrung zurückzukehren«, forderte der Polizist ihn auf.

Maxwell trat einen Schritt zurück und fand sich in einer Menschenmenge wieder. Einer Menschenmenge in Kleidung des zwanzigsten Jahrhunderts.

Draußen.

Auf der Straße.

In *seiner* Straße.

Es war alles da: die Häuser, die Autos. Der Geruch. Die Menschen. Seine Nachbarn. Freunde. Duck-Barry Ryan und Jack der Hut. Maxwell war wieder zu Hause.

»Hallo, Maxwell«, sagte Sandy, der Wirt vom *Geschrumpften Kopf.* »Ich bin froh, daß ich dich noch getroffen habe. Du hast das hier im Lokal vergessen.«

»Ich ... was?«

»Diese Rolle hier.« Sandy reichte Maxwell den Königlichen Königin-Elisabeth-Preis für Fleiß, den Maxwell vor einer scheinbaren Ewigkeit erhalten hatte.

»Was ist das?« Maxwell schüttelte den Kopf. »Was geht hier vor?«

»Es ist ein Realtitätsbruch, mein Herr«, sagte der Polizeibeamte. »Die Wissenschaftler arbeiten daran. Dort drüben in diesem Haus hat alles angefangen.«

»Das ist mein Haus.«

»Dann verschwinden Sie besser, bevor jemand dahinterkommt«, sagte der Polizeibeamte. »Gehen Sie nach Patagonien, so lautet mein Rat.«

»Nein«, sagte Maxwell. »Ich glaube das alles nicht. Es ist nicht real.«

»Bist du in Ordnung, Liebster?« ertönte die Stimme von Maxwells Liebster.

»Die Liebste!« Maxwell gab die erstickten Geräusche von sich, die er manchmal so von sich gab. »Ich bin zurück bei *dir*? Ich will nicht wieder bei dir sein! Ich will überhaupt nicht hier sein!«

»Du hast zu hart gearbeitet, Liebster. Viel zu hart.«

»Ich habe niemals gearbeitet«, widersprach Maxwell. »Wovon redest du da?«

»Dir wurde der Königliche Königin-Elisabeth-Preis für Fleiß verliehen, weil du dich als Autor verdient gemacht hast. Aber du bist viel zu sehr in deiner Arbeit versunken. Dreiundzwanzig John-Rimmer-Romane. Du hast mehr in den Büchern gelebt, die du schreibst, als in der wirklichen Welt.«

»In den Büchern, die ich schreibe?«

»Der Doktor meint, es sei Überanstrengung. Du hattest einen Zusammenbruch. Du hast geglaubt, die Charaktere aus deinen Büchern seien hinter dir her.«

»Nein!« Maxwell schüttelte heftig den Kopf. »Nein, nein, nein! Ich bin nicht wirklich hier. Ich war niemals wirklich hier. Ich war ein Niemand hier. Ich bin nicht mehr diese Person. Ich bin der Imagineur!«

»Es stimmt, Vater.«

»*Vater?*« Maxwell blickte hinab.

William blickte zu ihm auf. »Tu, was Mama dir sagt. Hör auf den Doktor. Er hat ein spezielles Medikament, das dir helfen wird.«

»Darauf gehe ich jede Wette ein.« Maxwell schob sich durch den Sicherheitskordon. Er schloß die Augen und sprang.

»Kann ich Ihnen helfen, mein Herr?« fragte die goldhaarige Rezeptionistin.

»Ich muß augenblicklich mit Count Waldeck sprechen!« Maxwells Faust krachte auf das Pult. »Keine Ausreden mehr! Keine ...«

Die goldenen Augen der Rezeptionistin starrten tief in die von Maxwell.

Er wandte den Blick ab. »Großartige Augen«, murmelte er. »Sehr hypnotisch. Aber das funktioniert nicht zweimal. Wo ist Count Waldeck?«

»Ich befürchte, Count Waldeck befindet sich im Urlaub, mein Herr.«

»Nein!« Maxwell streckte die Hand über den Schalter, um die junge Schönheit zu packen. Die Hand ging einfach durch selbige hindurch.

»Sie müssen sich schon einen Termin geben lassen«, fuhr Goldhaar fort und blätterte im Terminkalender.

Maxwell wollte auf das Buch klopfen, doch seine Hand ging auch durch dieses hindurch, und so klopfte er auf das Pult.

»Wann darf ich Sie vormerken?«

Maxwell schwang sich über den Schalter und ging dahinter in die Knie. Er fand einen komplizierten Apparat mit mehreren Projektionslinsen.

Maxwell berührte eine der Linsen. Das Bild der jungen goldenen Frau erzitterte und wurde unscharf.

»Ein Hologramm«, flüsterte er. »Es ist nichts weiter als ein verdammtes Hologramm. Wie ist das nur möglich, hier an diesem Ort?« Er hob den Apparat auf. Das Bild der jungen Frau erhob sich mit ihm, bis sie scheinbar mitten in der Luft über dem Schalter schwebte, wo sie ungerührt weiter in ihrem Terminkalender blätterte. »Noch neunzehn Tage«, sagte sie.

Maxwell fand den Ausschaltknopf und betätigte ihn. Die junge Frau löste sich auf. Maxwell zog seinen magischen Beutel hervor, schob den Apparat hinein und den Beutel in die Hosentasche seines einfach wunderbaren Anzugs zurück. Dann duckte er sich erneut hinter den Schalter und durchwühlte die Regale und Schubladen. Irgend etwas Nützliches mußte sich doch finden lassen. Ein Gebäudeplan, ein Grundriß, irgend etwas.

Das Geräusch sich nähernder Schritte erklang. Maxwell zog den Kopf noch weiter ein.

»Er hat erzählt, sein Name sei Flashman.« Die Stimme war die des jungen Lord Archer. »Er hat behauptet, meinen Bruder zu kennen.«

»Haben wir einen Flashman bei uns? Ich kenne keinen Flashman.« Maxwell spitzte die Ohren. Diese Stimme kannte er ebenfalls. Es war die Stimme von Count Waldeck persönlich. »Wo ist die Rezeptionistin?« fuhr die Stimme fort.

»Wahrscheinlich ist sie sich die Nase pudern gegangen«, vermutete Archer.

Maxwell vernahm ein klatschendes Geräusch, das er ganz richtig als durch die Hand Count Waldecks am Hinterkopf von Lord Archer verursacht einschätzte.

»Greifen Sie über den Schalter, und betätigen Sie den Holoprojektor, Sie jämmerlicher Kasper.«

»Jawohl, Eure Countschaft.«

Maxwell hörte, wie die Schritte des jämmerlichen Kaspers näher kamen. Und dann tauchte das Gesicht des Kaspers über ihm auf. Lord Archer starrte auf Maxwell hinunter. Und Maxwell grinste zu Lord Archer hinauf.

Wäre William zugegen gewesen, er hätte ganz ohne Zweifel und mit unerreichter Präzision vorhersagen können, was Maxwell als nächstes tat.

Lord Archer stolperte rückwärts, verdrehte die Augen und ging bewußtlos zu Boden.

»Was ist los?« fragte der Count ungeduldig. »Sind Sie jetzt bewußtlos geworden oder was?«

»Oder was.« Maxwell erhob sich aus seiner Deckung hinter dem Schalter. Er hatte seine Pistole in der Hand und rote Blitze in den Augen.

Der Count musterte die Gestalt in dem einfach wunderbaren Anzug. »Wer sind Sie?« fragte er schließlich. »Sie sind jedenfalls nicht die Rezeptionistin.«

Maxwell musterte den Count. Er hatte sich nicht verändert, kein einziges teuflisches Jota. Der gleiche widerliche Bastard. Groß und breit, kahlköpfig und durch und durch schlecht. Überhaupt nicht wie Joss Ackland in *Bill und Teds verrückte Reise*. Joss Ackland spielt immer nur die guten Schurken. Der Count steckte in einer knöchellangen schwarzen Mönchskutte mit einem geheimnisvollen silbernen Symbol auf der Brust.

»Wer ich bin?« Maxwell straffte die Schultern, sprang mit einem mächtigen Satz auf den Rezeptionsschalter und stand breitbeinig über dem Count. »Ich bin Max Carrion, der Imagineur.«

»Noch nie von Ihnen gehört«, erwiderte der Count. »Sind Sie die Vertretung für meine Rezeptionistin? Ist der Apparat schon wieder zum Teufel gegangen?«

»Ich bin Max Carrion«, wiederholte Maxwell. »Der Racheengel.«

»Ich erinnere mich nicht, einen Racheengel gerufen zu haben. Macht es Ihnen vielleicht etwas aus, deutlicher zu werden?«

»*Ich* bin's!« Maxwell sprang vom Schalter und ging breitbeinig zum Count. »Ich, Maxwell. Ich habe Sie getötet. Erinnern Sie sich nicht?«

Der Count schüttelte den mächtigen kahlen Schädel. »Hätten Sie mich getötet, würde ich mich ganz bestimmt daran erinnern. Ich fühle mich nicht im geringsten tot. Nicht einmal krank. Haben Sie vielleicht irgend etwas geraucht, junger Mann?«

Maxwell musterte den Count von oben bis unten. Es war ganz definitiv der richtige Mann. Und Sir John Rimmer war der Barbier. Kein Zweifel möglich.

»Versuchen Sie nicht, sich mit mir anzulegen«, schnarrte Maxwell und fuchtelte mit der Pistole. »Ich bin wegen Ewavatt gekommen. Bringen Sie mich augenblicklich zu ihr.«

Der Count schüttelte den Kopf einmal mehr. »Es tut mir ganz furchtbar leid«, sagte er, »aber jetzt bin ich völlig verwirrt. Wer bitte ist Ewavatt?«

»Die metallene Frau. Die Frau von Aodhamm.«

»Warten Sie, ob ich das richtig verstanden habe. Sie sind Mick Scallion …«

»Max Carrion!« unterbrach ihn Maxwell.

»Verzeihung. Max Carrion. Sie sind Max Carrion, der Imagineur, der *mich* getötet hat. Und Sie sind wegen einer metallenen Frau gekommen.«

»Korrekt«, entgegnete Maxwell, den allmählich ein merkwürdiges Gefühl beschlich.

»Sie sind nicht rein zufällig auch dieser Flashman, oder doch?«

»Oder doch«, antwortete Maxwell.

»Ich verstehe.« Der Count kaute auf dem Nagel eines großen dicken Daumens. »Und in wessen Gestalt sind Sie hier?«

»Ich bin in niemandes Gestalt. Ich bin ich, und ich bin durch zwei Welten gereist, um herzukommen. Ich habe eine Menge durchgemacht. Aber eins nach dem andern.«

Der Count blickte sich suchend im Foyer um. Niemand zu sehen. Der Count blickte auf seine Armbanduhr. Maxwells Blick folgte ihm. Es war eine *digitale* Armbanduhr.

»Der Unterricht endet jeden Augenblick«, sagte der Count. »Wollen wir nicht in mein Büro gehen und dort über die Sache reden?« Er schob eine mächtige Hand in die Jackentasche.

»Keine Tricks!« warnte Maxwell und spannte den Hahn der Pistole.

»Ich suche nur meine Schlüssel.« Der Count zog einen großen Schlüsselbund hervor. »Folgen Sie mir bitte.«

»Ich folge Ihnen, keine Sorge.«

Der Count führte Maxwell über eine breite Marmortreppenflucht. Der wunderbare architektonische Stil und das kunstvolle Dekor der Treppenhauswände entsprachen ganz dem Foyer, und das war eine Schande, weil das Foyer zu keiner Zeit beschrieben worden ist.

Durch eine säulenbestandene Galerie ging es, eine weitere Treppenflucht hinauf, durch Räume, die in mannigfachen Farben dekoriert waren, und einen offenen Patio hoch auf eins der oberen Stockwerke.

Durch eine Kapelle. An verschiedenen Labors vorbei. Durch eine Tür in ein verlassenes Refektorium hinein und auf der anderen Seite wieder hinaus. Über einen Laufsteg. Eine Treppenflucht hinab ...

Und zurück in das Foyer.

»Wir sind zurück im Foyer«, stellte Maxwell fest.

»Mein Büro befindet sich hinter dem Empfangsschalter«, erklärte der Count. »Folgen Sie mir.«

Maxwell folgte ihm. Der Count entriegelte eine schwere Kiefernholztür. »Nach Ihnen«, sagte er.

»Blödsinn«, sagte Maxwell.

»Dann also nach mir«, sagte der Count und ging voraus.

Maxwell betrat den Raum. »Aha!« rief er aus. »Aha!«

»Aha?« erkundigte sich der Count und nahm hinter einem Schreibtisch Platz.

»Aha! Dieser Raum!« Maxwell blickte sich im betreffenden Raum um. Er war lang und breit, mit niedriger Decke, und eine vollständige und präzise Beschreibung ist zu Beginn von Kapitel 2 zu finden.* »Das ist Sir John Rimmers Zimmer! Und Scheiße! Das ist mein Lieblingsohrensessel!«

Maxwell stapfte zu dem fraglichen Möbel. »Mein Ohrensessel, den mein Weib an einen Zigeuner verkauft hat, der ihn seinerseits an Sandy aus dem *Geschrumpften Kopf* veräußert hat.«

»Es ist ein Dalbatto«, erklärte der Count. »Äußerst wertvoll.«

»Dann geben Sie also zu, daß das hier John Rimmers Zimmer ist?«

»In der Tat.« Der Count öffnete eine silberne Zigarettendose, nahm eine Zigarette heraus und zündete sie mit einem Tischfeuerzeug in der Form des Weltpokals an.

»Auch einen?« fragte er.

»Pardon?«

»Auch einen Glimmstengel?«

* Wie denjenigen wohlbekannt sein dürfte, die dem angebotenen Rat in der Fußnote zu Beginn von Kapitel 20 gefolgt sind und zurückgeblättert haben.

»Nein, danke. Ich habe das Rauchen aufgegeben.«

»Also, wollen mal sehen.« Der Count paffte an seiner Zigarette. »Sie meinten, das hier wäre Sir John Rimmers Zimmer.«

»Das meine ich immer noch«, bestätigte Maxwell und nahm in seinem Lieblingsohrensessel Platz.

»Müssen Sie sich wirklich in diesen Sessel setzen? Er ist äußerst kostbar.«

»Muß ich.«

»Wie Sie meinen. Also schön, ja. Das hier war tatsächlich Sir John Rimmers Zimmer. Sir John war der Dekan dieser Fakultät. Genaugenommen war er sogar der Gründer der Universität. Früher war sie unter dem Namen *Lehrstatt von Rimmer* bekannt.«

»Die Stadt Rameer.«

»Rittersprache, sozusagen«, fuhr der Count fort. »Sie verdrehen einfach alles. Aber Sir John gründete die Universität. Sehr traurig, das alles.«

»Warum traurig?«

Der Count tippte sich mit einem dicken Finger an die Stirn. »Der Streß. Das Alter. Er hat sich zur Ruhe gesetzt. Ein großer Mann. Ziemlich verrückt. Glaubt, er sei ein Barbier. Wir kümmern uns um ihn. Sehr, sehr traurig, das.«

»Nein. Nein! NEIN!« Maxwell schüttelte heftig den Kopf. »*Sie* haben ihm die Universität genommen. *Sie* haben seine Erinnerungen geraubt. Ganz genau so, wie Sie den Jungen die Erinnerung rauben, die an ihrem zehnten Geburtstag herkommen.«

»Ich soll ihnen die Erinnerungen rauben? Wie um alles in der Welt kommen Sie denn auf diese Idee?«

»Sie kommen mit Wissen her, das Sie ihnen stehlen. Die Kinder kehren in die Außenwelt zurück und haben jedes Wissen über diesen Ort verloren. Sie erzählen jedem: ›Die Stadt Rameer liegt hinter dem nächsten Hügel.‹ Das ist es, was Sie mit ihnen anstellen.«

»Ich denke, das sehen Sie ein wenig falsch«, sagte der Count. »Sir John Rimmer perfektionierte die Technik der perkussiven Perlokution, um Wissen aus dem Äther zu ziehen. Im Alter von zehn Jahren werden die Knaben hergebracht. Wir geben ihnen die Wahl, hierzubleiben, ihre Ausbildung weiterzuführen und den Rittern vom Goldenen Grummet beizutreten, die das Gitter zum zusätzlichen Schutz gegen die Bewohner der Roten Welt patrouillieren, oder zu ihren Eltern zurückzukehren.«

»Ohne ihr Wissen«, sagte Maxwell.

»Sie besitzen ihr Wissen noch immer, doch sie schwören einen Treueid, niemandem zu enthüllen, wo sich die Universität befindet. Und sie sind sehr loyal. Sie verstehen die Bedeutung dieser Institution für die Zukunft unserer Welt. Sie werden keinen einzigen Erwachsenen dort draußen treffen, der Ihnen verrät, wie man zur Universität findet. Übrigens, wie haben *Sie* eigentlich hergefunden?«

»Ein neunjähriger Knabe hat mir den Weg gezeigt.«

»Das hätte nicht geschehen dürfen. Die Jungen stehen allesamt unter der Obhut ihrer Großmütter, die in der Kunst der perkussiven Perlokution bewandert sind. Befindet sich das Kind bei Ihnen?«

»Nein«, log Maxwell. »Ich bin allein hergekommen.«

Der Count hob eine haarlose Augenbraue. »Ich denke, daß Sie da vielleicht nicht ganz die Wahrheit sagen.«

»Falls es eine Lüge ist, dann befindet sie sich jedenfalls in guter Gesellschaft. Weil ich nämlich glaube, daß Sie mir gerade einen riesigen Haufen Mist erzählt haben.«

»Tatsächlich?« Der Count paffte einmal mehr an seiner Zigarette. »Nun, Ihre Meinung ist mir im Grunde genommen egal. Ich fürchte, ich muß Sie bitten, nun zu gehen. Etwas sehr Bedeutsames ist geschehen und erfordert meine völlige Aufmerksamkeit.«

»Ich gehe nicht ohne Ewavatt«, widersprach Maxwell. »Ich *kann* nicht ohne Ewavatt gehen.«

»Meinetwegen durchsuchen Sie die gesamte Universität«, sagte der Count. »Falls Sie diese Ewavatt finden, können Sie sie mitnehmen. Ich würde Ihnen gern bei der Suche helfen, doch das bedeutsame Etwas läßt mir dazu leider nicht die Zeit.«

»Und was ist das für ein bedeutsames Etwas?«

Der Count seufzte und drückte seine Zigarette aus. »Seit mehreren Tagen ereignen sich merkwürdige Dinge in der Universität. Nichtkausale Taschen auf den Gängen. Halluzinogene Episoden. Und falls Sie dieser Flashman sind, haben Sie es heute mit eigenen Augen beobachten können: Eine ganze Kricketmannschaft aus Jungen verwandelte sich in ein Pantheon animalischer Götter. Die einzige Erklärung, die mir für all diese merkwürdigen Begebenheiten einfällt, ist von so weitreichender Bedeutung, daß allein der Gedanke Schauer durch meinen Körper sendet.«

»Und wie lautet diese Erklärung?«

»Daß irgendwie das Undenkbare eingetreten ist und jemand einen magischen Gegenstand durch das Gitter geschmuggelt hat.«

Maxwells Hand streifte unwillkürlich über die Hosentasche seines einfach wunderbaren Anzugs, in welcher MacGuffins Beutel ruhte. »Und das wäre gar nicht gut, oder wie?«

»Desaströs. Die Naturgesetze der Roten Welt sind nicht unsere Naturgesetze. Lebendige Magie in unserer Welt könnte sehr leicht eine Kettenreaktion auslösen und alles und jedes zerstören.«

»Das ist sicher übertrieben, oder?«

»Ein ganzer Raum voller Schießpulver ist so harmlos wie ein Tank mit Milch, solange man nicht einen Funken schlägt.«

»Und ein einzelner Funke Magie würde ...« Maxwell mimte mit der freien Hand eine Explosion.

»Chaos. Die Naturgesetze über den Haufen geworfen. Tod und Zerstörung überall.«

»Meine Güte«, sagte Maxwell. »Ist das wirklich Ihr Ernst?«

»Ich war noch nie zuvor ernster«, antwortete der Count. »Ich lasse die gesamte Universität sorgfältig durchsuchen. Falls der magische Gegenstand sich hier befindet, können wir ihn vielleicht auf die eine oder andere Weise neutralisieren und damit Millionen von Menschen vor einem entsetzlichen Tod bewahren.«

»Einem entsetzlichen Tod?«

»Einem entsetzlichen Tod. Sicher verstehen Sie die Dringlichkeit der Situation.«

»Ich verstehe.« Maxwell nickte verstehend.

»Hören Sie«, sagte der Count. »Diese Ewavatt, nach der Sie suchen. Sie sagen, es handle sich um eine Metallfrau?«

»MacGuffin sagte, sie sei ein Automat. Ich für meinen Teil denke, sie ist viel mehr.«

»Und wer ist MacGuffin?«

»Ein Magier aus der Roten Welt.«

»Um Himmels willen! Sie sind einem Magier begegnet?«

»Mehr als das. MacGuffin hat mir meine Seele geraubt. Er wird sie mir erst dann wiedergeben, wenn ich ihm Ewavatt bringe.«

»Er hat Ihre Seele geraubt? Ist das denn überhaupt möglich?«

Maxwell nickte düster.

»Entsetzlich«, sagte der Count. »Alle Magie ist entsetzlich.«

»Das ist sie«, stimmte Maxwell zu. »Ich gebe Ihnen mein Wort darauf.«

»Ich sage Ihnen was.« Der Count trommelte mit den Fingern auf seinem Schreibtisch. »Mir ist da gerade ein Gedanke gekommen. Sir John besitzt eine recht große Sammlung bizarrer Gegenstände. Ich glaube, darunter befanden sich auch mehrere Automaten. Die Sammlung lagert in Kisten im Keller. Irgendwo gibt es eine Liste.«

»Tatsächlich?« fragte Maxwell. »Und wo?«

»Dort drüben im Schrank, glaube ich.«

Maxwell sprang aus seinem Lieblingsohrensessel. »Macht es Ihnen etwas aus, wenn ich nachsehe?«

»Tun Sie sich keinen Zwang an. Wenn Sie diese Ewavatt finden, können Sie sie gerne mitnehmen. Sir John hat keine Verwendung mehr für derartiges.«

»Wunderbar!« Maxwell schob die Pistole in den Gürtel zurück. Er durchquerte das Zimmer und öffnete die Schranktür.

Es gab ein Klick und ein surrendes Geräusch. Metallbänder sprangen hervor und fesselten Maxwells Hände an seine Seiten, umklammerten seine Kehle und wickelten sich um seine Beine.

Und hielten ihn gut und fest.

»Schon mal gefesselt gewesen?« fragte Count Waldeck grinsend.

KAPITEL 23

»Sie Bastard!« Maxwell wütete und zappelte, doch ohne Erfolg. Der Count schlenderte zum Schrank und legte einen kleinen Hebel an der Seite um. Zahnräder setzten sich in Bewegung und schwenkten die Apparatur einschließlich Maxwell herum, so daß er dem grinsenden Schurken ins Gesicht blickte.

»Sie Bastard!« fuhr er fort. »Sie haben mich angelogen!«

»Ich habe Sie niemals angelogen. Nun, jedenfalls kaum. Ich habe gelogen, als ich sagte, daß ich nicht wüßte, wer Sie sind. Und ich vergaß zu erwähnen, daß die Jungs mir den Treueid schwören, weil ich ihnen die

Ausmaße *meiner* Magie demonstriere und was mit ihnen geschieht, falls sie auf den Gedanken kommen, mich zu verraten.«

»Lassen Sie mich frei!« verlangte Maxwell. »Lassen Sie mich augenblicklich frei!«

»Werden Sie nicht absurd. Ich muß allerdings gestehen, daß Sie mich beeindruckt haben. Sie sind der erste von MacGuffins Lakaien, der es bis hierher geschafft hat. Verraten Sie mir doch, ob der Trottel noch immer einen Ring durch die Nase trägt?«

Maxwell nickte.

»Ich habe ihn durchgezogen. Er ist fruchtbar wie ein Bulle, dieser MacGuffin.«

Maxwell setzte seine sinnlosen Bemühungen fort. »Gehe ich richtig in der Annahme«, erkundigte er sich schließlich, »daß Sie mich auch in bezug auf Ewavatt angelogen haben?«

»Nun ja, vielleicht.«

»Und in bezug auf Sir Johns Senilität?«

»Ja, auch das.«

»Und in bezug auf die Gefahren, die von eingeschmuggelter Magie ausgehen, und das drohende Ende dieser Welt?«

»Ich bin ein Schurke«, sagte der Count. »Ich lüge über alles mögliche. Sagen Sie mir, besitze ich nicht verblüffende Ähnlichkeit mit Joss Ackland?«

»Nein«, sagte Maxwell ihm.

»So«, meinte der Count. »Die große Frage ist, was mache ich jetzt mit Ihnen?«

»Sie könnten mich zunächst freilassen«, schlug Maxwell vor.

»Diese Möglichkeit steht ziemlich unten auf der Liste meiner Alternativen. Ehrlich gesagt, ganz zuunterst.«

»Und was steht oben?«

»Den kleinen Hebel hier umlegen und zusehen, wie die Stahlbänder das Leben aus Ihnen quetschen.«

»Hm«, brummte Maxwell. »Und das nächste auf der Liste?«

»Vielleicht könnte ich Sie beschäftigen.«

»Das ist eine großartige Idee. Lassen Sie mich augenblicklich frei.«

»Ich könnte Sie zu MacGuffin schicken, damit Sie mir Aodhamm bringen.«

Maxwell stöhnte. »MacGuffin hält meine Seele gefangen«, sagte er.

»O ja. Daran habe ich auch schon gedacht. Ich würde Ihnen etwas anderes nehmen müssen. Irgend etwas, das in Ihnen den Wunsch zu einer raschen Rückkehr erweckt.«

»Ich habe nichts mehr, das Sie mir nehmen könnten.«

»Das stimmt nicht ganz. Ich verfüge über Magie. Ich kenne einen Spruch, mit dem ich Ihre Genitalien entfernen könnte.«

»Was?« Maxwell gab wieder einmal dieses stammelnde Geräusch von sich.

»Ihnen Ihren alten John Thomas wegschnappen. Ich würde ihn natürlich sicher verwahren. Eingelegt in einem Marmeladenglas neben meinem Bett.«

»Nein!« sagte Maxwell. »Nein, nein, nein!«

»Schon gut, schon gut. War nur so ein Gedanke.«

»Was steht sonst noch alles auf Ihrer Liste?« fragte Maxwell.

»Nur die Alternative, den Hebel umzulegen, fürchte ich.«

»Ich bin sicher, wir finden eine bessere Möglichkeit, wenn wir uns Mühe geben.«

»Wo befindet sich der magische Gegenstand, den MacGuffin Ihnen gegeben hat?« fragte der Count.

»Ich hab' ihn verloren«, log Maxwell.

»Ach, wirklich? Und doch könnte ich schwören, daß ich gesehen habe, wie sich Ihre Hand unauffällig auf die Hosentasche legte, als ich Ihnen von den Gefahren erzählte, die ein eingeschmuggelter magischer Gegenstand über diese Welt bringen würde. Auf diese Tasche dort.« Der Count schob seine Hand in Maxwells Hosentasche und zog den magischen Beutel hervor. »Mein Beutel!« rief er aus. »Ich habe mich schon lange gefragt, wo er wohl hingekommen ist.«

Maxwell grinste ein dümmliches Grinsen.

»Und jetzt wollen wir einmal nachsehen, was sich darin versteckt.«

»Er ist leer«, sagte Maxwell.

»Wirklich? Und doch bin ich darauf vorbereitet, einen kleinen Jungen darin zu finden.« Der Count öffnete den Beutel, drehte ihn um und schüttelte ihn. Heraus polterten Maxwells solide Stiefel, die goldene Rüstung und der Hologrammprojektor. Allerdings kein kleiner Junge.

»Sie sind eine kleine diebische Elster, wie?« fragte der Count und spähte in die Öffnung des Beutels. »Hallo? Versteckt sich noch jemand dort drin? Er soll sich jetzt melden, weil ich den Beutel ins Feuer zu werfen gedenke.«

»Ich komme ja schon!« erklang die Stimme Williams.

»Guter Junge.« Der Count schüttelte den Beutel einmal mehr. William polterte zu Boden.

»William«, sagte der Count überrascht. »Was machst du hier?«

»Hallo, Großvater«, sagte William.

»*Großvater?*« Maxwell stöhnte wieder einmal.

»Dieser Bullygarve hat mich gefangengenommen«, sagte William und stand vom Boden auf. »Er hat mich gezwungen, ihn herzubringen. Anschließend hat er mich in den Beutel gestopft.«

»Du kleiner verlogener Drecksack!«

»Schnauze, Carrion. William, geh und hol die Wachen. Schick sie augenblicklich her. Hier haben wir ein Stück Abfall, das weggeschafft werden muß.«

»Bin schon unterwegs, Großvater.« William huschte aus dem Zimmer und warf die Tür hinter sich ins Schloß.

»Ein frecher kleiner Bengel, das«, sagte der Count. »Überhaupt nicht vertrauenswürdig.«

»Das scheint mir auch so.« Maxwell erging sich in kläglichem Stöhnen.

»Wollen Sie noch etwas sagen, bevor ich den Hebel umlege?«

»Ja«, sagte Maxwell. »Eine Menge und noch mehr.«

»Darauf gehe ich jede Wette ein. Allerdings ...« Der Count streckte die Hand nach dem Hebel aus.

»Nein!« flehte Maxwell. »Noch nicht, bitte. Nicht jetzt. Nicht, bevor Sie mich aufgeklärt haben.«

»Aufgeklärt?«

»Nun, was hier vor sich geht. Wie es kommt, daß Sie hier sind. Was genau zwischen Ihnen und Sir John vorgefallen ist. Und die Sache mit Ewavatt und Aodhamm.«

»Nein. Es ist nicht sonderlich interessant. Besser, ich lege jetzt den Hebel um.«

»Ich bin aber sehr daran interessiert.«

»Ehrlich?«

»So ehrlich, wie das nur möglich ist.«

»Also schön.« Der Count ging zu Maxwells Lieblingsohrensessel hinüber und setzte sich. »Wie Sie sicher wissen«, begann er, »endete zum Zeitpunkt des Großen Übergangs ganz unvermittelt das Zeitalter der Technologie, und ein neues Zeitalter von Mythologie und Magie fing an. Das geschah gleichzeitig mit der Kollision der vier Welten. Realitätsbrüche durchzogen die gesamte Welt. Alles begann in Ihrem Hinterhof.«

»In meinem Hinterhof?«

»In Ihrem Hinterhof. Irgendwo mußte es schließlich anfangen. Aber durch einen glücklichen Zufall begann es in Ihrem Hinterhof. Sie waren ein Schriftsteller, verstehen Sie?«

»Ich war kein Schriftsteller. Ich war ein Niemand. Ich habe die Sir-John-Rimmer-Bücher nicht geschrieben. Ich habe sie in der Bücherei ausgeliehen und gelesen.«

»Doch, Sie haben sie geschrieben, Maxwell. Sie hatten einen Zusammenbruch. Sie verloren Ihr Gedächtnis.«

»Woher wollen Sie das wissen?«

»Weil ich, mein lieber Maxwell, Ihr Arzt war.«

»Das wird ja immer schöner!« stöhnte Maxwell.

»Sie hatten diesen Persekutionskomplex. Glaubten, daß die Charaktere in Ihren Büchern real seien. Daß sie hinter Ihnen her wären. Sie glaubten ganz fest daran, daß ich Count Waldeck sei.«

»Aber ... aber Sie *sind* Count Waldeck!«

»Ja, aber das war ich nicht vor dem Großen Übergang. Damals war ich nichts weiter als Ihr Arzt. Als die Realität schließlich zerriß, wurde die Welt genau zu dem Ort, über den Sie zu schreiben pflegten. Ich verwandelte mich in Count Waldeck, und Sie wurden zu Max Carrion, dem Imagineur.«

»Klingt ziemlich an den Haaren herbeigezogen«, knurrte Maxwell.

»Ich dachte eigentlich eher, daß es wie das fehlende Steinchen in einem Puzzlespiel klingt, dachte ich.«

»In Ordnung. Wie bin ich in die Zukunft projiziert worden?«

»Das war meine Idee.«

»Wie kann das Ihre Idee gewesen sein? Ich habe Sie in Sir Johns Verstecktem Turm erschossen. In genau diesem Raum, falls Sie sich erinnern.«

»Im *Innern* des Versteckten Turms, ja. Es war ein *Versteckter Turm*, und niemand außer Sir John und seinen Kumpanen wußte davon. In Ihren Büchern erwähnten Sie niemals, wo dieser Turm zu finden war. Er hätte überall auf der Welt sein können. Also wußten auch Sie nicht mehr, wo Sie sich befanden, nachdem man Sie erst einmal hinausgeworfen hatte, nicht wahr?«

»Das weiß ich immer noch nicht«, gestand Maxwell. »Irgendwo in der Roten Welt jedenfalls.«

»Worauf es ankommt, ist, daß Sie jeden Einfluß auf

mich und Sir John verloren, sobald Sie hinausgeworfen worden waren. Sir John wurde aus Ihrer Imagination geboren, ich hingegen aus Ihrer Paranoia. Wir waren beide lebendig. Und ich war nicht länger tot, nachdem Sie erst draußen waren.«

»Das erklärt immer noch nicht, wie ich in die Zukunft gelangt bin.«

»Das habe ich Ihnen doch bereits gesagt. Ich habe das getan. Ich konnte nicht aus dem Turm entkommen, solange Sie draußen herumhingen. Ich wußte nicht sicher, wozu Sie imstande sind. Auf der anderen Seite wagte ich nicht, Sie zu töten, für den Fall, daß ich einfach zu existieren aufhörte, sobald Sie tot waren. Also belegte ich Sie mit einem Spruch und verbannte Sie dorthin, wo Sie mir nicht schaden konnten. Weit in die Zukunft. Ich erwartete nicht, so lange zu leben, wie ich gelebt habe.«

»Und wie kommt es, daß Sie so lange gelebt haben und nicht gealtert sind wie Sir John?«

»Sie wollen wirklich für *alles* eine Erklärung, was?«

»Nicht nur ich allein«, entgegnete Maxwell. »Fahren Sie fort.«

»Oh, in Ordnung. Es gab ein Getümmel im Versteckten Turm. Ich konnte entkommen, kurz nachdem ich Sie in die Zukunft geschickt hatte. Ich blieb in der Roten Welt zurück und perfektionierte meine magischen Künste. Sir John Rimmer verließ die Rote Welt, kam hierher und gründete die Universität.

Ich hatte einen Lehrling, MacGuffin. Wir arbeiteten gemeinsam an einem magischen Projekt, an das sich noch nie zuvor jemand gewagt hatte: die Erschaffung zweier vollkommener Wesen.«

»Aodhamm und Ewavatt.«

»Ganz genau. Sie haben sicher auch bereits die Bedeutung dieser Namen herausgefunden.«

»Selbstverständlich«, erwiderte Maxwell. »Eine Welt ohne Elektrizität. Wenn man *Ohm* aus Aodhamm und *Watt* aus Ewavatt zieht, bleiben Adam und Eva.«

»Genau. Wir hatten Erfolg mit unserem Projekt. Doch ich hatte MacGuffin unterschätzt. Er besaß mächtige Sprüche und gierte danach, Aodhamm und Ewavatt für seine eigenen Zwecke zu besitzen. Eine magische Schlacht entbrannte. Ich überzog ihn mit meinen Zaubern und er mich mit den seinen. Es gelang mir, ihm einen Ring durch die Nase zu ziehen und ihn in sein Dorf zu verbannen. Er kann den Ring aus Säulen nicht verlassen. Im Gegenzug fesselte er mich an einen Stuhl und flog mich durch die halbe Welt. Ich klammerte mich fest an Ewavatt, doch ich verlor all meine Magie, als ich durch das Gitter ging.«

»Wer hat das Gitter errichtet? Sir John?«

»Nein. Das Gitter ist eine natürliche Barriere zwischen den Welten.«

»Und wie haben Sie Sir John schlagen können? Warum ist er ein alter Mann, und warum sind Sie noch immer jung?«

»Sir John hatte der Magie den Rücken zugewandt. Er suchte natürliches Wissen. Er perfektionierte die perkussive Perlokution. Ich benötigte lange Zeit, ihn zu finden, doch als ich ihn fand, warf ich mich ihm zu Füßen und gab vor, ich sei ein geläuterter Charakter.«

»Und er vertraute Ihnen.«

»Ich fürchte, ja. Ich erlernte die Kunst der perkussiven Perlokution, stimmte mich in die Frequenz der Magie ein und hämmerte sie mir in den Kopf. Eines Nachts erwischte ich Sir John unaufmerksam, und *Zack!*«

»Also hält die Magie Sie jung?«

»Genau und so. Das ist auch schon alles. Ich denke, die Zeit ist reif fürs Hebelziehen.«

»O nein, noch nicht! Jetzt noch nicht!«

»Aber es gibt nichts mehr zu erzählen«, beschwerte sich der Count.

»Doch, eine paar Sachen noch. Zum Beispiel die Sache mit Ihrer Digitaluhr oder dem Hologrammapparat. Woher haben Sie diese Technologie?«

»Das hat nichts mit Technologie zu tun. Einzig und allein mit Magie. In der Uhr befinden sich zwei kleine Dämonen, die die Minuten zählen. In der Hologrammaschine ist eine Sylphide gefangen. Die Rezeptionistin ist eine Projektion ihrer Persönlichkeit. Ein astrales Double. Sonst noch etwas?«

»Könnten Sie mir den Kopf kratzen? Ich komme nicht dran.«

Der Count kratzte Maxwell am Kopf. »Gut so?« fragte er. »Und nun?«

»Hm«, meinte Maxwell. »Ich schätze, das war alles.«

Der Count streckte die Hand nach dem Hebel aus.

»Oh, da fällt mir noch etwas ein. Wo steckt Ewavatt?«

»Da habe ich Ihnen die Wahrheit gesagt. Sie befindet sich im Keller. Ihr Zustand ist sehr bedenklich. Sie kümmert wegen Aodhamm vor sich hin. Ich beabsichtige, die beiden sehr bald schon zu vereinen.«

»Wie das?« fragte Maxwell, dankbar für die Gelegenheit zu einer weiteren Frage.

»Ich werde MacGuffin vernichten. Ich kann meine Magie nicht durch das Gitter schaffen, aber ich habe eine Überraschung für ihn. Auf dem Dach des Gebäudes wartet ein Luftschiff – dampfgetrieben, voll ausgerüstet und bemannt, bereit zum Abflug. Sie hatten Glück, Maxwell, daß Sie mich noch angetroffen haben. Ich stand im Begriff, in Urlaub zu gehen.«

»Zum Dorf MacGuffins?«

»Korrekt. Ich werde MacGuffin von hoch oben bombardieren.«

»Nimmt denn Aodhamm keinen Schaden dabei?«

»Nein, Maxwell, nimmt er nicht. Aber jetzt bin ich es endgültig leid, andauernd Ihre Fragen zu beantworten. Zeit, den Hebel zu ziehen.«

»Wenn Sie mich töten, hören Sie zu existieren auf.«

»Nein, Maxwell. Meine Existenz ist nicht länger an die Ihre geknüpft.«

»Ich an Ihrer Stelle würde das Risiko nicht eingehen.«

Count Waldecks Hand lag auf dem Hebel. »Maxwell«, sagte er, »lassen Sich mich Ihnen etwas erklären. Ich kontrolliere diese Welt. Doch das ist nicht genug. Bald schon werde ich auch die Kontrolle über die Rote Welt übernehmen. Dann über die nächste und die übernächste. Am Ende werden sie alle mir gehören. Mein Spielplatz, Maxwell. Mein Garten unirdischer Gelüste. Ein neues Eden für Aodhamm und Ewavatt, um sich darin zu vermehren.«

»Mit Ihnen als Gott?«

»So ähnlich dachte ich mir das, ja.«

»Sie sind ein übler Bastard, Waldeck.«

»Ich weiß. Und wenn Ihnen nicht ein wirklich guter Grund einfällt, warum ich Sie nicht auspusten soll, dann fürchte ich, daß wir jetzt Lebewohl sagen müssen.«

»Äh ...«

Ein heftiges Klopfen erklang an der Tür.

»Die Kavallerie!« jubelte Maxwell. »Ich bin gerettet!«

»Das ist nicht die Kavallerie, Maxwell. Das sind meine Wachen. *Herein*!«

Die Tür schwang auf, und eine mächtige Gestalt schlurfte herein.

Der Count würdigte sie keines Blickes. »Ich habe Abfall zum Entsorgen«, sagte er nur und legte den Hebel um.

KAPITEL 24

Klick. Klick. Klick machten die eisernen Bänder und zogen sich langsam zusammen.

»Aaaaaargh!« machte Maxwell, als er langsam zu Tode gequetscht wurde.

Der Count trat zurück, um sein Werk zu betrachten. »Es dauert ein paar Minuten. Ein grauenhaft schmerzvoller Weg, sich aus dem Leben zu verabschieden, jede Wette.«

»Ich gehe mit«, kicherte die schlurfende Gestalt.

Der Count drehte sich lächelnd zu ihr um, doch das Lächeln verging ihm augenblicklich. »Wer sind ...« *Sie*, lautete das Wort, das er nicht mehr hervorbrachte. Die schlurfende Gestalt streckte eine mächtige Hand aus, packte den Count bei der Kehle, streckte die andere ebenfalls aus und verdrehte Waldecks Kopf nach hinten. Es gab ein wirklich ekelhaftes knirschendes Geräusch, und der Count sank leblos nieder.

Weitere knirschende Geräusche entsprangen Maxwells Brust. Die schlurfende Gestalt griff nach dem Hebel und schob ihn zurück. Dann preßte sie einen Knopf.

Die Bänder entriegelten sich, und Maxwell stürzte schwer zu Boden.

Sekunden später erwachte er unter heftigem Zittern. Er schlug die Augen auf und kreischte: »Rushmear, Sie sind es!«

»Ich bin es«, sagte der Pferdehändler.

»Aber wie ist das möglich?« Maxwells Augen zuckten durch den Raum und erblickten den Leichnam Waldecks, keine zwei Fuß entfernt.

»Aaaaaargh!« Maxwell kämpfte sich auf die Beine. »Wie haben Sie ...«

William spähte hinter einem von Rushmears Hosenbeinen hervor. »Ich bin Hilfe holen gegangen«, sagte er. »Ich fand diesen Mann im Foyer. Er sagte, er kennt Sie.«

»Du bist ein guter Junge, William. Aber wie sind Sie hergekommen?« fragte Maxwell seinen Lebensretter.

»Ich war nie weit von dir weg, Maxwell. Wenn überhaupt jemand den Weg hierher finden konnte, dann warst du das, so rechnete ich mir aus. Also ritt ich auf dem Pferd des toten Ritters davon, schlug einen Bogen und versteckte mich. Ich sah, wie du die Rüstung angezogen hast. Seitdem folge ich dir im Abstand von wenigen hundert Yards. Ich war nie weit von dir entfernt. Im Foyer habe ich dich das erste Mal aus den Augen verloren. Dieser Bastard ...«, Rushmear deutete auf den toten Count Waldeck, »hat dich durch das gesamte Gebäude geführt, ganz offensichtlich, um eventuelle Verfolger abzuhängen.«

»Selbst die winzigsten losen Enden fügen sich zusammen«, sagte Maxwell. »Einfach brillant. Wenn man bedenkt, wie oft ich Ihnen das Leben gerettet habe, sind wir *beinahe* quitt.«

»Ich werde daran denken«, sagte Rushmear, »wenn wir erst unsere Seelen wieder in unseren Körpern haben und ich dich zu Tode prügle.«

»Wie Sie meinen. Äh, entschuldigen Sie mich. *William?*«

»Äh, ja?« fragte der Junge.

»Eine kleine Frage, diesen toten Mann hier betreffend. Diesen toten Mann, der *dein Großvater* war.«

»Die Bande in unserer Familie sind eher locker«, entgegnete William.

»Du wußtest die ganze Zeit über, wer die Universität führt.«

»Allerdings. Aber wenn ich Ihnen gleich zu Anfang

davon erzählt hätte, wäre die Geschichte nicht halb so dramatisch geworden.«

Maxwell warf die Hände hoch.

»Wo steckt Ewavatt?« erkundigte sich Rushmear.

»Im Keller in einer Kiste.«

»Dann wollen wir sie holen.«

»Nicht ganz so eilig. Ich habe einen Plan.«

»Die Pocken auf deine Pläne!« polterte Rushmear.

Maxwell hob den magischen Beutel auf und schob ihn in die Hosentasche zurück. »MacGuffin hat vielleicht eine falsche Vorstellung von diesem Ort. Er dachte zum Beispiel, daß Sir John Rimmer Ewavatt ...«

»Sergio Rameer«, erklärte William. »Es ist ein wenig kompliziert. Ich würde mir deswegen nicht den Kopf zerbrechen.«

»Dann werde ich das auch nicht«, beschloß Rushmear.

Maxwell fuhr fort: »Aber in einer Sache hatte MacGuffin recht. Es besteht eine Möglichkeit für unseren Rücktransport. Ein Luftschiff auf dem Dach. Bevor Sie fragen: Das ist ein *fliegendes Fahrzeug.*«

»Dann wollen wir Ewavatt holen und an Bord gehen.«

»Wissen Sie, wie man ein solches Fahrzeug steuert?«

»Nein«, bekannte Rushmear.

»Aber es gibt einen Piloten, der es weiß. Was ich also vorschlage, ist folgendes ...«

Kurze Zeit später verließen Rushmear, William und Maxwell das Büro des verstorbenen Count Waldeck. Auf Maxwells Geheiß hin hatte sich Rushmear in das schwarze Gewand Waldecks gehüllt und die Kapuze tief in die Stirn gezogen, um sein Gesicht zu verbergen. Maxwell trug einmal mehr seine goldene Rüstung, und William, obwohl er protestierend darauf hingewiesen hatte, daß er ebenfalls eine Verkleidung benötigte, ging als William.

Selbstverständlich kannte er den Weg in den Keller.

Kurze Zeit nach der kurzen Zeit später standen sie vor der betreffenden Tür.

Rushmear zog den Schlüsselbund des verstorbenen Waldeck hervor.

»Machen Sie die Tür auf«, sagte Maxwell und trat einen Schritt zurück.

Rushmear zögerte. »Es ist möglich«, gab er zu bedenken, »daß im Innern eine Falle lauert.«

»Daran habe ich noch gar nicht gedacht«, log Maxwell. »Also sollten Sie die Tür am besten vorsichtig öffnen.«

»Ich werde die Tür überhaupt nicht öffnen.« Rushmear drückte Maxwell den Schlüsselbund in die Hand. »Du wirst sie öffnen.«

»Ich? Muß ich für alle Ewigkeiten Ihre Feigheit ausbaden? Wann werden Sie endlich lernen, sich wie ein Mann zu benehmen?«

»Was?« brüllte Rushmear und packte Maxwell wieder einmal an der Kehle.

Klonk! machte ein goldener Stulpenhandschuh auf Rushmears noch immer recht empfindlicher Nase.

»Aufhören, alle beide! Sofort aufhören!« William trat vor und stieß die Tür auf. »Sie ist nie abgeschlossen.«

»Sehen Sie?« sagte Maxwell.

»Ha!« sagte Rushmear.

Aus ein paar schmalen Fenstern fiel Licht auf Kisten und Kartons, rostige Rüstungen, verfallene mechanische Apparate und Regalboxen mit jenen Superhit-Alben, die man niemals in Läden findet, dafür aber im Dutzend in jedem Ausverkauf. Rushmear machte sich über die Kisten her und riß und zerrte an den Deckeln.

»Machen Sie langsam«, empfahl ihm Maxwell. »Wir wollen Ewavatt schließlich nicht beschädigen.«

»Du vielleicht nicht. Mir ist das zufällig scheißegal.«

Maxwell seufzte und fing ebenfalls zu suchen an.

William sagte: »Ich schätze, Sie werden herausfinden, daß sie hier drüben ist.«

Maxwell seufzte einmal mehr und folgte William.

Die Kiste war von sargähnlicher Form. Genaugenommen war es ein Sarg.

»Wir wollen den Deckel abheben«, sagte Rushmear und schob sich vor.

Maxwell versuchte, ihn zurückzuhalten. »MacGuffin wird wohl kaum unsere Seelen wieder herausrücken, wenn wir Ewavatt in Teilen anschleppen.«

»Schon gut.« Der mächtige Mann machte sich am Deckel zu schaffen. Er strengte sich an und stöhnte. Zoll um Zoll gab der Deckel nach und fiel schließlich mit lautem Krachen zu Boden.

Maxwell spähte in den Sarg und schnappte nach Luft. »Bei der Göttin!« stieß er hervor. »Sie ist eine Göttin!«

William spähte in den Sarg und stieß einen lauten Pfiff aus.

»Laß mich auch«, brummte Rushmear. Er blickte ebenfalls in den Sarg und schnappte nach Luft. »So wunderschön!« sagte er.

Und das war sie auch. So wunderschön anzusehen, daß es weh tat. Eine goldene Göttin, splitterfaserpudelnackt, auf einem schwarzen Kissen aus Samt. Die schlanken Hände zwischen den perfekten Brüsten gekreuzt. Auf dem lieblichen Gesicht, entspannt wie im Schlaf, ruhte ein Ausdruck unendlicher Traurigkeit. Maxwell spürte einen Kloß im Hals und mußte den Blick abwenden.

»Machen Sie den Deckel wieder drauf«, sagte er.

Rushmear streckte die Hand in den Sarg und wollte die goldene Göttin berühren.

»Nein!« brüllte Maxwell. »Nicht!«

»Warum nicht?«

»Es ist nicht richtig. Es ist einfach nicht richtig.«

»Häh?« Rushmear hob den Sargdeckel auf. »Sie ist nur ein Spielzeug.«

»Sie ist viel mehr als das. Machen Sie den Deckel zu, wir stecken den gesamten Sarg in MacGuffins Beutel.«

Rushmear schlug den Deckel mit einer mächtigen Faust zu, und mit Maxwells Hilfe schob er den gesamten Sarg in den magischen Beutel.

»Ich werde ihn nehmen«, sagte Rushmear und riß Maxwell den Beutel aus der Hand.

»Von mir aus«, sagte Maxwell. »Nehmen Sie ihn.«

»Von mir aus? Du gibst mir den Beutel ohne Widerworte?«

»Ich bin sicher, daß er bei Ihnen gut aufgehoben ist.«

»Darum mußt du dir keine Sorgen machen. Ich werde ihn mit meinem Leben bewachen, bis wir wieder bei MacGuffin sind.«

»Dann werden Sie dabei sterben«, entgegnete Maxwell.

»Aha.« Rushmear zuckte zurück. »Du willst mich töten, was?«

»Nichts dergleichen. Wenn Sie versuchen, den Beutel durch das Gitter zu schaffen, werden Sie in Stücke gerissen. Wir benötigen den Beutel nur, um den Sarg bis zum Luftschiff zu transportieren. Sobald der Sarg an Bord ist, werfen wir den Beutel am besten über Bord. Er hat seinen Zweck erfüllt.«

»Hmmmph!« machte Rushmear. »Das hatte ich die ganze Zeit über vor.«

»Ich bin froh, das zu hören. Brechen wir also auf?«

»Ja, brechen wir auf.«

Der Weg vom Keller hinauf zum Dach verlief ohne weitere Zwischenfälle. Anscheinend hatte noch keiner der Studenten von Count Waldecks Ableben erfahren, und als Rushmear mit gesenkter Kapuze an ihnen vorüberstapfte, grüßten sie ihn und wünschten einen guten Tag.

Maxwells Nerven waren zum Zerreißen gespannt.

Irgendwo steckten die Wachen Count Waldecks. Auf der anderen Seite bestand durchaus die Möglichkeit, daß Waldecks Magie mit seinem Tod erloschen war und die Wachen sich aufgelöst hatten.

Außerdem waren da noch die wütenden Tiere der Kricketmannschaft. Was war eigentlich aus ihnen geworden?

Maxwell eilte hinter Rushmear her. William eilte hinter Maxwell her.

Eine letzte Treppe hinauf, durch eine schmale Tür und auf das oberste Dach der Universität.

Dort fanden sie das Luftschiff.

Maxwell pfiff durch das Visier seiner Rüstung. Es war ein echtes Wunderding. Luft*schiff* traf den Nagel auf den Kopf. Denn dort schwebte ein großer zigarrenförmiger Zeppelin. Darunter hing, mit zahlreichen Seilen vertäut, eine Gondel, die verblüffende Ähnlichkeit mit einer spanischen Galeone aufwies. Am Heck ragte eine Reihe metallener Schäfte hervor, an deren Enden sich lange Rotorblätter drehten.

Ein dumpfes Dröhnen ging von dem Fahrzeug aus. Rauch stieg aus einer Reihe von Schornsteinen, die vom Vorderdeck aufragten. Ankerleinen hielten die Konstruktion an schweren Metallringen, die in das Dach des Gebäudes eingelassen waren.

»Und das soll fliegen?« fragte Rushmear.

Maxwell kratzte sich am Helm. »Ich gebe zu, daß es ein wenig unwahrscheinlich aussieht.«

»Wir sollten an Bord gehen«, schlug William vor.

Maxwell blickte auf den Jungen hinab. »Ah«, sagte er.

»Ah?« fragte William.

Maxwell schob das Visier hoch. »Du kommst nicht mit uns.«

»Ich komme nicht mit? Was meinen Sie damit?«

»Damit meine ich, du wirst hier bleiben, bis ich wieder zurück bin.«

»Und was, wenn Sie nicht zurückkommen?«

»Ganz genau. Die erneute Begegnung mit MacGuffin wird sicher äußerst unerfreulich verlaufen. Ich will nicht, daß dir etwas zustößt.«

»Hier könnte es genauso unerfreulich werden.«

»Tut mir leid«, sagte Maxwell, »aber mein Entschluß steht fest.«

»Sie herzloser Bastard!«

»Seelenloser Bastard, bitteschön. Es tut mir wirklich leid, William.« Maxwell streckte eine stulpenhandschuhbewehrte Hand nach William aus, doch der Knabe wich zurück.

»Das können Sie sich schenken«, sagte er.

»Komm, sei nicht so. Ich kann dich wirklich nicht mitnehmen. Es ist viel zu gefährlich.«

»Können wir endlich los?« brummte Rushmear.

»Ja, in Ordnung.«

Maxwell folgte dem schweren Mann die Gangway hinauf. Oben angekommen, drehte er sich nach William um und wollte winken, doch der Knabe war verschwunden.

»Verdammt«, sagte Maxwell.

»Willkommen an Bord, Mylord Waldeck«, sagte ein Bursche in Seemannsuniform. »Und auch Ihnen einen guten Tag, Herr Ritter.«

»Guten Tag«, sagte Maxwell und senkte das Visier.

»Bringen Sie uns auf dem schnellsten Weg zu MacGuffins Dorf«, befahl Rushmear.

»Ihre Stimme klingt schrecklich rauh«, sagte der Seemann (Luftmann?).

»Ich habe eine starke Erkältung. Und jetzt machen Sie endlich.«

»Jawohl, mein Herr.« Der Luftmann (ja, das ist es!) blies in eine Pfeife. Andere Luftmänner flitzten über das Deck und machten sich an den Tauen zu schaffen, die das Luftschiff am Boden hielten.

»Wir wollen den Sarg aus dem Beutel nehmen«, sagte Rushmear.

»In Ordnung.«

Sie schoben den Sarg auf Deck.

»Fertigmachen zum Abheben«, rief der Luftmann und blies erneut in seine Pfeife.

»Wirf den Beutel über Bord«, sagte Rushmear.

»In Ordnung.«

»Und abheben!« rief der Luftmann. Das Schiff erhob sich in die Luft.

»Ach, Maxwell?« sagte Rushmear.

»Ja?«

»Nur eins.« Rushmear sprang vor und stieß Maxwell über die Reling. »Wie der Beutel, so hast auch du deinen Zweck erfüllt«, rief er der fallenden Gestalt hinterher. »Ich werde MacGuffin deine Grüße ausrichten. Leb wohl.«

KAPITEL 25

Man sagt, Wut beginnt mit Unverstand und endet in Reue. Man sagt aber auch, daß man Benzin spart, wenn man größere Hinterreifen auf seinen Wagen montiert, weil man dann stets bergab fährt.

Lustig, was man alles so sagt.

Vielleicht auch nicht.

Maxwell fand es nicht im mindesten lustig. Andererseits war Maxwell wütend. Maxwell war *sehr* wütend. Und seine Wut, die tatsächlich mit Unverstand begonnen hatte, machte überhaupt keine Anstalten, in Reue zu enden.

Vielleicht in einer Herzattacke, aber nicht in Reue.

Der Sturz hatte die Luft aus seinen Lungen getrieben, doch ansonsten war er unverletzt. Jetzt wütete er auf dem Dach wie ein Wahnsinniger. Er riß goldene Rüstungsteile herunter, schmiß sie zu Boden und kickte sie durch die Gegend. Er stolperte über MacGuffins Beutel und stampfte immer und immer wieder darauf herum.

Dann wurde ihm bewußt, daß er Max Carrions wirklich wunderbares Outfit zertrampelt hatte, weil er den Beutel gedankenlos über Bord geworfen und noch gedankenloser vergessen hatte, den Inhalt vorher herauszunehmen.

Was in Maxwell noch größere Wut und Raserei aufkommen ließ.

Er schüttelte die Fäuste und schickte dem sich entfernenden Luftschiff ganze Salven von Flüchen hinterher. Wie ein Berserker bleckte er die Zähne und knurrte und brüllte und schrie.

Gallig war er. Zornig. Verletzt. Erzürnt. Rauchend. Kochend. Tobend.

Böse.

Sehr böse.

Sehr wütend. Sehr böse.

Maxwell warf sich auf das Dach, strampelte mit den Beinen und hämmerte mit den Fäusten. Und heulte und schrie und kreischte.

Es war alles zuviel, wirklich zuviel. Er war so weit gekommen, nur um am Ende doch zu verlieren. Gegen einen Pferdehändler. Einen verdammten blöden Pferdehändler! Er, Max Carrion, der Imagineur, ausgetrickst von einem verdammten Pferdehändler!

Maxwell stellte sein zorniges Hämmern ein. *Er, der Imagineur!* Welch ein großartiger Scherz das war! Er mit all seinen großen Ideen und Plänen. Er hatte nichts erreicht. Er *war* nichts. Was hatte er schon vollbracht, seit er in diese zukünftige Welt verschlagen worden war? Er hatte eine Menge Kummer und Chaos und Unglück verursacht, und das war es auch schon.

Maxwell stöhnte und jammerte, aber nun bitter und reuig und voller Bedauern.

Man sagt ja auch, Wut beginnt mit Unverstand und endet in Reue, oder nicht?

»Ich werde mich umbringen«, beschloß Maxwell. »Ich bin eine nutzlose Null. Ich werde ein Ende setzen.«

Er sprang auf, entledigte sich der noch verbliebenen Rüstungsteile und stapfte zur Brüstung des Daches. Er kletterte auf die niedrige Mauer. »Lebt wohl, ihr grausamen Welten«, sagte er und bereitete sich auf den ultimativen Aufprall vor.

Und er wäre gesprungen.

Ganz sicher.

Doch ein gewaltiges Jubeln erscholl von unten und begrüßte ihn.

Maxwell wankte und starrte nach unten. Dort, im viereckigen Innenhof, standen Hunderte von Menschen. Kleine Burschen in grauen Uniformen, große Burschen in grauen Uniformen, Burschen in weißen Kricketuniformen, Assistenten in Talaren und Doktorhüten, Ritter in goldenen Rüstungen. Sie winkten ihm zu und jubelten erneut.

»Max-well, Max-well!« riefen sie. »Max-well!«

Maxwell gaffte. »Wa-was?«

»Dreimal Hoch für unseren Erlöser!« rief irgend jemand.

»Hipp hipp hurra! Hipp hipp hurra! Hipp hipp ...«

»Erlöser?« fragte Maxwell und schüttelte einen verwunderten Kopf.

»... hurra!«

»Erlöser!« Maxwell schwankte auf der schmalen Brüstung. »*Erlöser!*« Der Klang des Wortes gefiel ihm sehr.

»Eine Rede!« rief jemand anderes. »Eine Rede von dem Helden, der den bösen Count erschlagen hat!«

»Ah!« In Maxwells Gehirn machte es klick, klick, klick. *Der Held, der den bösen Count erschlagen hat*. Sie jubelten *ihm* als dem Helden zu. *Ihm*, Max Carrion, Bezwinger Count Waldecks und heroischer Erlöser. *Ja!*

Natürlich wußte Maxwell, daß er den Count nicht wirklich bezwungen hatte. Das war genaugenommen Rushmear gewesen. Auf der anderen Seite hatte Rushmear Maxwell schmutzig hereingelegt und war mit Ewavatt davongeflogen. Der Pferdehändler war nicht da, also konnte er die Tat nicht für sich beanspruchen. Außerdem war es Maxwell gewesen, der die Universität gefunden hatte. Ohne Maxwell hätte Rushmear niemals hergefunden und den Count umgebracht. Also durfte Maxwell sich mit Fug und Recht als Bezwinger Count Waldecks betrachten. Vertretungsweise, sozusagen.

Und es wäre nicht wirklich falsch, wenn er allen Ruhm für sich beanspruchte.

Oder?

»Meine lieben Freunde«, rief Maxwell. Alle Gedanken an Suizid waren vergessen. »Meine lieben Freunde! Ich ...« An dieser Stelle rutschte er ab und fiel vom Dach.

»Aaaaaargh!« machte Maxwell, wie man das eben so macht, wenn man vom Dach fällt. »Das ist nicht fair! Ich ... oh ...«

Eine kräftige Hand schoß aus einem Fenster, das er mit annähernder Fallgeschwindigkeit zu passieren im Begriff stand, und packte ihn am Knöchel. Packte ihn fest. Zog ihn in Sicherheit.

»Oh«, machte Maxwell. »Oh«, und »O Mann!«

Dann wurde er auf einen teppichbedeckten Boden geworfen.

»Autsch!« machte Maxwell. »Bei der ...!«

»Göttin?« fragte Sir John Rimmer und strahlte ihn von oben herab an.

»Göttin«, stimmte Maxwell zu und wunderte sich.

Der alte Barbier war nicht länger alt. Und ein Barbier war er auch nicht mehr. Sir John steckte in seinem flaschengrünen Anzug. Auf der Hakennase saß die bekannte Hornbrille. Der Bart war rot wie immer, mit wundervollen grauen Strähnen.

»Sie sind wieder jung!« krächzte Maxwell.

»Nicht so jung wie früher, aber jünger als die ganze Zeit vorher. Der Zauberspruch, der mich alt und taub gehalten hat, ist erloschen.«

»Danke jedenfalls, daß Sie mir das Leben gerettet haben«, sagte Maxwell.

»Ich danke Ihnen, daß Sie mir meines wiedergegeben haben. Aber jetzt kommen Sie rasch, Sie haben viel zu tun.«

»Ich habe viel zu tun?«

»Sie haben viel zu tun.« Sir John half Maxwell auf die Beine. »Wahrscheinlich wollen die Leute Sie auf den Schultern durch das gesamte Viertel tragen. Dann wird es bestimmt ein Fest geben, und Sie werden eine angemessene Rede halten müssen. Hinterher wird man Ihnen sicher einen würdevollen Titel verleihen und Ihnen die lebenslange Ehrenmitgliedschaft der Universität anbieten. Und dann …«

»Äh, Sir John.« Maxwell setzte ein schuldbewußtes Gesicht auf. »Da ist etwas, das Sie wissen sollten.«

»Meinen Sie vielleicht die Tatsache, daß es in Wirklichkeit Rushmear war, der Count Waldeck getötet hat?«

»Zum Beispiel. Aber woher …?«

»Ich hab's ihm erzählt.« Williams Gesicht erschien, diesmal hinter einem grünsamtenen Hosenbein. »Aber wie ich Sir John weiter erklärt habe, hätte Rushmear Ihnen niemals folgen und den Count umbringen können, wenn Sie nicht den Weg zur Universität gefunden hätten. Logischerweise, und da Rushmear abwesend ist, gelten Sie als der Bezwinger Waldecks.«

»Ich bin gerührt«, sagte Maxwell. »Natürlich hätte ich niemals in Erwägung gezogen, allen Verdienst für mich zu beanspruchen, aber wenn man es so betrachtet …«

»Das tue ich«, sagte William.

»Das tut er«, bestätigte Sir John. »Und wir werden auch über die Tatsache hinwegsehen, daß genaugenommen William Sie hergeführt hat, weswegen genaugenommen alles sein Verdienst ist und genaugenommen er als der Bezwinger Count Waldecks gelten sollte.«

»Damit kann ich leben«, erklärte Maxwell.

»Außerdem«, fuhr Sir John fort, »außerdem wird William der neue stellvertretende Dekan der Universität. Er wird mir dabei helfen, sie zu der großartigen Lehrstatt zu machen, die sie ursprünglich werden sollte. Gemeinsam mit William werde ich Wissen und Weisheit über diese Welt verbreiten.«

»Das werden wir«, bekräftigte William.

»Schön«, sagte Maxwell. »Dann wird ja am Ende alles wieder gut … Nein, Augenblick mal! *Nicht für mich*!«

»Ich bin sicher, auch für Sie«, sagte Sir John. »Aber für den Moment heißt es: Rock 'n' Roll!«

Und Rock 'n' Roll hieß es tatsächlich. Maxwell wurde tatsächlich auf den Schultern durch das Gelände getragen, es gab tatsächlich ein großes Fest, und er hielt tatsächlich eine Rede (obwohl keine sonderlich gute). Er erhielt tatsächlich einen würdevollen Titel, nämlich den des offiziellen Imagineurs der Universität, und darüber hinaus die lebenslange Ehrenmitgliedschaft der Universität, und so weiter und so weiter.

Trinksprüche wurden ausgebracht, Drinks getrunken und jede Menge gegessen. Am Ende wurde Maxwell, der inzwischen wenigstens zwei Tage nicht mehr geschlafen hatte, einmal mehr auf den Schultern getragen, diesmal allerdings schlaff wie ein Pudding, und schließlich im kuscheligen Bett des toten Count Waldeck zum Schlafen gelegt.

Eine winzige Unannehmlichkeit geschah kurze Zeit später, als Maxwell einen amourösen Lord Archer mit einem Fußtritt aus dem Bett befördern mußte, doch bis auf diesen Zwischenfall war es, wie er höchst betrunken feststellte, ein wirklich großartiger Tag gewesen.

Dann schlief er den Schlaf der Gerechten.

Am nächsten Morgen erwachte er mit einem gewaltigen Kater, stapfte ins Refektorium und gesellte sich zum Frühstück zu Sir John, der an der erhöhten Speisetafel saß.

Sir John verspeiste eine herculanische Portion Rühreier mit Schinken. Maxwell nippte Kaffee und begnügte sich mit Brotstreifen, die er in ein gekochtes Ei stippte.

»William hat mir alles erzählt«, berichtete Sir John und schaufelte Soße in den Mund. »Es scheint, daß Sie wirklich ganz schön im Schlamassel stecken.«

Maxwell nippte erneut an seinem Kaffee und grunzte gedehnt: »Ja.«

»Würde es Ihnen behilflich sein, wenn ich eine Transportmöglichkeit nach MacGuffin arrangiere?«

»Magisch?«

»Jede Form, die Sie wünschen. Innerhalb vernünftiger Grenzen, versteht sich.«

»Dann würde es nicht helfen, weil Magie nicht durch das Gitter dringt.«

»*Meine* Magie dringt durch das Gitter, Maxwell.«

»Tatsächlich?«

»Tatsächlich.« Sir John stopfte sich Toast ins Gesicht. »Aber fragen Sie mich nicht nach dem Wie, weil ich Ihnen das nicht sagen werde.«

»Also sind Sie wieder ein starker Magier?«

»Noch nie stärker gewesen.«

»Na dann: Rock 'n' …«

»Bitte nicht schon wieder!« unterbrach ihn William.

»Tut mir leid. Aber das sind wunderbare Neuigkeiten! Dann benötige ich nichts weiter als einen Umhang, der mich unsichtbar macht, ein Amulett unbegrenzter Macht, das böse Magie von mir abhält, einen Spruch, der mein Gegenüber bewegungslos macht, und einen weiteren, der einen langsamen, qualvollen Tod verursacht. Dazu vielleicht noch ein magisches Schwert, das durch Stahl schneidet, und Charme, der mich Frauen gegenüber unwiderstehlich macht.«

»Und warum das letztere?« erkundigte sich Sir John.

»Weil ich seit fast einem Jahrhundert nicht mehr mit einer Frau geschlafen habe.«

»Klingt einleuchtend.«

»Phantastisch! Dann fangen wir am besten gleich mit den Sprüchen an.«

»Äh, nein.« Sir John rammte sich ein ganzes Brötchen in den Mund und kaute geräuschvoll darauf. »Was ich mit ›klingt einleuchtend‹ meinte, war, daß mir Ihre Bitte um einen derartigen Spruch einleuchtet. Allerdings kann ich Ihnen diesen Spruch nicht geben.«

»Und warum nicht?«

»Weil Sie kein Magier sind, Maxwell. Ich denke, wir hatten diese Konversation bereits früher. Ich kann Ihnen eine Einweg-Transportmöglichkeit anbieten und darüber hinaus alles *Vernünftige,* was Sie möglicherweise benötigen. Sie müssen sich auf Ihre Fähigkeiten als Imagineur verlassen. Fähigkeiten, die Sie noch lange nicht zur Gänze ausgeschöpft haben. Ich habe vollstes Vertrauen, daß Ihre Bemühungen von Erfolg gekrönt sein werden.«

»Und was ist mit dem unsichtbar machenden Umhang?«

»Nein. Sie können MacGuffins Beutel mitnehmen. Ich werde es so einrichten, daß er durch das Gitter kommt. Aber das ist alles, was Sie kriegen.«

»Na, dann danke ich auch recht herzlich«, stöhnte Maxwell und kratzte sich an seinem Stoppelkinn.

»Allerdings gibt es da noch etwas, das Sie unbedingt brauchen.«

»Und das wäre?«

»Ein Bad«, erwiderte Sir John. »Sie stinken wie ein Schwein.«

Also nahm Maxwell ein Bad. Und während er badete, überlegte er. Und während er überlegte, dachte er nach. Und während er nachdachte, entstand ein Plan in seinem Kopf. Und so weiter und so fort.

Es stand nicht ganz so schlecht, wie er ursprünglich angenommen hatte. Er würde nur den Beutel mitnehmen können, doch das war mehr, als er jemals erwartet hatte. Er würde eine Transportmöglichkeit erhalten. Und das Element der Überraschung wäre auf seiner Seite. Er würde den miesen MacGuffin schlagen. Ja, das würde er. Ihn schlagen und sich seine Seele zurückholen. Ihn schlagen und Aodhamm und Ewavatt befreien. Ihn schlagen und die Dorfbewohner ebenfalls befreien. Er würde das Richtige tun. O ja.

Und Ruhm erlangen. Weiteres Auf-den-Schultern-getragen-werden.

Und es gab Frauen in MacGuffins Dorf.

»Jaaah.« Maxwell lehnte sich in der Seifenlauge zurück. Er würde triumphieren. Er wußte einfach, daß er triumphieren würde.

Ein großartiger Plan nahm Gestalt an, und Maxwell fing an zu grinsen.

KAPITEL 26

Der Kricketpavillon erhob sich in die Luft.

Maxwell winkte den Winkenden zu, die sich unten versammelt hatten.

Es waren nicht sehr viele gekommen.

Anscheinend hatte sich das Gerücht verbreitet, daß Maxwell in Wirklichkeit gar nicht der Bezwinger Count Waldecks war. Daß genaugenommen ein Bursche namens Rushmear den Count umgebracht hatte und daß Maxwell nur stellvertretend den Ruhm beanspruchte. Eine Petition wurde eingebracht mit dem Vorschlag, Maxwell seine Ehrentitel abzuerkennen. Irgend jemand im Hof hatte sogar einen Stein nach Maxwell geworfen.

Maxwell war es egal. »Ihr könnt mich mal!« sagte er, während er von der Veranda des Pavillons aus Sir John und William zuwinkte. Und Lord Archer. Sonst war niemand gekommen.

Maxwell ging nach drinnen und schloß die Tür. Im Kricketpavillon herrschte ein neuer Geruch. Der Geruch nach frischer Farbe. Der Pavillon war geschmackvoll renoviert worden. Das Verandadach repariert. Blutflekken vom Boden geschrubbt. Verschiedene bauliche Veränderungen hatten stattgefunden: Eine erstklassige Schlafgelegenheit, Raum für Proviant und Ausrüstung, ein geräumiger Kleiderschrank für Garderobe, verschiedene spezielle Gegenstände, die Maxwell von Sir John erbeten hatte, und ein Stall für Black Bess befanden sich nun im Innern des Pavillons.

Die Reise würde schätzungsweise mindestens fünf Tage in Anspruch nehmen. Allerdings kann die Zeit manchmal ziemlich schnell vergehen, wenn man sich auf dem letzten Stück des Weges befindet, bereit zur epischen Konfrontation, wenn die Schurken ihrer gerechten Strafe entgegengehen und der tapfere Held triumphiert.

Verdammt schnell.

Der Pavillon sank dem Dorf MacGuffin entgegen. Maxwell saß in einem Lloydstuhl, trank einen Buck's Fizz und rauchte eine kleine Zigarre. Als das Dorf näher kam, lehnte er einen Arm auf das Verandageländer und gab sich die allergrößte Mühe, gelassen, ruhig und berechnend zu bleiben. Es würde nicht ganz leicht werden.

Der Pavillon landete auf einer grasbewachsenen Ebene. Maxwell beendete seinen Drink, erhob und streckte sich. Keine fünfzig Schritt entfernt stand Count Waldecks Luftschiff. Vielleicht war »stand« nicht gerade das richtige Wort. »Gestrandet« traf da schon eher zu. Oder »in Trümmern«, obwohl das zwei Worte sind, die allerdings eine akkuratere Beschreibung liefern.

Ganz eindeutig war die Landung nicht so sanft verlaufen wie der Start. Die Galeone lag kieloben auf dem Grund, die Propellerschäfte verbogen und gebrochen. Der Gasballon war in sich zusammengefallen wie ein verwundeter John Thomas*. Die Tage, in denen das Luftschiff die Lüfte durchkreuzt hatte, waren ein für allemal vorbei.

Maxwell zuckte die Schultern, drückte seine Zigarre aus, ging in den Pavillon zurück und warf die Tür hinter sich ins Schloß.

Kurze Zeit darauf öffnete sich die Tür wieder. Ein wunderschönes weißes Pferd (Black Bess) mit kunstvollem, silberbeschlagenem Zaumzeug, einem äußerst noblen Sattel und Mengen von Lametta am Schwanz und in der Mähne wurde von einer phantastischen Gestalt in einem wunderbaren Kostüm herausgeführt.

Diese phantastische Gestalt trug einen mächtigen Turban, besetzt mit glitzernden Edelsteinen und wedelnden Straußenfedern. Die Gestalt glitt in einer gewaltigen schwarzen Schleppe aus besticktem Samt die Stufen der Pavillontreppe hinab. Eine Seidenbluse wurde vor dem Leib von einem Kummerbund aus purpurnem Brokat gehalten. Weite Hosen in Puderblau waren an den Knöcheln mit Hilfe zierlicher Schnüre zusammengebunden. Die Füße steckten in Lurexsocken, darüber persische Halbschuhe mit Schnabelspitzen.

* John Thomas? Vergleichen Sie doch Kapitel 23.

Das Gesicht der phantastischen Gestalt wirkte ein wenig seltsam. Es war in wütendem Orange geschminkt, und der grelle grüne Bart bildete einen knalligen Kontrast.

Doch wenn schon das Gesicht der phantastischen Gestalt seltsam wirkte, dann galt das erst recht für deren Hände, die mit fünfzehn Ringen geschmückt waren. Puh!

Maxwell grinste (grimmig) unter seinem falschen Bakkenbart. Der Morgen, den er in der Requisitenkammer der Laientheatergruppe der Universität verbracht hatte, war seine Zeit wohl wert gewesen.

Und so begann PHASE EINS von Maxwells VIERPHASIGEM MEISTERPLAN.

Maxwell stieg vorsichtig in den Sattel von Black Bess, und das Tier setzte sich in Bewegung.

Während er an dem zerstörten Luftschiff vorüber ritt, erspähte Maxwell zwei Dinge, die ihn traurig machten und zugleich vorantrieben. Das erste war die Leiche eines Luftmannes, dessen Kopf in die falsche Richtung verdreht war.

Das zweite war der Sarg Ewavatts, leer, mit zur Seite geschobenem Deckel.

Maxwell ritt hoch erhobenen Hauptes auf das Dorf zu. Er hüpfte im Takt zum Klippklapp seines Pferdes im Sattel. Als er zum ehemaligen Budgen's kam, bemerkte Maxwell einen jungen Mann in einem Tweedanzug, der durch die offene Eingangstür auf die Straße stolperte.

Es war ein junger Mann mit ebenmäßigen Gesichtszügen und unbändigen blonden Locken, und Maxwell wußte genau wie der junge Mann auch, daß der Name des jungen Mannes Dave lautete.

Dave trug zwei Einkaufstüten in den Händen und humpelte vor Maxwell über die Straße. Er kam allerdings nur wenige Schritte weit, bevor ein Gürteltier aus seinem linken Hosenbein rutschte, zwischen seinen Füßen umherrannte und Dave stolpern und hinfallen ließ. Daves Einkäufe wurden über die gesamte Straße verstreut, und Maxwell beobachtete mit reumütigem Grinsen, daß es ganz genau die gleichen Einkäufe waren, die einzusammeln er dem Burschen während ihrer ersten und schicksalhaften Begegnung geholfen hatte.

Maxwell zügelte Black Bess dicht vor dem Jungen.

Dave lag auf dem Boden, hielt sich den Knöchel und stöhnte elend.

Maxwell setzte eine hochmütig distanzierte Miene auf. Dann zupfte er die Falten seiner üppigen Kleidung zurecht.

»Ich bin hingefallen«, beschwerte sich Dave. »Wollen Sie mir nicht auf die Beine helfen?«

Maxwell ignorierte ihn.

»Ich habe meine Einkäufe verstreut.« Dave deutete auf die mitgenommenen Überbleibsel zahlloser vorhergehender Stürze.

Maxwell betrachtete die Wolkenformationen.

Dave setzte ein mürrisches Gesicht auf und erhob sich. »Kann ich Ihnen irgendwie helfen?« erkundigte er sich anschließend.

Maxwell blickte ihn an, als bemerkte er ihn zum erstenmal. »Reden Sie mit mir?« fragte er mit tiefer, voller und nicht wenig einstudierter Stimme. »Oder reden Sie mit meinem Pferd?«

»Mit Ihnen«, antwortete Dave. Was eine bemerkenswert direkte Antwort war, wenn man seinen ersten Auftritt bedenkt.

»Nun, lassen Sie das«, sagte Maxwell und drängte Black Bess weiter, »Sie fauler Bauer, Sie.«*

* »Sie blöder Merz, Sie!« (Anmerkung des Lektors Stefan Bauer)

Dave blickte unentschlossen drein. Er starrte auf seine angeblichen Einkäufe hinunter, dann auf das sich entfernende Hinterteil des Pferdes. Er schwankte.

Ein kleines Nagetier steckte den Kopf aus der obersten Tasche seiner Jacke und biß ihn ins Ohr. Dave beendete sein Schwanken. »He!« rief er Maxwell hinterher. »Kommen Sie zurück! Gehen Sie nicht!«

Maxwell ritt weiter über die Hauptstraße.

Dave rannte ihm hinterher. Er holte Maxwell ein und packte ihn an einem Schnabelschuh. »Halt, warten Sie!« rief er. »Halt!«

Maxwell ritt weiter. »Wie lautet Ihr Name, Bauer?« fragte er.

»Nein, nicht Bauer«, entgegnete Dave und zerrte erneut an Maxwells Schuh. »Und auch nicht Bastard oder – was ja gleichbedeutend wäre – Merz, obwohl viele irrtümlich dieser Ansicht sind. Ich heiße Dave.«

»Also schön, Dave«, sagte Maxwell in seiner tiefen, vollen Theaterstimme. »Ich bin der Ehrenwerte Eddie von Wurlitzer, Duke von Earl und Gesandter Seiner Wunderbarkeit, des Sultans von Rameer, und wenn Sie Ihre verdammte Hand nicht augenblicklich von meinem Schuh nehmen, werden die Leute Sie hinfort als den ›Kopflosen‹ kennen.«

Dave zog seine Hand zurück.

»Und jetzt machen Sie, daß Sie verschwinden«, sagte Maxwell.

Und Dave sah zu, daß er verschwand. Maxwell hatte einen arbeitsreichen Tag für den professionellen Einkaufstütenfallenlasser geplant, doch zuerst ...

Maxwell näherte sich dem Herrenhaus von MacGuffin. Sein Magen verknotete sich, und seine ringbewehrten Finger fingen heftig an zu zittern. Maxwell nahm hastig ein paar Valium aus der Tasche und warf sie in seine Kehle. Er hatte die Pillen aus dem Medizinschrank des verstorbenen Count Waldeck befreit. Und obwohl Drogen einem letzten Endes niemals wirklich helfen können, ist das noch lange keine Entschuldigung, sie nicht zu nehmen.

Maxwell nahm nicht nur die Valium, sondern auch einen tiefen Atemzug. Er stieg aus dem Sattel, band die Zügel von Black Bess an einen Pfosten, schob das Eingangstor auf und marschierte über MacGuffins Gartenpfad.

Die Milchflaschen standen unberührt auf den Stufen, doch nach Maxwells Einschätzung lag es nicht daran, daß MacGuffin noch schlief. Er atmete ein weiteres Mal tief durch, baute sich vor der Haustür auf und klopfte ein lautes Klopfen mit dem Klopfer.

Ein Augenblick verging. Und dann noch einer.

Maxwell zitterte am ganzen Leib. Dann klopfte er erneut.

Ein dritter Augenblick verging, dann wurde ein Fenster aufgestoßen.

MacGuffin streckte seinen großen roten Kopf heraus. »Wer wagt es, mich bei meinen Geschäften zu stören?« rief er.

Maxwell trat einen Schritt zurück und rollte die Augen nach oben. Der Schurke funkelte ihn von oben herab an. Das Schweinsblasengesicht mit den kleinen tückischen schwarzen Augen war verzerrt vor Wut. Maxwell bemerkte, daß der goldene Nasenring verschwunden war. Die Magie des Count war tatsächlich mit ihm gestorben.

»Welcher Hinternputzer des Teufels sind Sie?« verlangte MacGuffin zu wissen.

Maxwell starrte ihm in die bösartigen Augen. Haß brandete durch sein Gehirn. Der rote Nebel, dieses machtvolle Symptom seines seelenlosen Zustands, ließ Maxwells Sicht verschwimmen. Maxwells Mund war trocken, doch er riß sich zusammen und atmete ein weiteres Mal tief durch. »Einen guten Tag wünsche ich, mein Herr«, baßte Maxwells einstudierte Theaterstimme. »Ich bin der Ehrenwerte Eddie von Wurlitzer, Duke von Earl, und ich wünsche einen Augenblick Ihrer Zeit.«

»Sie wünschen *was*?« brüllte MacGuffin.

»Eine Angelegenheit von großer Dringlichkeit. Sie sind der Meister dieses armseligen kleinen Dorfes, wie ich vermute?«

»Inzwischen nicht nur dieses Dorfes, falls das jemanden interessiert«, brummte MacGuffin, zog den Kopf zurück und warf das Fenster zu.

Maxwell trat vor und machte sich erneut am Klopfer zu schaffen.

Das Fenster flog krachend wieder auf. »Weg mit Ihnen!« bellte MacGuffin. »Oder ich zaubere Ihnen ein paar Skorpione an das Skrotum.«

Maxwell blieb tapfer stehen. »Falls es Sie interessiert«, sagte er, »ich bin der Gesandte Seiner Wunderbarkeit, des Sultans von Rameer.«

»Des Sultans von Rameer?« MacGuffin legte den aufgedunsenen roten Kopf zur Seite. »Warten Sie eine Minute, ich komme runter zu Ihnen.«

Maxwell wartete mit klingelnden Nerven. Die Eingangstür wurde geöffnet, und da stand MacGuffin und füllte den größten Teil des Durchgangs aus. Groß und schwer und schrecklich, eine fleischgewordene Monstrosität. Er trug nichts außer einem roten Unterhemd und einer unsäglichen roten Unterhose. Mit Abscheu bemerkte Maxwell die Ausbeulung einer Erektion in MacGuffins Slip.

Allerdings keiner besonders heftigen.

MacGuffin funkelte Maxwell an.

Und Maxwell erwiderte den Blick.

Endlich stand er der Bestie von Angesicht zu Angesicht gegenüber, die seine Seele geraubt hatte. Maxwell kaute auf der Unterlippe und kämpfte gegen den schrecklichen Impuls an, sich auf den Magier zu stürzen und ihm das Herz aus dem Leib zu reißen. Ein Impuls, der ganz sicher mit ein oder zwei magischen Worten und Maxwells grauenhaftem Tod bestraft worden wäre.

MacGuffin mühte sich in einen roten Satinmorgenmantel, grell bestickt mit limettenfarbenen, reichbehangenen Männlein und fetthintrigen Weiblein, die den alten Bambus miteinander teilten. Er verknotete den Gürtel über dem Schwabbelbauch und funkelte Maxwell weiter böse an. »Besser für Sie, wenn es um etwas Wichtiges geht«, knurrte er.

»Oh, das tut es«, knurrte Maxwell zurück. »Das tut es ganz gewiß.«

»Dann folgen Sie mir.«

MacGuffin führte Maxwell durch die Halle. Die Wände waren fröhlich verziert mit zahlreichen Gemälden von spärlich bekleideten Frauen, die eine geradezu unbändige Liebe zu ihren Hunden zur Schau stellten. Maxwell wandte die Augen ab und kaute einmal mehr auf der Unterlippe.

Um sein Zittern zu verbergen, stellte Maxwell sich tapsig. Er gestikulierte blumig und vollführte schwankende Bewegungen, während er MacGuffin stolpernd folgte und Gegenstände anrempelte und ganz generell ein einziges großes Ärgernis war.

»Seien Sie doch gefälligst vorsichtig!« herrschte ihn MacGuffin an. Er hob eine gewaltige Faust. »Meine Sammlung ist unschätzbar. Wenn Sie auch nur ein einziges Objekt beschädigen, werde ich Ihre Eier in Kakerlakenöl kochen.«

Maxwell bewegte sich ein wenig vorsichtiger.

MacGuffin führte ihn durch das Zimmer mit den obszönen ausgestopften Tieren, in die Halle mit den obszönen Statuen hinab und die weiten Stufen hinauf in das wundervolle runde Zimmer mit der unglaublichen *trompe-l'œil*-Decke und dem Kristalltisch mit dem unglaublich obszönen Mittelfuß.

MacGuffin deutete auf einen heruntergekommenen alten Dampfholzstuhl neben einem offenen Fenster. »Wollen Sie sich nicht setzen?« fragte er scheinheilig.

»Ich bevorzuge zu stehen«, entgegnete Maxwell.

»Wie Sie meinen.« MacGuffin nahm in seinem großen roten thronartigen Sitz Platz und trommelte mit den Fingern auf der Tischplatte.

Maxwell blickte sich im Zimmer um. Er konnte den Schrank mit den Seelen nicht entdecken, doch er spürte dessen Nähe. Es war beinahe, als würde seine Seele nach ihm rufen. Von Aodhamm und Ewavatt gab es keine Spur. Maxwell vermutete, daß MacGuffin sie an einem sicheren, privaten Ort gefangenhielt.

Auch Rushmear der Pferdehändler war nirgends zu sehen. Wäre Maxwell ein Mann gewesen, der Wetten abschließt, dann hätte er all sein Geld darauf gesetzt, daß der Leichnam des großen Mannes inzwischen im Keller MacGuffins lag, wahrscheinlich in Konservierungsmittel eingelegt, bereit zum Abziehen der Haut und zum Ausstopfen und zur Aufnahme in die Kellersammlung des Magiers. Und wenn Maxwell Geld zum Wetten besessen hätte, er hätte diesmal wirklich die Bank gesprengt.

»Beeilung jetzt«, herrschte MacGuffin ihn an. Seine dicken Finger machten trommel-trommel-trommel. »Reden Sie. Sagen Sie mir, was Sie wollen.«

»Wie bereits erwähnt, bin ich der Gesandte des Sultans von Rameer.«

»Und wie geht es dem lieben Sultan?« erkundigte sich MacGuffin. »Ich hoffe, er ist gesund und wohlauf?«

»Im Gegenteil. Er ist ziemlich tot.«

»Tot?« MacGuffin setzte ein sorgenvolles Gesicht auf. »Wie ist es dazu gekommen? Ein Unfall?«

»Ein Mord«, sagte Maxwell. »Durch einen gemieteten Meuchelmörder namens Rushmear.«

»Rushmear?« MacGuffin schüttelte den großen Kopf. »Nie gehört, den Namen.«

»Warum sollten Sie auch? Rushmear konnte in einem der zahlreichen fliegenden Schiffe des Sultans entkommen. Wir verfolgten ihn bis genau zu diesem Dorf.«

»Wir?« fragte MacGuffin.

»Ich und eine Legion von eintausend Rittern, die das Dorf umzingelt haben.«

MacGuffin warf einen Blick durch das offene Fenster.

»Meister der Tarnung«, erklärte Maxwell. »Nun habe ich verständlicherweise kein Interesse daran, das Dorf zu belagern und jeden einzelnen seiner Einwohner zu töten, wenn sich ein Weg findet, wie das zu vermeiden wäre. Außerdem bezweifle ich, daß Ihnen der Gedanke Freude bereitet, hundert meiner Ritter durch Ihre Sammlung wüten zu sehen. Also ist es von allergrößter Bedeutung, daß wir diesen Rushmear fangen und den gefährlichen Apparat entschärfen, den er mit sich führt.«

»Einen gefährlichen Apparat?« fragte MacGuffin.

»Eine Metallfrau«, erklärte Maxwell, »die der verstorbene Sultan zusammen mit irgendeinem Clown von Magier geschaffen hat. Wie war nur der Name? MacGrubby die Made oder so etwas? Oder MacMurky der Masturbator? Irgend etwas in dieser Richtung jedenfalls.«

MacGuffin blies die Backen auf.

»Jedenfalls«, fuhr Maxwell fort, »wir nehmen an, daß der Mörder im Dienst dieses MacMuff-Typen gestanden hat. Falls wir ihn zu fassen kriegen, werden wir ihn derartigen Foltern unterziehen, daß er sich danach sehnt, seine Eier in siedendem Öl gebraten zu kriegen, weil es ein wenig Erleichterung für ihn bedeutet.«

»Magier sind nicht so leicht zu fangen«, gab MacGuffin zu bedenken.

»Meine Ritter tragen verzauberte Rüstungen, die jede Form von Magie abwehren. Sie wissen Mittel und Wege, mit jedem Magier fertig zu werden.«

»Welch eine Schande, daß sie den Tod des Sultans nicht verhindern konnten.«

»Sie hatten ihren freien Tag. Aber das spielt keine Rolle. Falls dieser MacGuffer sich im Besitz der Metallfrau befindet, bleibt ihnen eh die Arbeit erspart.«

»Wieso?«

Maxwell lachte. »Das ist ein wirklich guter Witz, und Sie werden ihn wahrscheinlich genießen. Offensichtlich hat der verstorbene Sultan schreckliche Rache gegen diesen Mac ...«

»... *Guffin!*« sagte MacGuffin. »Es heißt MacGuffin.«

»Also kennen Sie ihn?«

»Nur dem Namen nach.«

»Wie Sie meinen. Also, jedenfalls hat der verstorbene Sultan schreckliche Rache gegen diesen MacGuffin geschworen, aus einem Grund, den ich nicht kenne. Er hat geschworen, ihn eines Tages zu zerstören. Anscheinend befindet sich MacGuffin im Besitz des männlichen Gegenstücks zu dieser Metallfrau, und Sie werden lachen, wenn Sie das jetzt hören.«

»Werde ich?« fragte MacGuffin zweifelnd.

»Werden Sie. Anscheinend hat der verstorbene Sultan nämlich, nun, das war, bevor er verstarb, verstehen Sie?«

»Reden Sie schon weiter!« forderte MacGuffin Maxwell auf.

»Ja. Entschuldigung. Nun, der Sultan hat anscheinend eine ganze Menge hochexplosiven Sprengstoff in der Metallfrau deponiert.« Maxwell machte mit einer hinreichend obszönen Geste der ringbewehrten Hand klar, welche Stelle in Ewavatt dafür in Frage kam. »Tief in der Metallfrau. Wenn jetzt der Metallmann versucht, sie zu .., Sie wissen schon, dann wird die Reibung den Sprengstoff zünden und ...«

»Stop!« MacGuffin fiel in seinen Stuhl zurück. »Sie meinen, sobald die beiden sich physisch vereinigen, geht es ...?«

»... Bums!« Maxwell setzte beide ringbewehrten Hände ein, um eine recht anständige Explosion anzudeuten. »Ganz schön lustig, nicht wahr?« platzte er heraus.

Das Aussehen, das MacGuffins Gesicht nun angenommen hatte, gab Maxwell zu verstehen, daß es in diesem Augenblick nicht angemessen schien, in Gelächter auszubrechen.

»Übrigens«, sagte Maxwell. »Ich muß mich wirklich entschuldigen, aber ich vergaß ganz, nach Ihrem Namen zu fragen, mein Herr.«

MacGuffin atmete jetzt schwer. Sein Blick wanderte zu einer Tür auf der entgegengesetzten Seite des Raums. »Meinem Namen?« stieß er geistesabwesend hervor.

»Ihrem Namen. Wie lautet Ihr Name?«

»Er ... er lautet ...« MacGuffin vollführte eine Bewegung, als pflücke er einen Namen aus der Luft. »Carrion«, sagte er. »Max Carrion.«

»Doch nicht *der* Max Carrion?«

»*Der?*« MacGuffins Augen ruhten wie festgenagelt auf der Tür.

»Der legendäre Held«, erklärte Maxwell. »Der Mann, dessen Name auf allen vier Welten mit Ehrfurcht ausgesprochen wird.«

»Was?« stieß MacGuffin mit bebenden Kiefern hervor.

»Welch eine Ehre, Sie kennenzulernen!« Maxwell streckte die Hand aus, ergriff MacGuffins rechte Pranke und schüttelte sie überschwenglich.

MacGuffin zog seine Hand zurück. »Autsch!« kreischte er. »Sie haben meine empfindliche Haut mit Ihren schrecklichen Ringen gequetscht.«

»Meine aufrichtigsten Entschuldigungen. So viele Ringe. Der Sultan war immer so großzügig. Ich hoffe nur, sein Sohn Colin wird genauso freundlich sein, wenn er erst formell gekrönt worden ist.«

»Verschwinden Sie aus meinem Haus!« kreischte MacGuffin. »Ich habe dringende Geschäfte zu erledigen, die keinerlei Aufschub dulden.«

»Ich wünschte, ich könnte«, sagte Maxwell und setzte sich auf den heruntergekommenen Dampfholzstuhl. »Aber das wird mich meinen Job kosten. Ich muß nach dem Mörder und der Metallfrau mit dem Sprengstoff im Unterleib suchen. Vielleicht sollte ich meine Suche hier beginnen. Was liegt hinter jener Tür, die Ihren Blick so magnetisch anzuziehen scheint?«

»Genug!« MacGuffin hob die Hände und beschrieb eine komplizierte Bewegung.

Maxwell wollte wieder aufstehen. »Mein Mantel scheint am Stuhl zu kleben«, sagte er mit ziemlich aufgeregter Stimme.

MacGuffin riß die Arme weit auseinander. »Pferd und Reiter, von Wurlitzers Stuhl, bring ihn zum Mond!«

»Zum Mond?«

Mit einem mächtigen *Wusch*! erhob sich der Stuhl in die Lüfte und schoß zusammen mit Maxwell aus dem Fenster.

KAPITEL 27

Maxwell klammerte sich an das fliegende Möbel. »So weit, so gut«, sagte er zu sich. *So weit, so gut?*

»So weit, so gut.«

Mit vorsichtigen Bewegungen zog Maxwell MacGuffins magischen Beutel aus der Hosentasche. Behutsam zwängte er einen Fuß hinein, dann den anderen. Nicht weniger vorsichtig schlüpfte er aus dem voluminösen Umhang, der magisch am Stuhl klebte.

Dann sprang Maxwell ganz in den Beutel. Der Beutel fiel vom Stuhl, der unbeeindruckt zusammen mit dem schönen Umhang seine historische Reise zum Mond fortsetzte.

Hinab und hinunter fiel der magische Beutel und gewann dabei immer mehr an Geschwindigkeit. Im Innern des Beutels kicherte Maxwell vor sich hin, während der Boden näher und näher kam. Bald würde der alles beendende Aufprall kommen, doch Maxwell schien das nicht zu bekümmern.

Hinab und hinunter.

Näher und näher.

Mit dem Dopplerheulen einer fallenden Bombe raste der magische Beutel dem Boden entgegen.

Dreißig Fuß darüber entfaltete sich plötzlich ein Taschentuch über dem Beutel. An jede Ecke war ein Stück Bindfaden gebunden. Das Taschentuch funktionierte als winziger Fallschirm. Der Fallschirm füllte sich mit Luft und verlangsamte den Fall des Beutels. Ließ ihn im Wind tanzen und sanft auf einer Wiese ganz in der Nähe des Kricketpavillons niedergehen.

Maxwell stieg aus dem magischen Beutel, klopfte seine Kleider ab, steckte den Beutel in die Hosentasche zurück und putzte sich mit dem Taschentuch die Nase.

»An dieser Stelle endet PHASE EINS«, sagte er zu sich. »Jetzt beginnt PHASE ZWEI.«

Eine halbe Stunde später marschierte ein goldener Ritter durch die Straßen von MacGuffin. Der goldene Ritter trug einen großen weißen Umschlag bei sich und wäre, da sein Visier heruntergeklappt war, beinahe über einen jungen Burschen mit einem blonden Haarschopf gestolpert, der auf der Straße hingefallen war und den Inhalt seiner Einkaufstüten verstreut hatte.

Beinahe wäre er über den Burschen gefallen. Aber nicht ganz.

»Sind Sie verletzt, werter Herr?« fragte der Ritter.

»Ich habe meine Einkäufe fallen gelassen!« jammerte Dave, denn das war der Name des Blondschopfs.

»Ich würde Ihnen ja nur zu gerne beim Aufsammeln helfen«, entgegnete der Ritter, »aber ich kann mich in meiner Rüstung nicht bücken. Kennen Sie vielleicht jemanden, der sich zehn Goldstücke verdienen möchte, indem er eine Botschaft abliefert und mit der Antwort zurückkehrt?«

»Schwer zu sagen«, sagte Dave.

»Das kam mir eigentlich nicht so vor«, erwiderte der Ritter.

»Nein, das meine ich nicht«, verbesserte sich Dave rasch. »Ich meine, es ist schwer zu sagen, wer sich vielleicht zehn Goldstücke verdienen möchte. Es gibt einige, da bin ich sicher, die sich vielleicht fünfzehn verdienen wollen; andere sogar zwanzig. Auf der anderen Seite gibt es sicher auch welche, die glücklich wären, den Auftrag für vier oder fünf zu erledigen.«

»Vielleicht könnten Sie mir die Namen derjenigen nennen?« bat der Ritter geduldig.

»Ich wüßte nicht, wozu das gut sein sollte.«

»Warum nicht?« fragte der Ritter.

»Weil Sie ganz ausdrücklich *zehn* Goldstücke gesagt haben.«

»Vielleicht hätten Sie ja Lust, den Auftrag selbst zu übernehmen?« schlug ihm der Ritter vor.

»Ich würde mich glücklich schätzen«, erwiderte Dave. »Einen Auftrag wie diesen würde ich schon für drei erledigen.«

»Dann haben Sie heute Ihren gesegneten Tag, denn hier bei mir habe ich exakt die erwähnte Summe von drei Goldstücken, die ich nur zu gerne jedem zu zahlen bereit bin, der diese Botschaft abliefert und mit einer Antwort zurückkehrt.«

»Ich dachte, Sie sprachen von zehn?«

»Das war eine andere Botschaft«, erklärte der Ritter.

Er versorgte Dave mit *spezifischen* Instruktionen und reichte ihm den großen weißen Umschlag. Dave eilte davon, und der Ritter blickte ihm nach, wie er auf das Haus MacGuffins zueilte, wobei er nur ein einziges Mal auf die Nase fiel, als ein Wildkaninchen aus seinem rechten Hosenbein entfloh.

Eine Weile verging. Es war weder eine kurze noch eine lange Weile, sondern eine Weile irgendwo mitten dazwischen. Als die durchschnittliche Weile vergangen war, kehrte Dave zurück.

Er reichte dem Ritter einen kleinen braunen Umschlag. Der Ritter spähte durch sein Visier auf den Umschlag und gab anerkennende Geräusche von sich.

»Dürfte ich dann um meine drei Goldstücke bitten?« fragte Dave.

»*Drei?*« erwiderte der Ritter. »Hatten wir etwa *drei* gesagt?«

»Hatten wir«, sagte Dave.

»Drei ist eine schäbige Summe. Zehn ist viel fairer. Sie hätten zehn verlangen sollen.«

»Da haben Sie recht«, stimmte Dave zu. »Das hätte ich. Nächstes Mal werde ich das.«

»Gut. Immer weiter so«, sagte der Ritter. »Zehn oder gar nichts, stimmen Sie mir da nicht zu?«

»Das tue ich«, stimmte Dave ein weiteres Mal zu.

»So sehe ich das auch«, sagte der Ritter. »Also dann, *nichts*. Es war mir ein Vergnügen, mit Ihnen Geschäfte zu machen.«

Und mit diesen Worten wandte er sich um und stapfte davon.

Der Ritter verließ das Dorf und kehrte zum Kricketpavillon zurück. Hier riß er den braunen Umschlag auf und untersuchte den Inhalt. Es war ein Brief in Maxwells Handschrift.

Darin stand:

GEHEIM. NUR FÜR EDDIE WURLITZER BESTIMMT

Lieber Eddie,
der Apotheker ist soeben mit dem von Ihnen bestellten speziellen Elixier zur Neutralisation des Sprengstoffs im Körper der Metallfrau im Lager eingetroffen. Wollen Sie, daß ich eine Flasche direkt zu Ihnen bringen lasse? Wenn ja, dann geben Sie dem Boten einfach nur diese Nachricht zurück, aber versiegeln Sie sie zur Sicherheit im beigefügten Umschlag.
Die Ritter werden in Deckung bleiben und erwarten Ihre Befehle.
Bis dann, freundliche Grüße.
Captain Beefheart von den magischen Wachen.

Maxwell zerknüllte die Botschaft und warf sie in eine Ecke. »PHASE ZWEI komplett«, sagte er zu sich. »Weiter geht's mit PHASE DREI.«

Kurze Zeit nach Mittag erschien eine gebeugte Gestalt in dem unübersehbaren rotweißen Umhang eines Apothekers mit tief in die Stirn gezogener Kapuze und schlurfte ins Dorf.

Und dort traf er auf einen jungen Mann mit einem sehr dümmlichen Gesicht, der gerade hingefallen war und seine Einkäufe auf dem Pflaster verstreut hatte.

»Was plagt Sie, junger Mann?« fragte der Apotheker mit krächzender alter Stimme.

»Ich bin hingefallen«, erwiderte Dave.

»Sie haben eine Plage, schätze ich.«

»Habe ich das?« fragte Dave. »Ich meine, ja, Sie haben recht. Ich habe eine Plage. Woran haben Sie das so schnell erkannt?«

»Ich habe das Wiesel gesehen, über das Sie gestolpert sind.«

Dave machte ein noch dümmlicheres Gesicht.

»Ich habe einen Trank, der Ihre Probleme lösen könnte«, sagte der alte Apotheker.

»Haben Sie?«

»Habe ich. Aber er kostet drei Goldstücke.«

»Verdammt«, sagte Dave.

»Allerdings könnten Sie sich drei Goldstücke verdienen«, fuhr der Apotheker fort.

»Könnte ich«, sagte Dave. »Ich wünschte nur, ich wüßte, wie.«

»Ich habe hier eine Flasche Elixier, die zum Haus von MacGuffin dem Magier geliefert werden muß. Ich würde dafür drei Goldstücke zahlen. Die Flasche ist voll bis zum Rand, und Sie dürfen nicht einen einzigen Tropfen davon verschütten.«

»Ich bin ein sehr vorsichtiger Geselle«, sagte Dave.

»Sie sind nichts dergleichen, und das wissen Sie auch. Gehen Sie vorsichtig mit der Flasche um, ich werde Sie den ganzen Weg über im Auge behalten.«

»Verlassen Sie sich auf mich«, erwiderte Dave, nahm die Flasche entgegen und trug sie mit größter Vorsicht davon.

Er verschüttete nicht einen einzigen Tropfen.

Weshalb er nach seiner Rückkehr auch doppelt traurig war, als er entdeckte, daß der Apotheker verschwunden war.

Der Apotheker saß mit hochgelegten Füßen im Kricketpavillon und hielt einen Drink in der Hand. »PHASE DREI beendet«, resümierte er zufrieden. »Was nur noch PHASE VIER übrigläßt.«

Es war gegen fünf Uhr nachmittags, als Maxwell ins Dorf zurückkehrte. Diesmal ohne Verkleidung. Diesmal trug er ein gelbes Bowlinghemd, einen wirklich schrillen taubengrauen Anzug und seine schönen soliden Stiefel (die aufgrund ihrer Solidität das Stampfen überlebt hatten, mit dem Maxwell MacGuffins Beutel behandelt hatte). Der Anzug und das Hemd waren Geschenke Sir Johns gewesen (netter Zug).

Maxwell schlenderte in das Dorf, die Hände in den Hosentaschen, und pfiff vor sich hin.

Er kam gerade bei Budgen's vorüber, als er einen jungen Mann mit zwei Einkaufstüten traf. Es war ein sehr niedergeschlagen dreinblickender junger Mann. Die Mundwinkel hingen bis zum Kinn.

»Aufgepaßt, Dave«, rief Maxwell. »Achten Sie darauf, wo Sie hintreten. Sie wollen doch nicht hinfallen, oder?«

Dave starrte Maxwell mit weit aufgerissenem Mund an. Dann brachte er ein verdutztes »Hallo« zustande.

Maxwell grinste Dave freundlich an. »Kennen Sie ein gutes Bierhaus, das Sie einem durstigen Reisenden empfehlen würden?«

»Ja«, antwortete Dave. »Kenne ich.«

»Und?« fragte Maxwell.

»Und was?«

»Wie lautet sein Name?«

»Fangio's Bar«, antwortete Dave.

»Würden Sie mich auf einen Drink in diese Bar begleiten?«

»Nur zu gerne, doch die Bar hat wegen Renovierung geschlossen.«

»Dort drüben ist ein Bierhaus!« rief Maxwell.

Da dies mehr eine Feststellung als eine Frage war, fiel Dave nichts ein, was er darauf hätte sagen können.

»Dorthin gehe ich«, sagte Maxwell. »Wenn Sie mich begleiten, spendiere ich Ihnen einen Drink.«

Dave dachte über Maxwells Vorschlag nach. »Sie wollen mir einen Drink spendieren, nur weil ich mit Ihnen über die Straße dorthin gehe?«

Maxwell schüttelte den Kopf und ging in Richtung Bierhaus davon.

Es war eines dieser kleinen verschlafenen Landgasthäuser. Die Sorte mit den kupfernen Wärmflaschen im Bett, den Figurenkrügen und dem Messinggeschirr. Die Sorte mit den nachgebauten Windsorstühlen, den Münz werfspielen und dem alten Burschen mit dem lahmen Bein, der über die Schlacht an der Somme erzählt. Die Sorte …

»Raus hier!« rief der Mann hinter der Theke.

»Ich?« fragte Maxwell verblüfft.

»Nein, nicht Sie. Er.«

»Ich?« fragte Dave.

»Du«, sagte der Barmann. »Das letzte Mal, als du hier warst, hatten wir in der ganzen Kneipe verdammte Okapis rumlaufen.«

»Ich hab' Ihnen doch gesagt, daß die Geschichte mit den Okapis nicht gelogen ist«, wandte sich Dave an Maxwell.

»Verpiß dich«, sagte der Wirt zu Dave, und Dave verpißte sich.

»Und jetzt zu Ihnen, mein Herr«, wandte er sich an Maxwell. »Womit genau kann ich Ihnen dienen?«

»Drinks für alle«, sagte Maxwell.

»Drinks für wen?«

»Drinks für jeden Gast des Lokals. Ich geb' einen aus.« Maxwell warf eine Handvoll goldener Münzen auf die Theke.

Der Wirt starrte seinen Gast aus schmalen Augen an und öffnete den Mund, um Fragen zu stellen.

»Drinks, solange dieses Geld reicht. Bieten Sie jedem einen Drink seiner Wahl an. Ich werde Ihnen sagen, was Sie mit dem Rest machen sollen.«

»Sehr wohl, mein Herr. *Leute*!« Der Wirt wandte sich

an die übrigen Gäste. »Dieser Gentleman hier wirft eine Lokalrunde!«

Ein Augenblick des Schweigens wurde abgelöst von mehreren Augenblicken lauten Füßetrampelns, als jedermann an die Theke stürzte. Der Wirt ging seinem Geschäft nach.

»Ich selbst nehme auch eins«, sagte Maxwell. »Von diesem Hahn hier. Ein Pint, voll bis obenhin.«

Der Wirt beendete sein Geschäft.

»Und eins für Sie selbst, Herr Wirt.«

Der Wirt beendete sein Zusatzgeschäft. »Gibt es etwas zu feiern, mein Herr?« fragte er.

»Das gibt es in der Tat«, entgegnete Maxwell. »Genau das ist es, was ich tue, und ich wünsche, daß alle Versammelten mit mir feiern.«

»Und was gibt es zu feiern?«

Maxwell antwortete mit lauter Stimme. »Den Tod des üblen MacGuffin«, rief er.

Scharfes Atemholen allenthalben. Das prustende Geräusch, verursacht von Bierschaum, der durch die Nase eingesogen und wieder ausgehustet wurde. Entsetztes Keuchen, und irgend jemand wurde ohnmächtig.

»Bevor dieser Tag vorüber ist«, verkündete Maxwell, »wird MacGuffin tot sein, und Sie alle werden die Freiheit zurückgewinnen.«

»MacGuffin tot?« Der Unterkiefer des Wirts hing bis auf die Brust.

»Tot.« Maxwell zog einen Finger über seine Kehle. »Und Sie alle werden frei sein.«

»Sie sind eindeutig verrückt«, krächzte der Wirt. »Bitte verlassen Sie das Lokal.«

»Merken Sie sich meinen Namen, weil ich der Erlöser bin. Mein Name lautet Carrion. Max Carrion. Ich bin der Imagineur.«

»Mick Scallion?«

»Versuchen Sie's lieber erst gar nicht. *Carrion* heiße ich. Und jetzt leben Sie wohl.«

Dave saß draußen am Rinnstein. Er blickte zu Maxwell auf. »Das ging aber schnell«, sagte er.

Maxwell lächelte auf Dave hinab. »Dave«, sagte er, »Dave, es ist wahrscheinlich keine schlechte Idee, wenn Sie das Dorf für eine Weile verlassen. Ich werde jetzt zum Haus von MacGuffin gehen. Innerhalb der nächsten Stunde wird er tot sein. Es ist eine altbekannte Tatsache, daß nach dem Sturz von Diktatoren Kollaborateure meist an Laternenmasten baumelnd enden.«

Dave gab keine Antwort. Nach kurzem Zögern stand er auf und ging davon. Seine Einkaufstüten ließ er zurück.

Maxwell schlenderte über die Hauptstraße. Das Motiv aus dem Film »High Noon« zu pfeifen war zu verlokkend, als daß er hätte widerstehen können. Die Zeit des Showdowns war gekommen. Die finale Konfrontation. Der Augenblick, auf den er gewartet hatte. Der Augenblick, von dem er geträumt hatte. Der Augenblick, den er so sorgfältig geplant hatte.

Black Bess stand noch immer angeleint am Pfosten. Maxwell band das Tier los. »Hau ab«, sagte er und tätschelte den Hals des weißen Pferdes. »Du bist frei. Hau ab!«

Black Bess wieherte, schüttelte die Mähne und trabte durch die Straße davon.

Einmal mehr war tiefes Durchatmen angesagt. Maxwell ging durch das Tor von MacGuffins Haus, schlenderte über den Kiesweg, der durch den Garten führte, und betätigte heftig den Türklopfer.

Keine Antwort.

Maxwell legte das Ohr an die Tür.

Schweigen, sonst nichts.

Maxwell drückte gegen die Tür. Sie schwang langsam nach innen.

Maxwell zögerte. Vielleicht hätte er Dave mitnehmen sollen, damit dieser den ersten Schritt über die Schwelle machte. Nein, das hier war ganz allein seine Sache. Also los.

Und los ging es. Maxwell trat in den Flur. »MacGuffin!« rief er. »MacGuffin, sind Sie da?«

Keine Antwort.

Maxwell schlich durch den Flur. Irgendeine Falle konnte losgehen. Irgend etwas Schreckliches passieren. Und was, wenn? »Rennen«, sagte sich Maxwell.

Durch den Flur und in die Halle mit den obszönen Tieren. Beobachteten ihn diese glasigen Augen etwa? Maxwell erschauerte. Nein, natürlich nicht. Das konnten sie nicht.

Hinaus in die Halle mit den Statuen. »MacGuffin!« rief Maxwell. Doch es gab nur Schweigen. Mit Ausnahme von Maxwells Herzklopfen und dem Geräusch, das seine soliden Stiefel beim Gehen verursachten.

Die Treppe hinauf. Einen Schritt nach dem anderen. Langsam, langsam. Maxwells Hand legte sich vorsichtig auf das Geländer. Sie war feucht. »MacGuffin!«

Maxwell vernahm ein schwaches Geräusch. Ein dumpfes Grollen? Ein Stöhnen? Er setzte seinen Weg die Treppe hinauf fort. Er näherte sich dem Eingang zu der wundervollen runden Halle. Ein weiteres dumpfes Geräusch. Maxwell hielt inne, hielt den Atem an. Noch ein Geräusch.

Maxwell betrat die runde Halle.

Der Kristalltisch war für ein Festmahl gedeckt. Schalen köstlicher Süßigkeiten, Weinkrüge, Teller voller Biskuits und Kuchen. Wieder ein Geräusch.

Maxwell umrundete den Tisch und blickte nach unten.

Und begann zu grinsen.

MacGuffin lag auf dem Boden. Er war in eine unnatürliche Haltung verkrümmt; die Knie bis zur Brust angezogen, die Finger nach hinten zurückgebogen. Der mächtige Kopf hing auf der Seite. Gelber Schleim troff aus seinem Mund.

»MacGuffin, was ist los mit Ihnen?« fragte Maxwell.

Die heimtückischen kleinen Augen waren glasig, doch sie richteten sich auf Maxwell und fixierten ihn mit einem Blick unaussprechlicher Abscheu.

Maxwell zog MacGuffins schweren roten Stuhl heran und setzte sich darauf. »Sie sind eindeutig ziemlich schlimm dran«, sagte er. »Genaugenommen stehen Sie im Begriff zu sterben.«

MacGuffin versuchte zu reden, doch kein Wort drang über seine Lippen.

»Sie haben die Stimme verloren«, stellte Maxwell fest. »Genau wie die Beweglichkeit Ihrer Hände. Keine weiteren Verwünschungen mehr, keine Zaubersprüche. Wie ist das gekommen?«

Maxwell erhob sich und stellte sich über den sterbenden Magier. »Es ist so gekommen«, erklärte er boshaft, »weil ich Sie vergiftet habe. Dreimal an einem einzigen Tag. Wahrscheinlich fragen Sie sich, wie ich das gemacht habe. Nun, ich werde es Ihnen verraten. Ich bekam Zugang zum Medizinschrank von Count Waldeck. Er kannte sich ganz vorzüglich mit Giften aus, der alte Count. Einmal hat er mich selbst vergiftet. So etwas vergißt man niemals wieder. Es ist ganz genau die Sorte von Erlebnis, die man seinem schlimmsten Feind wünscht. Und Sie, MacGuffin, Sie sind mein schlimmster Feind.«

Ein Krampfanfall schüttelte den Magier. Seine schwarzen Augen verdrehten sich nach hinten.

»Oh, bitte sterben Sie jetzt noch nicht«, fuhr Maxwell fort. »Sie erfahren sonst niemals, wie ich es gemacht habe. Und ich würde es Ihnen so gern erzählen. Zuerst vergiftete ich Ihr Blut, als ich sie mit einem vergifteten Ring an der Hand kratzte. Zweitens haben Sie sich selbst vergiftet, als Sie an dem braunen Umschlag leckten, den ich der gefälschten Botschaft beigelegt hatte. Und drittens«, Maxwell trat die zusammengesunkene Gestalt, »das Elixier, das ich für Ewavatt herschicken ließ. Ich wette, Sie haben es ihr mit dem größten Vergnügen verabreicht, Sie widerlicher Kerl. Es konnte Ewavatts Metallkörper keinen Schaden zufügen, aber das Gift ist durch Ihr verrottetes Fleisch gedrungen.«

Die schwarzen Augen des Magiers rollten nach vorn. Weiterer widerlicher Schleim troff aus dem schlaffen Mund.

»Und so habe ich Sie getötet«, schloß Maxwell. »Sie sterben für all diejenigen, deren Tod Sie verursacht und die Sie versklavt haben. Sie sterben, weil Sie es nicht wert sind zu leben.«

Ein rasselndes Geräusch entwand sich MacGuffins Kehle, und er warf den Kopf von einer Seite zur anderen. Maxwell ging gelassen zum Tisch und betrachtete die farbenfrohe Auswahl. »Ein üppiges Mahl«, sagte er, nahm eine Süßigkeit in die Finger und schob sie sich in den Mund.

Die schwarzen Augen fixierten ihn mit unheilvollen Blicken.

Maxwell spuckte die Süßigkeit aus und wischte sich hastig die Finger ab. »*Touché*«, sagte er. »Ein vergiftetes Mahl für den Sieger. Ich hätte damit rechnen müssen.«

Die schwarzen Augen fielen zu.

Maxwell sank in den schweren roten thronähnlichen Stuhl.

Es war vollbracht. Er hatte seine Rache genommen. MacGuffin war tot.

Maxwell fing an zu zittern, und dann wurde ihm fürchterlich übel.

KAPITEL 28

Maxwell wischte sich mit dem Ärmel über den Mund. Es war noch nicht ganz vollbracht. Da war noch die Sache mit seiner Seele. Eine sehr bedeutsame Sache, nicht zu vernachlässigen.

Maxwell stand auf. »Möbel, komm her!« befahl er.

Kein Seelensarg schwebte herbei. Nun ja. Es war den Versuch wert gewesen.

Maxwells Blicke schweiften durch den Raum zu der Tür, auf die MacGuffin bei ihrer letzten Begegnung so angestrengt gestarrt hatte. Vielleicht dort drinnen?

Maxwell durchquerte die Halle und stieß die Tür auf. Dahinter lag ein Schlafzimmer. Ein wunderbares Schlafzimmer. Die Art von Schlafzimmer, von der Maxwell immer geträumt hatte. Ein großes rundes Bett mit einer weißen Lammfelldecke, dichter Teppichboden, Spiegel an der Decke, ein voller Satz erotischer Spielzeuge auf dem Nachttisch. Maxwells interessierte Augen schweiften darüber. Dann kehrten seine interessierten Augen wieder zum Bett zurück. Auf diesem Bett saßen, Seite an Seite, Aodhamm und Ewavatt.

Noch immer splitterfaserpudelnackt.

Maxwell betrachtete die wunderschönen Wesen. Der Bronzemann mit seiner makellosen Physis. Die vollkommene goldene Frau.

Maxwell räusperte sich. »Verzeihung«, sagte er.

Aodhamm starrte ihn mit leerem Blick an.

»Ihr seid frei«, sagte Maxwell. »MacGuffin ist tot. Ich, Max Carrion, der Imagineur, habe ihn getötet. Ihr seid frei. Ihr könnt gehen, wohin ihr wollt.«

Aodhamms Blick blieb leer. Seine Bronzelippen bewegten sich. »MacGuffin hat Ewavatt befleckt«, sagte er tonlos.

»Äh, ja.« Maxwell kratzte sich am Kinn. »Das war mein Fehler, fürchte ich. Aber wie ich die Sache sehe, sind ein paar kleine Flecken immer noch besser als ein ganzes Leben in Sklaverei.«

»Es ist nicht die Tatsache, daß er sie befleckt hat«, sagte Aodhamm. »Es ist die Tatsache, daß es ihr gefallen hat.«

»Hat es auch«, sagte Ewavatt mit breitem Grinsen.

»Meine Güte!« Maxwell starrte sie aus weit aufgerissenen Augen an.

»Aodhamm ist nicht gut darin«, sagte Ewavatt. »Er macht metallische Geräusche, wenn er kommt, und er hält es nicht länger als eine Stunde aus.«

»Ich denke, ich sollte jetzt gehen«, sagte Maxwell.

»Du siehst aus, als könntest du länger«, sagte Ewavatt. »Was hältst du davon, für ein paar Stunden mit mir den Bambus zu teilen?«

»Schlampe«, sagte Aodhamm.

»Schwächling«, sagte Ewavatt.

»Auf Wiedersehen«, sagte Maxwell und schloß die Tür.

»Herbei mit dir, Möbel«, rief er. Nun ja, ein zweiter Versuch konnte nie schaden. Aber kein glasdächernes Möbel erschien.

Maxwell suchte nach einer weiteren Tür. Eine Tür verblieb noch. Maxwell stapfte zu ihr und riß sie auf. Dahinter schwebte der Schrank mit den gefangenen Seelen. Maxwell zog ihn in die runde Halle. Er bewegte sich vollkommen schwerelos. Maxwell schwang ihn herum. »Öffne dich«, befahl er.

Der Sarg öffnete sich ...

... nicht.

Maxwell machte sich am Deckel zu schaffen. »Ganz vorsichtig«, sagte er zu sich. Der Deckel bewegte sich einen Deut zur Seite, dann fiel er zurück in seine alte Lage. Maxwell steckte die Finger in den Schlitz und zog. Der Sarg hob sich zusammen mit dem Deckel. Trickreich.

Maxwell kletterte auf den schwebenden Seelensarg

und drückte ihn zu Boden. Es mußte einen Weg geben. Wenn er nur das magische Wort wüßte.

Irgendein magisches Wort.

Maxwell stieg vom Sarg und fuhr mit den Fingern über den Deckel. Irgendein magisches Wort? Maxwells Finger erstarrten. *Irgendein magisches Wort?* Der Sarg schwebte noch immer in der Luft, gehalten von MacGuffins Magie. Aber ... wenn ein Magier starb, dann starb seine Magie zusammen mit ihm.

Und das bedeutete ...

Maxwell wirbelte herum.

MacGuffins Körper zitterte und schüttelte sich. MacGuffin war nicht tot.

Maxwell suchte nach einem Gegenstand, um seine Arbeit zu beenden. Der schwere rote thronähnliche Sessel – *schlag ihm das Gehirn zu Brei. Und tu es jetzt!*

Maxwell bemühte sich, den Sessel vom Boden zu heben. Der Sessel wollte sich nicht heben lassen. Irgend etwas anderes. Ganz egal, was.

MacGuffins Körper bewegte sich ruckhaft wie eine Marionette. Er hüpfte in die Luft, fiel zurück. Hüpfte erneut. Die schweren Arme, weit ausgebreitet, schlugen um sich. Der gesamte Körper verdrehte sich an den unmöglichsten Stellen in die unmöglichsten Winkel. Der mächtige Schädel fiel haltlos von einer Seite auf die andere.

Maxwell beobachtete die Szene voller Entsetzen. Irgend etwas Schreckliches würde geschehen.

Irgend etwas verdammt Schreckliches.

MacGuffins Körper richtete sich auf. Doch er stand nicht. Seine Füße berührten kaum den Boden. Irgend jemand anderes als MacGuffin vollführte die Magie.

Maxwell wich zur Tür zurück und schob den Seelensarg vor sich her.

Sein Meisterplan hatte mit PHASE VIER geendet, und es gab keine PHASE FÜNF. Maxwell verspürte ein dringendes Bedürfnis zu rennen.

»Bleib. Bleib.« Der Mund des Magiers bewegte sich, doch die Stimme war nicht die MacGuffins. Sie klang leise, flehend. »Bleib, Maxwell«, flehte sie.

»Keine Chance.« Maxwell hatte den Sarg beinahe aus der Tür.

»Dann muß ich dich dazu zwingen.«

MacGuffins Mund öffnete sich weit. Abscheuliche Geräusche entrangen sich seiner Kehle. Irgend etwas Rotes, Lebendiges wand sich hervor. Ein zuckendes Tentakel. Das rote Ding zuckte suchend durch die Luft, und ein zweites schnellte aus dem Magiermund und gesellte sich hinzu. MacGuffins Brust wölbte sich hervor, dann brach sie auf. MacGuffin stürzte wie vom Blitz getroffen zu Boden.

Irgend etwas stand nun über der Leiche. Irgend etwas, das aus MacGuffins Körper gekommen war. Es war kein menschliches Irgendetwas.

Hellrot, so rot, wie Blut war es. Zwei Hörner auf dem Kopf. Spitze weiße Zähne und geschlitzte Augen. Ein Schwanz und Flügel auf dem Rücken.

»Au Scheiße!« japste Maxwell. Wie man das eben so tut.

»Schnell jetzt«, sagte die Kreatur. »Da du meinen Wirt ermordet hast, mußt du mich nun aufnehmen.«

»Auf gar keinen Fall!«

Maxwell packte einen Weinkrug vom Kristalltisch und schleuderte ihn gegen die Kreatur. Das Ding wischte den Krug zur Seite und rückte auf Maxwell zu.

»Ich muß nun in deinen Körper. Auf der Stelle.«

»Wer bist du? Was bist du?« Maxwell versuchte, den Sarg durch die Tür zu schieben, doch irgendwie hatte dieser sich verkeilt.

»Du hast den neuen Adam und die neue Eva gesehen. Und jetzt wirst du die neue Schlange in dir aufnehmen.«

»Der Teufel?«

»MacGuffin hat mich heraufbeschworen, doch ich

habe ihn besessen. Ich führte seine Hand, als er Aodhamm und Ewavatt erschuf, damit ich über das neue Eden herrschen kann. Den Garten unirdischer Gelüste.«

»Jedes Arschloch will immer nur Macht.« Maxwell zerrte an dem Seelensarg. »Trotzdem finde ich es gut, daß wir einmal darüber gesprochen haben. Es hilft, die losen Enden zu verknüpfen.«

»Ich muß jetzt in deinen Körper.«

»Ich würde es vorziehen, wenn du das nicht tust.«

»MacGuffin stirbt. Im Augenblick seines Todes werden seine Kräfte die deinen sein. Aber nur für kurze Zeit. Wenn ich in dir bin, kann ich sie halten. Zusammen können wir viele Dinge erreichen.«

»Du machst anscheinend Witze.« Das Fenster über Maxwell stand offen. Er überlegte, ob er hindurchspringen könnte.

»Los doch, Maxwell, laß mich jetzt in deinen Körper.«

»Hier«, sagte Maxwell. »Nimm das.«

Er schwang die Faust und traf die Kreatur am Unterleib. Es war, als hätte er gegen einen Felsen geschlagen.

Maxwell heulte auf, und während er heulte, ging ein Beben durch die Halle. Das Beben hatte allerdings nichts mit seinem Aufheulen zu tun. Es hatte mit MacGuffin zu tun. Der Magier umklammerte seine offene Brust, gab selbst ein Heulen von sich und fiel tot um.

»Jetzt!« Die Kreatur schoß auf Maxwell zu. Maxwell duckte sich zur Seite. »Öffne dich, Möbel!« rief er. Der Deckel schwang auf, und Maxwell ergriff die leuchtende Kugel, in der seine Seele gefangen war.

»Hinein!« Die Kreatur warf sich erneut auf Maxwell. Maxwell preßte die Kugel an seine Brust und rannte um den Kristalltisch herum, die Kreatur immer hinter ihm her.

»Schnell, schnell«, kreischte sie. »Ich kann nicht lange außerhalb eines Körpers überleben. Wir werden die Magie verlieren. Rasch!«

»Also rasch.« Maxwell wandte sich zu der Kreatur um. »Pferd und Reiter, das ganze verdammte Haus!« rief er. »Und dann zur Hölle mit MacGuffins Magie!«

»Nein!«

Doch, *ja*.

Chaos brach aus.

Das Haus schüttelte sich und bebte. Ziegel rutschten vom Dach. Der Kristalltisch hüpfte und zerbrach. In den Zimmern und Hallen weiter unten brachen gläserne Vitrinen zusammen und kippten Statuen um. Geschmacklose Bilder fielen von den Wänden. Das Herrenhaus MacGuffins erhob sich in die Lüfte.

Es riß aus seinen Fundamenten, und MacGuffins Magie schoß heraus wie Wasser aus einer gebrochenen Hauptleitung.

Sie raste durch das Dorf, riß Pflastersteine aus der Straße und erschreckte die Pferde.

Dave, der gerade seinen Koffer packte, wurde von den Füßen geworfen. Seine Hosen wurden zerfetzt, und eine Hydra (vielköpfig) kroch mit nichts Gutem im Sinn aus seinem Slip.

Maxwell klammerte sich an das obszöne Tischbein. Die Halle drehte sich um ihn. Verzweifelt bemühte er sich, die Kristallkugel mit seiner Seele nicht zu verlieren, doch er spürte, wie sie allmählich seinen Fingern entglitt.

Die Kreatur war bei ihm. Sie klammerte sich an Maxwells Bein. Maxwell trat nach ihr. Sie grinste und lachte. »Jetzt gehörst du mir«, sagte der Teufel.

»Ich bin noch nicht fertig«, rief Maxwell und trat und trat und trat.

Gegenstände flogen durch die Luft, Fenster zersprangen, Säulen kippten, und Magie brüllte und wütete.

Aus dem Schlafzimmer drang Ewavatts Stimme durch den Mahlstrom. »Ja, ja, ja!« kreischte sie. »Besorg es mir, Aodhamm, mach es mir! Ja, ja, Jaaah!«

»Ich werde es *dir* besorgen!« sagte die Kreatur und wand sich um Maxwells Bein, eine schreckliche, blutrote Schlange.

»O mein Gott!« Die Kristallkugel entglitt Maxwells Fingern und hüpfte durch die Halle. Schmerz durchzuckte jede Faser von Maxwells Körper. Die Kreatur rollte sich zu einer Kugel zusammen und schoß auf Maxwells Mund zu.

»Nein!« Maxwell drehte den Kopf zur Seite, und das Ding verfehlte sein Ziel. Es kreiste in der Halle und nahm einen erneuten Anlauf.

Jetzt oder nie, hieß es.

Maxwell wußte, daß ihm keine Wahl blieb.

Mit dem letzten Quentchen verbliebener Kraft zerrte er MacGuffins magischen Beutel aus der Tasche und hielt ihn sich offen vors Gesicht. Die Kreatur flog hinein, und Maxwell zog das Durchziehband zusammen.

Dann erlosch MacGuffins Magie. Sie röchelte ein letztes Mal und starb.

Und ging zur Hölle.

Das Herrenhaus schwebte noch einen Augenblick in der Luft.

Maxwell kämpfte sich auf die Beine und warf sich auf seine Kristallkugel.

Das Herrenhaus fiel zu Boden.

Es verfehlte sein früheres Fundament und krachte auf Budgen's.

Was seinen Sturz ein wenig dämpfte. Aber nicht viel.

Das Dach stürzte ein, die Kuppel brach zusammen, Säulen splitterten, Wände wölbten sich hervor und fielen ein. Staub und Ziegelsteine und Trümmer, berstende Balken, zerfetztes Mobiliar und Körper.

Und dann Stille.

Sie gruben Maxwells Leichnam aus den Trümmern. Er konnte unmöglich überlebt haben. Sie schleiften ihn in die zerstörte Hauptstraße und standen herum, setzten respektvolle Gesichter auf und warteten darauf, daß jemand erzählen würde, welch ein tapferer, mutiger Mann Maxwell gewesen war und daß sie alle gemeinsam die Kosten für das Begräbnis übernehmen würden.

Nicht so Dave.

Dave durchwühlte Maxwells Taschen.

»Er hat mir drei Goldmünzen geschuldet«, sagte der Bursche, dem inzwischen einige Dinge klargeworden waren. »Hallo, was haben wir denn da?« Er entwand Maxwells toten Fingern eine kleine Kristallkugel und hielt sie ins Licht.

Ein winziger Maxwell starrte ihn aus der Kugel an und wedelte mit den Armen.

»Aaaaaargh!« machte Dave und ließ die Kugel fallen.

Ein Splittern, ein Blitz und ein Geräusch wie von einer plötzlichen Windbö war die Folge.

Maxwells Seele erhob sich aus der zerbrochenen Kugel und schoß durch das linke Nasenloch zurück in ihren Besitzer.

Maxwell schlug blinzelnd die Augen auf. Er hustete und stöhnte und atmete tief durch. »Ich lebe«, sagte er, was durchaus angemessen schien. »Und ich bin ganz. Ich habe meine Seele wieder! Ich kann sie spüren. Ich kann sie spüren! Die Götter seien gepriesen! Der Göttin sei Dank!«

Und in den Trümmern begann sich etwas zu regen.

Aber nichts Scheußliches.

Eher etwas Göttliches. Ein goldener Kopf hob sich aus dem Staub. »O Aodhamm!« gurrte Ewavatt. »Hat sich diesmal die Erde für mich bewegt, oder was?«

KAPITEL

29

Sie trugen Maxwell auf den Schultern durch das Dorf. Junge Frauen warfen ihm Blüten und Handküsse zu. Alte jubelten, und Kinder tanzten.

Überall herrschte Lachen. Überall herrschte Freude.

Maxwell war der Held des Tages.

Und er hatte es wirklich geschafft. Alles ganz allein und ohne irgendwelche fremde Hilfe. Er hatte triumphiert.

Er hatte das Siegtor erzielt.

Max Carrion, der Imagineur.

»Ich liebe euch alle!« Maxwell winkte, und die Menschen winkten zurück und jubelten noch lauter.

»Ich bin sein bester Freund, weißt du«, vertraute Dave einer winkenden jungen Frau an, die den Eindruck erweckte, als würde sie sich mit dem Zweitbesten zufriedengeben.

»Verpiß dich«, lautete ihre Antwort. Der Eindruck kann manchmal täuschen.

Hurra und Jubel und Applaus.

»Max-well. Max-well. Max-well!«

Was für ein Tag!

Weitere Menschen rannten herbei. Männer in Farmerkleidung.

»Halt!« riefen sie. »Halt! Aufhören!«

Maxwell winkte und antwortete: »Hallo, hallo!«

Aber die Männer riefen weiter: »Halt, aufhören! Sofort aufhören!«

»Was soll denn die Aufregung?« erkundigte sich Maxwell, und mit dieser Frage stand er nicht allein.

»MacGuffins Magie ist nicht mehr!« riefen die Farmertypen.

»Das ist nur zu wahr!« stimmte Maxwell zu. »Ich habe

MacGuffin getötet. Seine Magie ist mit ihm verschwunden.«

»Dann werden wir alle sterben«, riefen die Farmer.

»Ach ja? Und warum?«

Einer der Farmer hielt einen verrotteten Pastinak hoch. »MacGuffins Magie hat das Land fruchtbar gemacht. Jetzt verfault und verdirbt die Ernte.«

»Dann werdet ihr eben neues Gemüse aussäen«, entgegnete Maxwell. »Ihr seid jetzt freie Männer, und ihr könnt anbauen, was ihr wollt.«

»Nicht in dieser Gegend, Bursche. Selbst das Gras, auf dem der Kricketpavillon steht, ist braun geworden. Das hier ist Ödland. Wir werden sterben.«

»Unsinn«, widersprach Maxwell, während er aus Schulterhöhe zu Boden fiel. »Versteht ihr denn nicht? Ihr seid nun frei. Keine Sklaverei mehr. Ihr seid nicht mehr die Leibeigenen MacGuffins!«

»Besser ein Leibeigener mit einem vollen Bauch als ein freier Mann, der verhungert!« rief jemand.

»Ach, kommt schon. Ich habe euch alle gerettet. Freut euch doch, daß der böse Magier endlich tot ist.«

»Ehrlich gesagt, ich mochte ihn«, sagte jemand.

»Ich auch«, schloß sich ein weiterer an. »Als meine Katze einmal die Räude hatte, bereitete er mir einen magischen Trank.«

»Er hat mich von meinen Warzen befreit«, sagte ein dritter.

»Er hat meine Frau gevögelt«, rief ein vierter. »Aber ich mochte ihn trotzdem.«

»Genau! Ganz genau.«

»Nein!« kreischte Maxwell. »Das ist verrückt! Ich habe euch alle gerettet! Ihr seid freie Männer und Frauen! Frei, versteht ihr denn nicht?«

»Maxwell hat uns alle zerstört!« riefen einige der Farmertypen unisono. »Erschlagt den Mörder, der all dieses Unheil über uns gebracht hat!«

»Nein!« sagte Maxwell. »Nein!«
Aber *ja*.
»Erschlagt den Mörder!«
»Ihr undankbaren Bastarde!«
Irgend jemand warf einen Stein.
Maxwell rannte los, die Dorfbewohner dicht auf den Fersen.
Allerdings war Maxwell in der Kunst des Rennens gut trainiert, und bald schon hatte er sich einen nicht unbeträchtlichen Vorsprung erarbeitet. Er wandte sich zu seinen Verfolgern um, schüttelte die Fäuste, hob die Hände zum Himmel, schüttelte den Kopf und rannte weiter.
Diesmal in Richtung Osten.

KAPITEL 30

Das war wohl kaum ein Happy-End.
Und fair war es auch nicht.
Maxwell rannte den nächsten Hügel hinauf und auf der anderen Seite hinunter.
Wo er auf Aodhamm und Ewavatt traf, die Hand in Hand durch das Land gingen. Und noch immer keinen Fetzen Stoff am Leibe trugen.
»Ahoi, Maxwell!« rief Aodhamm.
»Hör zu!« sagte Maxwell. »Wenn du meinst, du könntest mir die Schuld für das geben, was MacGuffin mit deiner Freundin angestellt hat, dann vergiß es. Ich werde mich mit dir schlagen, wenn es sein muß, aber wahrscheinlich werde ich weglaufen. Es war ein harter Tag für mich.«
»Er will nicht kämpfen«, sagte Ewavatt. »Er will sich nur bei dir bedanken. Genau wie ich.« Sie küßte Maxwell

auf die Wange, was dem Burschen weiche Knie verursachte.

»War mir ein Vergnügen«, sagte er, als er die Sprache wiedergefunden hatte. »Ich bin froh, daß ich wenigstens euch glücklich machen konnte.«

»Das hast du.« Aodhamm lächelte. »Aber wie steht es mit dir? Wohin gehst du?«

»Ich schätze, ich laufe einfach ein wenig durch die Gegend. Die Dorfbewohner werden sicher bald ihre Pferde satteln. Ich kenne das alles zur Genüge.«

»Dann komm mit uns!« schlug Ewavatt vor. »Wir reisen zur Welt der silbernen Sonne zurück. Von dort haben Count Waldeck und MacGuffin uns mit Hilfe ihrer Magie entführt. Du wirst willkommen sein. Man wird dich als Helden feiern.«

»Als Helden?« fragte Maxwell ungläubig.

»Und es gibt viele Frauen dort, die begierig sein werden, deine Bekanntschaft zu machen.«

»Goldene Frauen?« fragte Maxwell. »So wunderschön wie du?«

»Ich und wunderschön?« Ewavatt lachte. »Dort, wo ich herkomme, gelte ich eher als durchschnittlich.«

»Also, was sagst du?« hakte Aodhamm nach. »Kommst du mit uns, oder was?«

Maxwell grinste und nickte. »Rock 'n' Roll«, sagte er.

Rock 'n' Roll